Sylvia Floquet

Mörderisches Barcelona

Schon mit zehn Jahren wollte Sylvia Floquet Romanautorin werden, direkt nach dem Abschluss ihres Studiums hat sie damit losgelegt: Über viele Jahre hat sie unter verschiedenen Pseudonymen (u. a. Lea Korte, Ana Capella) Romane bei großen Publikumsverlagen veröffentlicht (Piper, Knaur, Aufbau, Heyne, Lübbe, Weltbild, Bertelsmann der Club). Seit 2013 coacht sie neben ihrem eigenen Schreiben in ihrer Romanschmiede Autoren und hilft ihnen, das Schreibhandwerk zu lernen, ihr eigenes Romanprojekt zu entwickeln und zu veröffentlichen.
Paris und Barcelona sind Sylvia Floquets Lieblingsstädte. In Paris spielt ihr Piperroman »Morgen werden wir glücklich sein«, Barcelona ist der Handlungsort ihres »Mörderisches Barcelona«. Darin geht es um eine katalanische Ermittlerin, die nicht nur mit einem verzwickten Mordfall, sondern auch mit ihrer Familie zu kämpfen hat. Neben dem Schreiben malt Sylvia Floquet: Fotorealismus und Porträtzeichnen macht sie am liebsten – und Urban Sketching in Städten wie Barcelona.

Sylvia Floquet

Mörderisches Barcelona

Kriminalroman

PIPER

Mehr über unsere Autoren und Bücher:
www.piper.de

Wenn Ihnen dieser Krimi gefallen hat, schreiben Sie uns unter Nennung des Titels »Mörderisches Barcelona« an empfehlungen@piper.de, und wir empfehlen Ihnen gerne vergleichbare Bücher.

ISBN 978-3-492-50450-8

Satz auf Grundlage eines CSS-Layouts
von digital publishing competence (München)
mit abavo vlow (Buchloe)
Covergestaltung: Traumstoff Buchdesign traumstoff.at
Covermotiv: Bilder unter Lizenzierung von
Shutterstock.com genutzt
Printed in the EU

1. Kapitel

Sonntag – 3.15 Uhr

»Vor die Metro, *mare meva*, wie gestört muss man sein, um jemanden vor die Metro zu stoßen?« Kopfschüttelnd setzte Dolors den Blinker und bog kurz darauf von der *Carrer d'Olzinelles* in den *Passeig de Sant Antoni* ein. Wann immer sie zu einem Tatort musste, drückte ihr der Magen, auch nach vierzehn Dienstjahren noch, aber ein Körper, der von einer herandonnernden Metro zerfetzt worden war, gehörte zu den Leichen, auf die sie am wenigsten treffen wollte.

Inzwischen leuchteten ihr in der Dunkelheit schon die großen, weißen Leuchtbuchstaben des Bahnhofs von Sants entgegen. Vor dem Eingang stand ein halbes Dutzend Einsatzfahrzeuge, deren hektisch hin- und herspringende Blaulichter sich in den hohen Glaswänden des Bahnhofs spiegelten. Die nächtlichen – oder sollte sie lieber sagen frühmorgendlichen? – Straßen der Stadt waren so leer, dass sie zügig vorangekommen war, und das auch ohne einen Höllenlärm zu veranstalten.

Dolors parkte ihren Dienstwagen, einen dunkelblauen Seat Ibiza, direkt neben den Patrouillenfahrzeugen der *Mossos d'Esquadra*, schaltete ihr Blaulicht aus und schnappte sich ihren Lederrucksack vom Beifahrersitz. Als sie die Wagentür öffnete, prallte sie auf eine Mauer so heißer, schwüler Luft, dass es ihr den Atem verschlug. Sie blies sich gegen die Stirn und fragte sich, was das für ein Sommer werden sollte, wenn es schon Mitte Juni so heiß war. Dann stieg sie aus, schloss den Wagen und lief zu den uniformierten Kollegen ihrer Einheit, die den Eingangsbereich bereits weiträumig abgeriegelt hatten. Sergi, einer der Älteren, ein großer, kantiger Mann, den sie schon ewig kannte, begrüßte sie mit einem knappen Nicken. Er hob das Absperrband für sie hoch. »Du warst auch schon mal schneller am Tatort.«

»Seit Mittwoch wohne ich mit den Kindern bei Anna.« Dolors schlüpfte unter dem Band hindurch. »Von der Eixample aus ist das hier leider alles andere als um die Ecke.«

»Wieder Eheprobleme?«

Dolors zuckte mit den Schultern. »Habt ihr eine Spur vom Täter?«

»Bisher nicht, soweit ich weiß.«

»Wohin genau muss ich?«

»Zur L5, Fahrtrichtung Vall d'Hebron.« Er zeigte zum linken Teil des Bahnhofgebäudes, in dem der Zugang zum Metro-Bereich lag, und wischte sich anschließend mit dem Uniformärmel den Schweiß von der Stirn. »Ich hoffe, die Verstärkung rückt bald an. Mit dem ganzen Gleissystem hat der Bahnhof mehr Ein- und Ausgänge als ein Schweizer Käse. Bisher haben wir die Türen hier und auf der Rückseite abgeriegelt und natürlich die Zu- und Abgänge zum Bahngleis der L5. Einige Kollegen sind schon im Tunnel und befragen die Leute, die auf dem Bahngleis waren. Unter den Reisenden war ein pensionierter Polizist. Der hat dafür gesorgt, dass niemand in die Nähe der Unglücksstelle ging.«

»Man muss ja auch mal Glück haben, prima, danke.« Dolors nickte. »Wie viele Züge fahren eigentlich noch um diese unchristliche Uhrzeit?«

»Das checkt gerade ein Kollege. Der AVE und die Regionalzüge auf jeden Fall nicht. Aber dem Täter standen trotzdem noch reichlich Fluchtwege offen, denn außer mit der Metro kann er durch einen der Hauptausgänge oder durch die Gleistunnel geflohen sein.«

»Oder er versteckt sich noch irgendwo im Bahnhof.« Dolors warf einen nachdenklichen Blick auf das Gebäude und klemmte sich eine Strähne ihrer störrischen Locken hinter die Ohren. Dann sah sie wieder zu dem Kollegen auf. »Gib mir bitte Bescheid, wenn du mehr über die Fahrpläne weißt.«

»Mach ich.«

»Ich hoffe, die Verstärkung kommt bald«, rief sie ihm im Weitergehen zu und drückte die Eingangstür auf. Im gleichen Moment schossen drei Wagen der Mossos heran; Dolors drehte sich noch einmal um, zeigte Sergi den erhobenen Daumen und eilte weiter.

In der Stille der Nacht hallten die Absätze ihrer Schuhe im nahezu menschenleeren Bahnhofsgebäude eigenartig hell von den Wänden wider. Sie ließ die Fahrkartenautomaten hinter sich und lief weiter an den Geschäften entlang. Alle Eisengitter und Rollläden waren heruntergelassen, aber einige Leuchtreklamen waren so hell und die Schaufenster überdies so grell beleuchtet, dass es ihr nach dem Dunkel draußen in den Augen stach. Kurz darauf erreichte sie den Zugang zu den Metro-Gleisen. Während sie die Treppe ins Untergeschoss hinunterlief, merkte sie, wie die Luft immer heißer und stickiger wurde. *Sauerstoff, hier fehlt Sauerstoff*, pochte es in ihrem Kopf; auf ihrer Stirn bildete sich ein feiner Schweißfilm. Kaum war sie in der darunterliegenden Etage angekommen, sah sie links die Fahrkartenautomaten und rechts die durch Schleusen abgesperrten Durchgänge zu den Bahnsteigen. Hinter den Schleusen versuchten zwei uniformierte Kollegen, eine Gruppe von rund zehn, sichtlich stark alkoholisierten Halbstarken zu beschwichtigen. Wütend verlangten die jungen Leute, dass man sie nach Hause gehen ließe. »Ich hab genug von der verdammten Scheiße hier«, brüllte ein kleiner drahtiger Kerl mit fünffarbigen Haaren. »Erst kommt man nicht rein und dann nicht mehr raus. Und wenn die scheiß Metro sowieso nicht mehr fährt, wollen wir wenigstens mit dem Taxi weiter!«

Der Kollege erklärte dem jungen Mann, dass sie zuerst als Zeugen befragt werden müssten und dass keiner von ihnen wegkönne, ehe nicht alle Daten aufgenommen seien.

Plötzlich stieß einer von ihnen, ein großer Kerl mit strähnigem Haar und Bierdose in der Hand, den vor ihm stehenden Polizisten zur Seite, sprang auf eine der Absperrungen der Fahrtenkartenschleuse und kletterte darüber. Er landete direkt vor Dolors Füßen. Sie packte ihn am Arm.

»Keinen Schritt weiter!«, zischte sie ihn an und hielt ihm ihren Dienstausweis unter die Nase. Der Typ sah sie hochfahrend an, wagte aber nicht weiterzugehen. Dolors warf einen raschen Blick zu dem jungen Kollegen. Er hatte sich wieder aufgerappelt, sprang nun ebenfalls über die Absperrung und legte dem Mann Handschellen an.

Dolors schulterte ihren Rucksack. »Die Daten und die Biografie von dem Kerl rahmen wir uns ein!« – Dann schwang sie sich auf die andere Seite der Fahrkartenschleuse und eilte weiter zu dem Gleis der L5.

Auch auf dem Bahnsteig gab es gestrandete Reisende. Sie warteten darauf, dass man sie zu dem Vorfall befragte, ihre Daten aufnahm und endlich gehen ließ. Ein junger Mann saß auf einer der Steinbänke und starrte auf die gegenüberliegende Wand, der Mann direkt neben ihm tippte etwas in sein Handy. Nicht weit von ihnen standen zwei Frauen, von denen die eine pausenlos auf die andere einredete. Erst beim Näherkommen sah Dolors, dass die andere Frau weinte. Noch ein Stück weiter lehnte sich eine elegant gekleidete Frau an die Schulter eines Mannes und verbarg ihr Gesicht in dessen Halsbeuge. Das Beben ihrer Schultern verriet, dass auch sie weinte.

Längs des ganzen Bahnsteigs sah Dolors das Absperrband, das den Zugang zum Gleisbereich und zum hinteren Tunnel abriegelte. Der Zug war zu einem Viertel eingefahren, die Tür zum Führerhaus stand offen. Eine Kollegin der Spurensicherung stieg gerade in ihren Schutzanzug, Eric war schon umgezogen und tütete einen kleinen, eckigen Gegenstand ein, den Dolors für ein Feuerzeug hielt. Pep, mit noch grimmigerem Gesicht als üblich, hob die Hand zur Begrüßung, sprang dann auf die Gleise und war kurz darauf vor dem Zug verschwunden. Beim Gedanken daran, was er dort vorfinden würde, bekam Dolors einen sauren Geschmack in den Mund. Sie wagte nicht, darüber nachzudenken, wo sie überall Körperteile finden würden und in welchem Zustand. Bei ihrer letzten Bahnleiche hatten große Teile der Toten unter dem Zug geklebt – von den Rädern zerschnitten, zermatscht und wieder hochgeschleudert …

»Dolors?«

Sie wandte den Kopf in die Richtung, aus der die Stimme gekommen war. »Ah, Mariano.« Sie nickte ihm zu. Mariano war der dienstälteste Inspektor der uniformierten Brigade. Sie ging auf ihn zu. »Briefst du mich kurz?«

Mariano nickte. Während er Dolors unter dem Band durchgehen ließ, erklärte er ihr, dass sie gerade herausgefunden hatten, wer die Tote war. »Sie heißt Julia Toset Buxeda und ist gestern dreiundzwanzig Jahre alt geworden. Wir haben auf den Gleisen eine Tasche mit ihren Papieren gefunden und, nun ja, den Kopf haben wir auch schon entdeckt. Trotz allem lässt sich noch eine starke Ähnlichkeit mit dem Passfoto erkennen.«

»Julia Toset Buxeda, Julia Toset Buxeda ...« Dolors hatte das Gefühl, dass bei dem Namen etwas bei ihr klingeln sollte.

»Die Balletttänzerin.« Mariano warf ihr einen langen Blick zu, aus dem sie schloss, dass auch er erwartet hatte, dass sie mit dem Namen etwas anfangen konnte. »Vor drei Tagen hast du mir einen Artikel über sie in der *Vanguardia* gezeigt.«

Dolors tippte sich an die Stirn. »Ach ja, genau. Weil mir die Ballettlehrerin meiner Tochter von ihr erzählt hatte. Die neue erste Solotänzerin von *Agita Danza* ...«

»*Agita Danza*?«, erklang es im gleichen Moment wie ein Echo wenige Schritte neben ihr.

Dolors drehte sich um und sah einen großen Mann, der mit federndem Schritt auf sie zukam. Sie krauste die Stirn. »Mal wieder einer, der nicht kapiert, wozu das Absperrband dient.«

»He, Chefin.« Mariano klopfte an ihren Arm. »Das ist der Neue!«

Dolors lag schon ihr übliches »Du sollst doch nicht Chefin zu mir sagen« auf den Lippen, da sie nur bis zu Manels Rückkehr die Leiterin ihrer Abteilung in der Comissaria Mossos D'Esquadra der *Ciutat Vella* war. Doch dann ging ihr auf, was Mariano eben noch gesagt hatte.

»Der Neue?«

»Wenn Sie so wollen, dann auch der Neue!« Grinsend streckte der Mann ihr seine Hand entgegen. »An und für sich heiße ich Xavi Martinez. Ich soll bis auf Weiteres Ihren Kollegen Manel Oriol ersetzen.«

»Aha«, machte Dolors und betrachtete den Mann. Jetzt, da er direkt vor ihr stand, empfand sie ihn als noch größer: Er überragte sie um mindestens einen Kopf. Mit einem Blick erfasste sie sein Äußeres: sportlich, dunkles, gewelltes Haar, Grübchen in den Wangen, ziemlich gut aussehend. Aus dem selbstsicheren Grinsen, mit dem der Neue ihr die Hand entgegenstreckte, schloss sie, dass auch er sich darüber im Klaren war, wie gut er aussah, und dass er es gewöhnt war, diese Tatsache auszunutzen. Dass er meinte, Manel *ersetzen* zu können, machte ihn ihr nicht sympathischer. Manel war mehr als nur ihr Vorgesetzter, er war zugleich ihr bester Freund, und niemand konnte ihn ersetzen. Leider konnte es noch Wochen dauern, bis er sich von seinem Herzinfarkt erholt haben würde. Wenn er überhaupt je wieder ... Sie verbot es sich weiterzudenken. Im gleichen Moment registrierte sie, dass der Mann ihr noch immer seine Hand hinhielt. Notgedrungen wollte Dolors sie ergreifen, doch im gleichen Moment ließ er sie sinken. Sie zuckte mit den Achseln.

»Am Freitag habe ich den ganzen Tag im Präsidium auf Sie gewartet«, erklärte er ihr, »und sowohl Laura, die wohl Ihre rechte Hand ist, als auch ich haben Ihnen mehrere Nachrichten auf Ihrem Handy hinterlassen ...«

Als er es sagte, erinnerte sie sich daran. Ja, sie hatte einige Nachrichten abgehört, dann aber vergessen zurückzurufen. Ihr Verhalten war ihr unangenehm. Trotzdem brachte sie keine Entschuldigung über die Lippen. Es war zu heiß, zu früh, zu alles.

»*Agita Danza*«, wiederholte er. »Wäre nett, wenn Sie mich aufklären würden.«

»*Agita Danza* ist das bekannteste Tanzensemble von Barcelona, sie räumen derzeit alle Preise ab«, erklärte sie. »Die Tote war seit einigen Tagen deren neue erste Solotänzerin, was einen ziemlichen Wirbel verursacht hat, zumal die Presse gleichzeitig ihre Herkunft ausgeschlachtet hat: vom Aschenputtel zum Dancingstar. Die Leser lieben solche Storys ja. Sie kam aus recht einfachen Verhältnissen und hatte sich den Ballettunterricht hart erkämpfen und zum großen Teil sogar selbst bezahlen müssen. Die Ballettlehrerin meiner Tochter hat mir einiges über sie erzählt.«

»Wenn sie das hier überlebt hätte, wäre sie allerdings die längste Zeit Balletttänzerin gewesen.«

»Davon gehe ich auch aus, ja.« Dolors wandte sich wieder Mariano zu. »Ist sonst noch etwas zur Person bekannt?«

Mariano verneinte.

»Was wissen wir über den Täter?«

»Nur dass er flüchtig ist.« Mariano hob die Schultern. »Fahrgäste gab es in dem Zug keine, weil es eine Leerfahrt war. Aber selbst wenn, hätten sie ohnehin nichts sehen können.«

»Und wer sind diese Halbstarken, die noch von den Kollegen oben festgehalten werden, und die Leute hier?«

»Die waren alle auf dem Bahnsteig, als die Securityleute nach dem Vorfall hergerannt sind. Der Zugführer hatte den Notruf ausgelöst.«

Dolors hob die Augenbrauen. »Und wo ist er jetzt?«

»Den kannst du erst später befragen; er steht unter Schock, ist dann kollabiert und jetzt auf dem Weg ins Krankenhaus.«

»In welches?«

»Ins *Hospital de Barcelona* in der *Diagonal* 660«, warf der neue Kollege ein.

Dolors sah ihn an, die schnippische Bemerkung auf der Zunge, dass sie Barcelonenca genug sei, um zu wissen, wo das *Hospital de Barcelona* lag. Doch sie hielt sich zurück, immerhin gab er sich Mühe und machte seinen Job – was weit mehr war, als man über die beiden vorherigen Aushilfen sagen konnte. Sie atmete tief durch, gab sich einen Ruck und streckte ihm die Hand hin. »Entschuldigen Sie meine wenig nette Begrüßung. Aber Manel ist … na ja, und drei Uhr morgens ist nicht wirklich meine Uhrzeit. Allerdings wäre ich Ihnen dankbar, wenn Sie nicht sagen würden, dass Sie Manel ersetzen.«

»Ich wollte Ihnen nicht …«

»Schon gut.«

Er ergriff ihre Hand. »Na dann – Xavi Martinez.«

»Dolors Canovas.«

Sein Händedruck war, gemessen an der Hitze, die hier unten herrschte, erstaunlich trocken und angenehm fest. Sie wies mit dem Kinn auf die gestrandeten Reisenden des Bahnsteigs. »Hatten Sie schon Zeit, die Zeugen zu befragen?«

»Ich habe damit angefangen, ja, aber offenbar sind die Leute erst nach unten gekommen, als schon alles passiert war. Aber noch hoffe ich, dass einer von ihnen jemanden zur Tatzeit hat weglaufen sehen …«

»Heißt das, dass unser Opfer, abgesehen vom Täter, wahrscheinlich ganz allein auf dem Bahnsteig war?«

»So sieht es bisher aus, ja.«

»Und woher wissen wir, dass sich die Frau nicht einfach selbst vor den Zug geworfen hat?«

»Die Information haben wir vom Zugführer, ein Mann namens Antonio Perez. Bis zur Ankunft des Rettungsdienstes ist einer der Kollegen der Brigade bei ihm geblieben, um ihn zu beruhigen. Der Mann war völlig aufgelöst. Er hat immer wieder gestammelt, dass die Frau gestoßen worden sei.«

Dolors sah erstaunt zu ihm auf. »Wie lange sind Sie denn schon hier, um all das zu wissen?«

Verlegenen rieb sich Xavi die Stirn. »Als ich nach Barcelona versetzt wurde, habe ich mir ein Zimmer übers Internet gemietet. Das hatte sich alles sehr sympathisch angehört, aber leider sind meine Mitbewohner in Wahrheit eine ziemliche Katastrophe: Ab Mitternacht liegen sie stockbesoffen auf dem Sofa und grölen Lieder. Gestern hat es mir gereicht, und ich bin in ein Hotel gezogen, tja, und das liegt zufällig hier genau um die Ecke.«

»Ah, gut. Nun, dann können Sie gern mit Ihrer Befragung weitermachen. Ich schaue derweil, ob Pep mich schon in den Tunnel lässt«, sagte Dolors und versuchte sich zu wappnen, wogegen sie sich nicht wappnen konnte.

Dolors hatte sich gerade von Peps neuer Praktikantin Füßlinge und einen der Anzüge von der Spurensicherung geben lassen, als sie bemerkte, dass Pep schon wieder zurückkam, sodass sie die Kleidung erst einmal wieder beiseitelegte. Sie ging zum Gleisbereich und streckte ihm die Hand entgegen, um ihm zu hochzuhelfen, was er jedoch mit einer unwirschen Handbewegung abtat. »Mach mich nicht älter, als ich eh schon bin.«

Dolors trat einen Schritt zurück.

»Schöner Mist«, schimpfte er, kaum dass er neben ihr stand. »Die Leichenteile sind noch weiter verstreut, als wir befürchtet haben. Manchmal werden die Körper einfach nur zur Seite geschleudert, aber die hier hat es ordentlich zerfetzt. Ich brauche mehr Licht da unten. So bringt das alles nichts.«

»Soll ich den Gerichtsmediziner lieber erst später einbestellen?«

Er bejahte. »Der würde mir momentan nur im Weg stehen. Erst mal müssen wir alles dokumentieren. Wir haben auch schon mit dem Fotografieren angefangen. Wenn du den in einer Stunde aus dem Bett holst, reicht das immer noch.«

»Alles klar, dann bitte ich nur den Staatsanwalt her. Soweit ich weiß, hat Biel heute Bereitschaft.«

Pep schob seine Brille zur Nasenspitze und warf ihr einen prüfenden Blick aus seinen mausgrauen Augen zu. »Hast du so wenig zu tun, dass du die Bereitschaftslisten auswendig lernst?«

»Ach was, purer Zufall.« Sie lachte auf und strich sich über den Arm. »Ich habe Biel gestern am Kaffeeautomaten getroffen, da hat er es mir erzählt.« Dieses Treffen war allerdings kein Zufall gewesen. Sie hatte ihn abgepasst, weil sie von ihm die Telefonnummer seiner Schwester haben wollte, die Immobilienmaklerin war. Leider hatte ihr sein Vitamin B nicht geholfen: Es gab in Barcelona einfach keine bezahlbaren Wohnungen. »Hast du sonst noch etwas für mich?«

Er schüttelte den Kopf, woraufhin Dolors gehen wollte. Doch als sie den ersten Schritt machte, packte er sie am Arm und zeigte mit dem Kinn auf den Neuen, der unweit von ihnen mit der Befragung der Zeugen fortfuhr. »Scheint diesmal ein Netter zu sein. Auf jeden Fall ist er sehr viel mehr auf Zack als seine beiden Vorgänger.«

»Warten wir es ab. Im Moment interessieren mich die Überwachungsvideos weit mehr als der Neue.« Sie sah sich um und suchte die Kameras, fand sie auch auf Anhieb. »Weißt du zufällig, wo die Aufnahmen sind? Ich habe gehört, dass die Sicherheitsfirma schon wieder mit ihrem Büro umgezogen ist.«

»Frag mal Núria.«

»Die neue Praktikantin?«

Pep nickte. »Aufgewecktes Mädel.« Er zeigte auf eine junge Frau, die damit beschäftigt war, einen Rucksack aus einer der Mülltonnen zu ziehen und einzutüten. »Sie hat auf der Herfahrt erwähnt, dass ihr Ex-Freund bis vor Kurzem beim Sicherheitsdienst des Bahnhofs gejobbt hat.«

Núria konnte Dolors tatsächlich weiterhelfen. Sie kannte die neue Adresse, und zu Dolors' Erleichterung war das Sicherheitszentrum nicht, wie sie es schon oft erlebt hatte, auf der Suche nach einer günstigeren Miete an den Stadtrand gezogen, sondern nur wenige Straßen weiter.

»Soweit ich mitbekommen habe, hat der Sargento schon einen seiner Männer hingeschickt, um die Daten zu sichern«, meinte Núria.

Dolors nickte zufrieden, hatte aber trotzdem nicht vor, sich allein auf dessen Recherche zu verlassen. Zuerst wollte sie auf direktem Weg dorthin gehen, dann besann sie sich und suchte den Neuen, um ihm zumindest Bescheid zu geben, wo er sie finden konnte, falls er sie brauchte. Ein bisschen mehr Freundlichkeit und Kollegialität konnte nach ihrem bisherigen Auftreten nicht schaden. Sie entdeckte ihn bei den jungen Männern, die eben auf der Bank gesessen hatten, und winkte ihn zu sich. Er machte den beiden Zeichen, dass sie gehen konnten, und wandte sich dann Dolors zu.

»Und?«, fragte sie. »Waren noch hilfreiche Aussagen dabei?«

Er verneinte. »Sie sind leider ebenfalls erst gekommen, als alles schon vorbei war, und haben auch niemanden weglaufen sehen. Eine der jungen Frauen da drüben hat zwar ebenfalls nichts von dem Vorfall selbst gesehen, meinte aber, als sie runtergekommen ist, sei eine dunkel gekleidete Gestalt im Tunnelbereich verschwunden. Die andere beharrt darauf, dass da niemand war, sondern auf der anderen Seite jemand über die Treppe weggelaufen sei. Mehr als die Hosenbeine habe sie nicht mehr sehen können, und die seien hell gewesen.«

»Nun denn«, brummte Dolors. »Ich wollte mich ohnehin gerade auf den Weg zum Übertragungsraum der Sicherheitsfirma machen. Danach sollten wir wissen, wer wann wo war und wohin er oder sie gelaufen ist. Immerhin haben beide jemanden gesehen, was die Aussage des Zugführers bestätigen könnte, dass die Frau nicht freiwillig vor den Zug gesprungen ist.«

»Soll ich mitkommen? Alle wichtigen Daten habe ich schon aufgenommen. Die Kollegen wissen ja, dass die Leute erst weggehen können, wenn wir das Video gecheckt haben.«

Dolors wollte ihn zuerst abwimmeln, nickte dann aber doch. Bei der Auswertung der Videobilder konnte ein weiterer Beobachter nur von Vorteil sein.

»Wieso wurde der Alarm eigentlich nur vom Zugführer ausgelöst und nicht von der Sicherheitsfirma, die hier die ganze Videoüberwachung macht?«, fragte Xavi, kaum dass sie losgegangen waren. »Die müssen das Ganze doch auf ihren Monitoren gesehen haben …«

»Darüber habe ich auch schon nachgedacht«, erwiderte Dolors und warf ihm einen zustimmenden Blick zu. »Und damit haben wir schon die Frage, die wir ihnen stellen müssen.«

2. Kapitel

Sonntag – 4.05 Uhr

Beim Verlassen des Bahnhofs fragte Dolors Sergi nach den nächtlichen Fahrplänen, die dieser aber noch nicht alle zusammengestellt hatte. Anschließend ging sie mit Xavi über den Bahnhofsplatz. Dort hatte sie das Gefühl, von Schritt zu Schritt stärker in einen Kokon aus Stille einzutauchen. Kein einziger Wagen fuhr an ihnen vorbei, selbst von den Obdachlosen, die bis in den späten Abend vor dem Bahnhofsbereich anzutreffen waren, war nichts zu sehen. Als sie die *Plaça dels Països Catalans* überquert hatten und in die *Carrer d'Enric Bargés* eingebogen waren, spürte Dolors, dass in der nächtlichen Stille das Schweigen zwischen ihnen gewichtig zu werden drohte. Sie wollte Xavi gerade erklären, dass sie gleich am Ziel waren, da räusperte er sich und meinte: »Dieser Manel, also Ihr Vorgesetzter ... Warum haben Sie eigentlich gemeint, dass ich nie mehr sagen soll, dass ich ihn ersetze? Ich meine, ich habe schon kapiert, dass ich Ihnen damit auf die Füße getreten bin, aber warum?«

Dolors blieb stehen und sah zu ihm hoch. Ihr war bewusst, dass sie überreagiert hatte. Er konnte nicht wissen, dass sie, abgesehen von ihren Kindern, an keinem anderen Menschen so sehr hing wie an Manel, und welche Angst sie hatte, ihn zu verlieren – aber sie wusste nicht, worauf er mit seiner Frage abzielte: Hatte er tatsächlich nicht verstanden, dass es ihr um das Wort ersetzen gegangen war? Oder war er nur schlicht neugierig und wollte herausfinden, welche Beziehung zwischen ihr und Manel bestand?

»Jetzt schauen Sie schon wieder so«, meinte Xavi. Er lachte auf und fuhr sich dabei mit allen zehn Fingern durchs Haar.

»Schauen? Wie schaue ich denn?« Plötzlich schlug Dolors' Herz bis zum Hals.

»Verletzt«, sagte Xavi schlicht. »Sie sehen verletzt aus.« Er lachte erneut auf. »Oh Mann, ich werde nie lernen, im rechten Moment den Mund zu halten – und auch nicht, warum Frauen immer jedes Wort auf die Goldwaage legen müssen.«

»Was hat denn sprachliche Korrektheit damit zu tun, dass ich eine Frau bin? Die kann man ja wohl auch von Männern erwarten.«

»Ja, so war das nicht gemeint, also, vergessen Sie das einfach, die Frage, meine Kommentare, alles!« Er hob die Hände und zauberte ein entschuldigendes Lächeln ins Gesicht, das sie jedoch nicht besänftigte.

»Mich hat das Wort ›ersetzen‹ gestört. Weder Sie noch sonst jemand kann Manel ersetzen. Kein Mensch kann durch einen anderen ersetzt werden. Genau aus diesem Grund bin ich bei der Mordkommission.« Und dann ging sie weiter – und ärgerte sich noch mehr. Diesmal über sich selbst. Was ging ihn an, warum sie bei der Mordkommission war? Niemanden ging das etwas an, niemanden. Zum Donner, sie musste lernen, das alles irgendwann einmal zu vergessen. Zwanzig Jahre waren lang genug, oder nicht?

Zwei Straßenzüge weiter erreichten sie das sechsstöckige Gebäude, in dem das Büro der Sicherheitsfirma untergebracht war. Als Dolors sich nach Xavi umdrehte, sah sie, dass er recht weit zurückgefallen war und seinen Schritt auch jetzt, da sie stehengeblieben war, nicht beschleunigte. Sie wandte sich zum Haus, suchte den Namen der Sicherheitsfirma und drückte auf den Klingelknopf. Während sie wartete, hörte sie plötzlich ein jämmerliches Maunzen. Sie schaute sich um und sah, dass unter dem grünen Müllcontainer am Straßenrand eine kaum drei Monate alte, erbärmlich magere Katze hockte. Trotzig maunzte sie sie weiter an und lockte damit drei weitere Katzenjunge hervor.

»Wenn Sie im Hotel wohnen, haben Sie sicher keine Verwendung für die da«, meinte sie zu Xavi, der allmählich bei ihr ankam.

Er folgte ihrem Blick, ging zur Mülltonne und zog den Deckel so weit auf, bis er einrastete. »Senyores i Senyors – der Tisch ist gedeckt!«

Sofort sprang die erste Katze auf die Motorhaube des davor geparkten Wagens und von da in die Tonne. Dolors verdrehte die Augen und wollte noch einmal die Klingel betätigen, aber im gleichen Moment ertönte ein Summton – und sie musste die Tür aufdrücken. Noch ehe sie dazu kam einzutreten, hörte sie Xavi sagen: »Ich gebe gern zu, dass ich im zwischenmenschlichen Umgang bisweilen ungeschickt bin und meine Lösungen nicht immer allen gefallen«, er wies mit dem Kinn zu den Katzen, die sich eifrig über die Mülltüten hermachten, »aber mir liegt wirklich an einer guten Zusammenarbeit – und nur so war mein *ersetzen* gemeint: Manchmal tritt an die Stelle von etwas Liebgewonnenem etwas Neues – in dem Fall ich. *Der* Neue.« Er zwinkerte ihr zu. »Können wir das so stehenlassen?«

Dolors nickte.

Im ersten Stock wartete ein junger Mann, der sie fragte, ob sie zur Polizei gehörten. Als Dolors dies bejahte und ihren Dienstausweis zeigte, strahlte er, als kämen sie im Auftrag von Pablo Motos, dem bekannten Moderator von *El Hormiguero,* um ihn einzuladen, der Shootingstar seiner nächsten Talkshow zu werden. Offensichtlich sah er schon vor sich, wie er dort Motos, seinen drei Ameisen-Marionetten und natürlich den Fernsehzuschauern in allen Einzelheiten von *seinem* großen Mordfall berichtete. Damit er nicht auf die Idee kam, ihnen Fragen zu stellen, setzte Dolors einen grimmigen Blick auf und sah, dass sich auch Xavis Miene verschloss – was sie beruhigte und ein Stück mehr mit ihm versöhnte. Tatsächlich erreichten sie mit ihrer zweifachen Misslaunigkeit ihr Ziel: Als der Mann ihnen nach der dritten Abzweigung in den weitläufigen Fluren bedeutete, dass sie angekommen waren, und eine Tür öffnete, hatte er keine einzige Frage gestellt.

»Oriol, die Inspektoren sind da!«, rief er in den Raum.

Sofort drehten sich der als Oriol angesprochene Mitarbeiter der Sicherheitsfirma und Dolors' uniformierter Kollege zu ihnen um. Dolors kannte ihn, aber sein Name wollte ihr nicht einfallen, sodass sie es unterließ, Xavi und ihn einander vorzustellen. Ihr Kollege empfing sie mit düsterer Miene. »Es ist unfassbar: Ausgerechnet die Aufnahmen der Tatzeit fehlen.«

»Wie – die fehlen?« Dolors furchte die Stirn.

Der Kollege bat den Angestellten der Sicherheitsfirma, einen ältlichen, sichtlich gestressten Mann mit schweißglänzender Glatze, ihm noch einmal den Filmausschnitt zu zeigen, der den Bahnsteig zur vermeintlichen Tatzeit zeigte. Während der Mann die betreffende Stelle suchte, traten Dolors und Xavi näher an das gut zwei Meter breite Arbeitspult des Mannes heran. Mit seinen zahlreichen Bedienfeldern, Tasten, Reglern und kleinen Displays erinnerte es an den Aufnahmeraum eines Fernsehstudios. Über dem Pult befanden sich mehr als ein Dutzend Monitore, die in drei Reihen übereinander angeordnet waren. Die oberen und mittleren Monitore zeigten im Minutentakt wechselnde Darstellungen von verschiedenen Bereichen des Bahnhofs. Auf den unteren waren vor allem Grafiken, Schaubilder und Tabellen zu sehen. Plötzlich sprang auf einem der unteren Monitore das Bild um, der Bahnsteig der L5 erschien. Dolors sah Eric und Núria im Bild. Er bedeutete ihr, mit ihm in den Tunnel zu gehen. Dolors verfolgte, wie sie losliefen; auch an der darunter erscheinenden Uhrzeit erkannte sie, dass dies eine aktuelle Aufnahme war. Kurz darauf änderte sich nach kurzem Flackern das Bild wieder: Wo eben noch ein einziger Gleisbereich zu sehen war, tauchten vier verschiedene Aufzeichnungen gleichzeitig auf.

»Vielleicht sehen wir ja in der 4-Quadrantendarstellung mehr von dem Vorfall«, murmelte der Sicherheitsbeamte. »Irgendwo müssen die Frau und der verdammte Zug ja zu sehen sein. Das gibt es doch nicht!«

Dolors versuchte, die verschiedenen Überwachungsbereiche zuzuordnen. »Ich nehme an, das hier sind die Schleusen, durch die man muss, wenn man zur L5 runtergeht, stimmt's? Und die beiden anderen Felder zeigen den Gleisbereich der L5. Und das alles vor der Tatzeit?«

Der ältliche Mann nickte. »Auf dem vierten sehen wir den anderen Zugang.«

Dolors zeigte auf einen olivfarbenen Rucksack, der aus einem Mülleimer herausschaute. »Ich will wissen, wer das Ding in welchem Zusammenhang weggeworfen hat«, raunte sie Xavi zu. »Und was drin ist.«

Xavi nickte, ohne den Blick von den Monitoren zu wenden. »Und das, was wir jetzt sehen, haben die Kameras wann genau aufgenommen?«

Der Mann zeigte auf die weiße Zahlenreihe am unteren Bildrand. »Das hier war um zwei Uhr zwölf Minuten und acht Sekunden, neun Sekunden, zehn Sekunden –«

»Schon gut, schon gut«, unterbrach Dolors sein Gemurmel. Die ganze Zeit über war der immer gleiche Ausschnitt zu sehen, und die Zahlen konnte sie selbst ablesen. Als drei Minuten verstrichen waren, murrte sie: »Sind Sie sicher, dass dies hier eine reale Aufnahme ist? Das wirkt eher wie ein Standbild.«

»Natürlich sind das richtige Aufnahmen, die Kamera läuft doch. Das sieht man nicht nur an der Uhrzeit, die ständig weiterläuft.« Er schaltete von der 4-Quadranten-Darstellung zurück auf das Vollbild. Unter der Datums- und Uhrzeitenfolge waren nun noch andere Zahlen zu sehen. »Jedes Video hat zusätzlich zur Uhrzeit noch einen Timecode, das sind die Zahlen hinter der Sekundendarstellung, die ständig weiterlaufen. Pro Sekunde zählt der Computer fünfundzwanzig Bilder oder fünfzig Halbbilder. Sie sehen ja, wie das weiterläuft.«

»Aber da tut sich doch nichts«, mischte sich nun wieder Xavi ein. »Selbst wenn man davon ausgeht, dass um diese Uhrzeit kaum noch jemand unterwegs ist – zumindest Senyora Toset und der Täter müssen ja unten gewesen sein. Um exakt diese Uhrzeit«, er tippte auf die Zeitanzeige des Monitors, »ist die Metro eingefahren, die Senyora Toset erfasst und getötet hat. Aber davon ist nichts zu sehen.«

»Deswegen wollte ich Sie gerade anrufen«, unterbrach der uniformierte Kollege, von dem Dolors auf einmal wieder der Name einfiel: Mirco hieß er, Mirco Pujol. »Wenn man weiterschaut, sieht man ständig nur dieses Bild, dann flackert es kurz, und plötzlich laufen zwei junge Männer zum rechten Gleisbereich, wie aus der Luft gefallen tauchen die da auf – und dann füllt sich der Bahnsteig, bis man zu den Aufzeichnungen kommt, auf denen wir selbst zu sehen sind.«

»Das Flackern kann schon mal vorkommen«, warf der Sicherheitsbeamte ein. »Allerdings passiert das seit gestern häufiger, bestimmt irgendein Wackelkontakt.«

»Warum ist der nicht sofort behoben worden?«, fragte Dolors.

Der Sicherheitsbeamte wurde rot. »Gemeldet haben wir das schon, aber es flackert ja, wie gesagt, erst seit gestern, und am Wochenende – nein, wegen eines kurz auftretenden Wackelkontaktes kommt niemand her. Ist sowieso ein Wunder, dass uns das aufgefallen ist. Sie sehen doch selbst, wie viele Monitore hier hängen – und wie schnell die zwischen den verschiedenen Kameras hin- und herspringen, damit wir jeden Bereich einmal direkt vor Augen haben.«

»Flackert nur diese eine Kamera oder auch noch andere?«, fragte Dolors.

»Bisher ist mir das nur bei denen im Bereich der L5 aufgefallen. Wenn es irgendwo einen Alarm gibt, zeigen mir die Monitore sofort automatisch sämtliche Kamerabereiche an, die diese und die unmittelbar angrenzenden Bereiche abbilden.«

»Gut, dann schauen wir uns genau die noch mal an.« Dolors nickte ihm auffordernd zu.

»Aber das haben wir ja eben schon«, stotterte der Sicherheitsbeamte und führte ihr den betreffenden Abschnitt wieder vor. Und dieses Mal war es nicht anders: Keine Bewegungen im Gleisbereich der L5, nirgends eine Menschenseele, plötzlich ein Flackern und dann das, was Mirco Pujol schon erwähnt hatte: Zwei junge Männer rannten sichtlich aufgeregt zum rechten Rand des Bahnsteigs ...

»Nach so einem Flackern löst Ihr System keinen Alarm aus?«, wollte Dolors wissen.

»Nur, wenn der Bildausfall mindestens dreißig Sekunden anhält.«

Dolors kaute auf ihrer Unterlippe und sah, dass auch Xavi angestrengt nachdachte. Schließlich meinte er: »Und diesen Bildwechsel nach dem Flackern haben Sie wirklich nicht bemerkt?«

»Den hätte ich wahrscheinlich nicht einmal bemerkt, wenn ich da gewesen wäre.«

»Was soll das heißen: wenn Sie da gewesen wären?« Dolors' Stimme wurde lauter. Sie registrierte, dass auch Xavi aufmerkte.

Der Mann wurde rot wie der Alarmknopf auf seinem Pult. Schnaufend zog er ein Taschentuch aus seiner Hosentasche und wischte sich damit den Schweiß von Stirn und Glatze. »Aber sobald der Zugführer den Alarm ausgelöst hat, bin ich sofort hergelaufen!«

»Das heißt, dass Sie wo waren?«, fragte Xavi.

»Auf der ...« Er keuchte. »Oh Mann, manchmal muss man halt mal!«

»Na super«, entfuhrt es Dolors. Sie tauschte einen Blick mit Xavi. Vor Ärger biss er sich auf die Unterlippe. Dann hatte er sich wieder im Griff.

»Fassen wir zusammen«, sagte er dann. »Ein interner Kontrollalarm wird erst nach dreißig Sekunden Bildausfall ausgelöst, aber den gab es bei keiner der Kameras. Die Wackelkontakte treten seit gestern gehäuft auf. Aufgefallen ist das Ihnen und Ihren Kollegen erst gestern Abend – und zwar nur im Bereich der L5. Richtig?«

Der Mann bejahte.

»Damit haben wir schon mal etwas, womit wir anfangen können«, murmelte Dolors, »denn ein Zufall ist das sicher nicht, dass genau in dieser Zeit ein Mord passiert.«

3. Kapitel

Sonntag – 5.15 Uhr

Eine Viertelstunde später waren Dolors und Xavi auf dem Weg zum Krankenhaus. Wenn ihnen die Videoaufzeichnungen nicht weiterhelfen konnten, dann musste es eben ihr wahrscheinlich einziger Augenzeuge tun: der Fahrer der U-Bahn. Während Dolors ihren Wagen aus der Parklücke lenkte, bat sie Xavi, ihr Handy aus ihrem Rucksack zu holen und Marianos Nummer unter den Kontakten zu suchen. »Ruf ihn bitte an und sag ihm, dass uns das Video keinen Schritt weitergebracht hat. Die Leute im Bahnhof müssen warten, bis wir mit dem Zugführer gesprochen haben.«

»Danke für das Du!« Xavi schmunzelte. Erst da fiel Dolors auf, dass sie ihn geduzt hatte. Warum aber auch nicht? Unter den Kollegen duzten sie sich ohnehin alle, und so unsympathisch wie zu Anfang war er ihr mittlerweile nicht mehr. Sie sah kurz zu ihm hinüber und meinte grinsend: »Ich als die Ältere darf das.«

Er lachte. »Unterschätz mich nicht, ich bin auch schon zweiunddreißig und trage nur deswegen diesen Zehn-Tage-Bart, weil ich sonst am Einlass der Disco immer meinen Personalausweis vorlegen muss.«

»Jetzt nicht wirklich, oder?« Dolors warf ihm einen skeptischen Blick zu und versuchte, ihn sich ohne Bart vorzustellen. Dann lachte er schon wieder.

»Okay, das mit dem Ausweis war geschummelt, so schlimm ist es dann doch nicht. Aber fast.«

Dolors war froh, dass sich die Spannung zwischen ihnen gelegt hatte. Zweiunddreißig – sie hätte Xavi in der Tat für jünger gehalten. Ohne dass sie einen Grund dafür hätte nennen können, beruhigte es sie, dass er nur fünf Jahre jünger als sie war. Sie hörte, wie er mit Mariano sprach, dann wandte er sich an sie. »Mariano fragt, ob wir auf alle Fälle zurück nach Sants kommen.«

Dolors atmete tief durch. »Nein, nur wenn wir auch hilfreiche Auskünfte bekommen. Sag ihm, wir melden uns, sobald wir mehr wissen. Wenn auch der Zugführer nichts Verwertbares für uns hat, bleibt uns nichts anderes übrig, als die Leute nach Hause zu schicken. Die Personalien haben wir zwar, aber wenn der Mörder unter ihnen ist, wird er danach sicher nicht brav zu seiner Meldeadresse gehen.«

Xavi gab alles an Mariano weiter und wandte sich wieder ihr zu. »Ich soll dir ausrichten, dass die Leiche gleich in die Gerichtsmedizin gebracht wird und du dich an Pau halten musst, der bekäme sie auf den Tisch. Außerdem will der Staatsanwalt, dass du ihn anrufst.«

»Biel?«

Xavi fragte nach und nickte.

»Okay, aber mach du das bitte, Xavi. Seine Nummer ist ebenfalls in meinem Handy gespeichert. Bitte ihn um einen Durchsuchungsbefehl für die Wohnung des Opfers. Und ruf bitte noch in der Gerichtsmedizin an und sag Pau, er möge uns Bescheid geben, wenn er irgendwas Aufschlussreiches an den Leichenteilen entdeckt. Wir müssen auch noch Pep bitten, einen seiner Spezialisten zu schicken, um sich dieses Überwachungssystem anzusehen. Da stimmt was nicht.«

Xavi übernahm alle drei Anrufe. Kurz darauf erreichten sie das Krankenhaus und fragten sich zum Zimmer des Zugführers durch. Schon von Weitem sahen sie den Beamten, der sich vor dessen Zimmer positioniert hatte. Xavi hatte ihn aus Sicherheitsgründen angewiesen dazubleiben. Dolors fragte den jungen Beamten, ob er wisse, welcher Arzt für den Zugführer zuständig sei. Verlegen zuckte er mit den Schultern. »Wenn ich das eben richtig mitbekommen habe, ist gerade Schichtwechsel.«

Nach drei Versuchen fand Dolors zumindest eine Krankenschwester, die mit dem Fall vertraut war. Sie erklärte ihr, dass es dem Patienten so weit gut ginge, sie aber ausdrückliche Anweisung habe, niemanden zu ihm zu lassen.

»Anweisung von wem?«, fragte Dolors. Sie rieb sich den Nacken, der mit einem Mal schmerzte. »Hören Sie ...« Sie ließ ihren Blick über den Kittel der Krankenschwester gleiten. »Also, Schwester Paula, im Bahnhof von Sants halten wir ein Dutzend Leute fest, weil wir den Mörder einer jungen Frau suchen. Wie es aussieht, ist Senyor Perez der Einzige, der Angaben zum Täter machen und damit dazu beitragen kann, dass die Leute endlich in ihre Betten kommen. Mit wem muss ich sprechen, damit wir mit Senyor Perez reden können?«

»Selbst wenn Sie zu ihm könnten, würde Sie das nicht weiterbringen«, mischte sich ein Mann hinter Dolors ein. Sie drehte sich um. Er reichte ihr die Hand und stellte sich als Dr. Fuente vor. »Wir mussten Senyor Perez ein starkes Beruhigungsmittel spritzen. Er hatte im Krankenwagen einen Nervenzusammenbruch.«

»Das tut mir leid für den Mann«, erwiderte Dolors, »aber wir brauchen –«

»Was *Sie* brauchen, ist nicht mein Problem«, unterbrach der Arzt sie. »Als Arzt bin ich einzig und allein für Senyor Perez' Wohl zuständig, und der braucht im Moment absolute Ruhe.«

Dolors musterte den Mann. Er war kaum größer als sie, hatte schütteres graues Haar, ein offenes Gesicht und warme braune Augen – und wirkte nicht halb so stur, wie er sich gerade gebärdete. Sie beschloss, es mit einem Lächeln zu versuchen. »Ich will die Verfassung, in der Ihr Patient ist, gar nicht herunterspielen, aber je mehr Zeit nach einem Mordfall verstreicht, desto geringer werden die Chancen, brauchbare Zeugenaussagen zu bekommen, und die benötige ich in diesem Fall ganz besonders dringend. Senyor Perez ist wahrscheinlich der Einzige, der den Täter –« Sein erneutes Kopfschütteln brachte sie zum Verstummen. Sie seufzte. »Okay, dann erklären Sie mir wenigstens, warum wir nicht zu ihm können.«

»Um dem Mann Zeit zu geben, mit dem allem fertig zu werden.« Er atmete tief durch. »Hören Sie, das ist nicht so einfach, wie Sie sich das vielleicht vorstellen. Ganz unabhängig davon, ob ein Mord oder ein Selbstmord vorliegt, kommt es bei einem solchen Unglück im Kopf eines Zugführers fast immer zu einer Verwischung der Täter- und Opferrolle. In seinen Augen ist nicht der Selbstmörder oder der Mörder schuld am Tod der Person, sondern er wegen seines vermeintlichen Unvermögens, rechtzeitig gebremst zu haben. Genau das führt dazu, dass viele Betroffene nach einem solchen Vorfall unter einer schweren posttraumatischen Belastungsstörung leiden.« Der Arzt wies mit dem Kinn zum Krankenzimmer. »Viele Lokführer haben dem Menschen, den sie überfahren haben, in die Augen sehen müssen, sie haben seine Angst, seine Verzweiflung gesehen. Glauben Sie mir, da werden Sekundenbruchteile zu Ewigkeiten und lassen einen nie wieder los. Auch Senyor Perez hat vorhin immer wieder gewimmert: *Wie sie mich angesehen hat, wie sie mich angesehen hat.* Ich bitte Sie: Er braucht diese Ruhe. Außerdem bezweifle ich, dass Sie nach dem Beruhigungsmittel, das wir ihm gespritzt haben, noch viel Brauchbares aus ihm herausbekommen.«

Dolors presste die Lippen zusammen. Sie hasste es, so ausgebremst zu werden, trotzdem hatte sie den Argumenten des Arztes nichts entgegenzusetzen. »Und wann lässt die Wirkung des Medikaments nach?«

»Kommen Sie am Mittag wieder, gegen halb eins, dann sollte er ansprechbar sein – zumindest wenn wir ihm nicht erneut etwas zur Beruhigung geben müssen.«

»Um halb eins?« Dolors sah ihn ungläubig an. »Das sind noch sieben Stunden! Und an wie viel wird er sich dann überhaupt noch erinnern können?«

Der Arzt zuckte mit den Achseln. »Wenn die Natur gnädig wäre, an gar nichts. Aber das wird leider nicht der Fall sein.«

»Bei Ihrem ›leider‹ vergessen Sie das Opfer und deren Angehörige«, knurrte Xavi.

Dolors legte ihm die Hand auf den Arm. Trotzdem verstand sie ihn nur zu gut: erst kein einziger Zeuge am Bahnhof, dann der fehlende Videoausschnitt und jetzt nicht einmal die Aussage des Zugführers. Aber mit dem Arzt herumzustreiten, brachte sie nicht weiter, sondern würde alles nur noch weiter komplizieren.

»Bis Mittag also.« Sie nickte dem Arzt zu und zog Xavi mit sich fort.

4. Kapitel

Sonntag – 5.50 Uhr

Als sie das Krankenhaus verließen, hörte Dolors, wie Xavi ruckartig Luft holte und sie mit einem einzigen kräftigen Schnaufen wieder ausstieß. Unwillkürlich berührte sie ihn an der Schulter. »Meine andalusische Großmutter hat immer gesagt: Wenn man die Dinge nicht ändern kann –«

»– ist Vergessen die beste Änderung«, beendete Xavi grimmig ihren Satz. »Meine Großmutter hat das auch ständig gesagt, und mit keinem anderen Sprichwort konnte sie mich mehr zur Weißglut bringen, weil es einen doch nur dazu bringen soll kleinbeizugeben. Ganz ehrlich, auch eben ... Warum musstest du so schnell nachgegeben? Es ist doch gar nicht gesagt, dass die psychischen Folgen für den Zugführer dramatischer ausfallen, wenn wir sofort mit ihm reden. Vielleicht befreit ihn das sogar ein Stück weit. Über etwas zu reden, kann schließlich auch Therapie sein. Jetzt hätte er uns noch Hinweise geben können, an die er sich in ein paar Stunden nicht mehr erinnert. Und was, wenn die Sache mit diesem Mord gar nicht beendet ist? Wir haben keine Ahnung, wer der Täter ist, wissen nichts über sein Motiv und darum auch nicht, was er oder sie als Nächstes tun wird. Was, wenn morgen die nächste Tänzerin vor einen Zug gestoßen wird oder ein Mitwisser, den der Täter auch noch beseitigen muss? Und das alles nur, damit der Zugführer ausreichend Zeit hat, sich auszuruhen – und alles zu *vergessen*?«

Das letzte Wort spuckte Xavi regelrecht aus. Dolors ließ ihn bewusst ein paar Mal durchatmen, ehe sie etwas erwiderte. »Du hast doch gehört, was der Arzt über die Ruhigstellung des Mannes gesagt hat. Wenn wir ohnehin nichts Brauchbares aus ihm herausbekommen können – wozu dann einen Aufstand machen?« Sie machte ihm Zeichen weiterzugehen. »Komm, wir nehmen uns Julias Wohnung vor. Vielleicht bringt uns wenigstens das in der Zwischenzeit ein Stück weiter.«

Auf dem Weg zum Wagen rief sie Mariano an und bat ihn, die Wartenden heimzuschicken. Außerdem fragte sie ihn, ob Pep noch vor Ort sei und ob man das Handy von Julia Toset Buxeda gefunden habe. Er verneinte. »Aber einige von Peps Leuten sind noch da und nehmen die Überwachungskameras unter die Lupe.«

Anschließend rief sie Biel an, erfuhr, dass der Durchsuchungsbefehl für Julia Toset Buxedas Wohnung vorlag, und bestellte gleich darauf auch die Spurensicherung dorthin.

»Kommt zur *Plaça de Mossèn Clapés*, Ecke *Avenguida Meridiana*«, erklärte sie Pep. »Wir erwarten euch.«

Der Hauseingang zu Julia Tosets Wohnung lag neben einem Friseursalon, in dessen Schaufenster als einzige Dekoration ein verschrammtes, ehemals wohl weißes Regal mit verschiedenen Haarpflegeprodukten stand. Dolors parkte auf der gegenüberliegenden Straßenseite im Schatten einer Platane. Sie stiegen aus, überquerten die Straße und umliefen die zahlreichen Vespas und anderen Kleinkrafträder, die auf dem Platz vor dem Haus abgestellt waren. Hinter ihnen dröhnte der Verkehr der *Meridiana*, der mehrspurigen, nördlichen Haupteinfallsstraße von Barcelona. Dolors fand den Geräuschpegel sehr hoch und das noch mehr angesichts der Tatsache, dass es so früh am Tag und überdies Sonntag war. Jeder Barcelonese, der eine Wochenendwohnung am Meer oder in den Bergen hatte, hatte sich mit Sicherheit vor der Hitze dorthin geflüchtet.

Das Viertel, das etwas tiefer als die Meridiana lag, wirkte, als sei es noch im tiefen Schlaf. Ein marokkanischer Straßenkehrer fegte gähnend ein paar Papierschnipsel in seine orangefarbene Abfalltasche. Zwei Katzen jagten sich spielerisch über die am Straßenrand geparkten Autos hinweg; jedes Mal, wenn sie auf ein Dach sprangen, ertönte ein dumpfes Ploppen. Weitere Zeichen von Leben gab es nicht.

Wann immer Dolors in diese Gegend verschlagen wurde, fand sie, dass *Sant Andreu* gewiss nicht zu den schönen *Barrios* der Stadt gehörte, es sich hier aber sicher dennoch gut leben ließ. Trotz der bis zu achtstöckigen Wohnblocks hatte es sich einen behaglichen, fast dörflichen Charakter bewahrt. Dolors wäre jede Wette eingegangen, dass die Menschen hier einander noch beim Namen kannten. In den Erdgeschossen der Wohnblocks reihten sich schlichte Lädchen aneinander, Bäcker, Krämer, Obst- und Gemüsehändler, dazwischen ein Versicherungsvertreter, ein Schreibwarengeschäft und der unvermeidliche Tabakladen. Dolors wusste, dass hier vor allem Arbeiter und kleine Angestellte wohnten, einfache, aber ordentliche Leute in – sofern es das in diesen scheinbar endlos dauernden Krisenzeiten überhaupt geben konnte – gesicherten Positionen, die höchste Gewähr für Ruhe und Angepasstheit. Dass es eine Tänzerin gerade hierher gezogen hatte, wunderte sie, umso mehr bei jemandem wie Julia, die auf dem Foto, das sie neulich von ihr in der Zeitung gesehen hatte, einen recht abgehobenen, geradezu sphärischen Eindruck auf sie gemacht hatte mit ihrer hochgewachsenen, fast feenhaften Gestalt, dem wehenden Haar und diesem eigenartig entrückten Blick aus ihren tiefblauen Augen ...

»Keine sehr glamouröse Umgebung für eine Primaballerina«, murmelte Xavi, als würde er Dolors' Gedanken erraten.

»Nein, aber vielleicht war es ja ihr erstes großes Engagement«, gab Dolors zu bedenken. »Außerdem glaube ich sowieso nicht, dass man als Tänzerin Reichtümer anhäuft, auch nicht als Solotänzerin, zumindest nicht bei uns in der Stadt. Auf jeden Fall müssen wir uns auch ihre finanziellen Verhältnisse ansehen. Was mich außerdem wundert, ist, dass sie so weit vom Stadtzentrum entfernt wohnt, normalerweise zieht es Studenten und Künstler eher nach *Gràcia.*«

»Auf alle Fälle hat sie hier bestimmt wie der Pfau im Hühnerhof gewirkt.«

»Vielleicht hat sie gerade das gesucht ... Oder sich ganz bedeckt gegeben?«

Xavi zeigte zur Tür. »Wollen wir, bis die anderen kommen, schon mal die Nachbarn befragen?«

»Ich würde lieber mit Julias Wohnung anfangen.« Dolors sah sich um. Doch weder Pep mit seiner Mannschaft noch der Sekretär des Staatsanwalts mit dem Durchsuchungsbefehl waren in der Nähe. Sie sah, wie Xavi das Standbein wechselte, und verzog missbilligend das Gesicht. »Mir ist es immer ganz lieb, wenn ich vor den anderen da bin. Dann kann ich mir erst einmal ein eigenes Bild von meiner Zielperson machen. Wie die Person hier umherging, zum Beispiel, wie sie in das Umfeld passt. Wenn ich als Nächstes in ihr eigenes Reich eindringe und sehe, was die Realität dieser Person wirklich ausmacht oder ausgemacht hat, fällt es mir viel leichter, das Wesentliche zu entdecken.«

Sie sah, wie Xavi sich an der Schläfe kratzte und vergeblich versuchte, sein Grinsen zu verbergen.

Dolors hob die rechte Augenbraue. »Ich weiß nicht, was es da zu lachen gibt.«

»Oh, nichts, nichts«, rief Xavi und mühte sich noch mehr, sein Grinsen zu unterdrücken – mit noch weniger Erfolg.

Dolors stemmte die Hände in die Seiten. »Was ist los?«

»Gar nichts«, beharrte Xavi und lachte auf. »Solange du keine Kristallkugel herausholst und sie auf offener Straße nach dem Mörder befragst, ist echt alles gut!«

Statt etwas zu erwidern, schnaubte Dolors und wandte ihm den Rücken zu. Und vermisste Manel mehr denn je.

Es war schon fast sieben, bis Pep und sein Team anrückten, wenig später erschien Hektor Clos, der Sekretär des Staatsanwalts. Verschlafen und sichtlich schlechter Laune reichte er ihr den Durchsuchungsbefehl und knurrte: »Dritter Stock, Wohnung Nummer 1.«

Obwohl Dolors den Mann auch besser gelaunt nicht leiden konnte, rang sie sich ein »Guten Morgen« ab, dann wandte sie sich den Klingelschildern zu, drückte auf die *3°1a* – ohne dass etwas geschah. Sie fragte sich, ob Julia die Wohnung allein bewohnte – bewohnt hatte, verbesserte sie sich sogleich. Plötzlich flog sie der Gedanke an, dass sie zu den ersten Leuten gehörte, die wussten, dass hier, zumindest wenn Julia allein gelebt hatte, ab sofort eine Wohnung frei war – und schämte sich sogleich für den Gedanken. Allerdings nicht zu sehr. Sie suchte eben händeringend eine Wohnung und gab sich keinen Illusionen hin: In dieser Stadt war es verdammt schwer, etwas Bezahlbares zu finden. Sie dachte an eine Studienkollegin, die damals die Todesanzeigen studiert und darüber ebenso kurzfristig wie preisgünstig ihre Wohnung gefunden hatte. Ein bisschen makaber war das schon, außerdem lag Julias Viertel recht weit vom Kommissariat entfernt und war ihr zu provinziell – andererseits konnte sie nicht wochenlang die Gastfreundschaft ihrer Freundin in Anspruch nehmen, und zurück zu Miguel zu ziehen, war schon gar kein Thema für sie. In dem Fall würde sie tatsächlich lieber hier wohnen wollen, zumindest für den Übergang. Vorausgesetzt, die Wohnung wäre überhaupt groß genug für sie und die Kinder.

Da noch immer niemand auf ihr Klingeln reagiert hatte, drückte sie sämtliche Knöpfe auf einmal. Kurz darauf ertönte der Summer. Xavi und sie betraten das Haus. Aus der Wohnungstür zu ihrer Rechten spähte eine ältere Dame hervor. Der Großteil ihrer grauen Haare war auf Lockenwickler gerollt, über ihrem üppigen Busen hielt sie einen schrillbunt geblümten Bademantel zusammen.

»Zu mir wollen Sie nicht«, konstatierte sie ärgerlich.

»Doch, zumindest auch«, erwiderte Dolors, zeigte ihren Dienstausweis und den Durchsuchungsbefehl und fragte die Frau, ob sie wisse, wer ihnen Zugang zu Julia Tosets Wohnung verschaffen könne.

Die Frau ließ sich noch einmal Dolors' Dienstausweis zeigen. »Und wer sagt mir, dass dieses Ding da echt ist?«

»Sie können gerne mit zu unserem Dienstwagen gehen und über das Funkgerät mit der Zentrale sprechen. Oder

Sie rufen bei unserer Dienststelle an und erkundigen sich dort nach uns.«

»Geschenkt.« Die Frau winkte ab. »Was wollen Sie in Julias Wohnung? Hat sie was ausgefressen?«

»Sollte sie?«

Die Frau zuckte mit den Achseln.

»Sie haben also einen Schlüssel?«, fragte Dolors weiter.

Nach kurzem Zögern nickte die Frau. »Sie wohnt allein, war allerdings kaum zu Hause, und deswegen hat sie mir einen Schlüssel gegeben. Jemand musste sich ja um den Kater kümmern.«

»Wunderbar, dann möchte ich Sie bitten, uns zu begleiten.«

»Wie – etwa sofort? So früh am Sonntag? Ich habe noch nicht einmal meinen Kaffee getrunken.«

Dolors erklärte ihr, dass Julia in der Nacht gewaltsam zu Tode gekommen sei. Die Frau wirkte betroffen, was aber nichts an ihrer Verärgerung über die Störung änderte.

»Dann geben Sie mir wenigstens eine Minute, um mir etwas anzuziehen. Und Sie müssen mir helfen, dass der Kater nicht ausbüxt. Der sitzt immer auf der Lauer, und wenn er Fremde sieht, rastet er ganz und gar aus.«

Sie ging zurück in ihre Wohnung und kam kurz darauf mit ausgekämmtem Haar und einer blaugeblümten Kittelschürze am Leib wieder. Xavi machte der Frau Zeichen voranzugehen. Sie nickte und reichte ihm den Schlüssel. »Mit der Tür müssen Sie kämpfen. Es reicht mir, wenn ich das jeden Abend tue, um dem Kater sein Futter und frisches Wasser zu geben. Sie müssen die Tür kräftig an sich heranziehen, sonst kriegen Sie sie nicht auf. Alles verzogen. Kommt von dem Dauergeratter und -gerüttel auf der Meridiana. Alles hier verzieht sich, sogar meine Knochen.«

»Wenn wir jetzt hochgehen könnten ...«, sagte Xavi, woraufhin sich die Frau endlich der Treppe zuwandte und nach oben stieg. Xavi ging die anderen holen, die noch auf der Straße warteten. Pep kam als Erster ins Haus und wetterte sofort, dass niemand wagen sollte, die Tür anzufassen, ehe er sie nicht auf Einspruchsspuren untersucht hatte und alle ihre Schutzkleidung trugen.

Die Tür ging so mühsam auf, wie die Frau angekündigt hatte. Als sie sie endlich aufbekommen hatten, schoss ihnen ein junger, anthrazitfarbener Kater entgegen. Noch bevor er entwischen konnte, packte Dolors ihn. Sie drückte den kleinen Ausreißer an ihre Brust, schlüpfte in die Wohnung und befahl den anderen, die Tür zu schließen. Kaum war die Tür im Schloss, schoss das Tier mit einem wütenden Fauchen in die Höhe und entwischte mit zwei langen Sprüngen ins Wohnzimmer. Dolors rieb sich die Stirn. »Das war knapp.«

Xavi sah sich um. »Wo fangen wir an?«

»Am besten erst mal dem pelzigen Hausherrn hinterher. Und ihr«, fuhr sie mit Blick zu Pep und den beiden anderen Kollegen von der Spurensicherung fort, »ihr sucht bitte vor allem ihr Handy, ihren Computer und ihren Arbeitsvertrag mit Agita Danza.«

Dolors folgte Xavi ins Wohnzimmer. Der Raum war so ordentlich und ohne jede Spur von Leben, dass er wie ein Ausstellungsraum wirkte. Irritiert fragte sich Dolors, ob Julia ihre Wohnung immer so hinterließ oder ob sie am gestrigen Tag einen besonderen Grund gehabt hatte.

Ein elegantes schneeweißes Ledersofa mit weißen, feingeblümten Kissen, zwei dazugehörige Sessel, ein leerer gläserner Couchtisch, an den Wänden ein halbhoher Vitrinenschrank, diverse Bücherregale – auch dies alles in Weiß und in einem merkwürdigen Gegensatz zu den ewig nicht gestrichenen Türen und Fenstern und den riesigen, zum Teil sogar ausgebrochenen Steinfliesen. Dolors tauschte einen Blick mit Xavi und sah, dass auch er sich ob des Kontrastes verwundert umsah. An den Wänden hingen zahlreiche Fotos von Ballettaufführungen, bei denen der Fokus zumeist auf einer einzelnen Tänzerin lag. Aufmerksam studierte Dolors die Bilder und erwog, auf wie vielen Julia zu sehen war. Sie konnte nur auf zweien eine große Ähnlichkeit mit dem Foto feststellen, das sie in der Zeitung gesehen hatte. Bei den anderen war sie sich unsicher. Allerdings war ihr bewusst, wie stark Schminke ein Gesicht verändern konnte, und alle Tänzerinnen auf den Fotos waren stark geschminkt.

»He, wir haben ihr Telefonbuch!«, rief Xavi plötzlich.

Dolors wandte sich zu ihm um. »Prima, das sollte uns weiterhelfen, bis wir ihr Handy haben. Kannst du Freunde oder Familienangehörige oder sonst jemanden ausmachen, der besonders markiert ist?«

Sie sah, wie Xavi das Telefonbuch durchblätterte. Kurz darauf blickte er mit einem freudigen »Bingo!« zu ihr auf. »Die Nummer ihrer Mutter – unter Mama.« Nachdem er noch etwas weitergeblättert hatte: »Einen Papa scheint es aber nicht zu geben, jedenfalls ist er nicht eigens eingetragen.«

»Ich nehme an, die Adresse der Mutter steht nicht dabei, oder?«

»Doch, die gibt es gratis dazu«, gab Xavi zurück. »*Carrer de les Agudes.*«

Dolors nickte. »Prima, dann wissen wir, wo wir gleich hinfahren, aber erst will ich mir die übrige Wohnung ansehen.«

Auch das Schlafzimmer war inklusive Bettüberwurf und Zierkissen komplett in Weiß gehalten und ebenso steril wie das Wohnzimmer. Allmählich fand Dolors diese penible Ordnung und das viele Weiß immer eigenartiger, geradezu unpassend. »Wenn du dich hier so umsiehst und dir vergegenwärtigst, wo du bist, ich meine, in welchem Viertel – für diese Gegend ist die Einrichtung doch viel zu ... stylish, findest du nicht?«

Xavi nickte. »Als habe sie sich zumindest in ihren eigenen vier Wänden einbilden wollen, eigentlich ganz woanders zu sein.«

»Guter Gedanke«, erwiderte Dolors und setzte mit einem Zwinkern nach: »Klingt fast, als seist du auch in der Lage, Kristallkugeln zu lesen.«

Xavi lachte. »Keine Sorge, ich wollte nie in Abrede stellen, dass man zum Ermitteln auch eine gewisse Intuition braucht.«

»Vielleicht wollte sie etwas verdecken mit all dem Weiß, Erinnerungen, Verletzungen, eine Decke aus Schnee ...«, sinnierte Dolors weiter, woraufhin Xavi nur die Augenbrauen hob.

Dolors zuckte mit den Achseln. »Warten wir es ab.«

Sie ging weiter in die Küche, deren blassgelbe, vielfach angeschlagene Fliesen sicher schon seit den Fünfzigerjahren an den Wänden klebten und in einem eigenartigen Gegensatz zu den beiden anderen Zimmern standen, denn hier schien alles aus grauer Vorzeit zu stammen: gemauerte Küchenschränke mit unverwüstlichen Resopaltüren, ein rostiger Toaster, ein verdellter Aluminium-Espressokocher und – wie Dolors bei einem Blick in die Schränke feststellte – auch das Geschirr hatte Alterswert. Ihr präsentierte sich ein buntes Sammelsurium von verschiedensten Tellern, Tassen und Schüsseln, kaum drei passten einmal zusammen, bei den meisten war der Rand angeschlagen, an zwei Tassen fehlte der Henkel. Außerdem gab es einen Stapel verschieden großer und vom vielen Spülen völlig verkratzter Glasteller und in der Schublade Blechbestecke, die so minderwertig waren, dass sie sich schon beim Hinschauen verbogen. Dolors ging davon aus, dass Julia den Inhalt der Küchenschränke mitgemietet hatte, was nicht ungewöhnlich war. Viele Wohnungsbesitzer vermieteten ihre Wohnungen nicht nur möbliert, sondern auch mit komplett ausgestatteten Küchen – wobei das, was ein Vermieter unter komplett ausgestattet verstand, einer ziemlichen Bandbreite unterlag. Sie fragte sich, warum Julia, die beim Wohn- und Schlafzimmer auf eine so moderne Ausstattung geachtet hatte, sich nicht zumindest ein paar bessere Teller und Bestecke geleistet hatte.

Dolors ging noch einmal zurück ins Schlafzimmer, öffnete die Schränke und betrachtete die reiche Auswahl an Kleidern, die sich ihr dort bot.

»Wow, eine ebenso nette wie exklusive Auswahl und noch mal einige Klassen über der Einrichtung«, meinte Xavi, der ihr nachgekommen war. Er holte ein paar Kleidungsstücke heraus und sah sich die Etiketten an. »Hugo Boss, Mrs & Hugs, Armani, Closed – alles nicht von armen Eltern!«

»Apropos Eltern: vielleicht haben die Geld. Oder man verdient als Tänzerin weit mehr, als ich bislang dachte. Trotzdem ...« Dolors schüttelte den Kopf. »Ich kriege kein Bild von ihr in den Kopf, wie sie mit diesen Edelklamotten in dieser piefigen Küche steht und sich Spiegeleier brät.«

Xavi ging zurück in die Küche und öffnete den Kühlschrank. Auch von ihrem Standort aus konnte Dolors sehen, wie gähnend leer er war.

»So viel zum Thema Spiegeleier«, meinte Xavi, als er zurückkam. »Wer weiß, vielleicht ist sie immer essen gegangen und hat sich deswegen nicht am Zustand der Küche gekehrt.«

»Auf alle Fälle müssen wir uns ihre finanziellen Verhältnisse genauer ansehen.« Sie hob die Augenbrauen. »Ich würde sagen, diese Frau gibt uns mehr Rätsel auf als das, was zu ihrem Tod geführt hat.«

5. Kapitel

Sonntag – 7.30 Uhr

Eine halbe Stunde später verließen Dolors und Xavi die Wohnung. Leider hatte ihnen die Befragung der Nachbarin, die ihnen aufgeschlossen hatte, nicht mehr Erkenntnisse gebracht, als dass Julia sehr zurückgezogen gelebt hatte. Wenn überhaupt einmal Besuch kam, dann war dies ein etwas älterer, wohlsituierter Herr gewesen, dessen Namen sie nicht kannte und von dem sie annahm, dass er nicht nur zum »Kaffee trinken und Händchen halten« gekommen war. Öfter als ein- oder zweimal im Monat sei er aber nicht aufgetaucht.

Voller Unmut darüber, dass sie noch keinen Schritt weitergekommen waren, wollte Dolors nun direkt zu Julias Mutter fahren. Als sie aus dem Haus traten, stellte gerade die Bedienung der Frühstücksbar nebenan Tische und Stühle auf die Terrasse. Schlagartig fing Xavis Magen so vernehmlich zu knurren an, dass Dolors es nicht überhören konnte.

»Warum sagst du denn nicht, dass du kurz vorm Verhungern bist?« Sie musste grinsen.

»Weil ich eigentlich gehofft habe, dass sich auch dein Magen irgendwann bemerkbar machen würde«, gab Xavi zurück und sah sie dabei mit einem Blick an, der ihr verriet, dass sie nicht ganz unschuldig an seiner Zurückhaltung war. Dolors fragte sich, ob sie bisweilen tatsächlich so unausstehlich zu ihren Mitmenschen war, dass sie ihr nicht mal mehr zu sagen wagten, dass sie einen Bärenhunger hatten, und schwieg. Es reichte ihr schon, dass ihr Noch-Ehemann ihr regelmäßig vorwarf, sie sei ein Scheusal – ein Kompliment, das sie allerdings regelmäßig zurückgab. Schließlich war das, was sie in Bezug auf ihn tat, nur eine Reaktion auf das, was er zuvor mit ihr gemacht hatte ...

Wenig später kamen neben zwei *café solo* Dolors' Croissant und ihr Glas frisch gepresster Orangensaft sowie Xavis *entrepà de llom*, ein halbes Baguette, das fingerdick mit gebratenen Schweinefiletscheiben belegt war. Dolors warf ihm einen kritischen Blick zu. »Wie kann man so was am frühen Morgen runterbringen?«

»Probier mal. Das schmeckt wunderbar!« Xavi hielt ihr das Brot hin, doch Dolors schüttelte den Kopf. Gleichmütig biss Xavi in sein Brot und seufzte. »Das Fleisch ist noch heiß, total lecker, du verpasst echt was.«

»Darf es sonst noch was sein?«, fragte die Bedienung, die sich Dolors erst jetzt, nachdem der erste Schluck Kaffee ihre Lebensgeister neu belebt hatte, genauer ansah. Sie schätzte die Frau auf Anfang zwanzig. Sie hatte ihr taillenlanges Haar zu einem lose geflochtenen Zopf zusammengefasst und war so dezent geschminkt, dass man zwei Mal hinsehen musste, um es überhaupt zu bemerken. Ihre Kleidung war unauffällig, aber hochwertig, zu hochwertig für den Job, den sie hier machte. Unwillkürlich musste Dolors an die Tote denken. Sie wies sich aus und ließ sich ihren Namen geben. »Ariana, kennen Sie Julia Toset?«

Sie hatte das Gefühl, dass ihre Frage die Frau beunruhigte, zumindest wich sie ein Stück zurück, überspielte es dann aber damit, dass sie die Stühle am Nebentisch zurechtrückte, obwohl die ohnehin schon exakt im Neunzig-Grad-Winkel zum Tisch gestanden hatten.

Unsicher sah Ariana zwischen Xavi und Dolors hin und her. »Was wollen Sie von Julia?«

»Was könnten wir denn von ihr wollen?«

Ariana zuckte mit den Achseln. »Ich weiß nicht ... Sie musste gestern so plötzlich weg und hat sich dann nicht mehr gemeldet. Das kenne ich gar nicht von ihr.«

»Weg von wo?«, hakte Dolors nach.

»Von ...« Wieder machte Ariana eine Kunstpause. »Wir waren zusammen essen. Weil doch ihr Geburtstag war. Und danach sind wir noch was trinken gegangen. Alles war gut – bis dieser Anruf kam.«

»Wissen Sie, wer sie angerufen hat?«

»Nein, keine Ahnung. Sie hat auch fast gar nichts gesagt, und die andere Stimme konnte ich nicht hören. Wir waren kurz zuvor nach draußen gegangen, weil uns vom Tanzen so heiß war – aber draußen war es ja auch nicht kühler. Gerade als wir wieder reingehen wollten, vibrierte ihr Handy. Es redete vor allem die Person am anderen Ende. Julia sagte fast nichts, wurde aber immer fahriger, regelrecht verstört. Irgendwann hat sie dann ›okay‹ gesagt, aufgelegt und gemeint, sie müsse weg. Sie hat sich das erstbeste Taxi geschnappt.«

»Hat sie früher schon einmal einen solchen Anrufe bekommen?«

»Nein, eigentlich hat sie sowieso kaum Anrufe bekommen.«

»In welchem Lokal waren Sie?«

»Zum Essen im *Roig Robí,* und danach sind wir in den *Believe Club.* Die hatten eine richtige coole Queer Party.«

»Beides teure Pflaster«, konstatierte Dolors. Sie wusste, dass es im *Roig Robí* eine exquisite katalanische Küche gab. Miguel führte oft Kunden dahin aus. Und der *Believe Club* war ein Gay- und Queer-Club, eine Disco mit einer Pole-Dance-Show, Drag Queen und Artisten, die den Leuten bis zum Morgengrauen einheizten. »Verkehren Sie regelmäßig in diesen Läden?«

»Ach woher.« Ariana errötete. »Das war Julias Idee. Sie hat mich eingeladen, ihren Geburtstag zu feiern, und auch sie ging sonst nicht in solche Läden.«

»Und von wann bis wann waren sie wo?«

»Wir hatten einen Tisch für halb elf. Gegen Mitternacht sind wir in den Club. Der Anruf kam gegen zwei Uhr, denke ich.«

»Waren Sie gut miteinander befreundet?«

»Ein bisschen, was mehr an Julia als an mir lag. Von mir aus hätten wir uns gern noch öfter sehen können, aber Julia ... na ja, sie lässt einen nicht so richtig an sich heran. Ich glaube, ich bin die Einzige, mit der sie sich überhaupt ab und an trifft. Zu mir ist sie immer sehr nett ... und großzügig. Manchmal schenkt sie mir Klamotten, wie die Hose hier.«

»Dann hat sie ziemlich gut verdient?«

»Wegen der Kleider?« Sie lachte. »Nein, die bekommt sie geschenkt. Sie modelt ab und an und kann sich dann manchmal Kleider aussuchen oder bekommt sie günstiger.« Sie schaute Dolors fragend an. »Was ist mit ihr? Warum fragen Sie mich das alles?«

Dolors holte tief Luft. »Weil sie ... Weil jemand sie vor eine vorbeirauschende U-Bahn gestoßen hat. Sie ist tot.«

Schlagartig wurde Ariana so bleich, dass Xavi aufsprang und sie drängte, sich zu setzen.

»Besser so?«, fragte er anschließend.

Sie nickte, und zugleich traten ihr Tränen in die Augen. »Du meine Güte, wer tut denn so etwas?«

»Eben das wollen wir herausfinden«, erwiderte Dolors. »Wissen Sie, ob sie Feinde hatte? Neider?«

»Neider bestimmt viele. So gut, wie sie aussieht ... aussah.« Sie schluckte. »Vor die Bahn, mein Gott, sie ... sie war so schön. Und wie sie tanzen konnte, wie ein Engel!«

»Fallen Ihnen auch ein paar Personen ein, die sie beneidet haben? Namen?«

»Na, die beiden Tänzerinnen, die wegen Julia ihre Stelle als Solotänzerin verloren haben. Bestimmt waren noch mehr Leute neidisch auf sie.«

»Kennen Sie Julias Freund?«, fragte Xavi und setzte sich ebenfalls wieder.

»Ja, das heißt nein. Ich ...« Sie fuhr sich über das Gesicht, als müsse sie unsichtbare Spinnweben wegwischen. »Mein Gott, ich kann das noch gar nicht fassen.«

»Kennen Sie ihren Freund?«, wiederholte Dolors sanft Xavis Frage.

Ariana schüttelte den Kopf.

»Nicht einmal das Alter oder den Beruf oder den Vornamen?«

»Arnau ... Ich glaube, er heißt Arnau. Manchmal habe ich gesehen, wie er sie nach Hause gebracht hat. Er fuhr einen riesigen hellblauen Schlitten mit ganz viel blitzendem Chrom.«

»Wissen Sie vielleicht die Marke?«, fragte Xavi.

Ariana hob die Schultern. »Irgendeine feine Limousine, unerschwinglich für unsereins. Aber ich weiß nicht mal, ob das mit Arnau was Festes war. Er ... nun ja, er war ziemlich viel älter, ich habe sie nur zwei Mal flüchtig mit ihm gesehen, was allerdings nichts heißen muss. Immerhin könnte sie sich auch in der Stadt oder bei ihm mit ihm getroffen haben. Groß erzählt von ihm hat sie jedenfalls nie.«

»Und was heißt für Sie *viel älter*?«, wollte Dolors wissen. »Wie sah der Mann aus?«

»Wie er aussah ...« Sie blies die Backen auf. »Ich habe ihn immer nur im Wagen sitzen gesehen und das von ziemlich weit weg. Graue Haare, Brille, schlank ... Beim ersten Mal dachte ich, er sei ihr Vater und dass der schwer Kohle haben musste – wegen des Wagens. Als ich sie dann auf den Mann angesprochen habe, hat sie gemeint, er sei nicht ihr Vater, es sei *was anderes*. Aber ich habe nicht weiter nachgefragt.«

»Und warum nicht?«

»Ich weiß nicht.« Sie strich sich eine Strähne aus dem Gesicht, die sich aus ihrem Zopf gelöst hatte. »Vielleicht, weil sie schon bei der ersten Frage dichtgemacht hat. Die beiden anderen Male ist sie zu ihm ins Auto gestiegen und hat ihn jedes Mal zur Begrüßung geküsst, also auf den Mund, nicht nur Wangenküsse oder so – nun, irgendwas miteinander werden sie schon gehabt haben. Und sonst ... Keine Ahnung. Jedenfalls waren Männer sowieso nicht ihr Thema.«

»Was war denn *ihr* Thema?«, fragte Xavi.

»Musik, Tanz, Reisen ... Sie redete von nichts anderem.«

»Was hatte sie denn vor?«

»Sie träumte von Paris, davon, als Tänzerin an die Oper von Paris zu kommen. Dafür hätte sie alles gegeben.«

»Da muss sie aber viel trainiert haben, wenn sie so weit hinaufwollte«, meinte Dolors.

»Das hat sie auch.« Ariana sah sie an. »Ganz viel sogar. Aber nicht nur deswegen, auch weil das Trainieren sie abgelenkt hat.«

»Abgelenkt wovon?«

»Von … Ich weiß es nicht sicher, es ist mehr so ein Gefühl.« Sie errötete, schluckte. »Manchmal wirkte sie abwesend und zugleich seltsam beunruhigt … Wie gesagt, ich weiß es nicht, aber ich habe immer das Gefühl gehabt, als sei da was, vor dem sie fliehe und dass sie sich deswegen so ins Tanzen verbiss.«

»Hatten Sie das Gefühl, sie ist vor etwas oder vor jemandem geflohen?«, fragte Xavi, und Dolors beinahe gleichzeitig: »Hatten Sie das Gefühl, sie hatte vor jemandem Angst?«

»Angst?« Ariana zögerte und schüttelte schließlich den Kopf. »Ich weiß es nicht. Aber da war was, etwas, vor dem sie weggelaufen ist. Ganz sicher!«

6. Kapitel

Sonntag – 9.00 Uhr

»Nun denn«, machte Xavi, als sie vor dem Wohnhaus von Julias Mutter hielten. »So wirklich würde man hier ja nicht wohnen wollen ...« Er beugte sich vor, um sich besser in der Straße umsehen zu können. Unwillkürlich folgte Dolors seinem Blick. Die sich fast nahtlos aneinanderreihenden, fünf- bis siebengeschossigen Wohnblöcke boten in der Tat ein trauriges Bild: abblätternder Putz, Fenster, vor denen in einigen Wohnungen keine Gardinen, sondern Decken hingen, entweder um die Sommerhitze abzuhalten oder weil jemand ganz sichergehen wollte, dass niemand in die Räume hineinsehen konnte. Statt Balkonen gab es kleine, zumindest in großen Teilen mit versetzten Backsteinen zugemauerte Außenräume, die der Unterbringung von Warmwasserboilern, Waschmaschinen und anderen Dingen dienten, die man nicht in der Wohnung haben wollte, und die so vollgestopft waren, dass sie den Eindruck von Enge und Vernachlässigung noch erhöhten. An der Straßenecke standen drei Jugendliche mit Baseballkappen so eng beieinander, dass ganz offensichtlich niemand sehen sollte, was sie da gerade trieben. Dolors war klar, dass hier gleich ein Bündel Geld gegen etwas getauscht werden würde, das garantiert die Drogenfahndung interessieren würde.

»Es ist hier schon weit besser als früher«, sagte sie. »Die wahren Problembezirke der Stadt sind eher in Gebieten wie *La Mina*. Da kracht es alle paar Tage – und da würde ich in der Tat nicht wohnen wollen.«

Xavi sank zurück in den Sitz und sah zu Dolors. »In welchem Stadtteil wohnst du eigentlich?«

»Ich …« Dolors räusperte sich. »Ich bin derzeit selbst auf der Suche nach einer neuen Bleibe.«

»Ach ja?« Xavi hob erstaunt die Augenbrauen. »Ich dachte, du wärst verheiratet und hättest Kinder?«

Irritiert sah sie zu ihm. »Erdenken kann man sich solche Informationen eigentlich nicht.«

»Nun, dann wird es mir wohl jemand erzählt haben.«

»Solche Themen kursieren im Kommissariat? Haben sie dort nichts anderes mehr zu besprechen?«

Xavi hob abwehrend die Hände. »Ich habe echt nicht nachgefragt und mich, ehrlich gesagt, überhaupt nicht weiter über dich erkundigt. Dafür hätte ich auch noch gar keine Zeit gehabt.«

Dolors wartete, dass er weitersprach, was er schließlich auch tat: »Es fiel irgendwie ganz nebenbei in einem Gespräch, am Freitag, als ich dich im Kommissariat gesucht habe. Da meinte jemand, du würdest am Nachmittag sicher nicht mehr reinkommen, weil du deine Tochter ins Ballett bringen würdest, da dein Mann freitags nie Zeit dafür habe – oder irgend so etwas in der Art. Und zu meiner Frage – ich wollte weder indiskret noch neugierig sein.«

Dolors nickte. Seine Antwort beruhigte sie. Sie mochte es nicht, wenn jemand Informationen über sie einholte, vor allem nicht unter Kollegen und noch weniger derzeit, da sich gewiss sowieso schon alle über ihre zerbröckelnde

Ehe das Maul zerrissen, aber scheinbar hatte er es nicht getan.

»Auch wenn man verheiratet ist und Kinder hat, kann man sich nach einer neuen Wohnung umsehen«, gab sie schließlich bewusst ausweichend zur Antwort.

»Klar, kann man«, gab Xavi zurück und wies auf das Haus. »Wollen wir?«

Dolors nickte.

Als sie die Haustür erreicht und die Klingelschilder studiert hatten, ging Dolors auf, dass die Wohnung 0°1a keine Erdgeschoss-, sondern eine der Wohnungen im Souterrain sein musste. Sie trat einen Schritt vom Haus zurück, um es noch einmal im Ganzen sehen zu können. »0°1a – das sind wahrscheinlich die beiden Fenster rechts unten, oder was meinst du?«

Xavi folgte ihrem Blick. »Wenn da Julias Mutter wohnt, dann ist sie auf alle Fälle schon einmal nicht für deren Reinlichkeitswahn verantwortlich. Die Fenster sind in dem Jahr garantiert noch nicht geputzt worden.«

»Oder sie ist gerade dafür verantwortlich. Auch ein abschreckendes Beispiel hinterlässt Spuren.« Dolors drückte auf den Klingelknopf. Eines der beiden Fenster, auf die sie zuvor geschaut hatten, öffnete sich gut eine Handbreit. Eine dürre, vor der Zeit gealterte Frau erschien im Spalt und zischte ihnen zusammen mit einem Schwall Rauch entgegen: »Die Zeugen Jehovas waren gestern schon da.«

Dolors wies sich aus. »Sind Sie Senyora Toset?«

Die Frau ließ ein unwilliges Grunzen ertönen, das Dolors als Ja wertete.

»Wir würden gern mit Ihnen sprechen.«

»Und worüber?«

»Das würde ich Ihnen lieber drin sagen.«

Die Frau zog noch drei weitere Male an ihrer Zigarette, dann schnickte sie sie auf die Straße, schloss das Fenster und erschien kurz darauf an der Haustür. »Der Türöffner ging schon nicht, als ich in dieses versiffte Loch eingezogen bin.«

Als Dolors das Haus betrat, fand sie den Ausdruck »versifft« durchaus passend: ausgetretene Zigaretten, zusammengedrückte Bierdosen, zerknülltes Papier ... und auf dem ersten, nach oben führenden Treppenabsatz entdeckte sie überdies ein verknotetes Kondom oder zumindest etwas, das so aussah. Dazu roch es intensiv nach Urin, Schimmel und kaltem Zigarettenrauch.

»Ja, was denn nun?«, raunzte die Frau sie an. »Sagen Sie mir jetzt, was Sie wollen, oder behalten Sie es für sich?«

»Ich denke, es wäre besser, wenn wir in Ihrer Wohnung reden würden.«

»Da isses nicht aufgeräumt«, gab die Frau zurück und zeigte ein schiefes Lächeln, bei dem sie mehr als eine Zahnlücke entblößte. Dolors wehte der Geruch von Rotwein an. »Zu früh am Tag. Da hätten Sie sich anmelden müssen.«

»Unordnung stört uns nicht«, erwiderte Dolors so freundlich, wie es ihr möglich war. Sie merkte, dass Xavi unruhig wurde, und sah zu ihm hinüber. Sie hoffte, dass er nicht vorhatte, die Frau tatsächlich hier im Treppenhaus mit dem Tod ihrer Tochter zu konfrontieren. Auch sie fand die Frau unangenehm, auch sie war nicht versessen darauf, diese Wohnung zu betreten, trotzdem gab es für alles Grenzen.

»Bitte«, wiederholte sie noch einmal bewusst freundlich zu der Frau hin. »Es wäre das Beste, wir würden zu Ihnen reingehen.«

Die Frau winkte resigniert ab und führte sie nach unten. Die Tür zu ihrer Wohnung stand noch auf. Als sie näherkamen, wurde der Geruch nach kaltem Zigarettenrauch so intensiv, dass es Dolors regelrecht übel davon wurde. Sie versuchte, flacher zu atmen, und folgte der Frau in das Zimmer am Ende des Flurs. Erst dort fiel ihr auf, dass Xavi nur langsam nachkam und in jeden der Räume, an denen sie vorbeikamen, einen längeren Blick warf. Vorn rechts lag die Küche, von dort aus hatte die Frau zuvor das Fenster geöffnet. Dolors nahm an, dass sich hinter beiden anderen Türen das Bad und das Schlafzimmer befanden.

Julias Mutter führte sie in ihr Wohnzimmer. Sowohl das Sofa als auch die Sessel wirkten, als hätte sie sie vom Sperrmüll geholt, noch nicht einmal die beiden Sessel passten zusammen, ebenso wenig der Tisch, der dazwischenstand und viel zu hoch für einen Wohnzimmertisch war. In der Ecke fiel Dolors' Blick auf einen schmalen Tisch mit einer Nähmaschine. Unter das vordere rechte Bein des Tisches war – wohl, um damit ein Kippeln zu verhindern – ein zerfledderter Katalog geklemmt. Hinter der Nähmaschine stand ein Tetrapack mit Rotwein der Marke *Don Simon*, direkt daneben ein halbgefülltes Glas, unter dem Tisch stapelten sich weitere Tetrapacks. Sowohl auf dem Sofa als auch auf dem Tisch lagen Reparatur- und Änderungsarbeiten sowie zwei neu geschneiderte Kleider. Unter dem Nähmaschinenfüßchen klemmte eine Hose, die offensichtlich einen neuen Saum benötigte, aber die Maschine schien nicht an zu sein, zumindest brannte das Nählicht nicht, und der Stuhl war ohnehin so überhäuft mit Kleidern, dass dort unmöglich eben noch jemand gearbeitet haben konnte.

»Ja, ich schneidere«, erklärte die Frau mit großspuriger Geste. »Früher habe ich Theaterkostüme entworfen, aber inzwischen bin ich ja in Rente. Frührente«, schob sie hinterher und rieb sich mit einer seltsam eitlen Geste den Nacken.

Dolors fragte sich, welchem Umstand sie diese Frührente verdankte. Auf alle Fälle konnte sie sich nicht vorstellen, dass die Rente sie vom *Entwerfen* weiterer Theaterkostüme abgehalten hatte – eher der Suff. Der aber wiederum brachte einem ihres Wissens keine Frührente ein. »Können wir uns setzen?«

Die Frau legte auch noch den Kleiderberg vom Sofa auf den Tisch, allerdings so nachlässig, dass Dolors sich wunderte, dass nicht alles postwendend herunterrutschte.

»Ich hoffe, Sie halten mich nicht lange auf. Das soll eigentlich noch bis heute Abend fertig werden.«

Dolors bezweifelte nicht, dass die Leute auf ihre Kleider warteten, sehr wohl aber, dass Senyora Toset bis zum Abend auch nur ein Drittel davon ausbessern oder ändern könnte. Sie setzte sich mit Xavi auf das Sofa und wartete, dass die Frau in dem Sessel gegenüber Platz nahm.

»Was ist denn nun?«, drängte sie sie.

»Sie sind die Mutter von Julia Toset?«, fragte Xavi.

Die Frau nickte. »Auch wenn meine Tochter das leugnen würde.« Sie lachte heiser auf. »Ich bin ihr peinlich. Ich bitte Sie –« Sie machte eine raumumfassende Geste. »Was muss einem da peinlich sein? Ich bin eine hart arbeitende Frau, und das trotz Rentenalter. Noch nie in meinem Leben habe ich irgendwem auf der Tasche gelegen, auch nicht, als ich Julia großgezogen habe, und das allein, ja, ganz allein! Immer war ich mit allem allein, und nur meiner Freundin Jana verdankt sie es doch, dass sie heute da ist, wo sie ist. Jana hat ihr die ersten Ballettstunden gegeben, und fragen Sie mich nicht, was es mich gekostet hat, als das später nicht mehr ging und ich Julia in einer Schule anmelden musste und sie immer mehr und mehr Stunden nehmen wollte.« Sie zeigte ihr ihre rheumatisch verkrüppelten Hände vor. »Ja, ja, schauen Sie nur richtig hin. Alles vom Nähen, vom Nähen, vom Nähen, und jetzt, wo sie oben ist, da will sie nichts mehr mit mir zu tun haben.«

Dolors zog es vor, nichts auf diesen Ausbruch zu erwidern, zumal sie sich sicher war, dass sich Julia nicht erst vor ein paar Tagen von ihrer Mutter distanziert hatte, und ebenso, dass man daraus nicht unbedingt auf die Undankbarkeit der Tochter schließen konnte. »Wann haben Sie Ihre Tochter denn zum letzten Mal gesehen?«

»Letztes Jahr.« Die Frau erhob sich, ging zu ihrem Nähtisch und lehrte das dort stehende Glas in einem Zug. Anschließend drehte sie sich wieder zu ihnen um. »Kann auch länger her sein.«

»Und telefoniert haben Sie in der Zwischenzeit auch nicht mit ihr?«

Senyora Toset befingerte ihr Haar, als wolle sie eine sorgsam toupierte Frisur und nicht ein paar fettige Fransen richten. »Telefoniert?«, erklang es zeitversetzt. »Telefoniert ...«

Die Frau wirkte auf einmal so benommen, dass sich Dolors fragte, ob in dem Glas wirklich nur Rotwein gewesen war.

»Senyora Toset, bitte, wollen Sie sich nicht wieder setzen?« Immerhin, sagte sich Dolors, würde sie dann nicht gleich das nächste Glas herunterkippen können und damit womöglich ganz und gar abdriften.

Wiederum kam die Reaktion zeitversetzt, aber dann nahm die Mutter ihren alten Platz ein. Dolors tauschte einen Blick mit Xavi, der die unausgesprochene Frage enthielt, wer von ihnen der Frau den Tod ihrer Tochter beibringen sollte. Wenn sie mit Manel solche Gänge hatte unternehmen müssen, hatte Manel meist diesen Part übernommen. Xavi aber reagierte nicht auf ihren Blick. Entweder er verstand nicht, was sie wissen wollte – oder er verstand es nur zu gut, und das war seine Art, ihr den schwarzen Peter zuzuschieben.

»Senyora Toset, wir ... wir haben leider eine traurige Nachricht für Sie. Ihre Tochter ist in der Nacht zu Tode gekommen.«

Die Frau sah sie an, als hätte sie ihr gesagt, dass es auf der Rambla rund ums Jahr viele Touristen gäbe.

»Senyora Toset, haben Sie verstanden, was ich Ihnen gesagt habe?«

Die Frau schaute zum Fenster. Dolors wartete und sah zu Xavi, der die Schultern hob und wieder sinken ließ.

»Senyora Toset. Ihre –«

»Ich bin nicht mehr ihre Mutter«, kam es da heiser aus ihrer Kehle heraus. Dann schaute sie Dolors an. In ihren Augen schwammen Tränen. »Das hat sie mir gesagt. Das war das Letzte, was sie zu mir gesagt hat. *Du bist nicht mehr meine Mutter.*«

Das Gespräch mit Julia Tosets Mutter brachte von da an keine weiteren Erkenntnisse. Die Frau brach in Tränen aus, und die einzige Frage, die sie ihnen überhaupt noch beantwortete, war, ob es jemanden gebe, der sich um sie kümmern könne. So holten sie auf ihren Wunsch hin die Nachbarin, eine mehr als wohlbeleibte, kurzhalsige Bolivianerin, die sich, obwohl sie kaum halb so alt wie Senyora Toset sein konnte, derer mit mütterlicher Fürsorge annahm. Schließlich gingen Dolors und Xavi, kündigten aber an, dass sie vielleicht wiederkommen müssten, weil sich unter Umständen noch mehr Fragen ergeben würden.

»Immerhin hat die Nachbarin gewusst, dass Julia sehr wohl einen Vater hat«, meinte Xavi, als sie in den Wagen stiegen.

»Was uns aber auch nicht weiterhilft, wenn niemand weiß, wo er stecken könnte«, gab Dolors zurück.

»Wir werden es schon herausfinden. Immerhin haben wir den Vornamen und den ersten Nachnamen.«

»Weißt du, wie viele Männer Jordi González heißen? Und da Julia mit Nachnamen Toset Buxeda heißt, steht er tatsächlich nicht in ihrer Geburtsurkunde drin – sonst hätte sie ja den ersten Nachnamen von ihm. Ihre Mutter meinte ohnehin, dass sie das Kind allein großgezogen hat. Auf alle Fälle hat sie ihn nicht als Vater eintragen lassen.«

»Eingetragen oder nicht – er könnte trotzdem eine Rolle in ihrem Leben gespielt haben, also sollten wir ihn suchen.«

»Ja, das denke ich auch.«

Das Läuten ihres Telefons unterbrach Dolors. Sie zog es aus ihrer Hosentasche, sah, dass es die Festnetznummer ihrer Freundin war, und nahm den Anruf entgegen.

»Mama, wo steckst du? Um halb elf muss ich in der Ballettschule sein. Heute fangen doch die Workshops an, und du weißt genau, dass meine Ballettlehrerin mich nicht mehr reinlässt, wenn ich zu spät komme!«

»Scheiße«, entfuhr es Dolors. An den Workshop hatte sie in der Tat nicht mehr gedacht. Sie schaute auf die Uhr im Armaturenbrett und hätte am liebsten gleich noch mal geflucht.

»Was denn?«, fragte Xavi.

Dolors schüttelte den Kopf und drehte sich ein Stück von ihm weg. »Mila, ich …«, setzte sie an, doch ihre Tochter fiel ihr sofort ins Wort: »Nein, Mama, nein, du hast es versprochen!«

Dolors hörte ihrer Tochter an, dass sie kurz vor den Tränen stand. »Und wenn dich Anna …«

»Mama!«

»Okay, dann nicht Anna. Ist ja schon gut, warte mal.«

Sie deckte das Mikrofon ab und sah zu Xavi.

»Könntest du …« Sie blies sich eine Haarsträhne aus dem Gesicht. »Würde es dir viel ausmachen, schon einmal allein zum Bahnhof zu fahren und zu schauen, ob sie noch mehr herausgefunden haben – vor allem in Bezug auf die fehlenden Videoaufnahmen? Ich … ich müsste meine Tochter kurz zum Ballett fahren. Es ist ihr erster Workshop bei einer bekannten Tänzerin, und sie hat es sich in den Kopf gesetzt, dass sie nur dann alles gut machen wird, wenn ich sie persönlich hinbringe. Wir treffen wir uns später im Krankenhaus und schauen mal, ob wir schon mit dem Zugführer sprechen können.«

Xavi seufzte. »Und wie komme ich von hier zum Bahnhof und von da zum Krankenhaus? Und wer weiß, ob die von der Spurensicherung überhaupt noch vor Ort sind.«

»Einige von ihnen garantiert, Pep ist ein ganz gründlicher, und mit der Bahn bist du ruckzuck wieder in Sants!« Dolors nahm ihre Hand wieder vom Mikrofon. »Alles klar, Mila, ich bin in zwanzig Minuten da, und keine Sorge, du kommst dann noch pünktlich.«

Kurz darauf drückte sie den Anruf weg und meinte zu Xavi, den die Aussicht, Bahn fahren zu müssen, offensichtlich nicht begeisterte: »Vom Haus meiner Freundin aus sind es nur ein paar Stationen mit der Bahn, das größte Stück kannst du noch im Wagen mitfahren, und ich setze dich direkt an der Metrostation ab. Immerhin hat das Ganze auch eine praktische Seite: Die Ballettlehrerin meiner Tochter kennt unser Todesopfer recht gut, zumindest hat sie mir neulich einiges über deren Werdegang erzählt, und so kann ich da gleich mal nachhaken. Und wer weiß, ob sie nicht auch die beiden Tänzerinnen kennt, denen Julia die Solopartien streitig gemacht hat.«

Sie sah, dass Xavi noch immer nicht viel zufriedener wirkte, wofür sie im Moment aber nicht die geringste Geduld und auch kein Verständnis hatte. »Das Leben ist kein Wunschkonzert«, knurrte sie in sich hinein, legte den ersten Gang ein und fuhr los.

7. Kapitel

Sonntag – 9.45 Uhr

Dolors konnte ihr Glück kaum fassen: Gerade als sie in Annas Straße einbog, fuhr jemand unmittelbar vor ihr aus seiner Parklücke – und ersparte ihr damit die Parkplatzsuche, die sie sonst immer mindestens zehn Minuten kostete. Als sie auf Annas Wohnhaus zulief, hatte sie, wie so oft, wenn sie im Stadtviertel *Eixample* war, das Gefühl, auf einem anderen Planeten gelandet zu sein: Obwohl das Verkehrsaufkommen auch hier kaum geringer als in den anderen Vierteln der Stadt war, schien es ihr doch ruhiger zu sein, eine Ruhe, die von der gediegenen Eleganz und der behäbigen Wohlhabenheit der Jugendstilhäuser ausging, mit ihren aufwendig gearbeiteten Sandsteinfassaden, den hohen, von Klappläden flankierten Flügelfenstern und ihren Balkonen mit den kunstvoll geschmiedeten Geländern. Die wahre Eleganz vergangener Zeiten verkörperten für Dolors jedoch die Hauseingänge, die so hoch und so breit waren, als seien sie für Riesen gemacht worden, Portale, die einem beim Durchschreiten das Gefühl gaben, zu Höherem geboren worden zu sein.

Die Flügel des Eingangsportals von Annas Wohnhaus waren weit geöffnet. Als sie eintrat, traf sie wie immer auf Juan, den Pförtner des Hauses. Als er Dolors sah, begrüßte er sie mit einem freundlichen Nicken und begleitete sie zum Aufzug, der sich am anderen Ende der weitläufigen Eingangshalle befand, direkt vor dem tageslichtgefluteten Hofgarten und seiner prachtvollen, fuchsienfarbenen Bougainvillea. Während er die üblichen Höflichkeiten mit ihr austauschte, öffnete er für sie das schmiedeeiserne Gitter des Aufzugs, drückte die beiden schmalen Holztüren nach innen und ließ sie eintreten.

»Da sind Sie heute aber schon früh weggerufen worden, was?«, brummelte er dabei auf seine gemütliche, nicht unangenehm andienernde Art und drückte für sie die *4*.

Als Dolors Anna zum ersten Mal in ihrem neuen Heim besucht hatte, hatte sie sich von Juans übergroßer Hilfsbereitschaft überfordert gefühlt, und als er diese auch bei ihren nächsten Besuchen noch beibehielt, nachdem sie doch längst wusste, wo der Aufzug war und in welchem Stock Anna wohnte, fand sie ihn sogar ein bisschen übergriffig, aber dann führte Anna ihr vor Augen, dass Juan sich schließlich mit irgendetwas beschäftigen müsse. »Nur darauf zu achten, dass kein Unbefugter das Haus betritt, ist schon ein bisschen wenig, um den Tag rumzubringen, findest du nicht? Außerdem kann er nicht anders. Er ist ein Kavalier der alten Schule, und er will dir damit ganz gewiss nicht das Vermögen absprechen, dass du den Aufzugsknopf auch selbst drücken kannst. Er versucht nur, nett zu sein, Süße, so nett, wie die meisten Männer heute schon gar nicht mehr sein können – oder wie wir selbst es ihnen mit unserer glorreichen Emanzipation ausgetrieben haben.«

Seither ließ Dolors seine Fürsorge mit mehr Gelassenheit über sich ergehen. Auch heute bedankte sie sich mit einem Lächeln. Er schloss die Tür, winkte ihr durch das

Glas noch einmal zu, schloss das Gitter, und sie fuhr nach oben.

Im vierten Stock rastete der Aufzug mit dem ihr inzwischen vertrauten harten Ruck ein. Dolors wusste, dass sie nun die beiden Türen öffnen und dann das Gitter aufdrücken musste, sie wusste auch, dass Mila drüben in Annas Wohnung auf sie wartete – schaffte es aber trotzdem nicht, sich zu rühren. Es lag an diesem Aufzug, der Abschirmung, die er ihr bot, sie hatte das Gefühl, mitten in einem tobenden Gewitter in einem Faraday'schen Käfig gelandet zu sein: Alles, was da draußen blitzte und toste, prallte daran ab, es gab keine Arbeit mehr, keine Kollegen, keinen Mordfall – keinen Miguel, keine Kinder, keinen Streit, keine Erwartungen, keine Anforderungen. Nur diese Stille ... Es war so unglaublich still in diesem Aufzug, eine herrlich behäbige, lethargische Stille ... Plötzlich wurde Dolors bewusst, wie müde, wie unglaublich müde sie war. Sie fragte sich, wie lange sie das alles noch würde schaffen können und ob es ihr eines Tages wie Manel ergehen würde, Stiche im Herzen, ein alles verzehrender Krampf – der Zusammenbruch.

Ein Nachrucken ließ den Aufzug erbeben und riss Dolors aus ihrer Versenkung. Sie befürchtete, dass Juan den Aufzug gerufen hatte und er wieder nach unten fahren würde. Schnell zog sie die beiden Türblätter nach innen, drückte das Gitter auf, stieg aus und verschloss alles wieder, um den Aufzug nicht zu blockieren. Als sie sah, dass er sich trotzdem nicht in Bewegung setzte, bedauerte sie, ihr Refugium so leicht aufgegeben zu haben. Dann hörte sie, wie Mila etwas quer durch die Wohnung schrie, und unmittelbar danach folgte das Zetern ihres Sohnes. Hastig kramte sie den Schlüssel hervor. Warum ging es nicht in die Köpfe der beiden, dass eine nicht an Kinder gewöhnte

Frau wie Anna nicht versessen darauf war, morgens, mittags, abends und nachts Zeuge von deren Streitigkeiten zu werden? Endlich fand sie den Schlüssel, schloss auf und rammte Mila beim Öffnen fast die Tür in den Rücken. Mit wie eine Peitsche herumfliegenden Haaren fuhr ihre Tochter zu ihr herum, ihre großen, meergrünen Augen sprühten wütende Funken. »Dieser Arsch, dieser blöde Arsch hat meine Ballettschuhe versteckt!«

»Scht, meine Güte, Mila, scht!«, zischte Dolors und rief dann halblaut zu ihrem Sohn: »Mach, dass die Schuhe hier auftauchen, aber plötzlich, und gnade euch Gott, wenn ihr mit eurem Lärm Anna geweckt habt!«

»Das haben sie nicht erst gerade, sonst schon vor geraumer Zeit«, erklang da die Stimme ihrer Freundin aus der Küche. »Es passte aber sogar ganz gut. Ich hatte total vergessen, mir einen Wecker zu stellen, dabei habe ich um zehn eine Verabredung mit einem neuen Kunden.«

Dolors verdrehte die Augen in Richtung ihrer Tochter. »Könnt ihr euch denn noch nicht mal am Wochenende zusammenreißen?«

»Das war Pablo, nicht ich! Der hat hier schon um sieben rumgetobt.«

»Um ... um sieb...« Dolors schnappte nach Luft. Im gleichen Moment flogen über sie und Mila zwei Ballettschuhe hinweg, ohne dass von ihrem vierzehnjährigen Sohn mehr als nur eine Hand am Türrahmen sichtbar geworden war. Dann knallte die Tür wieder zu. »Pablo, verdammt, das sind hier keine Baumarkttüren für fünfzig Euro. Solche Türen behandelt man mit Sorgfalt!«

Unverständliches Gemaule als Antwort.

»Lola, cariño, beruhige dich. Soweit ich weiß, haben diese Türen schon fünf Generationen von Kindern überstanden, da werden sie auch deine Kids noch überleben.«

Annas feuerroter Wuschelkopf erschien an der Küchentür. Wie jeden Morgen stand ihr Haar in alle Himmelsrichtungen ab. *Afrokrause auf Irisch*, nannte Anna es, und schwor Stein und Bein darauf, dass ihre Vorfahren im siebzehnten Jahrhundert aus Irland eingewandert waren – weil sich da die ansonsten lückenlosen Quellen über die Vergangenheit ihrer Familie verloren und ab da nur noch Katalanen das Stammbuch füllten.

»Anna, ich weiß wirklich nicht, was ich –«

»Wenn du dich schon wieder für deine Kinder entschuldigst, setze ich dich noch heute auf die Straße«, drohte Anna ihr lachend. »Jetzt komm schon rein, Frühstück wartet.«

»Aber ich muss doch Mila –«

»Nichts musst du. Mila hat gerade eingesehen, dass sie es mit ihrem Enthusiasmus etwas übertrieben hat. Ihr Ballett beginnt sonntags nämlich erst um halb zwölf, und ich habe ihr gerade klargemacht, dass es wenig Sinn hat, eine geschlagene Stunde vor verschlossenen Türen zu stehen, nur damit man garantiert pünktlich ist. Also ausatmen, Süße, einfach ausatmen, an den Küchentisch sinken und frühstücken.«

Dolors fuhr zu ihrer Tochter herum. »Das ist nicht wahr, oder?«

Mila legte den Kopf schief. »Sorry, Mum.«

»Du sollst nicht Mum zu mir sagen!«

»Klingt aber viel cooler, Mum. Und ich will eben auf keinen Fall zu spät sein, heute kommt doch die neue Lehrerin, und die ist eine richtige Profitänzerin!«

Dolors hob die Hand, als wolle sie ihrer Tochter einen Klaps auf den Hinterkopf geben, woraufhin diese augenblicklich in ihr – und Dolors' – derzeitiges Schlafzimmer flüchtete.

»So, und jetzt kommt endlich«, drängte Anna sie. »Sonst wird der Kaffee kalt. Es gibt sogar frische Croissants. Die musste Pablo als Wiedergutmachung fürs frühe Wecken holen gehen.«

Kopfschüttelnd ging Dolors zu ihrer Freundin in die Küche. Anna wickelte sich ihren grünweiß-gestreiften Morgenmantel etwas fester um den Leib, setzte sich dann auf einen der Hochstühle am Frühstückstresen und machte ihr Zeichen, endlich Platz zu nehmen. Im gleichen Moment stürmte Pablo in die Küche. »Ich fass' es nicht. Jetzt bin ich schon wieder aus dem Internet geflogen! Mann, echt, hier bleibe ich keine Stunde länger. Das war das fünfte Mal heute früh, und dabei haben wir gerade den wichtigsten Wettbewerb des Jahres!«

»Was für einen Wettbewerb?«

»Playstation, Mama, Playstation!« Ihr Sohn schnaubte. »Hallo Erde an Mars – von dem COD-Wettbewerb rede ich seit drei Wochen, und dafür trainieren wir seit Monaten.«

Dolors schwante, dass er ihr tatsächlich etwas in der Art erzählt hatte, meist aber schaltete sie nach der Erwähnung des Wortes Playstation recht schnell ab, da sie diesen ganzen virtuellen Kram einfach nur dämlich fand. Immerhin wusste sie inzwischen, dass COD *Call of duty* hieß – und es ein Computerspiel war, in dem die Spieler normalerweise die Rolle eines Soldaten in einem Kriegsszenario übernahmen.

»Wenn du Mila zum Ballett fährst, kannst du mich zu Hause absetzen.«

»Du fällst mir jetzt nicht in den Rücken«, empörte sich Dolors.

»Mama, mir ist es scheißegal, was du mit Papa hast, aber ich will diesen verdammten Wettkampf gewinnen!«

Er schnappte sich eines der Croissants vom Tisch und nickte ihr nachdrücklich zu. »Können wir dann jetzt?«

Dolors biss die Zähne zusammen.

»Mama, bitte! Papa wird nicht mal mitbekommen, dass ich zu Hause bin, der schläft sowieso bis mindestens zwölf, und bis dahin sind wir mit unserem Spiel fertig. Ich geh danach zu Daniel rüber. Seine Eltern wissen schon Bescheid.«

Dolors wusste, dass ihr Sohn wahrscheinlich mit seiner Prognose Recht hatte, trotzdem war es ihr unangenehm, ihn nach Hause zu bringen. Miguel hatte ihr gleich prophezeit, dass die Kinder es keine Woche mit ihr aushalten würden, und sie wohnte in der Tat noch nicht mal vier Tage bei ihrer Freundin.

»Deine Kinder sind verwöhnte Gewohnheitstiere«, hatte er zu ihr gemeint. »Denen ist ganz egal, ob du oder ich zu Hause sind, Hauptsache, sie können ihre gewohnten Programme abspulen.« – Genau das war einer ihrer Streitpunkte: Dolors war der Ansicht, dass, wenn Miguel und sie sich mehr um die Kinder kümmern würden, Pablo eben nicht ständig vor der Playstation hocken und Mila vielleicht nicht nur in der Welt des Balletts aufgehen würde. Ein Heim, ein gottverdammtes Heim hatte sie immer für sie haben wollen – aber Miguel schwirrte ja schon seit Jahren nur noch mit seinen Models durch die Gegend und ließ sie mit allem allein. Dabei hätte er durchaus die Möglichkeit, seine Tage anders zu strukturieren. Sie nicht. Bei Anruf Mord. Da war nichts zu organisieren. Da war auch nichts zu strukturieren. Von Anfang an hatten sie ausgemacht, dass sie – fest angestellt und beamtet – ihren Beruf frei ausüben sollte, während er, der zunächst als künstlerischer Fotograf ohnehin fast nichts verdient hatte, für die Kinder da sein sollte. Dann aber hatte er kurz nach

Milas Geburt mit Modeaufnahmen angefangen und sich damit einen so guten Namen gemacht, dass er sich vor Aufträgen kaum noch retten konnte. Jetzt war er der Großverdiener der Familie und verlangte, dass sie ihre Rollen tauschten, aber halbtags konnte man nun einmal keine Mörder jagen.

Mila platzte in Annas Küche und wedelte mit ihrem Ballett-Rucksack. »Wir können los.«

Anna hielt Mila ein Croissant hin. »Na komm, Kind, bitte, nimm es wenigstens mit, du musst doch was frühstücken!«

»Croissants?« Milas Gesicht drückte die gleiche Abscheu aus, die andere Menschen beim Anblick von madenzerfressenem Fleisch befiel. »Weißt du, wie viele Kalorien die haben?«

Anna lachte, Dolors verzog das Gesicht. »Du könntest ruhig ein bisschen netter zu Anna sein.«

»Anna weiß genau, wie ich es meine, stimmt's, Anna?« Sie klopfte sich auf ihre rechte Hüfte. »Ich muss mindestens zwei Kilo abnehmen.«

»Warum nicht gleich zehn?«, knurrte Dolors. »Dann fehlt dir hinterher wenigstens die Energie herumzuschreien.«

Anna biss genussvoll ihr eigenes Croissant. »Jetzt streitet nicht, zur Not esse ich eben alle allein.«

»Musst du gar nicht«, rief Pablo, schnappte sich noch ein Croissant und lief damit wedelnd zur Tür. »Mama, kommst du endlich?«

Dolors nickte, die Kinder stoben davon. Auch Dolors machte sich auf den Weg, aber als sie an Anna vorbeiging, legte diese ihr die Hand auf den Arm. »Auch auf die Gefahr hin, dass ich mich unbeliebt mache, Lola: Du solltest unbedingt mal an deiner Einstellung gegenüber deinen Kindern arbeiten. Im Kommissariat lässt du dir doch auch von niemandem auf der Nase herumtanzen. Warum springst du dann bei deinen Kindern wie der Pawlow'sche Hund, kaum dass sie nach dir pfeifen? Wie viele Stunden hast du letzte Nacht geschlafen? Wäre es nicht sinnvoller, du würdest dich ein bisschen hinlegen, statt den Taxichauffeur zu geben? Mila kann gleich genauso mit mir mitfahren, und dieser Playstation-Quatsch da –« Sie schüttelte heftig den Kopf. »Nein, heißt das Zauberwort, nicht bitte. Sag einfach mal Nein!«

»Ich werde darüber nachdenken, ich versprech's.«

»Ma-ma!«, brüllte es da unisono aus zwei Kinderkehlen im Treppenhaus.

Dolors sah, wie ihre Freundin die Stirn krauste, und haspelte: »Ich denke wirklich darüber nach!« – und lief los, ehe die beiden das ganze Haus zusammenbrüllen konnten.

8. Kapitel

Sonntag – 11.00

Weit weg, wie vom Ufer der anderen Seite eines Sees, klang das Zetern und Schimpfen ihrer Kinder vom Rücksitz zu Dolors, zu weit weg, um sie zu betreffen, aber doch nah genug, um es zumindest am Rande wahrzunehmen und das zu stützen, was Anna ihr eben gesagt hatte: Ja, es stimmte, sie ließ sich von den beiden viel zu sehr auf der Nase herumtanzen. Genau wie die letzten fünfzehn Jahre auch von Miguel, der stets bestimmt hatte, wo es in ihrem Leben langging – mit der einen und zugleich einzigen Ausnahme: ihrer Arbeit. Aber wenn sie sogar noch im privaten Bereich täglich Revierkämpfe austragen und sich behaupten musste, wo, verdammt, konnte sie denn dann eigentlich einmal durchatmen, überhaupt auch nur atmen, nur sie selbst sein, sich fallen lassen?

Kurz darauf erreichte sie ihr Zuhause, das, so wie es derzeit aussah, nie wieder ihr Zuhause sein würde, und sie konnte nicht anders, als dem zwar sehr schlichten, aber doch grundsoliden Gebäude einen wehmütigen Blick zuzuwerfen. Sie fragte Pablo nach dem Wohnungsschlüssel, den dieser ihr sofort heftig klappernd entgegenstreckte, und nahm ihm das Versprechen ab, dass er seinen Vater auf keinen, auf gar, gar keinen Fall wegen was auch immer wecken und sich in der Wohnung wie ein Geist bewegen würde. »Alles wird sein, als wärst du nie da gewesen, kapiert?«

»Ja doch, ja«, knurrte er.

»Und gegen Mittag, bevor dein Vater aufwacht, schleichst du dich raus und gehst zu Daniel, da lese ich dich kurz vor drei wieder auf. Ich schicke dir eine WhatsApp und sage dir, wann du runterkommen sollst.«

Zwar wehte ihr nach Pablos Aussteigen noch ein weiteres »Jaaaa!« entgegen, aber Dolors hatte trotzdem das Gefühl, dass er ihr noch weniger als zuvor zugehört hatte. Nun, zumindest die WhatsApp würde er später lesen, so handysüchtig wie er war. Und Daniels Mutter würde schon ein Auge darauf haben, dass sie sich auch mal mit etwas anderem als mit der Playstation beschäftigten.

Kurz darauf erreichten sie Milas Ballettschule. Ähnlich wie Annas Wohnhaus betrat man auch dieses durch ein hohes Eingangsportal: weißer Marmor, edle Wandvertäfelung. Am Ende des Vestibüls lächelte Senyora Conchita ihr entgegen, die Empfangsdame, eine rundliche, ältere Dame mit schneeweißem Haar, wie immer sehr rot und sehr elegant gekleidet – ein Aushängeschild an Korrektheit und zugleich die vielleicht liebenswürdigste Person, die Dolors kannte.

»Ah, Dolors, guten Morgen!«, begrüßte sie sie strahlend. »Ich hoffe, es trifft Sie nicht zu sehr, dass Sie die nächsten drei Wochen noch nicht einmal sonntags ausschlafen können.«

Dolors ersparte ihr die Erklärung, dass sie sowieso nicht hatte ausschlafen können, und fragte sie stattdessen, ob Marta schon da und für sie zu sprechen sei. »Oder kommt Marta heute nicht, weil nur der Workshop stattfindet?«

»Doch, natürlich ist Marta auch da.« Sie zeigte zu dem Bereich, der hinter dem kleinen, von einem Glasdach überspannten Patio lag, von dem aus es zu den Umkleideräumen, aber auch zu Martas Büro und den beiden Tanzsälen ging. »Gehen Sie einfach durch, Sie finden sie in ihrem Büro.«

Dolors bedankte sich und ging gleich weiter, Mila war ohnehin längst im Umkleideraum verschwunden, und das wieder einmal, ohne sich auch nur ansatzweise von ihr zu verabschieden. Dolors bezweifelte, dass die Pubertät seit Neuestem schon mit elf anfing, eine andere Erklärung für ein solches Verhalten fiel ihr aber nicht ein. Wieder einmal fragte sie sich, warum sie überhaupt noch versuchte, die Kinder zu verstehen. Es gelang ihr ja doch immer weniger.

Kaum hatte sie an Martas Büro angeklopft, ertönte ein freundliches Herein.

Dolors öffnete die Tür.

»Dolors, ach wie schön, dich mal wieder zu sehen! Wie geht es dir? Was führt dich zu mir?«

Während Dolors das geräumige Arbeitszimmer betrat, dessen rückwärtige Wand unter der Vielzahl an gerahmten Ballettfotos fast verschwand, zog Marta einen Ordner aus dem Regal und legte ihn auf ihren Schreibtisch, einem, für Dolors' Geschmack, allzu modernem Designermachwerk aus Chrom und Glas. »Alles klar mit Mila?«

»Ja, ja, bestens«, gab Dolors zurück und schloss die Tür hinter sich. »Ich komme nicht wegen ihr, sondern weil ich dich etwas fragen möchte, halb beruflich, nun, eigentlich sogar ganz beruflich.«

»Beruflich?« Marta strich über ihr pechschwarzes, zu einem straffen Knoten zusammengefasstem Haar, der ihr etwas Strenges verliehen hätte, wenn sie nicht diese vielen Lachfältchen um ihre großen, warmen Augen gehabt hätte. »Habe ich etwas angestellt?«

»Nicht dass ich wüsste.« Dolors grinste. »Nein, keine Sorge, es geht um eine Tänzerin, von der du mir neulich erzählt hast: Julia Toset.«

Marta lud sie mit einer Geste ein, auf einem der beiden Besucherstühle Platz zu nehmen, was Dolors auch tat.

»Julia – ah ja. Was willst du über sie wissen?«

»Am liebsten alles. Sie ... sie ist letzte Nacht gestorben, wahrscheinlich ist sie umgebracht worden.«

Dolors sah, wie Marta erblasste.

»Nein, oder?«

»Leider doch.« Dolors erzählte ihr, was sie guten Gewissens weitergeben konnte.

»Und wie kann gerade ich dir da helfen?«

»Du hast mir doch gesagt, dass du sie recht gut kennst – und auch das Ensemble, bei dem sie jetzt unter Vertrag war.«

»Du meinst Agita Danza?«

Dolors nickte. »Was weißt du darüber?«

Marta lehnte sich in ihrem Stuhl zurück. »Nun, Julia war erst seit Kurzem in dem Ensemble, viel mehr als ein paar Proben kann sie dort kaum absolviert haben, womit sie denkbar wenig Zeit hatte, sich Feinde zu machen – falls du den Mörder dort suchst.«

»Das tun wir bislang zwar nicht, aber trotzdem – soweit ich weiß, hat sie dort zwei Tänzerinnen deren Solopart weggenommen, was ihr sicher nicht die Freundschaft der beiden eingebracht hat.«

»Weggenommen, weggenommen ...« Marta ließ ihre rechte Hand durch die Luft tanzen. »Das kann man ja wohl so oder so sehen.«

»Und warum?«

»*There are no guarentees in life.*« Marta machte eine Kunstpause. »Die Tanzwelt ist erbarmungslos. Nur die Besten stehen in der ersten Reihe, und keine klar denkende Tänzerin hätte sie deswegen umgebracht, dafür ist in dem Geschäft viel zu viel Bewegung. Eine der beiden Tänzerinnen, um die es geht, kenne ich übrigens ebenfalls.«

»Ach ja?« Dolors richtete sich unwillkürlich auf. »Und welche der beiden?«

»Irina. Irina Petrow.«

»Petrow? Eine Russin?«

Marta nickte. »Eine begnadete Tänzerin. Sie leitet übrigens einige der Workshops in dem Sommerintensivkurs deiner Tochter.«

»Wie hat sie es aufgenommen, dass Julia sie von ihrem Podest verdrängt hat?«

»Na ja, zunächst einmal hat sie geheult und Julia verflucht, aber ansonsten – so ist das Leben nun mal.«

»Und die andere?«

»Das ist Leila Vazquez, und viel mehr als ihren Namen weiß ich auch nicht über sie. Ich kenne sie nur von ein paar Fotos und einem Tanzvideo, das Irina mir einmal gezeigt hat. Eine sehr schöne und ohne jeden Zweifel feurige Andalusierin. Und falls dir das weiterhilft: Irina mag sie sehr.«

»Ist Irina schon da? Wenn ich sie kurz sprechen könnte, würde mir das meine Arbeit sehr erleichtern.«

Marta krauste die Stirn. »Du weißt genau, wie teuer der Intensivkurs ist. Die Eltern werden mir sonst was erzählen, wenn gleich die erste Stunde ausfällt.«

»Na komm, wenn du das Warming-up übernimmst, fällt die Verzögerung doch keinem auf. Ich verspreche, mich zu beeilen.«

Marta trommelte kurz mit den Fingernägeln auf dem eben geholten Ordner. »Also gut, aber diskret, wenn ich bitten darf. Ich hole Irina am besten her. Kann ich mich darauf verlassen, dass niemand in der Schule etwas von dieser Geschichte mitbekommt?«

Dolors versprach es. »Ich tue, was in meiner Macht steht. Aber sag mir, bevor du gehst, schnell noch ein bisschen was zu Julia. Wie war sie? Wie hat sie die Tatsache gesehen, dass sie diese beiden Frauen aus der Solorolle vertrieben hat? Hat ihr das zu schaffen gemacht, oder war ihr das ganz egal?«

»Jetzt sag doch nicht dauernd *vertrieben*, das ist wirklich nicht der passende Ausdruck. Der Leiter des Ensembles hat den Spielplan geändert: Statt *Yin und Yang*, was er mit Irina und ihrer Freundin hatte besetzen wollen, hat er nun ein anderes Stück genommen, irgendein surrealistisches Sujet, und bei der neuen Besetzung ist seine Wahl auf Julia als erste Solotänzerin gefallen.«

»Warum hat er den Spielplan überhaupt geändert?«

»Wenn du Irina fragst: Weil Julia ihm den Kopf verdreht hat. Und wenn du Julia fragst, also gefragt hättest, hätte sie dir gesagt, weil er sie tanzen gesehen hat und dies so inspirierend fand, dass er daraus mehr hatte machen wollen – mit ihr als zentraler Figur.«

»Hatten die beiden was miteinander?«

Marta zuckte mit den Achseln. »Laut Julia nicht, aber selbst wenn, hätte sie das unter diesen Umständen sicher nicht zugegeben.«

»Und was glaubst du?«

Marta schaute zum Fenster, dann wieder zurück zu Dolors. »Julia hat sich verändert in den letzten Jahren.« Sie machte erneut eine Pause, die so lange dauerte, dass Dolors schließlich nachfragte: »Verändert? Inwiefern? Und warum?«

Marta hob die Schultern, ohne sie wieder sinken zu lassen. »Sie ... sie war schon immer unglaublich ehrgeizig gewesen und eher zurückgezogen, der Tanz war ihr Ein und Alles, dafür hätte sie ihr Leben gegeben, aber trotzdem war sie früher voller Freude, Lebensfreude, weißt du, sie war ja in ihrem Element, es lief, sie lachte viel und steckte immer voller Pläne.«

»Und heute nicht mehr?«

Marta schüttelte den Kopf.

»Woher kennst du sie überhaupt?«

»Als ich die Schule eröffnet habe, war Julia eine meiner ersten Schülerinnen. Neun Jahre ist das jetzt her. Schon damals war sie unglaublich gut, und mir war von Anfang an klar, dass sie es einmal weit bringen würde. Fünf Jahre lang habe ich sie Tag für Tag unterrichtet.«

Dolors musste an Julias Mutter denken und hob unbewusst die Augenbrauen. Sie konnte sich diese Frau weder bei Senyora Conchita an der Rezeption vorstellen, wo sie ihre Tochter anmeldete, noch überhaupt in diesem Gemäuer. »Ihre Mutter hat ihr die komplette Ausbildung bei dir finanziert?«

»Die alte Toset?« Marta lachte auf. »Nicht einen einzigen Tutu hat sie ihr genäht, und bezahlt hat sie ihr schon gar nichts. Nein, nein, die Ausbildung hat sich Julia ganz allein finanziert.«

»Aber vor sieben Jahren – da war sie doch gerade erst ...« Sie rechnete, aber noch ehe sie sich Julias aktuelles Alter ins Gedächtnis gerufen hatte, sagte Marta schon: »Vierzehn war sie, gerade mal vierzehn.«

»Und woher hatte sie das Geld?«

»Sie hat gearbeitet, nahm alles an, was sich ihr geboten hat, und sie musste ja nicht nur ihren Unterricht bezahlen. Die Ballettschuhe, die Kostüme, das Start- und Reisegeld für die Wettbewerbe verschlingt ja auch einen ganzen Batzen Geld. Sie hat Zeitungen ausgetragen, Kinder gehütet, gekellnert, gemodelt und Büros geputzt. Sie war sich für nichts zu schade – es musste nur außerhalb der Stunden liegen, in denen sie hier tanzen und trainieren konnte.«

»Und wann und warum hat sie sich verändert?«

»Warum kann ich dir nicht sagen, dazu hat sie mir gegenüber nie ein Wort verloren. Ich weiß nur, dass sie vor gut zwei Jahren von Barcelona weg ist, und danach habe ich nur über die sozialen Medien etwas von ihr gehört, nichts Persönliches also. Ich meine mich zu erinnern, dass sie zunächst bei einer *Dance Company* in London war, und von dort aus ging es weiter: Amsterdam, Stuttgart, Paris, und dann war sie sogar ein paar Monate lang in New York, und später hat sie irgendwo in Europa getanzt und mit ihrem Ensemble auch ein paar Preise gewonnen.«

»Wann hast du die Veränderung festgestellt?«

»Im Frühjahr kam sie zurück nach Barcelona. Auf einmal hat sie hier in diesem Büro vor mir gestanden, als wäre sie vom Himmel gefallen. Ich sehe es noch vor mir, als sei es gestern gewesen. *Sorry, die Tür stand auf und du hast mein Klopfen nicht gehört,* hat sie gesagt mit einer Stimme, die nicht mehr ihre zu sein schien.«

»Warum?«, fragte Dolors.

Marta erhob sich, ging einmal auf und ab und blieb dann hinter ihrem Schreibtischstuhl stehen. »Die Traurigkeit war es, ja, in ihrer Stimme war auf einmal so eine Dunkelheit, und als ich sie angesehen habe, habe ich es auch in ihren Augen gesehen, dieses Dunkle, dieses Schwere, dieses Verletzte ...«

Dolors musste an Ariana denken, denn auch die hatte ihr Julia als verletzte Frau beschrieben. »Hast du sie nie gefragt, was passiert ist?«

»Doch, natürlich habe ich das, also, nicht direkt, aber sie blockte auch schon weit harmlosere Fragen ab. Sie hat nicht einmal erzählt, wo sie in den letzten beiden Jahren gewesen ist. Ihr Engagement in New York war jedenfalls schon im Jahr davor ausgelaufen. Ab da weiß ich nur das, was sie auf Insta gepostet hat, also dass sie von New York wieder zurück nach Europa ist und mal hier, mal da ein Engagement hatte. Aber alles nicht von Dauer.«

Dolors zupfte an ihrer Unterlippe. »Und was wollte sie von dir?«

»Wieder bei sich ankommen, glaube ich. Zu sich finden. Diesen Eindruck hatte ich jedenfalls. Ich glaube, ihr hat Barcelona gefehlt, die Stadt an sich. Auf alle Fälle hat sie mal eine Andeutung in dieser Richtung gemacht. Außerdem wollte sie von mir trainiert werden, dass ich mit ihr arbeite, sie antreibe. Ich glaube, damals hatte sie seit einigen Monaten überhaupt nicht mehr getanzt, etwas, was ich mir bei ihr nie hätte vorstellen können.«

»Brauchte sie denn noch Unterricht – bei der Erfahrung, die sie hatte?«

»Keinen Unterricht, nein, Julia war schon lange besser, als ich je gewesen bin, aber es tut immer gut, jemanden zu haben, der einen antreibt, der einen von außen sieht und sagt, worauf man achten muss. Tja, und offensichtlich hat es sich ja ausgezahlt – mit dem Vertrag bei Agita Danza.«

Dolors nickte und merkte, wie sie immer gespannter darauf wurde, hinter Julias Geheimnis zu kommen, aber jetzt musste sie sich erst einmal diese Irina vornehmen.

9. Kapitel

Sonntag – 11.30 Uhr

Als Marta das Arbeitszimmer verließ, um Irina zu holen, erhob sich Dolors und ließ ihren Blick über die Bilderwand streifen. Die Fotos zeigten sowohl Szenen aus klassischen als auch aus ganz modernen Tanzstücken, und Dolors konnte nicht umhin, die Eleganz, die Anmut und die scheinbar grenzenlose Biegsamkeit der Tänzerinnen zu bewundern. Versuchsweise stellte sie sich auf die Zehenspitzen, einfach nur, um einmal auszuprobieren, was für ein Gefühl es war, die Welt aus dieser erhobenen Position zu erleben, aber zuerst wackelte sie so sehr, dass sie fast hinfiel, und als sie dann eine einigermaßen stabile Position gefunden hatte, taten ihr im Nu die Zehen weh, und sie verzichtete auf weitere Selbstversuche. Ihre Tochter tanzte noch nicht lange genug, um auf Spitzen zu tanzen, sodass sie keine Ahnung hatte, wie stark diese Schuhe im Zehenbereich gepolstert waren, aber doch annahm, dass es zumindest ein bisschen einfacher als mit solch halb offenen Schuhen wie den ihren war.

Sie schaute auf ihre Armbanduhr und fragte sich, wo Marta so lange mit Irina blieb. Nachher machte sie dann ihr Vorwürfe, wenn Irina zu spät den Unterricht anfing, dabei könnte sie schon fast das Wichtigste mit ihr besprochen haben und ... Dolors trat auf die gedankliche Notbremse. *Stopp*, sagte sie sich, *stopp. Bezähme deine Ungeduld. Du hast letzte Nacht zu wenig geschlafen und bist allmählich aus dem Alter heraus, wo du so etwas mit links wegsteckst. Lass das nicht an anderen aus.* Sie unterdrückte ein Gähnen und hörte im gleichen Moment, wie die Tür hinter ihr geöffnet wurde. Sie drehte sich um und sah, wie eine sehr große, sehr hellhäutige und fast weißblonde Tänzerin in weißem Trikot und Ballettschuhen leicht wie ein Windhauch in den Raum glitt. Ihre Haare waren zu einem hochsitzenden Knoten zusammengefasst, was ihren langen, schlanken Hals zur Geltung brachte. Dolors schätzte sie auf Mitte zwanzig oder wenig älter.

»Marta meinte, Sie mich wollen sprechen?« Die Helligkeit ihrer Stimme stand in einem reizvollen Gegensatz zu ihrem weichen russischen Akzent. »Und dass Sie sind von der Kripo?«

»Ja, das stimmt, und danke, dass Sie Zeit für mich finden.« Dolors reichte der Frau die Hand. Irina erwiderte den Händedruck nur minimal und entzog ihr die Hand sofort wieder. Auch in ihren großen, auffallend grünen Augen spiegelten sich der Gedanke an Flucht und Scheu, aber keine Angst.

»Setzen wir uns doch kurz.« Dolors zeigte auf die zwei Besucherstühle vor Martas Schreibtisch. Irina schaute an sich herab, als wolle sie sagen, sie sei zum Tanzen hier und nicht zum Herumsitzen, nahm den angewiesenen Platz aber kommentarlos ein.

»Hat ... hat Marta Ihnen schon gesagt, warum ich hier bin?«, fragte Dolors. Sie setzte sich auf den zweiten Stuhl und versuchte, sich möglichst groß zu machen, um sich neben der Russin nicht weiterhin wie ein Zwerg vorzukommen. Leider aber fühlte sie sich auf dem Stuhl noch kleiner und ärgerte sich, dass sie sich überhaupt gesetzt hatte, doch nun wieder aufzustehen, war ihr auch zu albern.

»Marta meinte, es geht um Agita Danza«, sagte Irina und beugte sich kurz herab, um das Gummiband ihrer Ballettschuhe zu richten. »Und dass Sie sind von der Polizei.«

»Nun, um genau zu sein, geht es nicht um Agita Danza an sich, sondern nur um Ihre neue Kollegin – um Julia Toset Buxeda.« Dolors bemerkte, wie sich Irinas Miene schlagartig verschloss. Als sie gerade davon ausging, dass Irina in der Tat nichts darauf erwidern würde, räusperte diese sich und meinte: »Inzwischen es ist mir egal, dass sie mir hat weggenommen meine Rolle. Die Solorolle hätte viele Überstunden bedeutet, die mich nur ... Nein, wäre ohnehin kein guter Moment gewesen. Erst einmal meine Tochter muss wieder werden gesund.«

»Sie haben eine Tochter?« Erstaunt hob Dolors die Augenbrauen. Eine Schwangerschaft war für eine Tänzerin in Irinas Alter garantiert ein nicht unbedeutender Karriereknick gewesen.

»Ausgesucht ich habe mir diesen Zeitpunkt nicht«, sagte Irina verlegen, »aber das Schicksal einen nicht immer fragt nach seinen Plänen.«

»Und wo lassen Sie das Kind, während Sie arbeiten?«, rutschte es Dolors heraus, denn die Frage hatte ja eher nichts mit dem Fall zu tun.

»Nicht bei seinem Vater«, gab Irina beinahe trotzig zurück. »Bei Babuschka. Sie ist nicht richtige Oma, nur meine Tochter sie so nennt. Ist eine Nachbarin. Sie hatte nie Kinder, will nicht haben viel Geld und liebt meine Tochter sehr. Trotzdem ist schwierig. Meine Tochter hat Herzfehler. Man kann sie aber erst operieren, wenn sie ist schon älter. Bis dahin man muss aufpassen, dass sie sich nicht zu viel anstrengt, sie wird dann atemlos, ganz blau im Gesicht – und Babuschka dann immer hat ganz viel Angst um meine Tochter. Aber darum Sie wollen mich sicher nicht sprechen.«

Dolors schüttelte den Kopf. »Nein, das stimmt. Ich … Ich brauche Ihre Hilfe, um mir ein Bild von Julia Toset zu machen, von ihrem Wesen, ihrem sozialen Umfeld, ihren Hoffnungen und Zie…«

»Warum Sie fragen da ausgerechnet mich?«, fiel Irina ihr ins Wort. »Immerhin ich kenne sie kaum, und Freundinnen wir sind ganz gewiss nicht. Und sicher wir wären das auch nicht geworden unter anderen Umständen.«

»Und warum nicht?«

»Ich kann mir nicht vorstellen, dass Julia überhaupt mit irgendwem auf dieser Welt ist befreundet.« Irina warf Dolors einen vielsagenden Blick zu.

»Sind Tänzerinnen eines Ensembles überhaupt miteinander befreundet?«, fragte sie zurück. »Ich meine, so richtig. Im Prinzip muss man in so einer Gruppe doch ständig in einer Art Konkurrenzsituation stehen, oder nicht?«

»Ja, das stimmt schon, aber eigentlich – nein, mit allen anderen ich habe wirklich ein sehr gutes, feines Verhältnis, sehr herzlich alles. Ja, die anderen sind Freunde und Freundinnen – aber Julia sich abseits hält. Mehr ich kann dazu auch nicht sagen. Ich kenne sie ja fast gar nicht. Und ich verstehe auch nicht, warum Sie mich das alles fragen. Was will die Polizei von mir? Was ist mit Julia?«

Dolors atmete tief durch. »Sie ist tot.« Und fügte dann nach einer bewussten Pause hinzu: »Jemand hat sie vor die U-Bahn gestoßen. Die Spurensicherung versucht seit Stunden, alle Teile von ihr wiederzufinden.«

Dolors hätte selbst nicht sagen können, warum sie Irina die Nachricht vom Tod Julias auf diese, wie ihr sehr wohl bewusst war, brutale Art und Weise übermittelte, aber irgendwie hatte sie auf einmal das Gefühl gehabt, Irina provozieren zu müssen. In der Tat wurde die Frau schlagartig noch blasser, als sie ohnehin war, so blass, dass Dolors schon fragen wollte, ob sie ihr ein Glas Wasser holen sollte. Dann aber normalisierte sich Irinas Gesichtsfarbe wieder, und sie sagte: »Kein schöner Tod. Gar kein schöner Tod. Aber wundern es tut mich nicht. Sie hatte so etwas ... Fatalistisches an sich. Etwas, was anzieht den Tod.«

Dolors sah Irina an und registrierte, mit welcher inneren Kraft die junge Frau ihrem Blick standhielt. Überdies fand sie, dass etwas Herausforderndes darin lag, und überlegte, was dahinterstand.

»Ihr Tod scheint Sie nicht nur nicht zu wundern, sondern auch nicht besonders betroffen zu machen«, meinte Dolors schließlich.

Irina hob die Schultern und ließ sie langsam wieder sinken. »Sie hat mir wehgetan, sehr weh. Und ich habe sie kaum gekannt. Trotzdem, wie gesagt: kein schöner Tod. Das man wünscht niemandem.«

Dolors wartete, ob Irina noch mehr sagen würde, und fuhr, als dies nicht der Fall war, fort: »Was wissen Sie über das Privatleben von Julia?«

»Nichts, was nicht weiß jeder aus der Gruppe.« Sie sah kurz zur Tür und dann erst wieder zu Dolors. Dolors fragte sich, was sie ihr gerade verschwiegen hatte.

»Und was weiß jeder aus der Gruppe?«, hakte sie nach.

»Nun dass sie sich hat ferngehalten von allen und kam zum Training immer viel früher als andere, aber hat kaum mit jemandem geredet, nur gearbeitet wie Besessene – und dann ist wieder verschwunden.«

»Wer hat eigentlich das Stück ausgetauscht? Und wer hat festgelegt, dass Julia darin die Hauptrolle übernehmen soll?«

»Das Momo war, der Leiter unseres Ensembles. Ist zugleich auch unser Choreograf.« Sie strich sich mit Mittelfinger und Daumen die Augenbrauen glatt. »Er beschafft das Geld, er entscheidet.«

Wieder war da dieser Trotz, dieses Herausfordernde in ihren Augen und in ihrer Stimme.

»Und wie haben die anderen auf den Wechsel reagiert?«, fragte Dolors. »Leila zum Beispiel war doch ebenso stark davon betroffen wie Sie.«

»Warum Sie fragen das Leila nicht selbst?«

»Keine Sorge, das werde ich noch. Aber ich dachte, dass auch Sie mir etwas darüber sagen können.«

»Sie sich hat geärgert, genau wie ich – aber man kommt darüber hinweg.«

»Könnten Sie mir bitte noch den vollständigen Namen von diesem Momo geben? Und am besten auch seine Telefonnummer?«

Irina beugte sich vor und nahm einen Notizzettel und einen Stift von Martas Schreibtisch. Kurz darauf reichte sie Dolors das Gewünschte. »Heute Sie werden Momo schwer erreichen, ist mit Freunden gefahren in den Süden, aber morgen er wird sein mit Sicherheit im Theater. Um zehn Uhr wir haben Probe, meist er ist schon gute Stunde früher da.«

»In welchem Theater?«, fragte Dolors.

»Wir arbeiten im *Graner*«, gab Irina zurück.

Dolors nickte, sie kannte das Zentrum. Es nannte sich *Centre de Creació.* Ein Zentrum, in dem Ensembles frei arbeiten und sich entwickeln konnten, es hatte zwei große Tanzsäle, den Gruppen stand eine ausgefeilte Technik zur Verfügung. Der Ort war unter den Tanzensembles sehr begehrt. Soweit sie wusste, konnte ein Teil der Tänzer dort sogar für die Zeit, in der sie zusammenarbeiteten, wohnen.

»Jemand hat mir erzählt, es gebe Gerüchte, dass Julia etwas mit dem Leiter Ihres Ensembles gehabt hätte ...« Dolors sah Irina fragend an.

»Und mir meine Babuschka gesagt hat, man nie sich soll an Gerüchten beteiligen, wenn man nicht selbst will Teil eines Gerüchts werden«, gab Irina eisig zurück. »Ich habe keine Ahnung, mit wem Julia ins Bett gegangen ist – mit mir jedenfalls nicht. Und alles andere mich nichts angeht. Wundern aber es würde mich nicht.«

Dolors hob die Hände. »Sie werden verstehen, dass ich solchen Gerüchten nachgehen muss. Und jetzt muss ich Sie noch fragen, wo Sie letzte Nacht zwischen Mitternacht und drei Uhr gewesen sind – und ehe Sie sich unnötig aufregen: Das werde ich alle Mitglieder Ihres Ensembles fragen.«

»Ich war zu Hause bei meinem Kind. Babuschka das kann bestätigen. Sie hat geschlafen bei uns. Sie hat aufgepasst auf meine Tochter, weil ich erst nach Hause gekommen bin um dreiundzwanzig Uhr, und dann sie schon halb eingeschlafen war auf Sofa und nicht wollte noch einmal aufstehen. Sie oft schläft auf Sofa. Ist gutes Sofa.«

Dolors nickte. »Dann geben Sie mir bitte Ihre Adresse und auch den Namen und die Adresse Ihrer Babuschka, damit ich sie selbst fragen kann, ob sie Ihre Angaben bestätigen kann.«

»Natürlich wird sie das!« Wenn irgend möglich sank die Temperatur in Irinas Augen noch weiter.

Dolors sah sie abwartend an. »Den Namen? Die Adressen?«

Irina schrieb sie ihr auf und stand dann ruckartig auf. »Ich nehme an, ich jetzt endlich kann anfangen zu arbeiten?«

»Können Sie, ja, können Sie. Danke.«

Irina ging zur Tür, drehte sich aber, als sie die Klinke schon in der Hand hatte, noch einmal zu Dolors um. »Hören Sie, ich habe müssen hart arbeiten, um zu bekommen diese Stelle, ich habe sogar arbeiten müssen sehr hart dafür – auch dafür, überhaupt in diesem Land zu fassen Fuß. Ich mir das nicht lasse kaputtmachen. Weder von der lebenden Julia noch von der toten. Und auch nicht von Ihnen.«

Dolors machte eine freundlich einladende Geste in Richtung der Tür. »Ich wünsche Ihnen viel Spaß mit den Kindern.«

Als Irina die Tür geöffnet hatte, rief Dolors ihr einer plötzlichen Eingebung folgend noch nach: »Wer wird jetzt eigentlich den Solopart bekommen?«

Irina warf ihr einen doppelt eisigen Blick zu, dann drehte sie sich um und schwebte ebenso leicht davon, wie sie hineingeschwebt war. Dolors hoffte, Irina würde nicht so bald herausfinden, dass Mila ihre Tochter war. Ansonsten würde ihre Tochter sicher nicht mehr viel Freude an dem Kurs haben.

10. Kapitel

Sonntag – 11.45 Uhr

»Xavi? Xavi hörst du mich?« Dolors klemmte ihr Handy vom rechten Ohr ans linke und öffnete anschließend sämtliche Autotüren. Sie hoffte, dass die mörderische Hitze so schneller aus dem Wagen entweichen würde. Auch die Fenster hatte sie schon alle heruntergefahren. Sie konnte kaum glauben, wie stark sich der Wagen in der kurzen Zeit, die sie mit Irina gesprochen hatte, aufgeheizt hatte.

»Jetzt höre ich dich«, antwortete Xavi. »Warte mal, ich gehe ganz aus dem Bahnhof raus, dann müsste es noch besser werden.«

Dolors hörte, wie Xavi einem Kollegen etwas zurief, dann wurde es kurz laut um ihn herum – und schließlich konnte sie ihn, und endlich auch nur noch ihn, klar und deutlich hören.

»Okay, damit weiß ich zumindest schon mal eines: Du bist noch im Bahnhof.«

»Korrekt«, gab Xavi zurück.

»Seid ihr mit den Videokameras ein Stück weitergekommen?«

»Wie man es nimmt«, erwiderte Xavi. »Bisher gibt es auf alle Fälle keine Anzeichen dafür, dass die Geräte vor Ort manipuliert wurden.«

»Aber irgendwo müssen die falschen Filme doch herkommen.«

»Das Wahrscheinlichste ist, dass die Überwachungsfirma gehackt worden ist.«

Dolors seufzte. »Welche Chance haben wir herauszufinden, wer das getan hat?«

»Peps Leute sind mit Feuereifer dran, aber es wird wohl eine Weile dauern, bis wir Ergebnisse bekommen. Doch allein die Tatsache, dass sich jemand so viel Mühe gemacht hat zu verbergen, was im Bahnhof vorgegangen ist, zeigt ja schon, dass es tatsächlich kein Selbstmord war.«

»Allerdings.« Dolors strich sich eine Haarlocke von ihrer verschwitzten Stirn. »Und hast du sonst noch irgendwelche neuen Erkenntnisse?«

»Außer dass ich mich so zerschlagen fühle, als hätte ich gerade einen Amerikaflug hinter mir und den Jetlag meines Lebens, eher nicht.« Dolors hörte Xavi gequält auflachen. »So allmählich hätte ich nichts gegen eine Mütze Schlaf einzuwenden. Darüber hinaus nein, keine weiteren Erkenntnisse. Und du?«

»Na ja, ein bisschen mehr als vorher weiß ich schon.« Dolors setzte sich hinters Lenkrad, stellte ihr Handy auf Freisprechanlage und ließ den Motor an. »Ich habe mit einer von Julias Kolleginnen gesprochen. Die Details erzähle ich dir nachher. Und jetzt sollten wir uns erst einmal um den Zugführer kümmern. Soll ich dich abholen kommen?«

»Nicht nötig, einer von Peps Mitarbeitern macht jetzt Feierabend und hat mir angeboten, mich am Krankenhaus abzusetzen. Es liegt wohl auf seinem Heimweg. Wir könnten uns also direkt dort treffen. Aber bevor ich dort mit irgendwem reden kann, brauche ich erst einmal einen doppeltstarken *café solo.*«

Eine Viertelstunde später suchte Dolors Xavi in der Cafeteria des Krankenhauses. Sie entdeckte ihn im hintersten Winkel des weitläufigen Raumes, direkt am Fenster, den Kopf auf eine Hand gestützt, während die andere so stetig in seiner Tasse rührte, als hätte sie sich in der Bewegung festgefahren. Dolors winkte ihm zu, was er jedoch nicht wahrnahm. Kurzentschlossen holte sie sich ebenfalls eine Tasse Kaffee und ging dann zu ihm.

»Pass auf, dass du kein Loch in den Boden rührst, sonst läuft dir am Ende noch der Kaffee raus.«

Irritiert sah Xavi zu ihr auf, dann zu seiner Tasse – und schien erst dann zu verstehen, was Dolors gemeint hatte. Verlegen legte er den Löffel beiseite und sah mit einem schiefen Lächeln zu ihr auf. »Das ist eine Mischung aus Sekundenschlaf und Meditation.«

»Solange es funktioniert!« Dolors grinste, woraufhin auch Xavi grinsen musste. Sie schob ihm ihren Kaffee zu. »Wenn du willst, kannst du meinen trinken, der ist wenigstens warm – und ich hole mir schnell einen neuen.«

Xavi schüttelte den Kopf. »Danke, ist schon gut. Das war eh mein dritter, und ich nehme an, ein Kollege mit Herzinfarkt reicht dir, oder?«

Dolors hob die rechte Augenbraue, beschloss dann aber, nichts weiter dazu zu sagen, auch wenn sie die Bemerkung unpassend fand, und brummte nur: »Einer reicht, ja.« Sie nahm ihm gegenüber Platz und sah sich kurz um. Erst jetzt fiel ihr auf, dass viele Leute zu Mittag aßen, was sie sehr früh fand, schließlich war gerade erst zwölf Uhr vorbei. Dann wandte sie sich wieder Xavi zu. »Manel lag nach seinem Herzinfarkt übrigens genau in diesem Krankenhaus. Als er den Herzinfarkt hatte, waren wir nur eine Straße weiter bei einem Verhör, sodass ich ihn direkt herbringen konnte. Der Arzt meinte später, das sei sein Glück gewesen. Trotzdem haben sie mir zunächst wenig Hoffnung gemacht, dass er die nächsten vierundzwanzig Stunden überstehen wird.«

»Hat er Familie?«

»Eine Tochter, auf Ibiza. Aber hier vor Ort bin wohl ich diejenige, die ihm am nächsten steht.«

»Er ist sehr wichtig für dich, oder?«

Dolors nickte und merkte, wie ihr Hals eng wurde. »Er ...« Sie musste sich räuspern. »Alles, was ich kann, habe ich von ihm gelernt – und auch sonst ... Er ist ein wundervoller Mensch.«

»Seit wann arbeitet ihr zusammen?«

»Als ich mit der Polizeischule fertig war, bin ich direkt unter seine Fittiche gekommen. Ich habe nicht nur alles über die reale Ermittlungsarbeit von ihm gelernt, sondern auch, wie man sich überhaupt in einen Fall eindenkt. Gleich mein erster Fall war ein einziger Albtraum: Wir wussten zwar genau, wer der Täter war, konnten ihm den Mord aber nicht nachweisen. Der Kerl hatte seine Frau und seine beiden kleinen Kinder brutalst abgeschlachtet, weil seine Frau ihn mit ihnen verlassen wollte. Dass wir ihn nicht hinter Gitter bringen konnten, hat mich damals fast um den Verstand gebracht, ich war kurz davor, den Job hinzuschmeißen, aber dann hat Manel mir klargemacht, dass wir eben nicht alle Fälle lösen können, egal wie sehr wir es wollen. Wir haben Grenzen. Auch wenn es wehtut.«

»Und wen hast du durch ein Gewaltverbrechen verl–« Xavi biss sich auf die Lippen. »Entschuldigung, das wollte ich gar nicht fragen, das ist nur so ein Gedanke, der mir seit deinem *Kein Mensch kann durch einen anderen ersetzt werden* durch den Kopf gegangen ist. Ich wollte dir nicht schon wieder auf die Füße treten.«

»Schon gut.« Dolors schluckte. »Außerdem liegst du mit deinem Verdacht richtig. Ja, der Grund, warum ich zur Polizei gegangen bin, hängt in der Tat mit etwas zusammen, was ich bis heute nicht richtig verdaut habe. Als ich siebzehn war, sind meine beste Freundin und ich nachts im Park überfallen worden. Ich habe damals schon Kampfsport gemacht, sodass ich mich befreien und weglaufen konnte – Mireia konnte es nicht. Bis ich Hilfe geholt hatte, waren die Mistkerle längst über alle Berge, und Mireia hatten sie mitgenommen. Tagelang hat die Polizei nach ihr gesucht, die ganze Stadt haben sie auf den Kopf gestellt – nichts, einfach nichts. Du kannst dir nicht vorstellen, wie oft ich mir seither vorgeworfen habe, nicht bei ihr geblieben zu sein, auch wenn ich, realistisch betrachtet, nichts für sie hätte tun können: Sie waren zu viert und Riesenkerle noch dazu ... Zwei Wochen später hat man sie gefunden. Erst seit einem Tag war sie da tot. Sie hatten ihren Spaß mit ihr gehabt.« Dolors schaute zur Decke, zwang die Tränen zurück, die ihr in die Augen gestiegen waren, und sah Xavi dann wieder an. »Meine Mutter hat damals gemeint, ich würde schon darüber wegkommen und sicher bald eine neue Freundin finden. Als ob es jemals darum gegangen wäre: dass ich Angst gehabt hätte, keine neue Freundin zu finden. Seither reagiere ich auf alles in Bezug auf das Ersetzen eines Menschen allergisch.«

»Verständlich«, murmelte Xavi mit mehrfachem Nicken. »Sind die Kerle wenigstens gefunden worden?«

»Leider nein.« Dolors trank einen Schluck Kaffee. »Meine Beschreibungen waren nicht exakt genug, es war ja auch viel zu dunkel, um was zu erkennen, und all die jungen Männer, die sie mir vorgeführt haben – nein, ich konnte keinen zweifelsfrei zuordnen. Mireias Mutter hat mir deswegen die größten Vorhaltungen gemacht: erst weglaufen und dann noch nicht einmal dabei helfen, den Mörder ihrer Tochter zu finden. So etwas vergisst man nie wieder. Ich verzeihe es mir ja selbst nicht.«

»Das solltest du aber«, gab Xavi zurück.

»Ich weiß, das hat mir Manel auch schon oft gesagt. Trotzdem gelingt es mir nicht.«

Eine Weile saßen sie noch still beieinander, dann fragte Dolors Xavi, was ihn zur Polizei gebracht hatte.

»Die Suche nach dem ultimativen Kick, dem totalen Abenteuer!« Er lachte, strich sich mit dem Zeigefinger über die rechte Augenbraue und sah sie auf eine Art von unten herauf an, die reine Verlegenheit signalisierte. »Das ist kein Witz, das war wirklich der erste Grund. Das Einzige, was ich zu meiner Entschuldigung vorbringen kann, ist, dass ich damals erst zwölf war und die ewige Rumgluckerei meiner Großmutter und meiner Schwestern mindestens so leid war wie den sonntäglichen Spinat.« Er lachte wieder. »Aber ich kann dich beruhigen: Inzwischen weiß ich, was der Job bedeutet.«

Dolors musste grinsen und tippte auf Xavis Tasse. »Wenn der Kaffee dich genug belebt hat, sollten wir uns allmählich um den Zugführer kümmern. Aber wenn du zu noch immer kaputt bist und lieber nach Hause gehen und schlafen willst, kann ich auch allein mit ihm reden.«

»Nein, nein.« Xavi streckte sich mit herzhaftem Gähnen und erhob sich. »Bin wie neu!«

Er nahm seine und Dolors' Tasse, um sie in den Geschirrständer zu räumen, und folgte Dolors zum Ausgang der Cafeteria.

Als Dolors und Xavi am Krankenzimmer von Antonio Perez ankamen, stand vor dem Raum Dr. Fuente, sein behandelnder Arzt. Er erkannte sie sofort wieder und trat auf sie zu. »Ich nehme an, wenn ich Sie bitte, mit der Befragung noch einen Tag zu warten, stoße ich auf taube Ohren, oder?«

»Warum bitten Sie mich nicht gleich darum, die Ermittlung ganz einzustellen?« Dolors hob die Hände.

»Okay, okay, ist ja schon gut!« Dr. Fuente krauste unwillig die Stirn. »Aber seien Sie wenigstens behutsam. Der Mann ist mit seinen Nerven am Ende.«

»Könnten Sie aufhören, so zu tun, als kämen wir nur hierher, um aus reinem Übermut Leute zu quälen?«

»Erst, wenn Sie mich vom Gegenteil überzeugt haben und ich meinen Patienten gleich nicht in noch schlechterer Verfassung wiederbekomme.« Der Arzt sah sie nachdrücklich an. »Ich weiß nicht, ob Sie nachvollziehen können, wie es ist, mit einem Trauma leben zu müssen.«

Dolors ersparte sich die Antwort, zumal sie sich sicher war, dass der Arzt sowieso keine ehrliche Antwort hören wollte. Und auch nicht die Geschichte von Mireia. Er machte einen Schritt zur Seite, um sie eintreten zu lassen, und winkte zugleich eine Schwester herbei. »Ich mache Sie persönlich dafür verantwortlich, dass die beiden nicht länger als zehn Minuten bei dem Patienten bleiben!«

Dolors tauschte einen Blick mit Xavi und öffnete die Zimmertür.

Antonio Perez war ein kleiner, rundlicher Mann mit schütterem Haarkranz und fahler Hautfarbe. Er lehnte an der Wand neben dem Fenster seines Krankenzimmers, schaute aber nicht hinaus, sondern starr vor sich hin ins Leere. Als Dolors sich räusperte, wandte er sich seltsam zeitversetzt zu ihnen um und ließ ein unsicheres »Ja?« erklingen.

»Guten Tag, Senyor Perez. Mein Name ist Dolors Canovas. Ich bin die leitende Ermittlerin im Fall Julia Toset, und das hier ist mein Kollege Xavi Martinez. Wir würden Ihnen gern ein paar Fragen zu den Vorfällen der letzten Nacht stellen.«

In die Augen des Mannes traten Tränen. »Ich habe gebremst, das müssen Sie mir glauben, auf der Stelle habe ich gebremst, aber ich habe sie ja erst richtig gesehen, als sie mir schon fast auf die Scheibe geknallt ist.«

»Keine Sorge, Senyor Perez, niemand macht Ihnen einen Vorwurf.« Dolors strich ihm beruhigend über den Arm. »Wir wollen nur herausfinden, ob Sie irgendetwas bemerkt haben, das uns weiterhelfen kann, vor allem, ob Sie jemanden am Bahngleis bemerkt haben. Ihre Aussage ist für uns sehr wichtig, da uns bislang keinerlei Videoaufzeichnungen zu dem Vorfall vorliegen.«

»Aber natürlich war da noch jemand!« Von Wort zu Wort wurde der Mann aufgeregter, so aufgeregt, dass Dolors ihn voller Sorge zu dem kleinen Tisch führte, der an der Seitenwand stand, und ihn eindringlich bat, sich zu setzen. Anschließend nahm auch sie selbst Platz.

»Bitte bleiben Sie ganz ruhig. Ich versichere Ihnen, dass wir nicht gegen Sie ermitteln, sondern nur herausfinden wollen, wer Julia Toset das angetan hat.«

»Ich konnte nichts mehr machen. Das ging alles so schnell. Nur wenige Meter hinter der Einfahrt in den Bahnhof war sie auf einmal vor dem Zug und ... und knallte gegen meine Scheibe. Es war ... diese Angst, das Entsetzen in ihren Augen. Nie wieder werde ich das aus dem Kopf kriegen, nie wieder!« Er fing zu weinen an. Ein ganzer Strom Tränen rann über seine faltigen Wangen, doch er schien sie gar nicht zu bemerken, zumindest wischte er sie nicht weg.

»Können Sie diese zweite Person beschreiben? Jedes kleine Detail könnte uns helfen.«

»Nein, ich ... es war mehr ... wie ein Schatten war sie, ja, wie ein Schatten, direkt am Bahnsteigrand stand sie, aber da war jemand, ganz bestimmt!« Sein Blick wurde zu einem einzigen Flehen. »Nein, die Frau ist nicht freiwillig gesprungen, sie ist gestoßen worden. Gestoßen!«

Der Mann regte sich immer mehr auf. Dolors legte ihm erneut die Hand auf den Arm. »Ruhig, ganz ruhig, damit helfen Sie uns am meisten – und auch sich selbst.«

Der Mann nickte, nickte noch einmal, und atmete dann tief ein und aus. »Ein Schatten«, sagte er dann und atmete noch einmal lange und nachdrücklich aus. »Ein dunkler Schatten war da.«

Dolors sah, dass Xavi ansetzte, etwas zu sagen, und machte ihm Zeichen abzuwarten. Ihr war klar, dass den Mann jede Frage nur wieder aufs Neue aufregen würde und sie so immer weniger aus ihm herausbrächten. In der Tat beruhigte der Zugführer sich in der Pause und setzte dann wieder zum Reden an: »Ich ... Es war natürlich mehr als nur ein Schatten. Aber er bewegte sich so schnell wie ein Schatten und war auch so dunkel.«

»Er?«, fragte Xavi und trat so hastig näher an den Tisch, dass Dolors abwehrend die Hand hob. »Sind Sie sicher, dass es ein *er* war, ein Mann?«

Senyor Perez sah so irritiert zu Xavi auf, als käme er aus einer anderen Welt und wüsste gar nicht, wovon Xavi redete und noch weniger, wo er so plötzlich herkam.

»Der Schatten«, sagte Dolors leise zu ihm. »Die Gestalt. Warum glauben Sie, dass es ein Mann war? Oder könnte es auch eine Frau gewesen sein?«

Senyor Perez wandte sich wieder Dolors zu. »Die Bewegungen – sie waren sehr leicht, fließend, schnell. Und die Figur war schmal. Die Person war völlig schwarz angezogen, mit einem dieser Pullis mit einer Kapuze oben dran. Mein Enkel hat auch solche.«

»Ein Hoodie?«, fragte Xavi.

»Einen Kapuzenpulli?«, setzte Dolors nach.

Senyor Perez nickte. »Einen Kapuzenpulli, ja, genau, einen Kapuzenpulli.«

»Alles ganz schwarz, ohne Aufschrift oder ein Bild?«

Senyor Perez zuckte mit den Achseln. »Ich habe Ihnen doch gesagt, wie schnell das alles ging ...«

»Aber am Ende des Bahnsteigs, da gibt es doch einen Spiegel und einen Monitor, von dem aus Sie den ganzen Bahnsteig einsehen können«, hakte Xavi nach. »Haben Sie den Kerl denn da nicht auch gesehen?«

»Das ist doch viel zu klein, um Details zu erkennen, und außerdem ...« Der Mann hielt inne. Dolors konnte regelrecht spüren, wie er nachdachte. Dann schüttelte er den Kopf. »Nein, da war er schon nicht mehr auf dem Bahnsteig. Bestimmt nicht.«

Dolors schaute zu Xavi. »Aber dann hätte oben irgendjemand den Mann weggehen sehen müssen. Du hast die Leute noch befragt – was haben sie gesagt?«

»Oben ist niemand raus, bestimmt nicht. Das hätten die gemerkt.«

»Und als der Zug einfuhr, war kein anderer Fahrgast auf dem Bahnsteig?«

»Nein, niemand.« Xavi rieb sich über die Nase. »Alle Leute, die ich befragt habe, sind erst runtergekommen, als der Zug schon eingefahren war, als alles schon passiert war. Irgendwie haben die Fahrkartenschleusen oben ...« Er stutzte und schlug sich in der nächsten Sekunde gegen die Stirn. »Oh Mann, bin ich dämlich, ich bin ja so was von dämlich, aber das kommt davon, wenn man noch im Halbschlaf ist.«

»Wie wäre es mit Klartext?« In Dolors begann es zu kribbeln.

»Die Fahrkartenschleusen oben – kurz bevor das alles passiert ist, scheinen sie mehrere Minuten lang blockiert gewesen zu sein. Vorhin habe ich mir nichts dabei gedacht, weil diese Halbstarken, die das gesagt hatten, so zugedröhnt gewesen waren, dass sie es noch nicht einmal mehr durch eine offenstehende Fahrkartenschleuse geschafft hätten, aber auch die Sicherheitsleute hatten etwas in der Art gemeint, denn am Ende ging die Schleuse ja wieder und das von ganz allein, und angesichts der Tatsache, dass jemand die Überwachungskameras manipuliert hat, bekommt das eine ganz andere Bedeutung.«

Erst kommt man nicht rein und dann nicht mehr raus, klang es in diesem Moment in Dolors' Kopf nach. Ja, die Halbstarken, auch zu ihr hatten sie so etwas in der Art gemeint, nur hatte auch sie nicht gleich die richtigen Schlüsse gezogen. »Du meinst, dass derjenige, der die Videokameras manipuliert hat, sich auch irgendwie Zugriff auf die Fahrkartenschleusen da oben verschafft hat?«

»Genau das«, rief Xavi. »Der oder diejenige musste sich doch sicher sein, dass er unten keinen Zeugen hat. Was bringt es, die Videokameras auszuschalten, wenn es dann da unten andere Zeugen für seine Tat gibt?«

Dolors wandte sich wieder dem Zugführer zu. »Sie haben also nicht gesehen, wohin die Person verschwunden ist?«

»Nein, aber wenn sie nicht über die Treppe raus ist, bleibt nur der Tunnel«, erwiderte er matt.

»Den suchen wir sowieso schon nach Spuren von dem Kerl ab«, versicherte Xavi ihr.

»Und die Größe?« Dolors sah wieder zu Senyor Perez. »Wie groß war derjenige?«

Er hob die Schultern und ließ sie mit dem nächsten Atemzug wieder fallen. »Es war keine sehr massige Person, ganz sicher nicht. Dafür hat er sich zu schnell bewegt. Ich würde trotzdem denken, es war ein Mann. Aber wirklich wissen ...« Er schüttelte den Kopf. »Tut mir leid, das alles tut mir so leid, so so leid!« Wieder liefen seine Augen über. Im gleichen Moment öffnete sich die Tür, und die Krankenschwester kam herein. Noch ehe sie etwas sagen konnte, erhob sich Dolors. »Schon gut, wir wollten ohnehin gehen. Und vielen Dank, Senyor Perez, Sie haben uns sehr geholfen!«

Die Schwester ging zu Senyor Perez und bat ihn mit leiser Stimme, sich hinzulegen und auszuruhen. »Ich gebe Ihnen noch einmal etwas zur Beruhigung.«

Dolors nickte auch der Schwester zum Abschied zu und verließ dann mit Xavi den Raum. Kaum standen sie im Flur, holte sie ihr Handy hervor und rief Pep an, um ihn zu bitten, einen seiner Techniker auf die Fahrkartenschleusen anzusetzen. »Ich muss wissen, ob und wie man die von außen manipulieren kann.«

Anschließend rief sie Laura an. Eigentlich hatte sie ihrer Mitarbeiterin ein »wirklich echt und ehrlich wahr freies Wochenende« versprochen, weil sie sie in den letzten Wochen über Gebühr beansprucht hatte und Lauras Freund ihr angedroht hatte, sich von ihr zu trennen, wenn sie sich nicht endlich mehr Zeit für ihn und ihre Beziehung nahm. Aber immerhin – von Freitagnachmittag bis Sonntagmittag war ja auch schon einmal etwas, fand Dolors, und ihr Job war nun einmal einer, der nicht nach

Wunschprogrammen fragte. Es läutete so lange, dass Dolors schon befürchtete, auf der Mailbox zu landen, aber dann nahm Laura den Anruf doch noch an. »Dolors?«

»Ja, sorry, ich bin's, ich weiß, du hast frei, aber –«

»Du musst dich nicht entschuldigen«, ertönte es am anderen Ende der Leitung, gefolgt von einem Schniefen. »Ich bin sogar froh, dass du anrufst.«

»Bist du krank oder heulst du?«, gab Dolors irritiert zurück.

»Das Letztere.« Wieder ein Schniefen. »Scheiße. Scheiße, Scheiße, Scheiße!« – Das letzte *Scheiße* ertrank in Schluchzen.

»Oh nein, er hat –«

»Schlimmer«, fiel Laura ihr ins Wort. »Es geht immer noch ein bisschen schlimmer. Und jetzt will ich nichts mehr zu dem Thema hören. Hörst du? Nie mehr will ich etwas von diesem gottverdammten Scheißkerl hören!«

»Aber du hast dir doch extra das Wochenende –«

»Dem ging es nie ums Wochenende, der wollte nur einen Vorwand, der Mistkerl hat mich von vorn bis hinten verarscht!«, platzte es aus Laura heraus. »Schon seit Wochen hat er eine andere, und das mit meinem Dienst und meinen vielen Überstunden und wie sehr ihn das nervt – das waren nur Vorwände, damit ich diejenige bin, der er die Schuld am Scheitern der Beziehung in die Schuhe schieben kann.«

»Oh nein!« Dolors wusste, welchen Narren Laura an diesem Mann gefressen hatte, auch wenn sie es nie ganz hatte nachvollziehen können. Der Kerl konnte ihr bei Weitem nicht das Wasser reichen, und das hatte sie Laura auch gesagt. Allerdings verstand er es, sich wichtigzumachen, und Liebe verstellte so manchem den Blick.

»Seiner neuen Flamme wurde mein freies Wochenende zu lang, sodass sie plötzlich an seiner Tür aufgetaucht ist und verlangt hat, dass Mario sich endlich entscheiden soll. Sehr witzig fand er das nicht, denn damit hat sie ihm sein schönes Spiel verdorben. Na ja, seine Schallplattensammlung konnte er dann auf der Straße zusammenkehren.« Dolors hörte, wie Laura sich ausgiebig schnäuzte. »Und jetzt sag schon: Du rufst doch nicht an, nur um zu fragen, wie ich mein Wochenende verbringe. Wo brennt es? Je schneller ich aus meinen vier Wänden herauskomme, desto besser.«

Dolors beschrieb ihr kurz den Fall und bat sie, sich mit den Leuten vom Sicherheitsdienst in Verbindung zu setzen und herauszufinden, von wann bis wann die Fahrkartenschleusen blockiert gewesen waren und auch, ob dies öfter vorkam, und ab wann und vor allem warum die Fahrkartenschleusen dann wieder funktioniert hatten. Außerdem sollte sie auch die Leute befragen, die von der Blockade der Fahrkartenschleusen betroffen gewesen waren. »Vielleicht hat ja doch noch jemand irgendwas bemerkt oder gesehen. Und danach musst du herausfinden, wie wir an den Vater von Julia Toset kommen können. Viel verspreche ich mir von dem Gespräch mit ihm zwar nicht, aber wer weiß – irgendwie sagt mir mein Bauch, dass wir auch hier nachforschen sollten.«

»Alles klar«, erwiderte Laura. »Hast du inzwischen eigentlich mal den Neuen angerufen?«

Dolors schaute neben sich. »Nicht mehr nötig, er arbeitet schon seit letzter Nacht mit mir und sitzt gerade neben mir.«

»Wofür spreche ich dir eigentlich aufs Band, dass du Leute anrufen sollst, wenn du es dann doch nicht tust?« Der Vorwurf in Lauras Stimme war unüberhörbar. »Und gib dir mal ein bisschen Mühe: Ich finde, er ist ein richtig Netter!«

»Du willst aber nicht Bäumchen-Wechsel-dich spielen, oder?«

»Blödsinn, aber eine angenehme Arbeitsatmosphäre ist schon mal was, oder? Alle anderen, die wir bisher als Aushilfen hatten, waren wirklich nicht der Renner. Und an Manel kommt sowieso keiner ran.«

In beiden Punkten musste Dolors ihr Recht geben. »Melde dich bitte, sobald du etwas herausgefunden hast. Und ...« Sie suchte nach den richtigen Worten, fand sie aber nicht und sagte deswegen nur: »Vergiss den Kerl, er ist es nicht wert. Du hast was Besseres verdient.«

»Musst du gerade sagen. Wie lange sage ich dir schon, du sollst Miguel endlich den Laufpass geben?«

»Immerhin bin ich jetzt ausgezogen.«

»Ph«, machte Laura und legte auf.

11. Kapitel

Sonntag – 12.45 Uhr

Rissige Wände, abblätternder Putz, Stockflecken an den Decken, eine ausgetretene, elendig laut knarrende Holztreppe – und trotzdem entbehrte der Altbau, in dem Leila ihre Wohnung hatte, nicht eines gewissen Charmes. Außerdem war Dolors klar, dass, wenn das Haus je von Grund auf restauriert werden würde, weder Leila noch die übrigen Hausbewohner weiterhin die Miete würden aufbringen können. Genau wie auch sie nicht. Auf alle Fälle beneidete Dolors Leila um ihre Wohnung, noch ehe sie diese betreten hatte, und nahm sich vor, später, wenn sie wieder nach draußen gingen, nachzusehen, ob wirklich alle Wohnungen so wirkten, als seien sie vergeben.

Kaum hatten Xavi und sie den ersten Stock erreicht, klopfte Dolors vernehmlich an Leilas Wohnungstür und betätigte zugleich die Klingel. Ein netter Nachbar mit polangen Rastas hatte sie ins Haus gelassen, was Dolors ihm mit einem breiten Lächeln gedankt hatte, da sie zu diesem Zeitpunkt schon dreimal vergebens geläutet hatten. Als sich auch hier oben an der Wohnungstür nichts rührte, legte Dolors nach einem kurzen Blick zur Nachbartür, die sich direkt in ihrem Rücken befand und von vielen Winnie-the-Pooh-Aufklebern verziert war, das Ohr an die Tür.

»Zu hören ist jedenfalls nichts«, brummte sie schließlich zu Xavi. »Vielleicht ist sie tatsächlich nicht da.«

Xavi schürzte die Lippen. »Dann kommen wir eben später noch mal wieder.«

Dolors starrte auf die Tür, als könne sie sie so bewegen, sich doch noch zu öffnen. Noch einmal herkommen zu müssen, bedeutete, dass sie noch später nach Hause kommen würde – und im gleichen Moment wurde ihr bewusst, wie verdammt durchgeschwitzt sie war ... und wie müde. Und dass Mila und Pablo auf sie warteten ...

»Okay.« Sie nickte ergeben. »Dann fahren wir in der Zwischenzeit bei der Kinderfrau von Irina vorbei und überprüfen deren Alibi, anschließend muss ich kurz Mila abholen und zu Hause abliefern – und dann fahren wir noch einmal her.«

»Kennst du den Weg zu Irinas Wohnung, oder soll ich die Adresse ins Navy eingeben?«

»Zweimal ja.«

Xavi sah sie irritiert an.

»Ich kenne die Strecke zwar, aber ich würde gern wenigstens für ein paar Minuten die Augen schließen und dachte, dass du vielleicht fahren könntest.«

Sie zog den Wagenschlüssel aus ihrem Rucksack und hielt ihn Xavi hin. Er nahm ihn entgegen und lief als Erster die Treppe hinunter. Als sie unten aus dem Haus traten, warf Dolors noch einen Blick zum Haus hoch und musste feststellen, dass auf sämtlichen Balkonen entweder Strandlaken trockneten, Kinderräder in der Sonne glühten oder kleine Klapptische samt Stühlen davon zeugten, dass die dazugehörige Wohnung vermietet war. Keine Chance für sie, hier fündig zu werden. Als ihr Blick zum Schluss noch einmal die Fenster von Leilas Wohnung streifte, hatte sie das Gefühl, dass sich die Gardinen am rechten Fenster bewegten, doch als sie Xavi darauf aufmerksam machte, war nichts mehr davon zu sehen.

Schon zwanzig Minuten später parkten sie in der *Rambla de Badal* direkt vor dem Wohnhaus von Irina Petrow, einem sechsstöckigen Gebäude. Es war mindestens ebenso alt wie das, in dem Leila wohnte, aber auch ohne ultimative Modernisierungsmaßnahmen in einem weit besseren Zustand – zumindest soweit dies von außen zu beurteilen war: ein frischer, hellgelber Anstrich, im Erdgeschoss kleine Geschäfte für den täglichen Bedarf, ein Friseur, ein Bäcker, ein Schlüsseldienst, im ersten Stock eine Reihe von Stehbalkonen vor den mannshohen Fenstern, im zweiten ein durchgehender Sandsteinbalkon, in den Stockwerken darüber war nur noch vor jedem dritten Fenster ein Stehbalkon, dieser aber überdacht von nett aussehenden blau-weiß-gestreiften Markisen, flankiert von je einem Fenster zur Rechten und zur Linken, woraus Dolors schloss, dass auch die Wohnungen oben groß, hell und geräumig waren. Die Wohngegend war schlicht und angenehm und unprätentiös. Das Haus stand an einer breiten Straße, in deren Mitte es einen mehrere Meter breiten, erhöhten Streifen mit Palmen und Sitzbänken und einem kleinen Spielplatz gab, Ruhezonen, die der ganzen Straße ein angenehm gediegenes Ambiente verschafften. Dolors merkte sich den Straßennamen, um hier gezielt nach freien Wohnungen zu suchen. Sie nahm an, dass es von hier aus kaum fünfzehn Gehminuten bis zum Bahnhof von Sants waren, und sagte dies auch Xavi.

»Das klingt, als hättest du dich schon auf Irina als Täterin eingeschossen?«

»Keineswegs«, gab Dolors zurück und löste den Sicherheitsgurt. »Aber es ist ein Punkt, den wir im Hinterkopf behalten sollten.«

Sie nickte Xavi zu, woraufhin auch er den Gurt löste und ausstieg. Als sie zum Haus gingen, kam gerade ein Mann aus der Tür. Dolors eilte auf ihn zu und rief: »Könnten Sie bitte die Tür auflassen?«

Der Mann sah sie an, die Tür fiel ins Schloss. Mit bedauerndem Lächeln hob er die Hände. »Tut mir leid, zu spät!«

Dolors hielt seinem Blick stand. Ihnen beiden war klar, dass er die Tür problemlos hätte aufhalten können, wenn er es nur gewollt hätte, und überdies hätte sie ihren Kopf darauf verwettet, dass er einen Schlüssel besaß. Zuerst wollte sie etwas sagen, dann aber beschloss sie, die Energie zu sparen. Es war zu heiß, um sich zu streiten. Außerdem hatte sie ohnehin keine Handhabe; sie hatten ja nicht mal einen Durchsuchungsbefehl. Während er in ihre Richtung lief – Dolors hatte den Eindruck, dass er das Auto ansteuerte, das direkt hinter ihnen parkte, einen in die Jahre gekommenen rostblauen Twingo – sah er sie weiter an, ein ganz normaler Sonntagmittagblick, ein kurzes Mustern ... eigentlich nichts Auffälliges, trotzdem sah Dolors ihm nach. Sie stellte fest, dass er tatsächlich zu dem altersschwachen Twingo ging. Sie schätzte den Mann auf Anfang dreißig. Sein eigenwilliges dunkelblondes Haar war ungekämmt, und sie hatte gesehen, dass es ihm ein gutes Stück weit in die Augen hing, was ihm etwas Rebellisches gab. Er war mittelgroß, schlank, bewegte sich sehr geschmeidig, und doch irritierte Dolors etwas an seinem Gang, aber noch ehe sie den Grund dafür finden konnte, hatte er seinen Wagen schon erreicht. Als er die Tür aufmachte, sah er noch einmal zu ihr.

»Ist noch was?«, fragte er. Die Frage klang ruhig und freundlich, aber offenbar war ihm durchaus bewusst, dass sie ihm nicht nur einfach so nachgesehen hatte.

Dolors schüttelte den Kopf und schloss zu Xavi auf, der sie an der Haustür erwartete.

Kaum hatte Dolors Xavi erreicht, drückte er auf Irinas Klingelknopf. Dritter Stock, 1a. Beinahe in der gleichen Sekunde meldete sich jemand an der Sprechanlage. Xavi sagte, wer sie waren und wen sie sprechen wollten. Danach herrschte oben Funkstille.

»Hallo, hören Sie mich?«

Auch jetzt kam keine Antwort.

Auf Dolors' Nicken hin läutete Xavi erneut.

»Treten Sie mal ein Stück zurück, damit ich Sie sehen kann!«, erscholl es da auf einmal von oben. »Und Ihren Ausweis auch!«

Dolors trat zurück und sah, dass auf dem Stehbalkon im dritten Stock eine kleine, rundliche Frau mit weißem, zu einem Knoten zusammengefassten Haar stand und zu ihnen heruntersah. Dolors hielt ihren Ausweis hoch und winkte ihr zu. Ohne ein Wort zu sagen, ging die Frau wieder in die Wohnung, kurz darauf ertönte der Türsummer.

Es gab keinen Aufzug, sodass Dolors, als sie im dritten Stock ankamen, das Gefühl hatte, dass es nun wahrhaftig keinen Quadratzentimeter mehr an ihr gab, der nicht von Schweiß bedeckt war. Die Frau erwartete sie an der Tür.

»Und jetzt den Ausweis noch einmal von Nahem«, knurrte sie sie an und verstellte den Eingang mit der Vehemenz einer Löwenmutter, die ihre Jungen verteidigen musste. Dolors war sich sicher, dass sie mit diesem Auftreten noch nicht einmal in den dunkelsten Ecken der Stadt von Handtaschenräubern behelligt wurde. Unter den älteren Damen gab es leichtere Opfer als dieses hier.

»Sie können sich beruhigen«, sagte sie und hielt ihr zugleich erneut ihren Ausweis entgegen. »Wir sind tatsächlich von der Polizei. Wir haben nur ein paar kurze Fragen.«

Die Frau setzte eine Lesebrille auf und sah sich die Ausweise gründlich an, ehe sie sie zurückgab. »Was wollen Sie von Frau Petrow?«

»Können wir das vielleicht drin klären?«

»Das ist nicht meine Wohnung. Ich darf Sie nicht einfach hereinlassen.«

»Doch, dürfen Sie. Wir haben mit Frau Petrow gesprochen.«

Nach einem Zögern trat die Frau zurück und ließ Dolors und Xavi an sich vorbei in den Flur gehen. Zwei Zimmertüren waren verschlossen, kleine, handgemalte Schildchen mit *Küche* und *Bad* hingen dran, zwei weitere Zimmertüren waren angelehnt. Aus beiden Räumen drang kaum Licht, weil die Läden geschlossen waren. In einem konnte Dolors das Fußteil eines Doppelbetts ausmachen, im anderen einen riesigen schneeweißen Teddybären, der in einem Kinderbett lag und fast das daneben schlummernde Mädchen verdeckte. Die Dame winkte sie weiter und führte sie in einen großen, weitläufigen Raum, der zwar spartanisch und zweckmäßig, aber geschmackvoll eingerichtet war. Links stand ein runder Holztisch mit vier passenden Stühlen, rechts ein sofaähnliches Sitzmöbel: Es war einfach eine mit einem robusten himmelblauen Stoff überzogene Matratze mit vielen großen Kissen als Rückenstütze. Davor stand ein schwarzer Tisch, hinten in der Ecke ein niedriges Holzregal mit einem kleinen Fernseher, an den Wänden große Gemälde, die meisten abstrakt, alle sehr ausdrucksstark. Außerdem gab es reichlich Regale mit Büchern, viele Romane, aber auch viele Bildbände, vor allem zu Reisen, wie Dolors feststellte.

Die Dame machte keine Anstalten, sie zum Sitzen aufzufordern, und sah sie nach wie vor höchst unwillig, geradezu feindselig an.

»Gehe ich Recht in der Annahme«, fragte Dolors, »dass Sie Juana Rodriguez sind, die Frau, die Irina Petrows Kind hütet, wenn sie arbeitet?«

Die Frau nickte.

»Und Sie schlafen manchmal hier?«

»Wenn es spät wird.« Sie verschränkte die Arme vor der Brust. »Es gibt keine festen Uhrzeiten. Ich komme, wenn ich gebraucht werde.«

»Und in den letzten Tagen?«

Die Frau musterte sie scharf, als sei nicht Dolors, sondern sie die Ermittlerin. »Worum geht es überhaupt?«

»Ich kläre einen Mord an einer Kollegin von Senyora Petrow auf.«

»Das weiß ich schon, Irina hat mich angerufen.«

Die hatte es ja eilig, dachte Dolors und sah Xavi an, dass auch er dies dachte und sich ebenso wie sie fragte, ob hinter dem Anruf nur der Wunsch, sich mitzuteilen, gesteckt hatte – oder noch mehr. »Dann frage ich Sie einfach mal direkt, ob Sie die letzte Nacht hier waren.«

»Allerdings.« Sie wies auf das blaue Sofa. »Da habe ich geschlafen. Und Irina war da.« Sie wies auf das Elternschlafzimmer. »Und ihr Freund ebenfalls, falls Sie auch das noch wissen wollen. Zuerst kam Bruno. Er hat sich sofort hingelegt, weil er Kopfschmerzen hatte, und Irina etwas später. Da ich schon am Wegdämmern war, bin ich einfach auf dem Sofa liegengeblieben.«

»Hat sie mit ihrem Ensemble von Agita Danza geprobt?«, fragte Xavi.

»Nein, mit einer anderen Gruppe, mit der sie nebenher noch arbeitet. Mit ihr sind sie fünf Tänzer, alles Landsleute von ihr, alle sehr begabt. Sie haben schon einige Auftritte für den nächsten Winter, in Deutschland, England und Frankreich. Irina lebt nur für den Tanz – und für ihre Tochter.« Wieder dieser herausfordernde Blick. »War es das jetzt an Fragen?«

Dolors nickte, woraufhin die Frau sofort zurück zur Wohnungstür ging. Auch wenn sie in der Tat keine Fragen mehr gehabt hatte, hatte Dolors doch das Gefühl, rausgeworfen zu werden. Kaum waren sie zur Tür hinaus, fiel diese auch schon hinter ihnen ins Schloss, und überdies war von innen ein Schließgeräusch zu hören, als wolle Senyora Rodriguez sichergehen, dass sie auf keinen Fall wieder reinkommen konnten.

»Na, für die waren wir echt der Feind«, meinte Xavi, kaum dass sie den ersten Treppenabsatz hinter sich gelassen hatten.

»Verständlich.« Sie zwinkerte Xavi zu. »Schließlich beschützt sie ja auch ihre Jungen. Allerdings ist das Alibi, das sie Irina gibt, damit auch nicht viel wert.«

»Noch braucht sie keines«, erinnerte er grinsend.

»So vehement, wie die Frau ihr eben eines geliefert hat, bin ich mir da gar nicht so sicher. Warum hat Irina sie überhaupt gleich angerufen? Immerhin hatte sie eigentlich schon genug Verspätung, um mit ihrem Unterricht anzufangen. Warum das noch mehr verzögern? Mitgefühl oder der Schock über das Ableben von Julia standen jedenfalls ganz sicher nicht hinter dem Anruf. Und sie selbst hatte gar nichts von Bruno gesagt. Allerdings hatte ich sie auch nur nach einem Alibi gefragt, und wenn er schon geschlafen hat, als sie kam, hätte er ihr ohnehin keins geben können.«

Im gleichen Moment klingelte Dolors' Handy. Sie zog es aus ihrem Rucksack, schaute auf das Display und stöhnte.

»Was Unangenehmes?« Xavi musterte sie.

»Vor allen Dingen *jemand* Unangenehmes!« Dolors strich sich ihre Locken zurück, lief die Treppe ein bisschen schneller herunter, um Abstand zwischen sich und Xavi zu bringen, und verfluchte derweil ihren Sohn. Garantiert war er trotz seines Versprechens nicht leise gewesen und hatte Miguel geweckt – wahrscheinlich, als er mal wieder von irgendwem auf dem Monitor erschossen worden war und entsprechend laut geflucht hatte. Als sie halbwegs außer Hörweite war, nahm sie den Anruf entgegen.

»Du hast mir heute gerade noch gefehlt«, knurrte sie ihrem Noch-Ehemann als Begrüßung entgegen.

»Offensichtlich«, gab er mit vor Sarkasmus triefender Stimme zurück. »Sonst hättest du unseren Sohn nicht einfach bei mir ausgesetzt.«

»Ich habe Pablo nicht *ausgesetzt* und *bei dir* schon gar nicht, wenn, dann bei einem funktionierenden Internetanschluss.«

»Auf alle Fälle hast du offensichtlich selbst am helllichten Sonntag mal wieder was Besseres zu tun, als dich so um die Kinder zu kümmern, wie sie es verdienen.«

»Als ob du sonntags um diese Uhrzeit je schon einmal mehr getan hättest, als zu schlafen«, zischte sie zurück. »Zumindest habe ich Mila heute früh schon zum Ballett gefahren – und das trotz meines neuen Falls.«

»Während ich noch nicht einmal darüber informiert worden bin, dass sie in diesem Sommer einen Intensivkurs macht. Das wäre dann schon gleich der nächste Punkt, über den wir reden müssen. Du hast nicht das alleinige Sorgerecht für die Kinder. Du bist einfach ausgezogen und hast sie mitgenommen – und auch das, nebenbei bemerkt, ohne jede rechtliche Grundlage. Und ja, wenn ich in nichts einbezogen werde, habe ich es allerdings schwer, sie irgendwohin zu fahren.«

Dolors verkniff sich eine Antwort, wie zum Beispiel die, dass er dies sowieso nicht getan hätte. »Was willst du?«

»Dir mitteilen, dass ich Mila gleich abhole und mit ihr und Pablo an den Strand gehe, da du das ohnehin nicht tun wirst.«

Auch wenn Dolors es niemals ausgesprochen hätte und auch wenn dies eigentlich das Letzte war, was sie wollte, wusste sie, dass sein Vorschlag zumindest eins ihrer heutigen Probleme lösen würde: Wie kam sie an ein paar Stunden Schlaf – und zwar ohne dass die Kinder sich vor lauter Langeweile an die Gurgel gingen und dabei Stück für Stück Annas Wohnung zerlegten. Sie gab sich einen Ruck. »Okay. Und wann bringst du sie wieder?«

»Wenn du in Rente gehst und dann vielleicht auch mal wieder Zeit für irgendetwas außer deiner Arbeit hast.«

»Lass das«, knurrte Dolors. Erst jetzt merkte sie, dass sie während des Gesprächs stehengeblieben und Xavi scheinbar schon längst an ihr vorbei nach draußen gegangen war; zumindest konnte sie ihn auf der Treppe nirgends mehr sehen. Sie lief noch die letzten Stufen nach unten, zog die Haustür auf, trat ins Freie und sah ihn neben dem Wagen stehen. Kurz entschlossen ging sie ein paar Meter nach rechts in den Schatten der Markise eines Geschäfts, um ungehört weiterreden zu können. »Du warst doch selbst die ganze Nacht unterwegs, also rede mir nichts ein.«

»Nachts schlafen Kinder.«

»Ich habe keine Lust auf diese Diskussion. Um neunzehn Uhr bringst du sie nach Hause.«

»Prima, endlich mal ein vernünftiger Vorschlag.«

Dolors wurde klar, dass er sie absichtlich falsch verstanden hatte. »Du weißt ganz genau, dass ich mit nach Hause Anna Wohnung meine!«

»Ein Gästezimmer ist kein Zuhause. Und Pablo will nicht dort sein.«

»Pablo will eine gute Internetverbindung, alles andere ist ihm egal.«

»Bei mir hat er die. Und alles andere auch.«

»Er hängt sowieso viel zu viel an dem dämlichen Computer. Da ist es nur gut, dass er bei Anna nicht so viel spielen kann. Du sagst ja nie etwas dazu, selbst dann nicht, wenn er noch morgens um vier Uhr auf irgendwelche Soldaten schießt.«

»Wer hat ihn denn zum Computerspielen hergebracht? Du oder ich?«

Eins zu null für dich, brummte Dolors in sich hinein. Noch ehe ihr eine Erwiderung einfiel, fuhr Miguel auch schon fort: »Zum Donner, Lola, deine Campingveranstaltung bei Anna ist unwürdig. Lass die Kinder bei mir. Was können sie dafür, dass du plötzlich auf dem Selbstverwirklichungstrip bist?«

»Du weißt ganz genau, dass es nicht darum geht, sondern um deine chronische Unzuverlässigkeit. Ja, wenn du da bist, kümmerst du dich um die Kinder – zumindest *irgendwie.* Will heißen: nicht immer so, wie es sinnvoll wäre. Aber leider weiß man nie, wann du mal da bist, und wenn dir plötzlich was in den Kopf kommt, bist du ebenso schnell wieder weg, wie du zuvor aufgetaucht bist.«

»Und du bist Supercop und Supermom in einem, oder was?«

»Das behaupte ich nicht, aber ich tue auf alle Fälle, was ich kann. Ich versuche da zu sein, wenn sie mich brauchen, und nicht nur dann, wenn ich gerade sonst nichts mit mir anzufangen weiß und mir ein bisschen die Zeit vertreiben will. Außerdem war mein Job zuerst da, und er hat uns jahrelang ernährt. Auch dich, mein Lieber!«

»Ich sag's ja: Du bist eine Heilige!« Er stieß einen Schwall Luft aus. »Die Kinder mögen mich so, wie ich bin.«

»Wie du mal warst – vielleicht. Aber nicht so, wie du dich in den letzten Jahren entwickelt hast.«

»Bei mir haben sie sich nicht beschwert.«

»Aber bei mir! Und in der letzten Zeit noch nicht einmal mehr das, weil sie sowieso nichts mehr von dir erhoffen. Du bist zum dritten Kind im Haus mutiert.«

»Und du zur Dauerspaßbremse!«

Dolors wollte schon ausholen, aber dann sah sie, wie Xavi sich Luft zufächelte – er musste da in der Sonne allmählich zerfließen, aber da er die Autotüren geöffnet hatte und der nächste Schattenbereich ein ganzes Stück weit weg von ihm war, blieb ihm nichts anderes übrig als auszuharren.

»Um Punkt neunzehn Uhr bei Anna, hörst du?«, war darum alles, was sie Miguel noch entgegenzischte. Dann legte sie auf.

12. Kapitel

Sonntag – 14.30 Uhr

Auch bei ihrem zweiten Anlauf, mit Leila zu reden, endeten Dolors und Xavi vor verschlossener Tür, diesmal überdies schon vor der Haustür. Erschöpft ließ Dolors den Kopf gegen das kleine Fenster in der Tür sinken, merkte dann aber, wie sie mit ihrer schweißigen Stirn geradezu daran festklebte, und richtete sich wieder auf. Seufzend schaute sie zu Xavi. »Irgendwie ist dieser Tag nicht für mich gemacht.«

»Vielleicht sollten wir einfach mal eine Pause einlegen«, meinte dieser. Er zeigte zur gegenüberliegenden Straßenseite. »Wie wäre es mit Tapas? Es ist schon halb drei. Dazu ein schönes großes eiskaltes Glas Wasser – und vor allem endlich mal raus aus der Sonne.«

Das Tapas-Lokal, auf das er zeigte, wirkte in der Tat verlockend und war dank seiner dicken Steinmauern sicher angenehm kühl. Da Dolors die Kinder nicht mehr abholen musste, sprach nichts dagegen, dort einzukehren und erst einmal wieder zu sich kommen. »Okay, einverstanden.«

Xavi hob den Daumen und marschierte sofort auf das Lokal zu, Dolors folgte ihm und verspürte angesichts seiner geradezu kindlichen Freude auch selbst einen gewissen inneren Aufwind. Als sie in den großen, lang gezogenen, rustikal eingerichteten Raum traten, spürte sie, wie beinahe augenblicklich eine Last von ihren Schultern fiel. Hier drin war es mindestens zehn Grad kühler als auf der Straße, das Licht gedämpft und trotz einigen Dutzend Gästen himmlisch ruhig. Ihre Gespräche wogten wie das satte Murmeln des Meeres an einem windstillen Sommerabend an ihr vorbei.

Sie wählten einen Tisch in direkter Nähe des Tresens, in und auf dessen doppelstöckiger Glasvitrine eine stattliche Auswahl an Tapas lockte: Im unteren Bereich gab es vor allem Platten mit verschiedenen Spießen, dekorativ platziert zwischen frischen Salatblättern und gegrillten grünen Minipaprikas, sogenannten *Pebrots del Padró.* Auf einigen Spießen steckten kleine Würstchen, auf anderen Fleischstücke, alles jeweils vermischt mit Oliven oder Gemüsehappen. Weiter links gab es Fisch- und noch ein Stück weiter Gambaspieße. Das Angebot war immens. In der Etage darüber gab es *Pa amb Tomàquet,* mit Olivenöl und der Soße von geriebenen Tomaten bestrichene Baguettescheiben, oder welche mit allen erdenklichen Belägen, von denen sich die meisten kunstvoll in die Höhe schraubten: Türme aus Pulposcheiben mit Zwiebelringen und grünen Bohnen; Ziegenkäse, confierte Zwiebeln und Cherrytomaten, in Essig marinierte und mit Kräutern bestäubte Anchoas; Brie, Kidneybohnen, grüne Paprika und Balsamicoessig ... In der obersten Etage standen die wahren Kunstwerke: mit geräuchertem Lachs, Frisch- oder Ziegenkäse gefüllte Zucchinirollen, halbierte Zwergpaprika mit Füllungen aller erdenklichen Konsistenzen und Farben, Datteln im Speckmantel, Schnecken mit Serranoschinken und Manchego, winzige, gerillte Knoblauchkartoffeln, verschiedenste *Empanades*, Blätterteigtaschen, mit Chorizo, Käse, Gemüse oder anderer Füllung ... Je länger

Dolors auf die Auslage sah, desto mehr spürte sie ihren Magen und desto schwerer fiel es ihr, sich zwischen all den Köstlichkeiten zu entscheiden. Sie sah, dass Xavi sich eine Scheibe *Pa amb Tomàquet* mit Tortilla, eine mit Fleischsalat und eine mit mariniertem Gemüse auf den Teller legte, dazu zwei Blätterteigschnecken mit Käsefüllung nahm und dann zu ihrem Tisch ging. Dolors wählte einen Fleisch- und einen Gemüsespieß, eine kleine gefüllte Paprika und ein *Pa amb Tomàquet* mit *Escalivada*, einer Mischung von verschiedenen gegrillten und gehäuteten Gemüsesorten.

Als sie sich an ihren Tisch setzte, hatte Xavi schon eine eisgekühlte Flasche Wasser für sie ergattert. Sie trank ein großes Glas auf ex und goss sich gleich ein zweites ein.

»Gut?«, fragte Xavi.

Dolors nickte, biss in die Paprika und fühlte sich noch besser.

Auf einmal sah sie, wie zwei Tische weiter eine Frau so heftig von ihrem Stuhl aufsprang, dass er nur deswegen nicht auf den Boden knallte, weil der Mann, der neben ihr saß, ihn blitzschnell auffing. Ihre pechschwarzen Augen blitzten vor Zorn.

»Setz dich wieder hin, verdammt«, herrschte der Mann die Frau an und packte sie am Handgelenk.

Dolors merkte, dass Xavi nun ebenfalls zu den beiden hinsah. Sie erwartete, dass die Frau, so wütend wie sie war, sich von dem Mann sofort wieder freimachen würde, doch stattdessen schüttelte sie nur mit einer heftigen Bewegung ihr langes, schwarzes Haar zurück und setzte sich tatsächlich wieder hin. Probehalber ließ der Mann sie los, und als er die Hand ganz zurückzog, war auf einmal etwas in den Blicken der beiden, das Dolors nicht anders als pures Begehren beschreiben konnte. Als sie schon dachte, die Frau würde sich nun zu ihm vorbeugen und ihn küssen, zischte sie ihm auf einmal etwas entgegen, das sein Gesicht schlagartig feuerrot werden und ihn etwas erwidern ließ, das ihre Wut neu entfachte. Da sich beide trotz aller Rage nur leise anzischten, konnte Dolors nicht herausfinden, worum es ging, sehr wohl aber sehen, dass die Emotionen immer weiter hochkochten. Sie schätzte die Frau auf Anfang zwanzig, für eine Spanierin war sie recht hochgewachsen, gertenschlank und hatte einen auffallend großen, sehr sinnlichen Mund – und dazu diese großen, glühenden Augen und das feurige Temperament. Als sie dann doch einmal etwas lauter sagte, hörte Dolors, wie sie das S aspirierte und die D-s verschluckte, woraus sie schloss, dass die Frau Andalusierin war, und auch ihre ebenso akzentuierten und zugleich eleganten und extrem schnellen Gesten erinnerten sie an eine Kommilitonin aus Sevilla, die später die Uni aufgegeben und sich ganz dem Flamencotanz hingegeben hatte. Das Wortgefecht nahm an Heftigkeit zu, dann sprang die Frau erneut auf und stürmte so schnell aus dem Lokal, dass der Mann ihr nur nachsehen konnte. Er biss die Zähne zusammen und klatschte seine Serviette auf den Tisch. Nachdem er ihr eine Weile hinterhergestarrt hatte, kippte er sein noch fast volles Glas Wein hinunter, winkte dem Kellner und verlangte die Rechnung. Kaum hatte er sie, warf er einen Fünfzigeuroschein auf den Tisch und stürmte ebenfalls aus dem Lokal.

»Wenn er jetzt zu ihr marschiert, dann geht es da garantiert voll zur Sache – so oder *so*«, meinte Xavi und ergänzte dann noch mit breitem Grinsen: »Ich würde sogar sagen, vor allem *so*!«

Dolors wusste genau, was er mit seinem betonten »so« meinte. »Könnte heiß werden, ja, verdammt heiß«, meinte auch sie und widmete sich wieder ihrem Essen.

Eine halbe Stunde später zahlten sie und gingen zurück zu dem Haus, in dem Leila wohnte, um nachzusehen, ob sie jetzt endlich da war. Als sie dort ankamen, verließ gerade ein Teenager mit einem übergroßen Barça-T-Shirt das Haus. Als er sah, dass sie läuten wollten, hielt er ihnen die Tür auf. Dolors bedankte sich und ging mit Xavi ins Haus. Im Treppenhaus hörten sie die Schimpftiraden eines Mannes und die nicht weniger wütenden Schreie einer Frau. Beides schien aus dem ersten Stock zu kommen. Dolors hatte keinen Zweifel daran, dass die Stimmen zu dem Paar aus dem Tapas-Lokal gehörten.

»Das klingt aber doch eher nach dem ersten *so*«, meinte Dolors grinsend zu Xavi.

Als sie den Absatz auf halber Treppe erreicht hatten, war klar, dass die Stimmen aus Leilas Wohnung drangen. Dolors erklomm auch noch den zweiten Treppenabsatz, ging zu der Tür und hob eben die Hand, um zu läuten, als die Tür plötzlich aufgerissen wurde und der Mann von eben so heftig herausstürmte, dass er sie beinahe umrannte. Nur einen Sekundenbruchteil später zischte eine Kaffeetasse auf sie zu. Blitzschnell duckte sich Dolors, sodass der Becher nicht an ihrem Kopf, sondern an der gegenüberliegenden Wand zerschellte. Der Mann polterte unbeachtet von allem schimpfend und fluchend die Treppe hinunter – und dann schoss die Frau zur Wohnung heraus und ließ eine ganze Salve von Beschimpfungen über dem Davoneilenden herabregnen. Ausdrücke wie *Hijo de Puta*, *Cabrón* und *Gilipollas* waren noch die harmlosesten Begriffe. Als die Tür unten ins Schloss knallte, schrie sie noch lauter: »*Vete a la mierda*!« – Fahr zur Hölle! – fuhr dann herum und starrte Dolors so erstaunt an, als sei diese in eben dieser Sekunde vom Himmel gefallen.

»Darf ich mich vorstellen …« Dolors zog ihren Dienstausweis hervor. »Dolors Canovas, ich komme vom Kommissariat der Ciutat Vella, und das ist mein Kollege Xavi Martinez. Wir möchten Ihnen gern ein paar Fragen stellen.«

Es dauerte eine Weile, bis Leila Velaquez' Wut so weit verraucht war, dass sie wirklich auf sie reagierte. Erst nach etlichen Sekunden schien ihr aufzugehen, wer da vor ihr stand und was Dolors gesagt hatte, und dann ging ihr Blick auch zu Xavi. Nachdem sie zunächst trotzdem nicht reagiert hatte, atmete sie dann auf einmal lange und seltsam angestrengt aus und wies mit ergebener Geste in ihre Wohnung. »Einfach geradeaus durch. Das Wohnzimmer ist nicht zu verfehlen.«

Das Wohnzimmer dominierten zwei über Eck stehende, überdimensionale schwarze Ledersofas, bei denen Dolors nicht nur wegen der zahlreichen tiefroten Kissen, die großzügig darauf verteilt waren, das Wort Spielwiese in den Sinn kam. Vor dem Sofa stand ein roter Couchtisch, auf dem aus einer schwarzen Steinvase mindestens zwei Dutzend blutrote Baccararosen ragten, daneben zwei Weingläser und eine umgefallene, nicht ganz leere Weinflasche, unter deren Flaschenhals sich eine kleine Pfütze gebildet hatte. An den Wänden hinter den Sofas hingen verschiedene großformatige Ölgemälde, die eine Frau und einen Mann beim Geschlechtsakt zeigten, und obwohl sich die Gemälde nur in Andeutungen ergingen, vibrierten sie vor Hitze und Leidenschaft und wirkten trotz oder gerade wegen der nur dezenten Andeutungen eigenartig intensiv. Auf dem Boden lagen unzählige Papiere, viele davon zerknüllt, auch ein paar Fotos waren dazwischen, Fotos von Leila, wie sie tanzte, aber auch Modeaufnahmen von ihr, zumindest wirkten sie so, als seien sie für diesen Zweck gemacht worden. An der Seitenwand zur Linken standen deckenhohe, schwarze Regale, die überwiegend mit Bildbänden gefüllt waren: exotische Länder, Stadtansichten, Tänzerinnen, Kunst, Skulpturen und vieles mehr.

»Worum geht es?«, fragte Leila und schob zugleich die überall auf dem Boden herumliegenden Papiere und Fotos mit dem Fuß zu einem Haufen zusammen.

»Um Julia Toset«, sagte Dolors schlicht.

Leila hielt in ihren Bewegungen inne und sah Dolors an. »Warum kommen Sie zu mir, wenn es um sie geht?«

»Weil ich zu ihr nicht mehr gehen kann.« Dolors behielt sie im Blick. »Sie ist tot. Jemand hat sie umgebracht.«

»Oha«, machte Leila und rieb sich den Nacken.

Dolors musterte sie weiter. Leila ließ die Hand sinken. »Trotzdem verstehe ich nicht, warum Sie damit zu mir kommen.«

»Nun, nicht zuletzt, um Julia besser kennenzulernen und um mehr über sie zu erfahren. Sie war immerhin eine Kollegin von Ihnen.«

Leila wies auf die Sofas und setzte sich auch selbst. Dolors und Xavi nahmen über Eck Platz.

»Was können Sie uns über Julia sagen?« Dolors nickte ihr aufmunternd zu. »Wie war Ihr Verhältnis zu ihr?«

Leila warf sich zurück in die Polster und lachte unfroh auf. »Kennen Sie den Spruch: Was wir im Leben am meisten bereuen, sind nicht die Fehler, die wir gemacht haben, sondern die Dinge, die wir richtiggemacht haben – allerdings für die falschen Personen.«

»Was haben Sie denn für Julia richtiggemacht – und warum war sie die falsche Person?«

»Ich habe sie mit Momo, also dem Leiter von Agita Danza, zusammengebracht, bei dem auch ich unter Vertrag bin, und habe ihr anschließend bei der Vorbereitung für ihr Vortanzen geholfen. Über Wochen.« Sie schleuderte eines der roten Kissen in die Richtung des Foto- und Blätterhaufens, woraufhin sie wie nach einem heftigen Windstoß in die Luft wirbelten. »Und zum Dank hat sie dann Irina und mir unsere Parts weggenommen.«

»Einen Part kann man ja eigentlich nicht wegnehmen wie eine Tasche oder ein Buch«, mischte sich nun Xavi ein. »Das ist die Entscheidung einer dritten Person – und die hat Julia wahrscheinlich nicht mit der Pistole bedroht, oder?«

Leila warf ihm einen giftigen Blick zu. »Was wissen Sie denn schon.«

»Ist es denn nicht so?«, fragte Dolors.

»Momo hatte sich bereits entschieden – für Irina und mich. Und er wäre auch bei seiner Entscheidung geblieben, wenn Julia ihm nicht diesen Floh ins Ohr gesetzt hätte.«

»Welchen Floh?«

»Na, den mit dem Stück dieses schwedischen Komponisten. Irgendein Freund von Julia.« Bei dem Wort Freund machte sie Anführungszeichen in die Luft. »Die Pest soll ihn holen!«

»Woher kannten Sie Julia?«, fragte Xavi.

»Aus New York. Vorletztes Jahr habe ich dort mit ein paar Freunden bei einem Wettbewerb mitgemacht, bei dem auch sie mit ein paar Leuten teilgenommen hat.« Leila beruhigte sich und setzte sich wieder auf. »Meine Freunde, sie und ich, wir waren die einzigen spanischsprechenden Tänzer dort, da hat es sich von ganz allein ergeben, dass wir miteinander ins Gespräch gekommen sind. Sie hatte zu der Zeit sowieso ein Engagement in New York, sodass sie dortgeblieben ist, während wir zurückgeflogen sind, aber vorher haben wir unsere Adressen und Handynummern ausgetauscht.« Sie hob die Weinflasche auf, goss sich den Rest ins Glas und trank es in einem Zug leer. »Vor ein paar Monaten stand sie plötzlich vor meiner Wohnung. Ich habe sie ziemlich verdutzt angeschaut, ehrlich gesagt hatte ich sie komplett vergessen. Aber dann habe ich mich natürlich wieder an sie erinnert. Sie hat mir erzählt, dass sie am Morgen in Barcelona angekommen sei, im Moment nicht wisse, wo sie hinsolle, und dann sei ihr unsere Begegnung in New York eingefallen.«

»Und sie hat Sie nicht vorher angerufen?«, fragte Xavi.

»Fand ich auch seltsam, ja.« Sie spielte mit dem Weinglas in ihrer Hand. »Immerhin – so gut kannten wir uns nicht, eher sogar gar nicht, und sie musste eigentlich von früher noch andere Bekannte und auch Freunde in der Stadt haben, immerhin war sie aus Barcelona. Aber wann immer ich sie auf ihre frühere Zeit in Barcelona angesprochen habe, hat sie sofort dichtgemacht, auch später noch, als wir uns schon besser kannten. An diesem Tag jedenfalls habe ich sie reingebeten, und sie hat so gierig zu meinem Obstkorb geschaut, dass ich ihr schließlich etwas zu Essen angeboten habe.«

»War sie so abgebrannt?«, fragte Dolors.

»Scheinbar«, gab Leila zurück. »Auf jeden Fall blieb sie erst einmal bei mir. Zuerst sollte es nur für eine Nacht sein, dann wurden Tage und schließlich Wochen daraus. Irgendwie lief es anfangs sogar echt super zwischen uns. Mein Freund war zwar ein bisschen angepisst, aber, na ja …« Sie krauste die Stirn. »Sie haben ja eben vielleicht mitbekommen, dass er ohnehin ziemlich schnell oben raus ist.«

Nicht nur er, dachte Dolors, sagte aber nichts.

»Und dann?«, fragte Xavi.

»Dann hat sie einen Job in einer Bar als Tänzerin gefunden, nichts Besonderes, aber immerhin verdiente sie genug, um sich davon ein Zimmer und Essen leisten zu können, und kurz darauf konnte sie ihn mit Modeljobs ersetzen. Von da an hatte sie mehr Geld. Kurz darauf hat sie wieder zu trainieren begonnen, und das wie eine Verrückte, ach, was sage ich, wie eine Besessene! Acht, zehn, manchmal sogar zwölf Stunden und mehr am Tag! Sie hat vor allem bei ihrer früheren Lehrerin geübt, aber da dort natürlich nicht immer ein Raum frei war, hat sie mich gebeten, ob ich sie nicht mitnehmen könnte, denn im *Graner* haben wir auch Übungsräume. So fing alles an.«

»Das heißt, dass Sie sie irgendwann auch mit zu ihrem Training von Agita Danza genommen haben?«

Leila nickte. »Ich habe sie Momo vorgestellt.« Sie holte tief Luft und blies sich anschließend eine Haarsträhne aus dem Gesicht. »Okay, man kann nicht behaupten, dass sie sich ihm direkt an den Hals geworfen hat, dazu war sie auch gar nicht der Typ, so wie sie aussah, mit ihrem farblosen Gesicht, den Sommersprossen, dem aschblonden Haar und dem platten Vorbau, aber doch, auf ihre stille, verschlossene Art hatte sie etwas, dem Männer verfallen, was ihren Beschützerinstinkt auslöst.«

Sie erhob sich und ging ans Fenster. Dolors sah, wie ihre Hand mehrmals über die Gardine strich, dann drehte sie sich wieder zu ihnen um. »Die größte Scheiße ist, dass ich sie echt gern hatte ... Als ich dann gemerkt habe, was sie für ein fieses Spiel mit mir spielt, hat mir das echt den Teppich unter den Füßen weggezogen.«

»Wie haben Sie da reagiert?«, fragte Dolors.

Leila sah wieder aus dem Fenster, dann drehte sie sich ruckartig zu Ihnen um. »Ich habe ihr eine gescheuert.«

»Und dann?«

Plötzlich sprühten Funken aus Leilas Augen. »Auf alle Fälle habe *ich* sie *nicht* umgebracht!« Sie betonte sowohl das »ich« als auch das »nicht« und lief zweimal erregt im Zimmer auf und ab, ehe sie sich ihnen wieder zuwandte. »Wie ist sie überhaupt umgebracht worden?«

»Die Metro hat sie in ...« Ohne zu wissen warum, hielt Dolors inne und sagte dann nur: »Jemand hat sie vor die Metro gestoßen.«

Sie sah, wie Leila erbleichte.

»Können Sie uns bitte noch sagen, wo Sie letzte Nacht waren, und zwar zwischen Mitternacht und drei Uhr?«, meinte Xavi leise.

Es dauerte eine Weile, bis Leila antwortete, allerdings schien sie nicht über seine Frage nachzudenken, sondern nur über das, was sie ihr zuvor gesagt hatten. Tatsächlich sagte sie dann auch: »Was ist denn das für eine perverse Aktion?«

Weder Dolors noch Xavi erwiderten etwas darauf.

Leila ging zu einem der Regale, in dem eine große schwarze Lackkiste stand, zog sie heraus und setzte sich damit wieder auf das Sofa. Ohne Dolors und Xavi eine Erklärung abzugeben, öffnete sie den Deckel der Kiste und kippte den Inhalt neben sich auf das Polster. Dutzende von großformatigen Fotos fielen heraus. Leila breitete sie aus, zog schließlich eines daraus hervor und hielt es Dolors und Xavi hin. Dolors griff über den Tisch und reichte es Xavi weiter. Es zeigte Leila und Julia. Sie saßen in einem Park, beide trugen schwarze Leggins und ärmellose graue Sport-T-Shirts, einen Pferdeschwanz und ein

Schweißband um die Stirn. Sie lagerten im Gras, auf die Ellenbogen aufgestützt, die Beine von sich gestreckt und strahlten einander auf eine so innige Art an, dass man sie für ein Paar hätte halten können, so viel Vertrauen und Zuneigung lag in ihren Blicken. Beide waren ungeschminkt und wirken unglaublich schutzlos und verletzlich in ihrer Offenheit. Dieses Bild hatte rein gar nichts mit den Fotos zu tun, die Dolors in Julias Wohnung gesehen hatte, Fotos, auf denen sie bei Bühnenauftritten fotografiert worden war – und auf jedem Foto wie eine andere wirkte. Dann reichte Leila ihr noch ein Foto. Auf diesem war nur Julia zu sehen, wie sie sich in eine Ecke des Sofas verkrümelt hatte und einfach vor sich hinsah, verträumt, in sich versunken, mit einem kräftigen Schuss Melancholie. Auch dieses Bild betrachtete Dolors länger. Leilas Beschreibung von ihr traf ihr Aussehen auch auf diesem Bild sehr gut: Ja, sie war blass und sommersprossig wie jemand aus dem Norden und wirkte auch wegen ihrer aschblonden Haare und den bernsteinfarbenen Augen alles andere als spanisch oder katalanisch. Schutzlos und verletzlich, schutzlos und verletzlich – immer wieder gingen diese Worte durch Dolors' Kopf. Und dann dachte sie noch etwas: Sie war nicht nur verletzlich, sie war verletzt, ganz tief verletzt sogar.

Sie schaute wieder zu Leila auf. »Was wissen Sie über ihre Vergangenheit?«

Leila zuckte mit den Achseln. »Ich habe ja eben schon gesagt, wie seltsam ich es fand, dass sie gar nicht an alte Freundschaften angeknüpft hat, die sie doch gehabt haben muss, Freunde aus der Schule oder aus der Zeit ihrer Ausbildung im *Instituto de Teatro*. Da gab es eine Tür in ihr, die sie ganz fest zugehalten hat, so fest, dass ich manchmal dachte, sie würde sie gar nicht mehr aufmachen können, selbst wenn sie gewollt hätte.«

»Sie kennen tatsächlich niemanden von ihren alten Freunden?«

Leila schüttelte den Kopf. »Wenn sie nicht mit mir zusammen war, hat sie getanzt, gearbeitet, gegessen oder geschlafen. Ich mochte sie, ich mochte sie wirklich sehr gern, aber sie war auch anstrengend. Für meinen Freund war sie am Ende sogar ein rotes Tuch, und das nicht nur, weil sie in jeder freien Minute bei mir war. Es war diese Art, mit der sie ihn manchmal angeschaut hat ...«

»Wie denn?« frage Xavi.

»Na so, als wolle sie ihn verhexen, weghexen, verwünschen ... So was in der Richtung böser Blick, wenn Sie verstehen, was ich meine.«

»Wie hat er darauf reagiert?«

»Er war oft unfreundlich, geradezu grob zu ihr. Aber sie hat sich auch nicht gerade viel Mühe gegeben, zu ihm nett zu sein. Trotzdem war da was zwischen ihnen ... so eine Energie, wie ein Vulkan, der tief in seinem Innern heiß brodelt – auch wenn man oben nichts als dicken, grauen Rauch sieht.« Sie hob die Schultern und ließ sie langsam wieder sinken. »Na ja, es hätte mich jedenfalls nicht gewundert, die beiden irgendwann zusammen im Bett zu erwischen, nicht weil sie wirklich was miteinander anfangen wollten, sondern nur, damit sie diese massive negative Energie zwischen ihnen loswerden konnten. Aber nachdem Julia Irina und mich so verraten hat, hat sich das Problem von allein gelöst – danach habe ich Julia noch nicht einmal mehr mit dem Hintern angesehen, und auch er hat sie, soweit ich weiß, nie wiedergesehen.«

»Julia soll eine Beziehung mit einem älteren Herrn gehabt haben«, erwähnte Dolors. »Ein gewisser Arnau. Graue Haare, Brille … Wissen Sie vielleicht, wer das ist?«

»Nein, keine Ahnung, kann aber gut sein. Es hat mich nicht interessiert. Ich habe echt nur noch das Allernötigste mit ihr geredet.«

»Trotzdem müssen wir wissen, wo Sie letzte Nacht zwischen Mitternacht und drei Uhr waren«, beharrte Xavi.

Leila ließ sich wieder zurückfallen, schlug die Beine übereinander und schaute Xavi mit laszivem Blick an. »In meinem Bett.«

»Und wer kann das bezeugen?«

»Dieser Hurenbock von einem Freund jedenfalls nicht«, sagte sie und wirkte auf einmal so gedankenverloren, als spräche sie nur zu sich selbst. »Aber ich werde schon noch herauskriegen, wo er sich letzte Nacht rumgetrieben hat.« Erst einen Moment später sah sie Dolors und Xavi wieder richtig ins Gesicht. »Niemand kann bezeugen, dass ich letzte Nacht hier war. Absolut niemand. Sie werden mir das einfach glauben müssen.«

Müssen, dachte Dolors, müssen wir gar nichts, sagte aber nichts.

13. Kapitel

Sonntag – 15.20 Uhr

Eine Viertelstunde später standen Xavi und Dolors wieder auf der Straße. Dolors hatte das Gespräch mit Leila als sehr hilfreich und erhellend empfunden, aber sie sah, dass Xavi nicht nur alles andere als zufrieden wirkte, sondern sogar regelrecht grantig dreinblickte. Sie hatte das Auto schon aufgeschlossen und die Fahrertür geöffnet, drückte sie dann aber wieder zu und wies mit dem Kinn zur Tapas-Bar. »Wollen wir noch einen Kaffee trinken und reden?«

Xavi nickte, wirkte aber unverändert grantig. Auch im Lokal schwieg er zunächst beharrlich. Als ihr *café solo* kam, kippte er sich das komplette Päckchen Zucker in seine Tasse und rührte so heftig darin herum, dass Dolors die Tasse schon umfallen sah.

»Warum sagst du nicht einfach, was los ist, statt die unschuldige Tasse zu massakrieren?«, meinte sie schließlich.

»Was soll ich da noch sagen?«, blaffte er sie an. »Dich hat sie doch sowieso schon um den Finger gewickelt.«

»Wie bitte?« Irritiert hob Dolors die rechte Augenbraue.

»Na, diese Leila«, zischte er. »Du bist ihr voll auf den Leim gegangen. Die böse, böse Julia und die gute, gute Leila – das stinkt doch zum Himmel!«

»Aha.« Dolors rieb sich über die Nasenspitze und überlegte, ob sie sich ärgern oder nur wundern sollte. Zum einen war sie es nicht gewohnt, dass man so mit ihr sprach – wenn man von ihrem Noch-Ehemann absah – und zum anderen empfand sie seine Kritik als ungerecht.

»Was, wenn sie doch eifersüchtig gewesen ist?« Xavi warf den Löffel so geräuschvoll auf den Unterteller, dass der ältere Herr vom Nebentisch zu ihnen herübersah. »Du hast doch gesehen, wie aufgeladen die Stimmung zwischen ihr und ihrem Lover gewesen ist. Und indirekt hat sie zugegeben, dass es um letzte Nacht ging. Es ist schon ein Motiv, dass Julia Leila die Stellung als Solotänzerin weggenommen hat, aber noch einmal ein viel stärkeres, wenn sie davon ausgeht, dass sie ihr vielleicht auch noch den Freund weggeschnappt hat – und sei es auch nur für eine billige Nacht.«

»Und du meinst, das sei mir nicht bewusst?« Dolors zwang sich, ruhig zu bleiben, obwohl die Art, wie Xavi sie anging, sie von Satz zu Satz mehr an Miguels Ausbrüche erinnerte und es immer stärker in ihr brodelte. Sie wollte einen Schluck von ihrem Kaffee trinken, aber der war so heiß, dass sie die Tasse sofort wieder zurückstellte und sich fluchend über die Lippen rieb. »Außerdem hatte ich in der Tat nicht den Eindruck, dass sie glaubte, die beiden wären letzte Nacht miteinander im Bett gewesen. Und selbst wenn: Dann wäre Julia ja mit ihm im Bett gewesen und nicht auf dem Bahnsteig – und würde noch leben.«

»Vielleicht kam sie ja gerade *aus* dem Bett, das sie mit ihm geteilt hatte.«

»Und wo soll dieses Bett gestanden haben? Bei ihr zu Hause waren sie jedenfalls nicht.«

»Schon mal was von Hotels gehört?«

Dolors sah, dass Xavi noch mehr zurückschießen wollte, und hob die Hand, damit er sie zu Ende reden ließ. »Außerdem gibt es zwei Aspekte, die dagegensprechen, dass sie es war: Unser Täter muss ein Planer sein – und sich mit Überwachungskameras auskennen. Leila aber ist mir viel zu heißblütig für so eine kalkulierte Tat, und es würde mich wundern, wenn sie so ein profundes Wissen über Überwachungstechnik hat, um eine Anlage dermaßen geschickt manipulieren zu können.«

»Weil Frauen keine Ahnung von Technik haben?«

»Nein«, gab Dolors ärgerlich zurück. »Weil sie anderes zu tun hat: sich ihren Leidenschaften hingeben, dem Tanz und ihrem Freund. Sie ist nicht der Typ, der sich über Stunden in die Ecke setzt und so etwas ausbaldowert. Dafür ist sie viel zu spontan.«

»Vielleicht.« Xavi atmete lange und gründlich aus, nahm den Löffel wieder zur Hand und schlug sich damit rhythmisch auf den Handrücken. Dann sah er wieder zu Dolors und wirkte auch insgesamt ruhiger. »Okay, was du sagst, ergibt Sinn, aber trotzdem ... Da bohrt was in mir. Und ich denke, du übersiehst einen wichtigen Punkt: Jede gute Tänzerin ist zugleich auch eine gute Schauspielerin – und diese Leila halte ich sogar für eine erstklassige.«

»Mag sein«, erwiderte Dolors und merkte, wie auch sie unwillkürlich ausatmtete. Sie war erleichtert, dass die Spannung zwischen ihnen wieder nachgelassen hatte, und fragte sich, wie anstrengend dieser Xavi wohl sein würde, wenn es wirklich um einen größeren Knackpunkt ging und er einen Standpunkt verteidigen würde, bei dem es für ihn um alles ging. Auf alle Fälle war er kein Manel, der immer und unter allen Umständen seine Besonnenheit und Ruhe behielt. »So oder so werden wir sie im Blick behalten – und uns auch noch ihren Freund vornehmen.«

Xavi nickte und strich sich mit einem verlegenen Lächeln die Haare über die Stirn zurück. »Ich ... sorry, ich weiß, dass ich manchmal ein bisschen ... heftig bin, aber mich hat das eben einfach aufgeregt, wie diese Leila ... Du hättest dich sehen müssen: Die hat dich echt total um den Finger gewickelt!«

Noch ehe Dolors dazu kam, etwas darauf zu erwidern, klingelte ihr Handy. Es lag direkt vor ihr auf dem Tisch, sodass sie sofort sah, dass es die Nummer der Ballettschule ihrer Tochter war. Verwundert nahm sie den Anruf entgegen.

»Nicht zweimal am Tag, Mama, nicht zweimal am gleichen Tag!«, schallte ihr die Stimme ihrer Tochter im Klageton entgegen.

»Nicht zweimal am Tag was?«

»Dass du mich vergisst!«

Dolors konnte hören, dass ihre Tochter jeden Moment in Tränen ausbrechen würde. »Wieso sollte ich dich vergessen haben?«

»Ich warte hier immerhin schon seit über einer halben Stunde!«

»Du wartest wo auf mich?«

»In der Ballettschule. Mama!«

»Moment, du willst jetzt nicht allen Ernstes sagen, dass dein Vater dich nicht abgeholt hat?«

»Wieso Papa? Ich denke, den sollen wir die ganze Woche nicht sehen?«

»Erstens habe ich das so nie formuliert, und zweitens – Ach, vergiss es. Ich komme, ich fahre sofort los. Wann macht Marta die Ballettschule zu?«

»Eigentlich vor zehn Minuten.«

Dolors hörte, wie ihre Tochter schniefte.

»Keine Sorge, sie wird dich schon nicht alleine auf der Straße stehen lassen. Sag ihr, ich mache es wieder gut – und dass ich unterwegs bin.«

Sie erhob sich, sah, wie Xavi seinen Kaffee herunterkippte, tat es ihm gleich und saß kurz darauf auch schon mit ihm im Wagen.

Auf der Fahrt schimpfte Dolors wie ein Rohrspatz, und das nicht nur über die anderen Fahrer, sondern noch mehr über ihren Ehemann.

»Ich wette, dieser Mistkerl ist einfach wieder eingeschlafen – und Pablo tut natürlich den Teufel, ihn zu wecken, solange er funktionierendes Internet hat!« Sie setzte den Blinker und scherte so abrupt nach links aus, dass Xavi ein »Ups« entfuhr und er reflexartig die Hände hob.

Auch wenn Dolors es aus dem Augenwinkel sah, trat sie doch weiter aufs Gas. Natürlich war Barcelona inzwischen von einem dichten Netz aus Radarfallen überzogen, und das ganz besonders auf der *Diagonal* und der *Gran Via de les Corts Catalans*, aber auf diesem Abschnitt hier gab es ihres Wissens keine, und sonntags hatten die Kollegen von der Verkehrswacht hoffentlich etwas Besseres zu tun, als mit mobilen Radarfallen in der Sonne zu verdorren.

Als sie erneut mehr als flott die Spur wechselte, räusperte sich Xavi. »Wie fährst du eigentlich, wenn du auf dem Weg zu einem Einsatz bist?«

»Mit Blaulicht«, knurrte Dolors zurück, fuhr danach aber trotzdem zumindest etwas langsamer.

Als sie vor der Ballettschule ankamen, eilte ihre Tochter sofort auf den Wagen zu, und kaum hatte sie die hintere Tür geöffnet und war auf den Sitz gesprungen, flossen auch schon die Tränen. »Du bist unmöglich, Mama, wirklich! Das war so peinlich!«

Dolors ließ Xavis Fenster herunterfahren, beugte sich vor und winkte Marta zu. »Es tut mir leid, eigentlich hatte mein Mann Mila abholen wollen, keine Ahnung, was ihm dazwischengekommen ist. Und danke fürs Warten, du hast was bei mir gut!«

»Mach dir keinen Kopf.« Sie winkte ihr noch einmal zu und ging dann in Richtung Metro.

Dolors ließ Xavis Fenster wieder hochfahren und wandte sich zu ihrer Tochter um. »Wie oft soll ich das noch sagen: Dein Vater wollte dich abholen – und mit dir und Pablo an den Strand gehen.«

»Ph!«, machte Mila nur, und die Tränen liefen und liefen. Wütend wischte sie sich über das Gesicht, griff sie sich an den Hinterkopf und begann, die Klammern auf ihrem Knoten zu ziehen. »Immer ist irgendwas bei uns«, schimpfte sie dabei, »wirklich immer! Warum können wir nicht eine ganz normale Familie sein?«

»Was soll das denn heißen?«, fragte Dolors betroffen. »Gar nichts Besonders ist bei uns, mach kein Drama, bloß weil du mal zu spät vom Ballett abgeholt wirst.«

»Es ist nicht *mal*, Mama«, schimpfte Mila weiter. »Es ist ständig!« Ihr Knoten löste sich, woraufhin sie auch noch den Gummi von ihrem Zopf zog und ihre langen, glatten braunen Haare um ihre Schultern fielen. »Weißt du, wie oft Papa mich schon zu spät abgeholt hat?«

»Wie soll ich das wissen, wenn du es mir nicht sagst? Und seine ständige Unzuverlässigkeit war ja auch ein Grund dafür, dass –«

»Au weia«, machte Mila da auf einmal, starrte Xavi an und wurde nun endgültig rot wie ein Feuermelder. »Wer sind Sie denn? Ich hab Sie gar nicht bemerkt.«

Xavi, der sich kurz zuvor zu ihr umgedreht hatte und dabei wohl in ihren Blickwinkel geraten war, zwinkerte ihr zu. »Kein Problem. Ich heiße Xavi und bin ein neuer Kollege deiner Mutter.«

Mila nickte und warf ihrer Mutter einen vorwurfsvollen Blick zu. »Das hättest du ja auch mal früher sagen können!«

»Was? Dass wir nicht allein sein? Ich dachte, das sieht man.«

Mila schnaubte und sah zur Seite.

»Wenn du willst«, meinte Xavi an Dolors gewandt, »kann ich das, was im Moment noch zu erledigen ist, allein übernehmen. Dank der Kaffees bin ich wieder fit, und immerhin wartet auf mich niemand – außer einem verdammt harten Hotelzimmerbett.«

Schon allein das Wort Bett rief in Dolors die wundervollsten Assoziationen hervor: sich in ihrem Bett ausstrecken, die Beine hochlegen, den Ventilator darüber anstellen, die Augen schließen ... Sie seufzte. »Verführerisches Angebot, aber da wartet schon noch einiges an Arbeit auf uns.«

»Die anderen Tänzer des Tanzensembles können wir uns auch morgen noch vornehmen, den Leiter eingeschlossen. Allerdings würde ich gern noch mal zum Bahnhof und mir ansehen, was die Kollegen inzwischen wegen der Kameras und der Fahrkartenschleusen herausgefunden haben.«

Dolors blies sich eine Locke aus der Stirn. »Okay, gern. Eine halbe Stunde schlafen wäre gewiss kein Luxus nach der Nacht. Danach durchsuche ich das Netz nach Julia und Agita Danza. Vor allem ihre Facebook- und Instagramseite dürfte interessant sein und uns einen Einblick in ihre Freundesliste geben. Ich könnte mir vorstellen, dass die Seiten bei ihr öffentlich einsehbar sind.«

»Davon gehe ich bei einer Tänzerin auch aus, schließlich will so jemand ja gesehen werden.« Xavi nickte. Dolors wandte sich kurz zu Mila um. »Warum hast du mich eigentlich vom Telefon der Schule aus angerufen. Geht dein Handy etwa schon wieder nicht?«

»Der Akku muss ausgetauscht werden, das sage ich doch schon seit Wochen«, erwiderte Mila.

»Ach, stimmt ja, fragt sich nur, wann ich dafür auch noch Zeit finden soll. Aber vielleicht können wir das ja Pablo mal aufs Auge drücken.« Sie seufzte, reichte ihr Handy nach hinten und bat Mila, ihrem Bruder eine WhatsApp zu schicken. »Pablo soll runterkommen. In zehn Minuten stehe ich vor der Tür.«

»Ehe der sich um mein Handy kümmert, bin ich tot«, brummte Mila und begann zu tippen.

14. Kapitel

Sonntag – 16.00 Uhr

Nachdem Dolors eine halbe Stunde geschlafen und sich geduscht hatte, ging es ihr um einiges besser. Anna, die bei ihrer Ankunft von ihrem Treffen zurück gewesen war, hatte derweil die »Raubtierfütterung« übernommen – »Mensch, jetzt lass mich doch mal, das macht mir Spaß. Und du hau dich endlich hin, wir wecken dich schon, wenn wir dich brauchen!«.

Von den Kindern war nichts zu hören oder zu sehen. Dolors nahm an, dass Pablo schon wieder vor seinem dämlichen Spiel hockte und Mila vor dem Fernseher, anders war die Ruhe kaum erklärbar.

Sie frottierte ihre Haare trocken, zog einen Bikini und einen Pareo an – für mehr Kleidung war es einfach zu heiß – und ging hinaus in den Flur. Auch dort war es gespenstig ruhig, auch kein Fernsehgeräusch drang zu ihr.

»Mila? Pablo?« Sie schaute ins Wohnzimmer, wo jedoch niemand war und auch kein Fernseher lief. Auch in Pablos Zimmer und in der Küche war niemand. Als Dolors die Küche schon wieder verlassen wollte, fiel ihr ein Zettel auf, der auf dem Küchentresen lag. »Bin mit den Kindern Eis essen, und anschließend gehen wir an den Strand. Komm nach, wenn du willst. Ich schicke dir eine Standortmessage, wenn wir wissen, an welchen Strand wir gehen – oder ruh dich einfach weiter aus. Alles unter Kontrolle, Süße, lass es dir gut gehen!«

Unwillkürlich atmete Dolors aus. *Alles unter Kontrolle.* Wann hatte das zum letzten Mal jemand zu ihr gesagt? Wann hatte ihr zum letzten Mal jemand die Kinder abgenommen – und das nicht nur dann, wenn diese krank waren und sie trotzdem ins Kommissariat musste, sondern einfach so? Natürlich unternahm auch Miguel ab und an etwas mit ihnen, aber meist war es wie heute: Wenn man ihn mit den Kindern unterwegs wähnte, stand er plötzlich wieder mit ihnen in der Tür oder vergaß von vornherein, sie abzuholen, und wenn man die Kinder zu Hause wähnte, waren sie plötzlich wie vom Erdboden verschluckt, sie telefonierte ihnen bei sämtlichen Bekannten und Freunden hinterher, um herauszufinden, wo sie abgeblieben waren – nur um dann festzustellen, dass Miguel mit ihnen ins Kino gegangen war oder ihre Eltern besuchte. Ihre Eltern ... Dolors war es lieber, nicht über sie nachzudenken, da dies sofort ihre gute, ruhige Stimmung unterhöhlt hätte. Die Beziehung zu ihrem Vater war ja noch erträglich, auch wenn es nicht so ein wundervolles, innig-warmes Verhältnis war, wie es Anna mit ihrem Vater hatte, mit dem sie segelte und sich nächtelang unterhielt. Allerdings war Anna nach dem frühen Tod ihrer Mutter auch von ihrem Vater allein aufgezogen worden und stets dessen Ein und Alles gewesen, was die große Nähe sicherlich begründete. Aber immerhin war Dolors' Verhältnis zu ihrem Vater von gegenseitiger Achtung und Respekt geprägt, und sie wusste, dass sie im Notfall auf ihn zählen konnte. Allerdings nur im absoluten Notfall. Ansonsten ließ sie ihn lieber in Ruhe, sie und jeder andere auch. Als leitender Oberstaatsanwalt hatte er früh gelernt, sich nicht nur nicht von anderen beeinflussen zu lassen, sondern sich auch von anderen abzugrenzen, und die Mauern, die er mit der Zeit um sich errichtet hatte, waren inzwischen so hoch, dass er sie wohl nicht einmal mehr dann hätte überwinden können, wenn er es gewollt hätte. Zumindest nahm er es ihr im Gegensatz zu ihrer Mutter nicht übel, dass sie sich von Miguel trennen wollte. Allerdings hatte er ihn sowieso nie gemocht. Miguel war ihm zu laut, zu schillernd, zu sehr von sich eingenommen, wahrscheinlich auch zu gut aussehend, wie er sich überhaupt immer in der Gegenwart von gut aussehenden Männern unwohl fühlte, obwohl er selbst ein ausgesprochen attraktiver Mann war. Sein älterer Bruder hatte Dolors einmal hinter vorgehaltener Hand anvertraut, dass ihr Vater als junger Mann in dem Ruf gestanden hätte, Männern nicht abgeneigt zu sein, ein Ruf, der ihn im damaligen Franco-Spanien beinahe in ein Internierungslager gebracht hatte, weil Franco 1970 das *Ley de Peligriosidad y Rehabilitación* erlassen hatte, das alle Homosexuellen zur *sozialen Gefahr* erklärte und eine bis zu fünfjährige Internierung und *Umerziehung* in Straflagern vorsah. Auch Folter sollte es in diesen Lagern gegeben habe. Das Gesetz wurde auch nach der Demokratisierung Spaniens nicht gleich aufgehoben, sondern war noch bis 1978 in Kraft. Bis zu einer Anklage kam es bei ihrem Vater zwar nicht, aber der Verdacht reichte aus, um ihm in seinem letzten Studienjahr einige Steine in den Weg zu legen und ihn auch später in der Referendarzeit noch erheblich zu behindern. Ob an diesen Gerüchten etwas dran gewesen war, konnte ihr ihr Onkel nicht sagen, klar aber war, dass sie ihren Vater geprägt und eine regelrechte Panik vor gut aussehenden Männern in ihm gesät hatten, gerade als ob nur solche gleichgeschlechtliche Liebe suchten. Auf alle Fälle zog ihre Mutter das, was ihr Vater an Miguel ablehnte, in besonderem Maße an Miguel an: sein charismatisches Äußeres, sein markantes Latinogesicht mit den ach so verträumten Augen und sein explosionsartiges Lachen, mit dem er immer alle selbst in den angespanntesten Momenten anzustecken verstand.

»Miguel ist ein Traum von einem Mann, wie sollte er da nicht von sich eingenommen sein?«, hielt ihre Mutter ihrem Vater regelmäßig vor.

Entsprechend schlecht war ihre Mutter gerade auf sie, auf Dolors, zu sprechen. Alles hätte sie ihr nehmen dürfen, wahrscheinlich sogar ihren eigenen Ehemann, mit dem sie, das zumindest war Dolors' feste Meinung, ohnehin nur noch verheiratet war, weil er erstens Geld und zweitens ein hohes soziales Ansehen hatte, von dem sie drittens nicht eben wenig profitierte. Aber niemals hätte sie ihr Miguel nehmen dürfen. Auch vorher hatte ihre Mutter nur wenig Positives über sie zu erwähnen gewusst: eine Frau, die zur Polizei geht und dann auch noch als Kommissarin – unweiblicher sei nur noch ein Sumo-Ringerin.

Als Großeltern waren ihre Eltern eher unbrauchbar. Ihr Vater ließ ohnehin niemanden an sich heran, auch bei seinen Enkeln machte er da keine Ausnahme, obwohl Dolors schon das Gefühl hatte, dass er ihre Kinder von Herzen mochte, sogar lieber als die beiden wohlerzogenen, stets mit strengem Rechtsscheitel auftretenden Sprösslinge ihres jüngeren Bruders. Und ihre Mutter war viel zu sehr mit der Planung von Wohltätigkeitsfesten beschäftigt, als dass sie Zeit gehabt hätte, auch noch etwas Wohltätiges oder zumindest Hilfreiches für ihre Tochter oder ihre Enkel zu tun. Wenn Dolors hörte, dass die Mütter oder auch Väter ihrer Kollegen und Kolleginnen manchmal zu ihnen nach Hause kamen, um ihnen in Zeiten, während derer sie wegen intensivster Ermittlungen kaum zum Schlafen kamen, nicht nur die Kinder abzunehmen, sondern auch gleich den Haushalt auf Vordermann brachten und die Wäscheberge abtrugen, konnte sie immer nur staunen. Wenn ihre Mutter wusste, dass bei ihr nicht alles aufs Penibelste sauber und aufgeräumt war, betrat sie ihre Wohnung von vornherein nicht. So einfach war das. Umso dankbarer war Dolors Anna für deren Aufmerksamkeit und Zuwendung.

Nachdem sie eine Weile unschlüssig mit Annas Zettel in der Hand in der Küche gestanden und überlegt hatte, was sie jetzt tun sollte, beschloss sie, sich erst einmal einen Kaffee zu kochen. Sie warf Annas ebenso ultramodernen wie vollautomatischen Kaffeeautomaten an, stellte eine Tasse unter die Kaffeeausgabe und wartete auf den verführerischen Duft des Gebräus aus dieser Maschine. Anschließend nahm sie ihre Tasse samt Löffel und einem der von Anna in unzähligen Cafés mitgenommenen Zuckertütchen und setzte sich auf eines der beiden herrlich gemütlichen Ledersofas im Wohnzimmer. Erneut war es vor allem die Stille, die sie genoss. Sie überlegte, ob sie Anna und den Kindern nachgehen sollte, weil es sich für eine gute Mutter an einem freien Sonntagnachmittag gehörte, *quality time* mit den Kindern zu verbringen, doch schon der Gedanke daran, das Haus zu verlassen, wieder in die brütend heiße Sonne hinauszutreten, an einen Strand mit Aberhunderten von Menschen zu gehen, ein Handtuch auszubreiten zwischen allzu brünstigen Jugendlichen, Oben-ohne-Walrössern und zeternden Müttern – »Wenn du dich jetzt nicht sofort benimmst, packe ich unsere Sachen ein und wir gehen nach Hause!« … Hatte schon einmal jemand eine dieser Mütter wirklich nach Hause gehen sehen? – überforderte sie völlig. Nein, das war das Letzte, was sie gerade verkraften konnte.

Sie rührte den Zucker in ihren Kaffee, trank einen Schluck, der ebenso gut schmeckte, wie er roch, und überlegte, ab welchem Moment ihr Bild von der Welt eigentlich so negativ geworden war – oder ob das nur ein Zeichen ihrer permanenten Überforderung war. Eigentlich hatte sie nichts gegen »brünstige« Jugendliche, die erste Liebe, kein Platz, wo man sie ausleben konnte – mein Gott, so alt, dass sie sich daran nicht mehr erinnern konnte, war sie nun auch wieder nicht, und überdies gehörte sie doch selbst zu diesen Müttern, die ihren Kindern pausenlos Konsequenzen androhten, die sie nie umsetzten. Und zum Thema oben ohne und Walross – okay, oben ohne setzte sie sich nicht an den Strand und war auch kein Walross, aber ihr war klar, dass die wenigsten dieser *Walrösser* freiwillig ein Walross waren und sie selbst nur deswegen so dünn, weil ihr oft schlicht die Zeit zum Essen fehlte.

Irgendwie werde ich immer mehr wie meine Mutter, schoss es ihr auf einmal durch den Kopf, und augenblicklich befiel sie Grauen über sich selbst. Im Grunde ihres Herzens aber wusste sie, dass es nur die Nerven waren, die sie solche Dinge denken ließen: seit Ewigkeiten kein Urlaub, nicht mal Zeit, sich auch nur einmal auszuschlafen, dann all das mit Miguel und dazu die Ungewissheit, wie es nun weitergehen sollte. Sie stellte ihre Tasse ab, strich sich ihre dicken Locken aus der Stirn und presste die Handflächen, während sie heftig ausatmete, so fest an den Kopf, dass es fast wehtat. Du meine Güte, so konnte, so durfte das nicht weitergehen. Wenn sie so weitermachte, würde sie sich noch völlig verlieren, und sie wusste, dass sie ohnehin schon auf dem besten Weg dahin war.

Aufseufzend ließ sie sich in die Polster zurücksinken und starrte eine Weile einfach nur vor sich hin, dann fiel ihr Blick auf ihren Laptop, der noch vom Vortag auf dem Sofatisch stand. Mist, schoss es ihr durch den Kopf, sie hatte Xavi doch versprochen, dass sie die Internetrecherche über Julia Toset übernehmen würde …

Eine Stunde später hatte Dolors bereits einiges Wissenswertes über Julia Toset herausgefunden: Auf ihrer Facebook-Seite war zwar kein einziger privater Eintrag gewesen, und sie enthielt auch keine Freundesliste, sondern es war einfach nur eine dieser öffentlichen Seiten, auf denen die Leute »gefällt mir« anklickten, um künftig über neue Einträge informiert zu werden, aber immerhin hatte sie ihr einige Informationen über ihre berufliche Entwicklung entnehmen können: Auftritte, wann, wo – und mit wem. So war sie zu den Webseiten von zwölf verschiedenen Tanzkompanien in fünf Ländern gelangt, bei denen Julia gearbeitet hatte. Vor allem in den letzten beiden Jahren war sie viel herumgekommen und hatte die Kompanien so schnell gewechselt, dass es auf Dolors regelrecht den Eindruck von Getriebenheit machte. Das letzte Ensemble, mit dem sie im Ausland aufgetreten war, war die Dance-Company Jil Jackson, die zum damaligen Zeitpunkt aus dem Pianisten und Komponisten Wazlaw Nurskij, der deutschen Tänzerin und Choreografin Claudia Mertens und neben Julia Toset auch noch aus sieben weiteren Tänzern und Tänzerinnen bestanden hatte. Durch ganz Europa war das Ensemble getourt und hatte mit seinem avantgardistischen Stück *Revolution* gleich in mehreren Ländern Preise gewonnen, darunter in Deutschland auch einen Förderpreis für darstellende Kunst. Kurz danach schien Julia auch diese Kompanie wieder verlassen zu haben, und Dolors fragte sich, warum. So ein renommiertes Ensemble verließ man doch nicht freiwillig, und wenn sie sich die guten Kritiken ansah, die gerade Julia in den verlinkten Zeitungsartikeln bekommen hatte – warum hätte man sie da entlassen sollen? Sie nahm sich vor, Laura bei der Kompanie anrufen zu lassen. Vielleicht brachte das ja Licht ins Dunkel.

Davor hatte Julia mit einer holländischen Kompanie ähnlich moderne Stücke aufgeführt. Zu einem davon fand sie auf YouTube einen Ausschnitt: Der Vorhang hob sich, eine Frau wölbte die Arme nach oben, während ihr Körper abknickte und die Tänzer hinter ihr diese Bewegung aufnahmen und sich ein nahezu konstanter Bewegungsfluss zwischen ihnen ergoss, ein strudelnder, wogender Strom, der immer schneller, immer ekstatischer und nicht zuletzt durch die zunehmend bedrängender werdende Musik immer mitreißender wurde. Nach diesem Auftakt entwickelte sich eine atmosphärisch karge, aber doch dichte Aufführung, bis hin zu einem innigen Pas de deux, in dem die Tänzerin von ihrem Partner in der Arabeske langsam, geradezu wie eine Skulptur in die Luft gehoben wurde. Erst als Dolors sich die Aufzeichnung zum zweiten Mal ansah, ging ihr auf, dass die Tänzerin Julia Toset war, und genau wie in ihrer Wohnung wunderte sie sich erneut über die Wandlungsfähigkeit dieser Frau. Wenn sie von dem Foto in Leilas Wohnung ausging, war sie eigentlich eine eher unscheinbare Erscheinung gewesen, jemand, an dessen Gesicht dem Betrachter höchstens die Sommersprossen auffielen. Doch auf der Bühne schien die Frau wie verwandelt zu sein … Auch wenn Dolors sich keine Beurteilung der Kunstfertigkeit einer Tänzerin zutraute, war ihr nach diesem Ausschnitt zumindest klar, dass Julia Toset die Stellung als Solotänzerin keinesfalls nur bekommen hatte, weil sie mit dem Choreografen ins Bett gegangen war – wenn dies überhaupt zutraf –, sondern weil sie einfach unglaublich wandlungsfähig und gut war. Angesichts der Tatsache, dass Julia nie von irgendwem irgendeine Unterstützung gehabt hatte, sondern sich alles allein hatte finanzieren und erkämpfen müssen, konnte ihr das nur Bewunderung abbringen. Eine Kämpferin, ohne Zweifel.

Aber warum hatte sie vor zwei Jahren das Land verlassen? Nur um Karriere zu machen? Warum war sie dann in keiner der Kompanien länger als ein paar Monate geblieben? Außerdem hatten einige, mit denen sie gesprochen hatte, erwähnt, dass sie verletzt gewirkt hätte. Was steckte dahinter? Im Internet jedenfalls, das wurde Dolors mit jedem Klick auf eine neue Seite, auf der Julia auftauchte, klarer, würde sie die Antwort darauf nicht finden. Aber das Bild, das sie sich von Julia machen konnte, war trotzdem um einiges runder und klarer geworden.

Eine weitere halbe Stunde später blinkte Dolors' Handy auf. Eine Nachricht von Xavi. Erst jetzt sah sie, dass sie auch WhatsApp-Nachrichten von Miguel und Anna hatte. Anna hatte ihr ihren Standort geschickt, womit sie sah, an welchen Strand sie gegangen waren. Zugleich hatte sie ihr geraten, *nicht* nachzukommen: *Wir sitzen hier mitten zwischen dauerplappernden älteren Damen und einem keifenden Ehepaar, aber das war echt der einzige Ort, an dem wir uns überhaupt noch ein kleines bisschen ausbreiten konnten. Take it easy, und erhol dich noch ein bisschen. Du würdest hier verrückt werden, aber die Kinder machen sich einen Spaß daraus.*

Sie schickte Anna ein Kusssmiley und las nach kurzem Zögern auch Miquels Nachricht: Er hatte sie – vor einer halben Stunde, immerhin! – gefragt, ob sie Mila abgeholt hatte. *Scheinbar*, schrieb er weiter, sei er wieder eingeschlafen. Pablo sei übrigens *auch verschwunden.* Dolors ersparte sich zu beidem eine Antwort und öffnete dann Xavis Nachricht. *Wenn du später Langeweile haben solltest, ruf mich doch mal an. Ich habe Neuigkeiten, die dich sicher interessieren werden.*

Und auf die war Dolors in der Tat neugierig.

15. Kapitel

Sonntag – 17.30 Uhr

»Unsere Leute sind ganz sicher, dass die Überwachungskameras nicht vor Ort manipuliert worden sind?«, fragte Dolors Xavi, klemmte zugleich ihr Handy vom rechten ans linke Ohr und erhob sich mit einem Satz vom Sofa.

»Leider ja«, erwiderte er. »Denn das bedeutet, dass wir so nichts haben, was sie nach Spuren untersuchen können, keine Fingerabdrücke, kein Beweismaterial, nach dessen Herkunft wir fahnden könnten – nichts.«

»Mist«, knurrte Dolors und begann, in Annas Wohnzimmer auf und ab zu laufen. »Und was hat Peps Fachmann jetzt vor? Wie heißt er noch gleich?«

»Er heißt Joel. Cooler Typ übrigens, ich habe ihn gerade kurz kennengelernt. Er will versuchen herauszufinden, ob, wie und wann die Computer der Überwachungsfirma gehackt worden sind.«

»Er geht also davon aus, dass die Aufzeichnungen von außen eingespielt worden sind?«

»Genau.«

Dolors hörte Schluckgeräusche und fragte sich, wo Xavi war und was er da trank. »Wie lange wird es dauern, bis Joel etwas sagen kann?«

»Keine Ahnung.« Ein Geräusch erklang, als würde ein Glas auf einem Glastisch abgestellt. »Aber er hat mir versichert, er würde mit Hochdruck daran arbeiten und sich bei mir melden, sobald er etwas herausgefunden hat, das uns weiterhelfen kann. Allerdings nehme ich an, auch er wird mal schlafen müssen – und dann ist ja immerhin auch Sonntag.«

»Mein Ausbilder auf der Polizeischule hat zu mir gleich an meinem ersten Arbeitstag gesagt, wer feiertags und nachts nicht arbeiten will, soll nicht zur Kripo gehen, sondern Briefträger werden«, gab Dolors zurück, obwohl auch sie wurmte, die Kinder heute bisher kaum mehr als eine halbe Stunde gesehen zu haben. Sie trat ans Fenster und hielt nach Annas Wagen Ausschau. Unten auf der Straße war der Verkehr wieder stärker geworden. Die Menschen kamen nach Hause, vom Strand, von ihrem Wochenenddomizil in einem Küstendorf oder den Bergen. Jeder hatte seine Art, sich vor der mörderischen Sommerhitze Barcelonas in Sicherheit zu bringen. Früher war auch sie auch oft geflohen, vor allem zu ihren Eltern nach Sitges, wo es nicht nur herrliche Strände gab, sondern auch einen riesengroßen Pool im Garten. Aber je schlechter ihre Beziehung zu Miguel geworden war, desto weniger hatte es sie dort hingezogen, weil sie keine Lust hatte, sich von ihrer Mutter jedes Mal neue Vorhaltungen machen zu lassen. Ihr fiel auf, dass Xavi weitergeredet hatte. »Sorry, ich war abgelenkt. Kannst du bitte noch einmal wiederholen, was du gerade gesagt hast?«

»Ich habe nur gemeint, dass sich jetzt jemand einen ziemlichen Schwung Videos reinziehen und miteinander vergleichen muss.«

»Das kommt darauf an.« Dolors überlegte kurz. »Irgendwo muss der Täter die Aufnahmen zur Tatzeit ja herhaben, und er wird sicher nicht irgendwelche Aufnahmen genommen haben. Dafür ist er zu sehr ein Planer. Ich an seiner Stelle hätte einfach die Aufnahmen der letzten oder vorletzten Samstagnacht neu eingespielt ... Und wichtig ist auch herauszufinden, ob es Kameras im Bahnhof gibt, die zur Tatzeit nicht gehackt worden sind. Vielleicht kann Pep Núria bitten, das alles mal vorab zu checken.«

»Wobei die Frage ist, wie lange die Firma die Aufnahmen überhaupt aufhebt. Müssen die nicht nach einer Weile wieder gelöscht werden? Schon allein aus Datenschutzgründen?«

»Auch das wird Pep herausfinden können.«

»Alles klar. Gebe ich alles weiter.«

Dolors nickte, auch wenn Xavi das nicht sehen konnte. »Dann hat Núria jetzt also ein paar hübsche Fernsehstunden vor sich.«

»Immerhin kann sie das im Büro machen und muss nicht bei dieser Hitze im Auto schmoren.« Xavi seufzte sehnsüchtig.

»Núria soll sich zuerst die Aufnahmen vom Eingangsbereich ansehen. Die von letzter Nacht. Vielleicht sind ja zumindest die im Original. Oder hast du da schon andere Infos?«

»Nein, bisher nicht. Und wenn er alle Kameras mehr oder minder gleichzeitig auf alte Aufnahmen umgeschaltet hätte, wäre auch die Gefahr, dass es jemand bemerkt, größer gewesen, weil die Übergänge zwischen den neuen und den alten Aufnahmen ja nicht passen. Vielleicht hat er es deswegen sogar absichtlich flackern lassen, aber das Risiko, es nach und nach auf allen Kanälen flackern zu lassen, wäre ich an seiner Stelle nicht eingegangen. Dann hätten die Sicherheitsbeamten bestimmt eher reagiert.«

»Gut, hoffen wir also mal, er hat nur die im Gleisbereich und bei den Fahrkartenschleusen manipuliert. Bei den Aufnahmen im Eingangsbereich soll Núria vor allem auf jemanden achten, der schwarz angezogen ist.«

»Die Idee hatte ich auch schon. Allerdings ist schwarz bei Nachtschwärmern ziemlich beliebt, und wenn jemand sich die Mühe macht, alle Aufnahmen im Gleisbereich auszutauschen, wird er uns kaum oben im Eingangsbereich fröhlich in die Kamera winken.«

»Ich weiß«, brummte Dolors, und im gleichen Moment fiel ihr wieder der Rucksack ein, den sie unten in einem der Papierkörbe am Bahngleis gefunden hatten. »Hat eigentlich die Untersuchung des Rucksacks schon etwas hergegeben?«

»Du meinst …«

»Ja«, fiel Dolors ihm ins Wort. »Unser Täter könnte oben in anderen Kleidern auftauchen und sich erst später die schwarzen Sachen übergezogen haben. Ich nehme an, im Toilettenbereich gibt es gar keine Aufzeichnungsgeräte, oder?«

»Kann ich herausfinden. Und wegen des Rucksacks muss ich mich erkundigen.«

»Die sollen auch alle anderen Mülleimer im Bahnhofsbereich checken, ob es irgendwo weggeworfene Kleider gibt. Und den Rucksack natürlich auch auf DNA-Spuren untersuchen lassen, aber das macht Pep gewiss sowieso. Ich habe allerdings keine große Hoffnung, dass wir den Täter schon in unserem Computer haben.«

»Ist notiert. Und nein, auch ich gehe nicht davon aus, dass wir es hier mit einem Bekannten zu tun haben. Das ist garantiert irgendeine persönliche Sache. Für den Täter gab es nichts weiter zu gewinnen, als dass Julia hinterher aus dem Weg geräumt war – und das in jeder Hinsicht. Vordergründig ging es um ihre Zerstörung, aber dahinter verbirgt sich ja etwas: Neid, Eifersucht, Wut oder Rache.«

»So sehe ich das auch.« Dolors sah unten auf der Straße einen himmelblauen Jeep mit offenem Verdeck, in dem ein Erwachsener und zwei Kinder saßen, und beugte sich vor, um festzustellen, ob es Anna mit ihren Kindern war, doch dann war der Wagen auch schon wieder aus ihrem Blickfeld verschwunden. Trotzdem nahm sie an, dass sie es gewesen waren. So viele himmelblaue Jeeps gab es in Barcelona nun auch wieder nicht. »Hast du sonst noch etwas herausgefunden?«

»Nur noch, dass man Fahrkartenschleusen in der Tat ebenfalls hacken kann – und dass der Täter dies mit an Sicherheit grenzender Wahrscheinlichkeit auch gemacht hat. Nur rein zufällig waren sie zur Tatzeit sicher nicht blockiert.«

»Womit auch klar ist, dass unser Täter eine ganze Menge mehr technisches Wissen als der Durchschnittsbürger haben muss. Was hat die Durchsuchung von Julias Wohnung noch ergeben?«

»Insgesamt nicht sehr viel, einen Computer haben wir nicht gefunden, und vielleicht hat sie tatsächlich keinen besessen, denn wir haben ein Tablet entdeckt. Bisher sieht es so aus, als brächte uns das auch nicht weiter. Die erste Durchsicht hat vor allem Tanzvideos gezeigt, der Mailaustausch ist überschaubar, da geht es fast immer um ihre Arbeit. Ach, fast vergessen: Die Spusi hat Julias Handy auf den Gleisen gefunden.«

»Und?«, fragte Dolors. »In welchem Zustand ist es?«

»In keinem guten, haben sie mir gesagt. Aber sie tun, was sie können. Zumindest ist es nicht in tausend Teilen, und vielleicht können wir damit herausfinden, wer ihr ominöser Freund in dem teuren Wagen ist.«

Dolors berichtete ihm, was sie bei ihrer Internetrecherche über Julia entdeckt hatte. »Über sie privat habe ich fast nichts gefunden, auch nicht auf ihrer Facebook-Seite. Eine private Seite hatte sie scheinbar gar nicht, zumindest keine, die man ohne Weiteres finden kann, und ihre öffentliche als Tänzerin war auch nicht sehr ergiebig. Eine Webseite scheint sie übrigens nicht zu besitzen. Ich weiß auch nicht ...« Sie holte tief Luft und ließ sie langsam wieder aus ihren Lungen entweichen. »Mich irritiert, dass wir fast gar nichts über sie als Privatperson finden können. Warum hat sie sich so bedeckt gehalten, warum hat sie niemanden in ihre Privatleben schauen lassen? Auch Leila nicht, mit der sie scheinbar noch am ehesten befreundet gewesen war ... und auch Marta, die Tanzlehrerin meiner Tochter, die sie wirklich gut kennt, konnte mir nicht viel darüber sagen, wie sie in den letzten Jahren gelebt hat.«

»Morgen reden wir mit ihrem neuen Tanzensemble und dessen Leiter. Vielleicht hat sie sich ja dem anvertraut?«

»Warten wir es ab.« Dolors hörte, wie im Treppenhaus der Aufzug einrastete, und wappnete sich gegen lärmende Kinder, indem sie ihre freie Hand um das Telefon breitete. »Lassen wir es für heute damit gut sein, und morgen früh fahren wir als Erstes zu der Tanztruppe.«

»Alles klar, bis morgen!«

Noch ehe Dolors den Anruf weggedrückt hatte, ging die Wohnungstür auf, doch als ihre Kinder eintraten, flogen weder Strandtaschen oder andere Utensilien durch die Gegend noch erklangen lauthalse Flüche wie »Eh, du blöde Kuh, das ist meine Tasche, kannst du nicht aufpassen?«. Irritiert legte sie das Handy weg, trat hinaus in den Flur und sah, wie Anna ihren Kindern leise sagte, wo sie ihre Strandsachen zum Trocknen hinhängen konnten, woraufhin die beiden gleich wieder im Treppenhaus verschwanden und zur Dachterrasse hochliefen. Erst danach bemerkte Anna sie. »Oh, du bist ja wach. Ich dachte, du hattest dich aufs Ohr gelegt.«

»Das habe ich auch, und das hat mir gutgetan. Danke! Aber jetzt verrate mir mal, mit welcher Droge du meine Rangen zu solchen Leisetretern gemacht hast.«

Anna lachte. »Als Erstes gehe ich mal Sand und Salz abduschen.« Sie machte einen Schritt auf ihr Zimmer zu, wandte sich dann aber noch einmal zu ihr um. »Fast vergessen. Miguel hat angerufen.«

Dolors unterdrückte ein Stöhnen. »Wann und bei wem?«

»Zuerst bei Mila, dann bei Pablo, dann auf meinem Handy.«

»Was wollte er denn von euch allen dreien?«, fragte Dolors erstaunt.

»Die Kinder haben nicht abgenommen.« Anna zwinkerte ihr zu. »Mila fand, wenn er sie nicht abholt, obwohl er es gesagt hat, hat er auch kein Recht zu wissen, wo sie abgeblieben ist. Pablo war der gleichen Meinung.«

»Und du bist dann auch nicht rangegangen?«

»Doch, trotz allem.« Sie strich sich ihre Löwenmähne aus dem Gesicht. »Ich weiß nicht, wie du es so viele Jahre mit diesem selbstherrlichen Vollidioten ausgehalten hast. Wenn man ihn reden hört, kann man glauben, es sei meine Schuld, dass er wieder eingeschlafen ist, und als wäre es meine Aufgabe gewesen, die Kinder dann zu ihm zu bringen.«

»Sorry für den Ärger.«

»Dafür braucht doch nicht *du* dich zu entschuldigen!« Anna krauste die Stirn. »Auf alle Fälle weiß er jetzt, was ich von Vätern halte, die ihre Kinder nicht abholen, weil sie ihren Hintern noch nicht einmal sonntagmittags aus dem Bett bringen. Ich nehme an, er wird mich nicht so bald wieder anrufen.«

Dolors musste lachen. Kurz darauf kamen die Kinder wieder die Treppe herunter, betraten leise die Wohnung und blieben auch dann noch leise, als sie sahen, dass ihre Mutter gar nicht schlief. Mila rannte zu ihr und drückte sich an ihre Brust. »Tut mir leid, Mama, dass ich dich vorhin so angeraunzt habe. Du kannst ja echt nichts dafür, wenn Papa sagt, dass er uns abholt und dann doch nicht auftaucht.«

Dolors meinte, nicht recht zu hören, und als Pablo zu den Worten seiner Schwester pflichtschuldig nickte, glaubte sie, überdies auch noch ein Problem mit ihren Augen zu haben. »Was ist denn mit euch los?«

»Hast du…« Pablo rieb sich verlegen an der Nase. »Hast du vielleicht Lust auf eine Runde UNO? Anna hat gesagt, sie habe ein Spiel.«

Dolors nickte und fragte sich, ob Anna ihr ihre eigenen Kinder wieder mitgebracht oder ob sie den Nachmittag genutzt hatte, um irgendwo Klone für sie zu beschaffen. Sie beschloss, diesen Moment einfach zu genießen und tatsächlich erst morgen wieder in ihren Fall zu denken.

16. Kapitel

Montag – 9.05 Uhr

»Was dagegen, wenn ich die Klimaanlage höherstelle?« Xavi zeigte auf den entsprechenden Drehknopf im Armaturenbrett.

»Ganz im Gegenteil!« Dolors fächelte sich mit einem Briefumschlag, den sie vor einem Weilchen auf dem Rücksitz ihres Wagens entdeckt hatte, Luft zu und hoffte, dass die idiotische Ampel endlich auf Grün sprang. Ein neuer Tag – ein neuer Hitzerekord für die Stadt. Das zumindest war gemeldet worden, und obwohl es erst neun Uhr früh war, war Dolors schon jetzt völlig erledigt von den herrschenden Temperaturen. *So heiß ist es nun auch wieder nicht,* hörte sie in ihren Gedanken Miguel sagen, der, je heißer es wurde, desto mehr aufzublühen schien. *Außerdem ist das, was dich schwitzen lässt, in erster Linie die hohe Luftfeuchtigkeit, nicht die Temperatur an sich.* – Ja, Miguel schwitzte nicht nur nicht, er wusste auch immer alles besser. Sie fragte sich, ob er nicht zumindest heute auch endlich einmal einen winzigen Schweißtropfen auf der Stirn haben würde oder ob seine Haut immer noch so verdammt angenehm kühl war, und seufzte stumm in sich hinein. *Vergiss ihn, VER-GISS IHN!* – Wenn sie wütend auf ihn war, wie eigentlich meistens, schien es immer so einfach: Nein, diese Beziehung taugte nichts, sie brachte weder sie selbst noch die Kinder weiter, weil Miguel immer nur an einen Menschen dachte, sich selbst. Aber dann gab es auch diese Momente wie gerade, in denen die Wut in ihr zusammenfiel und sie stattdessen seine Augen vor sich sah, große, warme, dunkle Augen, die auf eine Art und Weise eindringlich waren, die jede Faser ihres Körpers zum Glühen bringen konnte, seine Arme, vom vielen Schwimmen ebenso durchtrainiert wie sein übriger Körper, Arme, in denen sie sich so behütet fühlen konnte wie nirgends sonst auf der Welt, und dann seine Hände, groß, gepflegt, sensibel, Hände, die so verdammt genau wussten, wo und wie –

»Wie bitte?« Irritiert sah sie zu Xavi. »Was hast du gesagt?«

»Ich habe gefragt, wieso die Tänzer von Agita Danza in einer Scheune proben müssen. Immerhin sind sie ein renommiertes Tanzensemble und keine Breakdancer aus der Bronx. Wieso stellt die Stadt ihnen keine geeigneten Räumlichkeiten zur Verfügung?«

»Erstens weißt du genau, dass man in unserem Land lieber nicht auf staatliche Hilfe schielt, weil einem sonst die Augen aus dem Kopf fallen, und zweitens ...« Dolors' Irritation nahm noch weiter zu. »Wer hat behauptet, dass sie in einer Scheune proben?«

»Na ja, Leila. Sie hat gesagt, sie trainieren im *Graner*, also in einer Scheune und –«

Dolors lachte auf. »Nein, keine Sorge, *El Graner* ist keine Scheune, sondern ein an die tausend Quadratmeter großes, zweistöckiges Gebäude, in dem ein Tanzzentrum untergebracht ist.«

»Warum heißt es dann Scheune?«

»Weil es irgendwann mal eine war. Bevor es ein Tanzzentrum wurde, war es jedenfalls eine Glühbirnenfabrik.

Dann hat die Stadt es gekauft und dort vor rund fünfzehn Jahren ein Tanzzentrum eingerichtet. Es gibt mehrere Probenräume. Ein Saal hat eine Zuschauertribüne für Vorführungen. Die Anlage ist sehr schön, mitten im Stadtteil *La Marina* und mit Blick auf einen kleinen Park.«

»Wow, du kennst deine Stadt.« Xavi hob anerkennend die Augenbrauen. »Wenn du von den Morden mal genug hast, kannst du als Stadtführer arbeiten.«

»Sagen wir lieber: Ich kann gut googeln.« Dolors lachte. »Ich habe doch gestern Infos über Julia gesammelt, nun, das gehört zu meiner Ausbeute. Was ich noch herausgefunden habe, ist, dass *El Graner* dem *Mercat de les Flors* untersteht. Und nein: Genauso wenig wie *El Graner* eine Scheune ist, ist der *Mercat de les Flors* ein Blumenmarkt, sondern unser städtisches Theater für Musik, Theater, Kino und all so etwas. Das wusste ich allerdings schon vorher, denn ich war dort oft zu Aufführungen. Das ist übrigens eine ziemlich hippe Gegend, wenn du abends mal ausgehen und interessante Leute kennenlernen willst. Vor allem in der *Carrer Blai* gibt es echt coole Typen, ausgefallene Kneipen, Livemusik, Cabaret und auch sonst alles, was das Herz begehrt.«

»Klingt gut. Noch kenne ich so gut wie nichts von Barcelona, was nicht sowieso jeder von Postkarten kennt.«

»Ich habe meinen Mann in der *Carrer Blai* kennengelernt«, entfuhr es Dolors, ohne dass sie wusste, warum sie das sagte. Xavi erwiderte nichts, und je länger er schwieg, desto schwerer wogen die letzten Worte für Dolors, bis schließlich sogar ihr Hals eng wurde und ihre Augen brannten. Kurz darauf wischte sie sich wieder über das Gesicht, diesmal aber nicht nur, um den Schweiß zu trocknen, und fuhr dann in einem Ton fort, der, wie ihr erst im Nachhinein klar wurde, mehr als bitter klang:

»Mein Mann deckt sich auf alle Fälle mit alldem, was ich eben über die Carrer Blai gesagt habe ... Cool ja, interessant ja, und auf den ersten Blick auch sonst alles, was das Herz –« Sie schluckte und presste »Scheiße« hervor. Und warum hatte sie das alles sagen müssen?

»Seid ihr denn definitiv auseinander?«, fragte Xavi nach einer neuerlichen Pause, und dies so leise, als sei er nicht sicher, ob er etwas zu dem Thema sagen oder ob nicht doch lieber den Mund halten sollte.

Dolors hob die Schultern, nickte dann aber doch und räusperte sich. Es war höchste Zeit, das Thema zu wechseln. »Ich habe bis zu meinem zwölften Geburtstag im *Poble Sec* gewohnt«, fuhr sie fort. »Kaum hundert Meter vom *Mercat de les Flors* entfernt. Unser Sportunterricht fand in einer Mehrzweckhalle direkt neben dem Theater statt. Zu Beginn jeder verdammten Turnstunde mussten wir als Erstes auf dem Platz, der hinter dem *Mercat de les Flors* liegt, unsere Runden drehen. Diejenigen, die sich nicht gut benahmen, mussten noch ein paar Runden extra laufen. Ich war fast immer eine davon – weswegen ich nicht behaupten kann, den Platz in besonders guter Erinnerung behalten zu haben. Aber er hatte auch einen Vorteil: Wenn man es geschickt anstellte, konnte man recht gut hinter den Säulen der Arkaden abtauchen und sich so vor der verdammten Schinderei drücken. Nur erwischen lassen durfte man sich nicht – wobei ich nicht gerade ein Glückspilz war.« Sie merkte, wie Xavi sie musterte. »Was ist denn?«

»Ich hätte meinen Kopf darauf verwettet, dass du stets eine Musterschülerin gewesen bist.«

Dolors lachte auf. »Nein, die Rolle hatte schon mein Bruder intus. Da musste ich mir was anderes einfallen lassen, um bemerkt zu werden.«

Kurz darauf fuhren sie die *Carrer de la Foneria* hoch, bogen in die *Carrer de Jane Addams* ein, und wenig später konnte Dolors die Stirnseite des mit Photovoltaikpaneelen verkleideten Tanzzentrums sehen. Direkt neben dem Gebäude war ein grüner Anwohnerparkplatz frei. Dolors konnte ihr Glück kaum fassen. Kaum hatte sie eingeparkt, kam ein älterer, drahtiger Mann mit einem aufgeregten Gesicht auf sie zu und fuchtelte ihnen mit seinem Besen entgegen. »Müssen Sie hier parken? Wo soll denn gleich die Chefin ihren Wagen abstellen?«

Dolors wurde klar, dass sie kein Glück gehabt hatte, sondern dass der Parkplatz einfach nur gut bewacht wurde. Sie fragte sich, woran er ihnen ansah, dass sie nicht zumindest Künstler waren, die hier proben und tanzen wollten, denn in dem Haus waren ja ständig neue Tänzer aus allen Herren Ländern, aber auf alle Fälle hatte er Recht: Sie waren keine. Und sie hätte den Mann wohl selbst in passender Kleidung nicht täuschen können – sie war nun mal keine Künstlerin. Auch so ein Punkt, den Miguel ihr gern unter die Nase rieb: *Du bist viel zu gradlinig, um in der Kunst die geringste Chance zu haben. Wenn du ein Bild malen würdest, wären darauf garantiert nur exakt gleichgroße Würfel zu sehen*, hatte er ihr gerade letzte Woche noch an den Kopf geworfen. Dass diese Gradlinigkeit und Zuverlässigkeit sie fast fünfzehn Jahre ernährt und ihnen ein Dach über dem Kopf beschert hatten, kehrte er, seit er zu den Großverdienern gehörte, gern unter den Tisch.

Dolors suchte ihren Dienstausweis heraus, stieg mit Xavi zugleich aus und hielt ihn dem übereifrigen Mann entgegen, woraufhin dieser nicht nur sofort zugänglicher wurde, sondern sie auch fragte, ob sie wegen Julia hier waren.

»Kannten Sie sie?«, gab Dolors die Frage zurück.

Das Gesicht des Mannes, ein eigenartig kleines Gesicht, wie Dolors unwillkürlich durch den Kopf schoss, wurde sofort weicher. »Wie sollte ich sie nicht kennen – als Concierge des Theaters? Ich werde schließlich nicht nur dafür bezahlt, dass ich das Laub zusammenkehre und wöchentlich den Zugangscode ändere, sondern auch, damit ich einen Blick darauf habe, wer hier so zugange ist.«

»Aber Julia war ja erst seit Kurzem bei der Truppe«, gab sie zurück.

»Gewiss, gewiss, aber ...« Er rieb sich mit dem Handrücken über den Hals, als würde er auf einmal Schwierigkeiten haben weiterzusprechen, und auch seine mausgrauen Knopfaugen glitzerten verräterisch. »War schon was Besonderes, die Julia.«

Aha, schoss es Dolors durch den Kopf. Zur Abwechslung mal wieder jemand, der sie mochte, und offenbar sehr. Die Gruppe der Personen, die sie mochte oder hasste, teilte sich wie das Rote Meer unter Moses' Armen.

»Eine feine Person war sie, die Julieta.« Er wies auf ein paar Platanen, die im hinteren Bereich des kleinen Parks wuchsen. »Da hat sie gern gesessen, einfach auf dem Boden, den Rücken gegen einen Baum gelehnt, die Augen geschlossen ...« Wieder versagte ihm die Stimme.

»Wie kam sie mit den anderen Tänzern zurecht?«

»Sie war still und in sich gekehrt, was es einem nicht gerade einfacher macht, mit anderen in Kontakt zu kommen, und dann auch so ... so wenig, ich meine so fürchterlich dünn, fast durchscheinend.« Er bewegte die Hände aufeinander zu, um anzudeuten, wie mager Julia gewesen war. »Aber dann war da doch auch wieder diese Kraft, die von ihr ausging, ein richtiges Feuer. Ich habe ihr manchmal bei den Proben zugesehen. Ich bin nur ein einfacher

Mann, aber Tänzer habe ich hier gesehen, Hunderte. Bei manchen springt einen etwas an, bei anderen nicht. Bei Julieta … So still und blass und in sich gekehrt sie war, wenn sie unter dem Baum saß – wenn sie tanzte, war sie wie ein Vulkan, der seine Lava ausstieß, Leben, Feuer, Leidenschaft pur!«

Dolors nickte. Auch sie hatte, als sie das Tanzvideo mit Julia gesehen hatte, das Gefühl gehabt, nicht einfach »irgendeine« Tänzerin vor sich zu haben. Doch wenn sie wirklich so gut war, wie der Mann sagte – auch wenn er nur der Concierge war – dann sprach aus dem Gerücht über sie und den Ensembleleiter vielleicht doch vor allem Neid.

»Hatte …« Dolors überlegte, wie sie ihre Frage formulieren sollte, ohne ihn direkt zu fragen, ob Julia ein Verhältnis mit dem Leiter hatte. »Hatte Julia einen Partner oder einen Freund oder sonst etwas in der Richtung?«

Der Mann schüttelte entschieden den Kopf. »Die war fertig mit den Männern. Aber so was von!«

Xavi trat einen Schritt vor. »Es scheint allerdings, dass es zumindest einen Mann in ihrem Leben gab: einen älteren Herrn, der eine große, hellblaue Limousine fuhr.«

Der Hausmeister hob die Augenbrauen.

»Haben Sie schon einmal jemanden, auf den diese Beschreibung passt, mit Julia gesehen?«, hakte Dolors nun auch selbst noch einmal nach. »Immerhin haben Sie den Parkplatz ja offensichtlich gut im Blick.«

»Nein, so jemanden habe ich nicht gesehen, und ich glaube auch nicht, dass das stimmt.« Der Mann sah sie mit einem ebenso wissenden wie traurigen Lächeln an. »Sie zuckte ja regelrecht zurück, wenn einer der männlichen Kollegen sie mal außerhalb der Bühnenarbeit berührte.«

Dolors tauschte einen Blick mit Xavi und sah, dass die Widersprüchlichkeit der Aussagen auch in ihm etwas zum Schwingen brachte. Warum unterstellte man ihr zumindest gerüchteweise ein Verhältnis mit dem Ensembleleiter, wenn dies für Außenstehende so offensichtlich nicht der Fall war? Nur um sich nicht eingestehen zu müssen, dass sie in der Tat ein außergewöhnliches Talent besessen hatte?

17. Kapitel

Montag – 10.20 Uhr

Kurz darauf standen Dolors und Xavi vor einem der Tanzsäle des Hauses, der durch das Bullauge in der Tür allerdings nur teilweise einsehbar war. In der Mitte des Raumes machten zwei Tänzerinnen an einer mobilen Stange zu sanft dahinfließenden Klaviertönen Aufwärm- und Dehnungsübungen. Dolors kannte die Übungen vom Ballett ihrer Tochter: *Plié* – Die beiden Ballerinas beugten die Knie. *Tendu* – Sie zogen ein Bein gestreckt über den Boden. Irgendjemand, den sie nicht sehen konnte, stellte die Musik lauter, bis sie den ganzen Raum erfüllte. Relevé, Demi-plié, Grand-plié, auf Sekundenbruchteile genau führten die beiden Tänzerinnen die exakt gleichen Bewegungen aus, danach machten sie ein paar Sprünge: Chassé, Grand Jeté, Révoltade ... Erst während der Sprünge, bei denen sich die Frauen jetzt auch in ihre Richtung wandten, stellte Dolors fest, dass eine von ihnen Irina war. Eigentlich sah sie genauso aus, wie sie sie in Martas Büro gesehen hatte – im Tanztrikot und die weißblonden Haare zum Knoten hochgesteckt – doch wirkte sie hier ganz anders auf sie. Dolors wusste nicht, ob es daran lag, dass sie diesmal statt dem schneeweißen ein schwarzes Trikot trug und dies ihre durchscheinende Blässe noch mehr betonte, oder ob es nur die Tatsache war, dass sie heute völlig ungeschminkt war, auf alle Fälle kam Irina ihr weit jünger und noch graziler vor, und zugleich strahlte sie eine eigenartig trotzig wirkende Zähigkeit aus.

»Was ist?«, fragte Xavi und berührte Dolors leicht am Arm. »Wollen wir nicht reingehen?«

»Doch, doch«, murmelte Dolors, rührte sich aber trotzdem nicht von der Stelle. Sie merkte, wie Xavi Luft holte, erwartete schon ein entnervtes Seufzen, doch dann wechselte er nur das Standbein.

»Sorry, aber ich ...«

»Kein Problem.« Jetzt seufzte Xavi doch noch. »Ich habe drei Schwestern, zwei ältere und eine jüngere. Von daher weiß ich, dass ein ›Doch, doch‹ bei einer Frau keine Zustimmung bedeuten muss.«

Statt etwas darauf zu erwidern, sah Dolors nur weiterhin zu Irina. Sie schien ihr Aufwärmprogramm beendet zu haben, irgendjemand stellte die Musik aus. Während die andere Tänzerin die Übungsstange beiseiteschob und dann am Rand stehenblieb, begab sich Irina in die Mitte des Saales, und auf ein Nicken von ihr setzte eine andere Musik ein. Es war ein ruhiges, getragenes Klavierstück. Passend zu den sanft in den Raum sinkenden Tönen begann sie, die Fußspitze über den Boden gleiten zu lassen und ein paar kontrollierte Schritte mit gestrecktem Fuß zu machen, Schritte, die eigenartig unsicher und verletzt, fast ängstlich wirkten, dann legte sie den Kopf in den Nacken, holte tief Luft und im gleichen Moment nahm die Musik explosionsartig an Tempo und Leidenschaft zu. Irina machte eine halbe Drehung durch die Luft, die zu immer neuen, schwindelerregend schnellen Pirouetten und Sprüngen führte, Sprünge, die etwas Befreiendes enthielten und zugleich tiefe Sehnsucht ausdrückten – um plötzlich, ebenso unvermittelt wie zuvor, mit sich beruhigender Musik wieder in feine, leise Bewegungen zu münden, die sie zu einer kauernden Haltung führten, bis sie schließlich ganz in sich zusammensank – ein Bild personifizierten Schmerzes und Leids.

»Wow«, hauchte Dolors.

»Schön, dass Ihnen das Performen meiner Tänzerin gefällt«, erklang da eine Stimme hinter ihnen. »Auch wenn Sie hier absolut nichts zu suchen haben.«

Dolors fuhr herum und sah sich einem großen, schlanken, rund vierzigjährigen Mann mit grünen Augen, Undercut und akkurat gestutztem Vollbart gegenüber. Sein dunkles Deckhaar, das ihm bis zum Wangenknochen reichte, war mit weichem Schwung zur rechten Seite gekämmt und bildete eine perfekte Linie mit der des dem Kinn entgegenlaufenden Barthaars. *Arte*, dachte Dolors, Kunst – selbst beim Haar- und Bartstyling. Und am bemerkenswertesten fand sie, dass dies an ihm keinesfalls »gestylt«, sondern absolut natürlich wirkte. Allerdings atmete auch der ganze Mann an sich Kunst aus, ohne dabei jedoch »künstlich« oder exaltiert zu wirken, ja, Dolors fand ihn sogar überaus robust und trotz einer gewissen Strenge, die sich schon aus seiner kerzengeraden Körperhaltung ergab, durch die Wärme in seinen Augen auch anziehend und angenehm offen.

Dolors reichte ihm die Hand und stellte sich vor.

»Polizei?« Er hob die rechte Augenbraue.

»Ja, es geht um Julia und –«

Er nickte so ruckartig, dass Dolors mitten im Satz innehielt.

»War ja eigentlich logisch, dass Sie auch hier auftauchen«, sagte er nach einem langen Atemzug. Nicht nur seine Stimme klang belegter als zuvor, auch in seinen Augen stand jetzt Schmerz. Er machte eine einladende Bewegung zur anderen Seite des Gangs hin, mit der er sie von der Tür weg und zu einem Fenster dort zu folgen bat.

»Dann haben Sie also schon davon gehört?«, fuhr Dolors fort, wohl wissend, dass ihre Frage reine Rhetorik war.

Wieder nickte der Mann und stellte sich nun auch selbst vor. »Ich bin der Leiter der Tanzkompanie Agita Danza. Mein Name ist Momo Gomez.«

Dolors warf ihm noch einen zweiten Blick zu. Eines jedenfalls war klar: Wenn Julia sich doch in diesen Mann verliebt und eine Beziehung mit ihm angefangen hatte, konnte sie es verstehen. Er hatte eine unglaublich intensive Ausstrahlung, Kraft und Charisma, ein Mann, der einerseits sensibel wirkte, andererseits aber offenbar wusste, was er wollte – und es erreichte. Und er war zweifelsfrei nicht der Fahrer des Wagens, den ihnen ihre Freundin beschrieben hatte.

»Sie müssen Julias Fähigkeiten sehr hoch eingeschätzt haben, wenn Sie für sie ein eigentlich schon bestehendes Programm geändert haben, nur um ihr einen Solopart zu geben.« Dolos formulierte ihren Satz bewusst nicht als Frage.

»Allerdings«, gab Momo mit ruhiger Selbstverständlichkeit zurück. »Sie ist … Sie war eine herausragende Tänzerin. *Ballett ist meine Art zu fühlen*, hat sie einmal zu mir gesagt – und so war es.«

»Und was genau hat sie damit gemeint?«, fragte nun Xavi. »Immerhin könnte man diesen Satz so oder so verstehen: Sie hat sich nur gefühlt, wenn sie getanzt hat – oder sie hat ihre Gefühle nur dann preisgegeben, wenn sie getanzt hat.«

»Beides hat sie gemeint. Sie war so …« Momo presste kurz die Lippen aufeinander. »Man sagt doch, das Schicksal forme einen Menschen, das *Wie* allerdings käme auf das Material an. – Julia hat in ihrem Leben schon einige Schicksalsschläge hinnehmen müssen, und die haben ihre Spuren hinterlassen. Ohne den Tanz wäre sie vielleicht daran zerbrochen, so aber konnte sie den Schmerz künstlerisch umsetzen – ihn im Tanz verarbeiten, auch wenn sie sich auch dabei nie ganz von ihm hatte befreien können.«

»Welche Schicksalsschläge meinen Sie?«, fragte Dolors.

»Ich kenne nicht alle, vor allem nicht die tiefsten. Die kannte nur sie.« Er strich sich mit dem rechten Zeigefinger an der Bartkante entlang über die Wange. »Manchmal wirkte sie morgens zerschlagen und hat einmal gesagt, sie litte hin und wieder unter Albträumen, hat es jedoch abgetan, als sei es nichts. Aber sie musste nicht reden. Ich habe sie auch so verstanden. Sie tanzte es ja.«

Dolors atmete tief durch. Immer wieder an die gleiche Grenze zu stoßen, war nichts, womit sie gut umgehen konnte. »Gibt es denn niemanden, der ihr nah genug war, damit wir mehr über sie und ihre offenbar schlimmen Erlebnisse erfahren können? Allmählich habe ich das Gefühl, einem Geist hinterherzulaufen. Es muss doch irgendjemanden geben, der mehr über sie weiß, auch über die Dinge, die sie nicht jedem erzählt hat – und irgendjemand wird ja wohl auch dabei gewesen sein, als sie dies ... nennen wir es *Trauma* erlitten hat. Wir brauchen Namen. Verbindungen. Irgendwelche Zusammenhänge. Seltsames oder Bemerkungen ...«

Momo hob die Schultern. Es lag keine Gleichgültigkeit in seiner Bewegung, nur Nichtwissen. Dann ging ein Ruck durch ihn hindurch. »Doch, warten Sie, da war einmal ein Satz, den sie zu mir gesagt hat, der irgendwie merkwürdig war ...« Er machte eine Pause, als müsse er überlegen, wie genau Julia ihn formuliert hatte, und sagte dann: »Ja, genau, um Schuld ging es. Es war nach einem dieser grauenhaften Terroranschläge, die kürzlich in der Presse waren. Ich habe überlegt, ob die Attentäter später nicht doch Momente haben, in denen sie von zerfetzten Leichen heimgesucht werden, ob sie ihnen nicht zumindest Albträume bescheren. Die Schmerzensschreie, die Blicke der Sterbenden, die Verzweiflung der Hinterbliebenen – ich kann mir nicht vorstellen, dass man das alles von sich fernhalten kann, egal, wie sehr man *Größeres* vor Augen hat oder es zu haben meint. Ich habe mich gefragt, wie man damit leben kann, so etwas getan zu haben, und ob diese Attentäter nie das Gefühl haben, etwas wiedergutmachen zu müssen, ihre Schuld zu sühnen. Als ich das gesagt habe, hat Julia mich ganz komisch ausgesehen und mit bebender Stimme hervorgepresst: ›Schuld sühnt man nicht, man trägt sie.‹«

Dolors und Xavi tauschten einen Blick.

»Ich nehme an, Sie haben nachgefragt, was sie damit gemeint hat?«, fragte Xavi.

»Klar habe ich das, aber sie ... sie war danach wie weggetreten, da ist richtig ein Vorhang in ihr runtergegangen.« Momo kratzte sich seitlich am Hals. »War alles ziemlich eigenartig. Sie hat danach an dem Tag echt lausig getanzt, das war das einzige Mal, dass ich sie schlecht habe arbeiten sehen, völlig unkonzentriert. Sie ist dann auch früher weg, hat irgendwas von rasenden Kopfschmerzen gemurmelt.«

»Haben Sie sie später nie wieder darauf angesprochen?«

Momo verneinte. »Wir sind hier zum Arbeiten, nicht zum Schwatzen und noch weniger zum Therapieren. Wenn ich damit anfangen wollte, bräuchte ich sonst nichts anderes mehr tun. Kaum einer im Ensemble war zuvor im Leben auf Rosen gebettet.«

»Nun denn, immerhin ein Hinweis.« Dolors atmete tief durch. »Wie ist sie hier eigentlich aufgenommen worden?«

»Gut. Zumindest zunächst«, erwiderte er. »Als ich dann das Programm für sie geändert habe, gab es natürlich Zunder, aber im Endeffekt ... that's life. Ich bin der Kopf des Ensembles. Die anderen tanzen – nach meiner Choreografie.« Er sagte es ohne jede Arroganz. Es war schlicht eine Tatsache. Nach einer kurzen Pause fuhr er fort: »Ich war selbst Tänzer, bis zu meinem fünfunddreißigsten Lebensjahr. Da war das nicht anders. Der Tänzer tanzt, der Choreograf gibt die Anweisungen.«

»Es gab also Unstimmigkeiten?«, fragte Xavi. »Auch Anfeindungen?«

»Klar gab es die.« Momo lachte auf. »Was glauben Sie denn? Aber die Gemüter beruhigen sich auch wieder. Vergessen Sie nicht, dass das alles Bühnenmenschen sind. Da darf man nicht jeden Aufschrei ernst nehmen. Ein guter Tänzer ist immer auch ein guter Dramatiker. Die Leute in meiner Truppe sind alle sehr, sehr gute Tänzer – und können sehr dramatisch sein.«

»Offensichtlich aber hat jemand Julia Toset umgebracht, und das war keine Schauspielerei, und das Blut auf den Gleisen kein Ketchup«, gab Xavi so heftig zurück, dass Dolors sich zu ihm umwandte. Momo aber blieb unbeeindruckt und sagte, ohne eine Miene zu verziehen: »Das weiß ich. Aber der Täter war sicher keiner meiner Tänzer und überhaupt niemand aus unserem Haus.«

»Das hat bislang auch niemand behauptet«, warf Dolors beschwichtigend ein.

»Hören Sie, Tänzer zu sein, erfordert hohe emotionale Ausdrucksfähigkeit. Natürlich haben solche Menschen, wenn sie unter Strom stehen, auch mal eine kurze Lunte. Aber vor allem ist Tanzen harte Arbeit, und im Endeffekt besteht der Alltag von Tänzern aus Selbstdisziplin und ständiger Selbstkontrolle. Solche Menschen stoßen keine Kollegin vor einen Zug, nur weil sie deren Platz auf der Bühne einnehmen wollen. Das ist hirnrissiger Schwachsinn.«

»Noch einmal«, sagte Dolors noch ruhiger. »Niemand hat behauptet, dass der Täter aus den Reihen Ihres Ensembles kommt.«

»Warum sonst sind Sie hier?« Er atmete heftig durch die Nase aus; die anfängliche Offenheit in seinen Augen war längst in einer feindseligen Härte ertrunken. »Sie bringen hier Unruhe rein, eine für meine Arbeit sehr schädliche Unruhe, denn Sie schaffen damit ein Ambiente der gegenseitigen Verdächtigung, des Misstrauens – ein Ambiente, in dem man nicht kreativ arbeiten kann. Julias Tod wird sowieso alle über Wochen aufwühlen. Das Letzte, was ich brauche, ist, dass man den Täter unter meinen Tänzern sucht.«

»Wir verdächtigen niemanden, aber wir ermitteln in jede Richtung«, gab Dolors mit etwas mehr Nachdruck zurück. »Momentan sind wir lediglich hier, um mehr über Julia zu erfahren. Wir wollen wissen, wie sie als Mensch war, als Tänzerin ... Wir müssen uns ein Bild von ihr machen können, wenn wir ihren Mörder finden wollen. Denn irgendwo in diesem Bild, das wir uns von ihr zusammenbauen werden, wird er auftauchen, dieser Mörder. Selbst wenn wir ihn nicht gleich als das entlarven, was er ist – am Ende werden wir es.«

Er hob die Hände. Lange Hände, klagend. Und ließ sie wieder fallen. Wunderschöne Hände, wie Dolors unwillkürlich durch den Kopf ging. Danach sprach er ruhiger weiter, auch die Feindseligkeit in seinem Blick verminderte sich. »Was genau wollen Sie von mir wissen?«

Dolors beschloss, sich langsam heranzutasten, um ihn nicht erneut gegen sich aufzubringen. »Wie wäre es, wenn Sie uns erst einmal erzählen, was das Leben eines Tänzers ausmacht?«

»Druck. Vor allem jede Menge Druck.« Er hob die Hände erneut, diesmal mit gespreizten Fingern, und setzte zu einer Bewegung an, als wolle er eine unsichtbare Wand von sich wegschieben. »Sie müssen das im Kontext sehen: Tänzer werden technisch immer überlegener, weil die Trainingsmethoden immer ausgefeilter werden. Viele Tänzer haben schon mit drei Jahren ihre ersten Ballettschuhe gehabt und mit fünf oder sechs ein hochintensives Training begonnen. Darüber hinaus lassen sie sich intensiv physiotherapeutisch begleiten und leben nach ausgeklügelten Ernährungsplänen, um auch auf diese Art das Maximum aus sich herauszuholen. Ich weiß nicht, wann Sie zum letzten Mal ein modernes Ballett auf der Bühne gesehen haben oder ob überhaupt schon einmal, aber Tänzer sind heute Hochleistungssportler und tun auf der Bühne Dinge, die man ihnen noch vor einem Jahrzehnt niemals abverlangt hätte, ja, bei manchen Dingen hätte man sich vielleicht nicht einmal vorstellen können, dass dies, was sie heute leisten, überhaupt möglich ist. Die Dehnungen werden immer extremer, die Tänzer machen Spagatsprünge mit einer Öffnung, die weit über hundertachtzig Grad hinausgeht, und drehen sich in einem Tempo, bei dem einem beim Zusehen schwindlig wird. Aber das alles erreichen sie nicht, weil sie gemütlich auf dem Sofa sitzen und sich ein paar nette Videos reinziehen, sondern weil sie bis zum sprichwörtlichen Umfallen trainieren und ständig, ständig, ständig an ihre Grenzen und darüber hinausgehen. Blutblasen an den Füßen, abgefallene Zehennägel, Tarsaltunnelsyndrom, Zerrungen und Muskelfaserrisse – darüber redet kein Tänzer. Sie beißen die Zähne zusammen und machen weiter. Schmerzen gehören dazu. Tanz tut weh. Tanz *ist* Schmerz.«

»Und Julia?«, unterbrach Dolors ihn. »Was ist das Besondere an ihr gewesen?«

»Alles«, gab Momo zurück. »Sie wäre die Erste gewesen, die den Satz *Wenn mein Körper nicht schreit, arbeite ich nicht* für sich hätte beanspruchen können. Sie kannte keine Grenzen, immer musste es noch mehr werden: noch schneller drehen, noch höher springen, noch weiter öffnen. Der Tanz war alles für sie, absolut alles.«

»Haben Sie auch deswegen das Programm für sie geändert?«

Er maß sie mit einem sie scharf musternden Blick. »Das war der *einzige* Grund.«

Dolors hob beschwichtigend die Hände. »Wissen Sie, wo sie die letzten Jahre verbracht hat? Wer ihre Freunde waren? Feinde? Neider?«

»Ich weiß nur, was alle wissen: die letzten Stationen ihrer Karriere, die in ihrem Lebenslauf stehen. Viel erzählt hat sie dazu nicht. So nah standen wir uns nicht.«

Dolors musste sich zwingen, keinen Blick mit Xavi zu wechseln. Eben diese Info hatte sie Momo entlocken wollen, ohne ihn direkt darauf anzusprechen – denn wenn sie ihn direkt gefragt hätte, wie genau sein Verhältnis mit Julia sich gestaltet hatte, hätte ihn dies garantiert dazu gebracht, sich zu verschließen.

»Warum ist sie seinerzeit überhaupt von Barcelona weg? Hatte sie damals hier nicht eine gute Stelle?«

Momo lachte bitter auf. »Gute Stellen gibt es in unserem Land nicht. Tänzer in Spanien zu sein, in Katalonien, heißt fast immer, am Existenzminimum oder sogar darunter zu leben. Gute Stellen gibt es nur im Ausland. In Frankreich und in Deutschland zum Beispiel. Auch da wird man als Tänzer zwar nicht reich, aber immerhin gibt es Festanstellungen mit einem monatlichen Gehalt, Sozialversicherung und Rentenanspruch. Und für freie Projekte gibt es Subventionen, mit denen man dann auch eine Weile hinkommen und wirklich etwas auf die Beine stellen kann.«

»Scheinbar hatte Julia einen Freund.« Sie musterte ihn kurz, ehe sie weitersprach. »Wissen Sie, wer das war? Und ob sie noch mit ihm zusammen war?«

»Keine Ahnung, von beidem nicht«, gab Momo Gomez zurück, und Dolors fand, dass er sofort wieder distanzierter wurde. Allerdings war ihr nicht klar, ob er log oder ob er den Vorwurf, er müsse etwas mit ihr haben, weil er ihr diese Stelle gegeben habe, schlicht schon zu oft gehört hatte.

Im gleichen Moment kam ein Mann aus dem Tanzsaal heraus und ging in die ihnen entgegengesetzte Richtung, sodass sie ihn nur den Bruchteil einer Sekunde von der Seite und danach nur noch von hinten sehen konnte. Erst als er schon ein paar Meter weg war, ging Dolors auf, dass wahrscheinlich er die Musik angestellt hatte – und dass ihr irgendetwas an seinem Gang vertraut vorkam. Aber warum? »Wer war das eben?«, fragte sie Momo.

»Das?« Momo zuckte mit den Achseln. »Das war Bruno, unser Techniker, ein ehemaliger Spitzentänzer, der künftig auch als Ballettmeister fungiert. Bisher arbeitet er als Repetitor für die Tänzer. Wir sind nur eine kleine Kompanie mit wenig Geld, da muss oft jemand zwei oder sogar noch mehr Aufgaben zugleich übernehmen.«

»Wo wohnt er?«

»Das fragen Sie ihn bitte selbst.«

»Werde ich«, murmelte Dolors mehr zu sich selbst und überlegte noch immer, wo sie diesen Bruno schon einmal gesehen hatte. Dann ging ihr zumindest auf, was ihr an seinem Gang so auffiel: die geschmeidig fließenden Bewegungen, die an einem bestimmten Punkt kurz hakten, so wenig, dass man es nur merkte, wenn man es gewohnt war, auf solche Dinge zu achten – und dann wusste sie auch wieder, wo sie ihn gesehen hatte: vor Irinas Haus. Er war der Mann, der ihnen die Tür nicht hatte aufhalten wollen. Bruno, der Mann, den Irinas »Babuschka« als ihren Freund benannt hatte. Im gleichen Moment ertönte von ihrem Smartphone eine Fanfare, die ihr verriet, dass sie eine Nachricht von Pep hatte. Mit entschuldigendem Blick zog sie ihr Handy hervor. Pep schrieb: *Wir haben Julias Handy wieder in Gang setzen können und auch sonst noch ein paar Informationen für euch. Kommt ihr ins Präsidium oder soll ich euch die wichtigsten Infos per Mail schicken?*

Wir kommen und treffen uns in einer halben Stunde im Versammlungsraum. Passt das?, schrieb sie zurück und nickte dann Xavi zu, um ihm zu signalisieren, dass es Neuigkeiten für sie gab.

18. Kapitel

Montag – 11.40 Uhr

Pep erwartete sie bereits im Versammlungsraum. Er saß direkt vorn bei der interaktiven Tafel und beamte gerade einen Stadtplan auf die weiße Fläche. Laura war ebenfalls schon da und saß ganz hinten, am anderen Ende des langen Tisches. Sie trug ein leichtes, weißes Sommerkleid, das mit kleinen roten Blümchen übersät war, eine Vielzahl roter Clips hielt ihre blonden, halblangen Locken aus Gesicht und Nacken. *Wer rot trägt, will etwas*, ging es Dolors unwillkürlich durch den Kopf. Ihre Großmutter hatte das immer gesagt. Als Laura von ihren Unterlagen aufsah, merkte Dolors, dass ihre Lider leicht geschwollen waren, was auf eine tränenreiche Nacht schließen ließ, aber ihre blaugrauen Augen drückte Kampfgeist aus, den Wunsch, alles hinter sich zu lassen. Dolors begrüßte Pep mit einem Lächeln, setzte sich dann neben Laura und fragte sie leise: »Willst du nicht doch ein paar Tage freihaben?«

»Nein.« Laura warf ihr einen entschlossenen Blick zu. »Die Arbeit hilft mehr als alles andere. Die deutsche Tanzkompanie habe ich übrigens endlich erreicht. Es ist in der Tat so, wie du vermutet hast: Julia hat von sich aus gekündigt, allerdings war man darüber nicht allzu unglücklich gewesen. Die Leiterin der Gruppe hat mir gesagt, Julia habe sich nie richtig bei ihnen eingelebt und auf sie von Anfang an den Eindruck eines Zugvogels gemacht, der weitermüsse. Deswegen habe sie das nicht gewundert. Außerdem hat sie gemeint, manche Leute gehörten an nur an einen Ort, und Julia schien ihr so jemand gewesen zu sein. Ihrer Ansicht nach brauchte Julia ihre Heimat, um bei sich zu sein.«

Jetzt betrat auch Xavi den Raum, gefolgt von Pep und Núria, der Praktikantin. Als sie alle Platz genommen hatten, erhob sich Pep und erklärte, dass sie dank Julias Handy ein gutes Bewegungsprofil ihrer letzten Nacht aufzeichnen konnten. Nach einem Mausklick von ihm zeigten sich auf dem Stadtplan verschiedene markierte Wege. Pep erhob sich und zeigte auf den Ausgangspunkt. »Das Bewegungsprofil von Julias Handy deckt sich mit dem, was die Bedienung im Bistro neben ihrer Wohnung Dolors gesagt hat: Sie ist kurz vor zweiundzwanzig Uhr mit der Metro ins Stadtviertel L'Eixample gefahren und von der U-Bahnstation zum Restaurant *Roig Robí* gelaufen, wo sie um halb elf ankam. Gegen Mitternacht ist sie von der Route her zu urteilen mit dem Bus in den *Believe Club* gefahren. Um zwei Uhr früh ist von dort weg und nach Sants gefahren.«

»Das war mit einem Taxi«, warf Dolors ein. »Auch das weiß ich von Ariana. Wirklich weiter hilft uns das Bewegungsprofil allerdings nicht.« Sie rieb sich über die Stirn. »WhatsApp, SMS, ihre Telefonliste – ist da gar nichts dabei, das uns mehr verrät? Vor allem: Ist in der Liste denn niemand namens Arnau?«

»Der Name taucht nicht auf, nein. Das habe ich als Erstes überprüft, weil ich ja wusste, dass du nach dem Mann suchst.« Pep wies zu Laura. »Den Rest hat sich Laura angeschaut.«

Laura räusperte sich und setzte sich auf. »Pep hat Recht, der Name taucht in der Tat nicht unter den Kontakten und auch sonst nirgends auf. Wenn sie ein wie auch immer geartetes Verhältnis hatten, würde man erwarten, dass es zumindest ein paar WhatsApps oder andere Nachrichten zwischen ihnen gibt, aber ich habe nichts finden können und auch nichts, was sonst irgendwie auf einen Mann hingewiesen hätte, mit dem sie eine engere Beziehung hätte.«

»Aber irgendwie werden sie ja miteinander kommuniziert haben.« Dolors seufzte. »Hat sie ihn vielleicht unter einem anderen Namen oder unter einem Spitznamen eingetragen?«

»Um das herauszufinden, müsste ich alle Männernamen mit inländischen Telefonnummern durchtelefonieren.« Laura warf ihr einen Blick zu. »Soll ich?«

Dolors schüttelte den Kopf. »Zuerst gehe ich noch mal zu ihrer Wohnung und höre mich bei den Nachbarn um. Mit ein bisschen Glück kommen wir so schneller voran. Hast du sonst noch etwas für uns?«

»Irina und Leila ... Sie haben des Öfteren mit Julia per WhatsApp kommuniziert, und ein paar andere Tänzerinnen aus dem Ensemble auch. Anfangs waren das alles sehr freundschaftliche Nachrichten, aber seit ihrer Ernennung zur Solistin war es der reinste Shitstorm.«

»In Bezug auf Leila und Irina habe ich auch nichts anders erwartet. Aber wenn es da weitere Namen gibt, hätte ich die gern. Kannst du dir die Frauen am Nachmittag vornehmen, Laura, und mir Bescheid geben, falls es da noch etwas gibt, was ich wissen sollte?« Dolors' Blick ging zu Pep. »Und was hast du noch ausgegraben?«

»Der Rucksack, den wir am Bahnhofsgleis aus dem Müll gezogen haben, bringt leider nichts. Es waren nur die Reste einer Tageszeitung und Brotkrümel darin, nichts also, was ich mit dem Täter in Verbindung bringen würde. Außerdem war der eine Träger eingerissen, ich denke, er ist deswegen weggeworfen worden.«

»Das wäre ja auch zu schön gewesen, um wahr zu sein.«

Pep klickte zum nächsten Bild. Diesmal waren Fahrpläne zu sehen. »Wir haben uns die Fahrpläne angesehen und festgestellt, dass die U-Bahn, die Julia Toset getötet hat, gar keine reguläre Bahn war. Es war eine Leerfahrt. Deswegen donnerte sie mit besonders großer Geschwindigkeit durch den Bahnhof, der Zug sollte nicht halten. Diese Leerfahrt gibt es samstags übrigens immer um die Uhrzeit.«

»Wow«, machte Dolors. »Dann wollte jemand ganz sicher gehen, dass es Julia so richtig erwischte.«

»Woher weiß man, dass so ein Zug fährt?«, fragte Xavi.

»Der Täter hat sich in den Server der Securityfirma gehackt, um die Kameras zu übernehmen. Dort hat er auch solche Informationen finden können«, meinte Erik. »Diese Daten lagen natürlich auch der Sicherheitsfirma vor.«

»Wissen wir schon mehr dazu, wie es ihm gelungen ist, sich bei der Securityfirma einzuhacken? Die werden sich da ja auch schützen ... Von wo aus hat der Kerl das gemacht? Kennen wir seine IP-Adresse?«

Erik hob die Hand. »Die Kollegen von der Abteilung für Cyberkriminalität haben sich das alles angesehen, konnten mir aber nur wenig Hoffnung machen. Der Kerl scheint talentiert zu sein und hat seine Spuren gut verwischt. Was sie jetzt noch prüfen, ist, ob der Täter bei seiner Aktion eigene charakteristische Werkzeuge genutzt hat, Werkzeuge, die sie in der Kombination vielleicht schon kennen. Hacker zeichnen sich auch durch gewisse

Gewohnheiten und Eigenheiten aus, die manchmal weiterhelfen, ihnen auf die Spur zu kommen.«

»Und welche Prognose stellen sie?«, fragte Dolors.

»Bisher sieht es leider nicht gut aus. Diese Recherchen liefern nur selten hieb- und stichfeste Beweise. Es geht mehr um das Sammeln von Indizien. Sie können dann mit den anderen Ergebnissen zusammen vielleicht doch noch weiterhelfen.«

»Ehrlich gesagt glaube ich nicht, dass unser Mörder ein gewohnheitsmäßiger Hacker ist«, warf Xavi ein. »Ich nehme an, es ging ihm konkret um Julia Toset. Vielleicht haben wir da doch Glück, und er hat ein paar Fehler gemacht.«

»Wir werden sehen.« Erik zuckte die Achseln. »Die Kollegen von der Cyberkriminalität forschen jedenfalls weiter.«

»Und die Videos aus dem Eingangsbereich? Wie weit seid ihr damit?«

»Wir haben ein Video aus dem Eingangsbereich gefunden, das aller Wahrscheinlichkeit nach nicht manipuliert worden ist. Wir haben nichts Spezielles darauf feststellen können, aber vielleicht willst du das ein paar Personen aus Julias näheren Umfeld vorspielen? Unter Umständen fällt denen mehr auf als uns, und sie erkennen jemanden wieder.«

»Gute Idee.« Dolors wandte sich an Laura. »Kannst du bitte die Tänzerinnen von Julias Ensemble für morgen Nachmittag einbestellen, damit sie sich das Video ansehen? Sagen wir für siebzehn Uhr?«

»Alles klar, mache ich.« Laura machte sich eine entsprechende Notiz.

»Wie konnte unser Täter eigentlich ungesehen aus dem Bahnhof verschwinden?«, fragte Dolors.

»Wenn man in den Tunnel läuft, findet man in regelmäßigen Abständen Notausstiege«, erklärte Pep. »Wenn man einen solchen Ausstieg nimmt, kommt man über verschiedene Gänge und Treppen ins Freie. Wir haben uns die Gänge und die Türen der umliegenden Notausgänge auch schon angesehen und Fingerabdrücke genommen, aber die bringen uns natürlich nur dann etwas, wenn der Mörder schon einmal straffällig geworden ist.«

Dolors drehte ihren Kuli zwischen den Fingern hin und her und meinte schließlich: »Habt ihr auch schon überprüft, ob es da, wo die Ausstiege sind, videoüberwachte Bereiche gibt?«

»So viel Mühe, wie der Täter sich bei der Planung gemacht hat, hat er sicher auch darauf geachtet, aber du hast recht, ja, das sollten wir unbedingt noch überprüfen, und auch die nähere Umgebung«, meinte Pep und warf Núria einen auffordernden Blick zu.

»Alles klar«, sagte sie sofort. »Ich kümmere mich darum.«

Die Tür des Versammlungszimmers öffnete sich einen Spaltbreit, und Luisa Sanchez, die Leiterin des Kommissariats und damit Dolors direkte Vorgesetzte, steckte den Kopf herein. »Aha, hier stecken Sie also«, rief sie mit Blick auf Dolors und dann zu den anderen: »Und wie praktisch, auch alle anderen mit am Tisch zu haben.«

Wie immer trug Luisa ein elegantes schwarzes Kleid, eine sehr auffällige, bis zur Brust reichende rote Kette und einen perfekt darauf abgestimmten ebenfalls roten Lippenstift. Auch der Kajalstrich, reichlich Wimperntusche, die nachgezogenen Augenbrauen und große silberne Ohrringe waren ihr Markenzeichen und vervollständigten zusammen mit dem exakt geschnittenen grauen Pagenkopf ihr elegantes Outfit. Dolors hatte diese Frau noch nie anders als aus dem Ei gepellt gesehen und fragte sich, wie sie das machte – und das noch dazu bei diesen Temperaturen, denn außer in diesem Raum, der auf der Nordseite lag, war es fast im ganzen Präsidium elend heiß. Die Klimaanlage war völlig veraltet und schaffte es schon seit Jahren nicht mehr richtig, die Hitze wieder nach draußen zu schaffen. Luisa betrat den Raum und warf einen interessierten Blick auf das Whiteboard. Danach wandte sie sich an Dolors. »Und? Wie sieht es aus? Die Presse ist neugierig auf diesen Fall, bei mir steht das Telefon nicht still. Die Tote war nicht unbekannt und die Art ihrer Ermordung bestialisch genug, um auch noch den Letzten aufzurütteln. Haben Sie schon Ergebnisse für mich?«

»Nun …« Dolors rieb sich über die Wange. »Wir ermitteln erst seit wenigen Stunden und …«

»Muss ich Ihnen etwa erklären, wie wichtig die ersten achtundvierzig Stunden in einer Mordermittlung sind? Genau die bringen doch die meisten Ergebnisse.« Luisa hob die Augenbrauen. »Wenn Sie in dieser Zeit keinen entscheidenden Hinweis finden, verringert sich Ihre Chance, das Verbrechen aufzuklären, um fünfzig Prozent!«

»Natürlich ist mir das bekannt«, presste Dolors hervor und hätte am liebsten die Frage hinterhergeschoben, warum sie ihr das überhaupt sagte. Manel jedenfalls hatte Luisa das nie vorgehalten. Warum dann ihr und noch dazu vor dem ganzen Team? Weil sie ihr auch nach vier Monaten noch immer nicht zutraute, eine Ermittlung allein zu einem guten Ende bringen zu können? Weil sie ihre letzten Falllösungen nur als Glücksfälle ansah? Sie zwang sich zur Ruhe. »Uns ist bewusst, dass wir gegen die Zeit arbeiten, aber trotzdem können wir keine Wunder vollbringen. Der Kerl ist verdammt gerissen vorgegangen und die Spurenlage dünner als dünn. Es gibt keine

Zeugen, ja, es gibt nicht einmal Videoaufzeichnungen, und die Befragungen im Umfeld der Toten haben bisher mehr Fragen aufgeworfen als Antworten geliefert.«

Luisa tupfte mit den rot lackierten Fingernägeln durch ihr akkurat sitzendes Haar, ohne auch nur eine Strähne dabei durcheinanderzubringen. »So wissen wir zumindest sicher, dass es ein Mann war?«

»Nein, wissen wir nicht.« Dolors atmete tief durch. »Aber es ist wahrscheinlich. Der Lokführer kann es nicht beschwören, weil alles viel zu schnell ging, aber er nimmt an, dass es ein Mann war.«

»Was haben Sie noch herausfinden können?«

Dolors gab eine kurze Zusammenfassung ihrer Ergebnisse. Luisa schaute von Erklärung zu Erklärung grimmiger. »Aber das ist doch kaum mehr als nichts! Was soll ich denn da der Presse sagen? Die wollen Ergebnisse, keine Lebensgeschichten. Auch der Staatsanwalt hat mich schon drei Mal angerufen und gefragt, was da so lange dauert.«

»Sie werden Ergebnisse bekommen, wir machen unsere Arbeit so gut wir können«, gab Dolors so ruhig zurück, wie es ihr möglich war. Dann nickte sie Xavi zu und verließ ohne ein weiteres Wort den Raum.

Xavi holte Dolors ein, als sich gerade die Türen des Aufzugs öffneten. Wortlos stiegen sie ein, fuhren nach unten, und auch als sie schon längst im Wagen saßen, herrschte noch Schweigen zwischen ihnen, ein düsteres Schweigen. Dolors wusste, dass sie diese düstere Stimmung verbreitete, aber sie kochte nach wie vor wegen Luisas Auftreten und fühlte sich Xavi gegenüber herabgesetzt, unfähig, vorgeführt, wie ein Volltrottel – und die Hitze im sonnenaufgeheizten Wagen feuerte ihre Frustration nur noch mehr an. Mit einem rüden Griff drehte sie den Knopf der Klimaanlage auf das Maximum, ließ zusätzlich sämtliche Fenster herunter und musste an sich halten, um nicht das Gaspedal durchzudrücken.

»Wo fahren wir eigentlich hin?«, fragte Xavi, als sie die dritte Ampel hinter sich gelassen hatten.

»Ich denke, wir suchen diesen Arnau?«, zischte Dolors und trat fester aufs Gas.

»*Perdona,* dass ich etwas zu fragen wage und nicht nur stumm in einem durch die Stadt rasenden Wagen darauf warte, am nächsten Laternenpfosten zu enden!« Xavi schlug mit der flachen Hand auf das Armaturenbrett. »Mir langt's. Entweder du fährst auf der Stelle vernünftig oder du lässt mich aussteigen.«

Dolors wandte ihm den Kopf zu – und nahm den Fuß vom Gas. »So schnell fahre ich nun auch wieder nicht«, gab sie leise zurück.

»Das würde ein Radargerät widerlegen können«, knurrte Xavi und stieß einen Schwall Luft aus. »Herrgott noch eins. Was lässt du dich von dieser Zicke so auf die Palme bringen? Aber egal, was es ist – dafür können weder der Wagen noch die anderen Verkehrsteilnehmer etwas und ich übrigens auch nicht. Also gemach, und vielleicht lieber mal abends am Boxsack die angestaute Wut loswerden.«

»Ich ... das geht nur schon die ganze Zeit so. Bei Manel hat sie nie solche Sachen gesagt, im Gegenteil: Ihn hat sie ständig in den Himmel gelobt, aber bei mir tut sie immer so, als besäße ich nicht mal die simpelsten Grundkenntnisse der Ermittlungstechnik – und das, obwohl sie selbst eine Frau ist.«

Xavi begann zu lachen. »Was soll denn das heißen? Das Frauen schon aus Solidaritätsgründen zusammenhalten und jedweden Mist einer anderen decken müssen, nur weil sie beide Frauen sind?«

»Ich habe keinen Mist gebaut!«, echauffierte sich Dolors.

»Das sage ich ja auch gar nicht, aber dieser Frauenspruch ... Hast du das nötig?«

Dolors winkte ab. »Okay, geschenkt. Zurückgezogen. Aber sie hat mich einfach auf dem Kieker.«

»Was ja nichts Negatives sein muss. Vielleicht will sie einfach, dass du deine Sache als Frau besonders gut machst, weil auch sie eine Frau ist und allen zeigen will, dass Frauen alle Überflieger sind, oder sie ist unsicher, weil du so viele Jahre jünger als Manel bist. Im Endeffekt ist sie für alles verantwortlich. Es kann natürlich auch etwas ganz anderes dahinterstecken. Doch der springende Punkt ist der: Warum reagierst du auf sie wie der Pawlow'sche Hund? Kaum hat sie den Raum betreten, bist du regelrecht in dir zusammengesackt.«

»Zusammen-was?« Dolors warf ihm einen irritierten Blick zu.

»Na ja, deine ganze Haltung: Schultern runter, Rücken rund, Miene gespannt und alles auf Abwehr ... Warum nimmst du das, was sie sagt, nicht gelassen und als bloße Information, die erst einmal nichts weiter mit dir zu tun hat? Du machst eine gute Arbeit, und in dieser Situation und mit dieser wenigen Zeit hätte niemand mehr herausfinden können als du, auch dein geschätzter Kollege Manel sicher nicht. Außerdem arbeiten wir im Team – wenn, dann hätte der Vorwurf uns alle betroffen.«

»Nein, hätte er nicht, denn ich bin die Teamleiterin.«

»Noch mal zurück zum Ausgang: Warum ziehst du dir diesen Schuh an?«

»Weil ... weil sie ihn für mich hingestellt hat.«

»Hat sie?«

Dolors krauste die Stirn. »Wem soll sie ihn denn sonst hingestellt haben?«

»Dem ersten Deppen, der ihn sich anzieht!« Xavi lachte los. Sein Lachen war laut und freundlich, und auf einmal konnte Dolors nicht anders, als mitzulachen.

»Ich befürchte, an dem, was du sagst, ist was Wahres dran, denn Manel ... Der hätte auf so einen Spruch noch nicht einmal mit einem Wimpernzucken reagiert.«

»Siehst du! Und deswegen hätte sie so einen Spruch bei ihm auch gar nicht gebracht. Alles klar?«

Dolors nickte und nickte gleich noch einmal. Dann sah sie wieder kurz zu Xavi. »Danke.«

»Kostet nur einen Kaffee«, gab dieser grinsend zurück. »Aber diesmal einer mit Sahne!«

Kurz darauf fuhren Dolors und Xavi in Julias Straße ein. Genau wie das letzte Mal parkte Dolors direkt vor dem kleinen Bistro. Schon vom Wagen aus sah sie Ariana. Sie bediente gerade ein älteres Ehepaar.

»Wie wäre es, wenn du mir zuerst den Kaffee ausgibst und wir uns danach umhören?«, fragte Xavi.

Dolors warf einen Blick in die Straße, um festzustellen, ob es irgendwo Kameras gab oder Geldautomaten, bei denen sie ebenfalls auf Kameraaufzeichnungen hoffen dürften, konnte auf den ersten Blick aber nichts dergleichen entdecken. Seufzend stieg sie aus und wies auf einen kleinen runden Tisch im Schatten einer Platane. »Also erst Energie tanken, dann loslegen.«

Xavi grinste und nahm Kurs auf den Tisch.

Kaum hatten sie ihre Plätze eingenommen, kam Ariana auch schon auf sie zu. »Hallo, wie geht es Ihnen?«

»Danke, gut.« Dolors streifte sie mit einem raschen Blick. Die Schminke fehlte, ihr Haar war heute nur lieblos mit einem Gummi zusammengefasst, und die Augen wirkten verweint. »Und wie geht es Ihnen?«

Ariana zuckte mit den Achseln. »Sie fehlt mir halt. Sehr sogar. Es ist unglaublich einsam hier ohne sie. Julia war die Einzige im Viertel, mit der ich auch mal privat reden und ab und zu etwas unternehmen konnte. Wir haben uns nicht nur hier im Bistro gesehen, wir waren auch Nachbarn. Ich bin nur wenige Wochen vor ihr hergezogen.«

»Wohnen Sie auch in diesem Haus?«, fragte Xavi mit Blick auf Julias Wohnhaus.

Ariana schüttelte mit dem Kopf und zeigte auf ein gegenüberliegendes Mehrfamilienhaus. »Ich wohne da drüben, im dritten Stock. Mit meinem kleinen Bruder. Er ist sechzehn und macht gerade eine Ausbildung als Altenpfleger.«

»Als Junge?«, fragte Xavi erstaunt.

Ariana nickte. »Na klar, warum nicht?«

»Aber dann ist er doch sicher der einzige Junge in seiner Klasse, oder?«

»Sie sind zwar in der Minderzahl, aber immerhin zu dritt.«

Dolors schnaubte. »Das glaube ich jetzt nicht, Xavi. Immerhin hatten wir das Thema gerade eben noch umgekehrt. Warum muss ständig jeder in Geschlechtern denken? Und warum sollte ein junger Mann kein guter Altenpfleger sein? Oder warum sollte eine Frau eine schlechtere Kommissarin als ein Mann sein?«

»Ich glaube, ich möchte jetzt erst einmal meinen Cappuccino, ehe du es dir nachher noch anders überlegst und ihn mir doch nicht mehr bezahlst.« Lachend wandte sich Xavi an Ariana. »Bitte mit einer doppelten Portion Sahne und ganz viel Zucker.«

Dolors krauste die Stirn. »Für mich bitte einen *café solo*, und ehe Sie wieder gehen, Ariana, noch eine Frage: Ist Ihnen vielleicht doch noch etwas zu Julias Freund oder seinem Wagen eingefallen? Wir haben nach wie vor keine Ahnung, wer der Mann gewesen ist.«

Ariana schüttelte den Kopf. Dann hielt sie inne.

»Ja?«, fragte Dolors.

»Ich weiß nicht, vielleicht. Da drüben ist doch der Bioladen. Die Besitzerin legt sich immer mit jedem an, der mit laufendem Motor parkt. Auch mit Arnau hat sie mehrmals herumgestritten. Er hat nämlich oft den Motor laufen lassen, während er auf Julia gewartet hat, ich nehme an, damit die Klimaanlage weiterläuft. Fragen Sie die doch einmal. Vielleicht weiß sie mehr.«

Dolors beugte sich vor und entdeckte auf der gegenüberliegenden Seite ein Geschäft mit Gemüseauslagen. Sie zeigte hinüber. »Ist es der Laden da?«

Ariana bejahte.

Dolors schaute zu Xavi und erhob sich. »Bleib, ich mache das schon. Und genieß deinen Cappuccino.«

Beim Anblick des Gemüses in der Auslage des Bioladens bekam Dolors Lust auf eine Gemüsepfanne mit Auberginen und ganz viel Knoblauch. Sie überlegte, ob sie die nötigen Zutaten kaufen und am Abend einmal für sie alle kochen sollte. Biogemüse passte auf alle Fälle – Anna legte größten Wert auf Bioprodukte, zumindest wenn es nicht um Schokocroissants ging –, und überdies war es an der Zeit, dass auch sie, Dolors, einmal eine Mahlzeit beisteuerte. Anna sagte zwar immer, sie solle sich deswegen keinen Kopf machen, weil sie ohnehin immer erst so spät aus dem Präsidium käme, aber sicher wäre sie trotzdem froh, wenn sie sich einmal an einen gedeckten Tisch setzen konnte, und bisher sah es noch so aus, als ob sie am Abend pünktlich nach Hause käme.

Dolors nahm einen Korb, packte drei Zwiebeln, vier druckfeste Auberginen und ebenso viele Fleischtomaten hinein und schnappte sich schließlich noch ein paar mehr, um vornweg einen Salat zu machen. Dann betrat sie den Laden. Das Geschäft war klein, aber gut sortiert: Es gab weiteres Obst und Gemüse, vor allem Sorten, die weniger der Hitze standhielten als die draußen gelagerten. Dolors nahm sich einen Kopfsalat, ging an das Regal mit den Getränken, lud sich zwei Tüten Hafermilch obendrauf, die Anna morgens immer für ihr Müsli nahm, und holte ein großes Paket Manchego aus dem Kühlregal. Anschließend ging sie an den Tresen. Sie schätzte die Besitzerin auf Mitte vierzig. Das raspelkurze mittelblonde Haar verlieh ihr etwas Dynamisches, ein Eindruck, der durch ihre wachen dunkelbraunen Knopfaugen noch verstärkt wurde. Auch an den silbernen Libellenflügeln, die sie als Ohrringe trug, blieb Dolors' Blick hängen.

»Haben Sie vielleicht eine Tüte für mich?« Kaum hatte Dolors die Frage ausgesprochen, plagte sie auch schon das schlechte Gewissen. »Ich ... Äh, tut mir leid, aber ich hatte den Einkauf nicht geplant.«

»Schon gut, ich habe welche aus Papier, und recycelt sind sie auch.« Die Frau wog das Gemüse ab und packte es ihr zusammen mit dem Salat ein. Der Preis lag unter dem, was Dolors erwartet hatte. Sie umschloss den Griff der Tüte, ließ die Hand dann aber wieder sinken.

»Ehrlich gesagt habe ich auch noch ein paar Fragen an Sie.« Dolors zog ihren Polizeiausweis heraus. »Wir ermitteln im Mordfall Julia Toset.«

»Ich habe schon davon gehört. Schreckliche Sache.« Die Frau wirkte ehrlich betroffen. »Viel gekauft hat sie bei mir nicht, höchstens mal einen Pfirsich zum gleich Reinbeißen, aber ich mochte sie trotzdem. Wir haben manchmal über New York geredet, weil auch ich da mal ein paar Jahre gelebt habe.«

»Wir suchen ihren Freund oder Bekannten, um ihm ein paar Fragen über Julia zu stellen. Er heißt wohl Arnau und hat sie öfter mit einer hellblauen Limousine abgeholt.«

»Und nie den verdammten Motor ausgemacht, wenn er auf Julia gewartet hat!« Die Miene der Frau wurde schlagartig grimmig. »Letzten Monat hat es mir endgültig gereicht, da habe ich ihn angezeigt.«

»Angezeigt?« Dolors schaute auf. »Wo denn? Haben Sie vielleicht noch irgendwo das Kennzeichen?«

»Na, und ob!« Die Frau zog eine Schublade unter dem Tresen auf, wühlte in einem Stapel Papieren herum und zog einen Zettel heraus. »Hier, das Kennzeichen. Den Zettel können Sie behalten. Jetzt, da Julia tot ist, wird er sicher nicht mehr auftauchen. Trotzdem wäre es gut, wenn ihm mal jemand wegen seines Verhaltens auf die Finger klopft, so Leute sind ja Gewohnheitstäter.«

Dolors bedankte sich für das Kennzeichen. »Ich kann ihn leider nur als Zeuge befragen, aber das mit dem laufenden Motor gebe ich gern an die Kollegen weiter.«

Sie nickte der Frau noch einmal zu, dann nahm sie ihre Tüte und ging zu Xavi.

»Volltreffer«, rief sie ihm zu, als er in Hörweite kam. »Wir haben die Autonummer.«

Sie nahm ihren alten Platz wieder ein, stellte die Tüte neben sich ab und rief Laura an, um ihr das Kennzeichen durchzugeben. »Such bitte heraus, wer der Halter des Wagens ist und wo wir ihn finden können. Das ist der Wagen dieses Arnaus. Vielleicht kann er uns mehr über Julia sagen.«

Ariana kam und stellte Dolors ihren *café solo* hin. Dolors bedankte sich, bezahlte, rührte ein bisschen Zucker in den Kaffee und rührte noch weiter, damit er schneller abkühlte. Sobald Laura ihr die Adresse des Halters schickte, wollte sie losfahren. Kaum hatte sie den Kaffee getrunken, piepte auch schon ihr Handy. Dolors schaute auf die Nachricht und nickte Xavi zu. »Wir haben ihn! Sein Name ist Arnau Fabrega Bassó.«

Schnell kratzte Xavi mit dem Löffel noch den letzten Rest Sahne aus der Tasse, dann kam er Dolors nach, und sie fuhren los.

Die Adresse, die Laura ihnen durchgegeben hatte, – *Carrer de Ferrer i Bassa* – führte sie nach *Esplugues de Llobregat*, zu einer feinen Villengegend am südlichen oberen Ende der Stadt. Während Dolors die Straße hochfuhr und nach der Hausnummer Ausschau hielt, drehte Xavi sich im Wagen nach hinten um und stieß einen anerkennenden Schrei aus: »Wahnsinn, da schaust du über die ganze Stadt bis runter zum Meer! Wer will denn bei so einem Ausblick noch arbeiten gehen?« Er drehte sich wieder zu Dolors. »Ich möchte allerdings nicht wissen, was die Hütten hier oben kosten.«

»Ich auch nicht«, seufzte Dolors. »*Esplugues de Llobregat* gehört definitiv zu den Stadtteilen, in denen ich mir nicht mal eine Garage leisten könnte, aber es ist trotzdem noch keine wirklich exklusive Adresse. Allerdings dürfte so ein Häuschen hier oben aber schon an die zwei Millionen kosten.«

Endlich fand sie die Hausnummer. Sie parkte in der gepflasterten Einfahrt, dann stiegen sie aus. »Sichtschutz total, nenne ich so was«, meinte Dolors mit Blick auf die mannshohe Mauer, die das Haus umgab.

»Vielleicht baden die Besitzer ja gern nackt in ihrem Pool?« Xavi grinste.

»Ja, vielleicht.« Dolors klingelte und wies auf die Kamera, die rechts neben der mannshohen Eingangstür in Augenhöhe angebracht war. »Außerdem sehen sie gern, wer sie besucht, ehe sie sich an der Gegensprechanlage melden.«

»Ich muss gestehen, dass ich so ein Ding selbst gern hätte. Meine letzte Vermieterin war die Pest. Alle drei Minuten stand sie wegen etwas anderem vor der Tür.«

»So eine Vermieterin hatte ich als Studentin auch.« Dolors musste lachen. »Sobald ein Mann über meine Schwelle getreten war, kam sie im Dreißig-Minuten-Takt, wobei ich bezweifle, dass die Kamera hier aus dem gleichen Grund installiert wurde.« Dolors drückte noch einmal auf die Klingel. Als sie gerade schon zu Xavi sagen wollte, dass sie wohl ein anderes Mal würden wiederkommen müssten, meldete sich eine männliche Stimme. »Ja, bitte, Sie wünschen?«

Dolors stellte sich vor. »Haben Sie einen Moment für uns Zeit? Wir würden Sie gern als Zeuge befragen.«

Einen Moment lang blieb es still, so lange, dass Dolors schon zweifelte, ob sich überhaupt noch etwas tun würde, dann ertönte der Summer, die Tür öffnete sich. Hinter der Mauer erwartete sie ein im japanischen Stil minutiös gepflegter Vorgarten, der sehr gut zu der offenen Bauweise des Hauses aus poliertem Beton mit bodentiefen Fensterfronten passte. Rechts und links mündete der Vorgarten in eine weitläufige Rasenfläche. Alles hier amtete Licht, Luft und Leichtigkeit aus. Kaum hatten sie die Haustür erreicht, wurde sie auch schon von innen aufgezogen. Ein mittelgroßer gutgebauter Herr Mitte vierzig öffnete ihnen. Der Blick aus seinen wachen, braunen Augen war offen und geradeheraus, und auch sonst fand Dolors, dass alles an ihm eine freundliche Unkompliziertheit ausstrahlte.

»Sie müssen entschuldigen, es ging nicht schneller«, meinte er lachend. »Sie haben mich aus der Dusche geholt.« Wie zum Beweis hob er sein weißes Hemd an, am dem er gerade die Knöpfe schloss.

Dolors registrierte, dass sein volles grau meliertes Haar tatsächlich nass war. »Kein Problem, wir hatten uns auch nicht angekündigt. Ich denke, es wird nicht lange dauern. Wir ... wir möchten Ihnen gern ein paar Fragen zum Mordfall Julia Toset stellen.«

Schlagartig wurde sein Blick dunkel, Schmerz brannte in seinen Augen. Seine schönen schlanken Hände glitten an seinem Hemd herab. »Julia ...«

»Ja, Julia«, wiederholte Dolors.

Er wies hinter sich und führte sie ins Wohnzimmer. Elegante apricotfarbene Ledersofas, schwarze Möbel, viele Grünpflanzen und imposante, überwiegend grünlastige abstrakte Ölgemälde machten den Raum zu einer Oase der Entspannung. »Nehmen Sie doch Platz«, meinte er. »Möchten Sie etwas trinken?«

Dolors verneinte, Xavi aber bat um ein Glas Wasser. Arnau Fabrega holte es ihm und setzte sich ihnen gegenüber in einen Sessel. »Ich habe es aus der Zeitung erfahren. Wie anders hätte ich es auch erfahren sollen? Wir hatten keine gemeinsamen Bekannten. Es war ein … ein unglaublicher Schock.«

»Wir würden gern wissen, welcher Art ihre Beziehung war«, fuhr Dolors fort.

»Welcher Art … Ja, schwierig zu beantworten.« Er atmete aus, lehnte sich zurück, aber nur, um sich sofort wieder aufzusetzen. »Ich … ich weiß auf alle Fälle, dass wir genau das nicht haben sollten: eine Beziehung. Und wir hatten auch keine, also zumindest bin ich nicht mit ihr ins Bett gegangen, aber … ach, das ist alles ziemlich kompliziert.«

»Geht das auch ein bisschen genauer?«, fragte Xavi und kippte das Glas Wasser auf Ex herunter.

»Nun, eigentlich bin ich vor allem Julias Psychotherapeut, und als solcher muss ich privat natürlich Distanz zu meiner Patientin wahren, aber nach ein paar Wochen, *mare meva*, das ist mir noch nie passiert … Und das, obwohl ich so viele Kollegen supervisiere und sogar selbst Bücher über Übertragung geschrieben habe. Ich nehme an, Sie kennen den Begriff der Übertragung? Ich meine das Phänomen, dass der Patient bestimmte Gefühle, Erwartungen oder Wünsche auf seinen Therapeuten überträgt, die weniger dem Therapeuten als Person gelten, sondern eigentlich aus früheren Beziehungserfahrungen des Patienten herrühren.«

Dolors hob die Hand, um ihm zu signalisieren, dass sie mit dem Begriff vertraut war.

»Na ja«, Arnau Fabrega seufzte. »In dem Fall war ich einfach machtlos. Ich hatte mich verliebt, verliebt wie ein dummer Schuljunge. Ihre Unschuld, ihre Verletzlichkeit, das Ätherische – alles zog mich so sehr an. Und auf der anderen Seite war sie so voller Schmerz, und das berührte mich fast noch mehr.« Er fuhr sich mit beiden Händen durch das Haar, strich es zurück und ließ die Hände kurz auf dem Kopf liegen. Dann nahm er sie wieder in den Schoß und fuhr fort: »Als klar war, dass auch sie sich in mich verliebt hatte, habe ich natürlich einen Supervisor aufgesucht. Er hat mir geraten, was ich sowieso schon vorhatte: die Behandlung abzubrechen und Julia an einen Kollegen zu überweisen. Aber Julia wollte keinen anderen Therapeuten. *Du oder keiner,* hat sie jedes Mal gesagt, wenn ich sie überreden wollte. In der Phase steckten wir noch immer: dass ich verzweifelt versuchte, Distanz zu ihr zu halten, gleichzeitig aber doch immer mehr von ihr angezogen wurde und es immer mehr Gemeinsamkeiten zwischen uns gab. Und auch Julia hat sich zu mir hingezogen gefühlt.«

»Danke für Ihre Offenheit«, meinte Dolors. »Das erspart uns viel Arbeit. Diese ... Grenze wurde wirklich nicht überschritten?«

»Wo sehen Sie die Grenze?« Er hob die Schultern. »Im Bett, wie gesagt, war ich nicht mit ihr, nein, aber ich habe sie im Arm gehalten, sie geküsst ... und mich nach ihr verzehrt. Aber weiter als das ist es nicht gegangen, nein.«

»Was für ein Problem hatte Julia eigentlich?«, fragte Xavi. »Ich weiß natürlich, dass auch Psychologen der Schweigepflicht unterliegen, aber Julia ist tot, und sicher wollen auch Sie, dass wir schnellstmöglich ihren Mörder finden.«

»Ja, ja, natürlich«, sagte Arnau rasch. »Aber die Frage kann ich Ihnen trotzdem nicht beantworten, denn ich war noch lange nicht an dem Punkt, an dem sie mir alles anvertraut hätte. Ich denke, ich verrate kein großes Geheimnis, wenn ich sage, dass sie unter grauenhaften Albträumen und Panikattacken litt, das können Ihnen sicher auch andere sagen. Ich weiß, dass es etwas in ihrer Vergangenheit gegeben hat, das dies ausgelöst hat – nur was genau, weiß ich nicht. Deswegen mache ich mir die meisten Vorwürfe, dass ich nicht erst einmal versucht habe, ihr zu helfen. Die Nähe machte alles unmöglich. Aber Julia … Sie konnte einen kopflos machen. Ganz ehrlich: Ich war sicher nicht der erste Mann, den sie kopflos gemacht hat.«

»Von Albträumen wurde uns schon berichtet, aber das mit den Panikattacken war uns neu«, meinte Dolors ausweichend. »Sie haben tatsächlich keine Ahnung, was dahinterstehen könnte?«

Arnau schüttelte den Kopf. »Aber aus dem, was sie mir erzählt hat, schließe ich, dass es in der näheren Vergangenheit irgendein traumatisches Erlebnis gegeben hat. Sie meinte in dem Zusammenhang mal etwas davon, dass es vor zwei Jahren angefangen habe, wollte sich dann aber nicht weiter darüber auslassen. Ein Überfall, ein Unfall, ein schwerer seelischer Schock … Bis zu diesem Punkt bin ich mit ihr eben noch nicht vorgestoßen, aber ich bin mir ziemlich sicher, dass dieses Ereignis der Auslöser dafür war, dass sie nach dem Sommer vor zwei Jahren von hier wegwollte, unbedingt und direkt. Die genaueren Gründe weiß ich leider nicht – aus den von mir erwähnten Gründen. Ich bin seit fünfundzwanzig Jahren Psychologe, ich … das ist mir noch nie passiert, dass mich eine Frau so für sich eingenommen hat, übrigens auch nicht außerhalb der Praxis. Julia war unglaublich: Mal erschien sie wie ein kleines verschrecktes Kind, dann sprühte sie vor Lebendigkeit und fiel in der nächsten Sekunde wie eine verwelkte Rose in sich zusammen. Sie war aus Stahl und zugleich unglaublich zerbrechlich.«

»Eine Tänzerin eben«, meinte Xavi.

Arnau Fabrega hob eine Schulter und ließ sie langsam wieder sinken. »Ich … nein, ich glaube nicht, dass sie das richtig beschreibt. Natürlich war sie durch und durch Künstlerin und ein fantastisches Tanztalent noch dazu, aber das, was ich eben meinte, ging darüber hinaus. Das war sie – nicht die Künstlerin, die sich vor anderen produzierte. Das war kein Schauspiel. Das war sie selbst. Mit jeder Faser ihres Wesens.«

»Wissen Sie, ob sie neben Agita Danza und dem Modeln noch andere Einkommensquellen hatte?«

»Soweit ich weiß, nicht, nein, aber damit ist sie eigentlich sehr gut über die Runden gekommen, das hat sie auf alle Fälle so gesagt, und die Wohnung war ja für barcelonische Verhältnisse auch nicht teuer.« Arnau Fabrega legte den Kopf schräg. »Ehe das ein seltsames Licht auf mich wirft: Die Wohnung gehört zwar meiner Schwester, aber Julia hat sie nicht über mich bekommen. Als sie die Therapie angefangen hat, hing in meiner Praxis ein Aushang für die Wohnung. Julia hat sie ganz ohne mein Zutun bekommen.«

Dolors rieb sich über die Stirn. Sie empfand das Bild, das Arnau Fabrega ihnen von Julia zeichnete, als hilfreich. Es untermauerte das, was sie bisher über Julia wussten, und als Nächstes mussten sie herausfinden, was in diesem Sommer vor zwei Jahren passiert war. »Eine Frage habe ich noch«, meinte Dolors nachdenklich. »Wo haben Sie und Julia sich in der Regel getroffen?«

»In der ersten Zeit nur im Restaurant oder mal auf einen *café solo* nach ihren Proben in der Nähe des *Graners*. Aber in der letzten Zeit war sie öfter bei mir, und in der letzten Woche ist sie sogar nur zum Schlafen in ihre Wohnung.«

»Warum der Wandel? Gab es dafür einen Grund?«

»Ehrlich gesagt ihre Panikattacken.« Arnau Fabrega fuhr sich über das Gesicht. »Oder eigentlich ... Wenn ich mir das jetzt überlege, bin ich mir gar nicht mehr sicher, ob das wirklich Panikattacken waren, denn wenn diese Person, die ihr das angetan hat –«

»Wenn diese Person was?«, fragte Xavi, als Arnau nicht weitersprach.

»Na ja, Julia wirkte in der letzten Woche sehr bedrückt und meinte, sie habe das Gefühl, dass jemand sie verfolgt. Ich habe das zu dem Zeitpunkt nur in Zusammenhang mit ihrem Panikattacken gesehen ... Ehrlich gesagt dachte ich, sie rede sich das nur ein. Mein Gott, wenn ich früher reagiert hätte, würde sie dann noch leben?«

Arnau Fabrega sah sie so erschrocken an, dass Dolors schnell den Kopf schüttelte. »Das ist unwahrscheinlich. Die Tat war so minutiös geplant ... Ich kann mir nicht vorstellen, dass Sie irgendetwas hätten tun können. Niemand von uns kann in die Zukunft sehen.« Dolors ließ ihm einen Moment, um sich zu beruhigen. »Lassen Sie uns bitte noch mal zu ihrer Wohnung zurückkommen. Kennen Sie ihre Wohnung?«

»Ich war nur wenige Mal mit ihr oben gewesen. Warum fragen Sie?«

»Weil ...« Dolors machte eine Kunstpause. »Weil diese Wohnung so unglaublich leer und leblos wirkt, und überall dieses Weiß. Das ist ja fast schon manisch.«

»Es passte schon zu ihr: Sie suchte Hintergründe, vor denen sie sich produzieren konnte. Ein weißer war dafür ideal. Außerdem denke ich, dass es ihr geholfen hat, gewisse Dinge in ihrem Kopf zu ordnen. Alles weiß, ohne Chaos, ohne Ablenkung ... Das beruhigt ja auch den Geist.«

»Würde man sich da nicht lieber eine grüne Oase schaffen?«, fragte Xavi.

»Sie und ich, ja«, meinte Arnau Fabrega und wies auf die Gemälde an seiner Wand, »aber zu Julia hätte das nicht gepasst. Sie wollte keine gemütliche Oase, sie wollte das Reine, Klarheit, einfache Strukturen, auf die sie aufbauen konnte.«

»Haben Sie sie nie auf diese merkwürdige Leere angesprochen? Das hatte doch etwas Klinisches …«

»Nein, habe ich nicht. Wozu auch? Aber es hat mein Bild von ihr natürlich abgerundet.« Seine Stimme brach. Er wischte sich über die Nase. Erst nach einem Räuspern konnte er weitersprechen. »Ich kann es immer noch nicht fassen, dass sie nie wieder hier herumwirbeln wird.«

»Das glaube ich Ihnen«, meinte Xavi mit sanfter Stimme. »Gestatten Sie mir bitte trotzdem noch eine Frage: Wir hatten Schwierigkeiten, Sie unter ihren Telefonkontakten zu finden. Haben Sie denn nie miteinander telefoniert?«

»Nein, in der Tat nicht, beziehungsweise fast nicht. Wir haben uns nach jedem Treffen für das nächste verabredet, dafür brauchten wir keine WhatsApp-Nachrichten oder dergleichen. Wenn ihr einmal etwas dazwischenkam, was überhaupt nur zwei Mal in der ganzen Zeit vorgekommen ist, hat sie mir meist in der Praxis eine Nachricht hinterlassen. Ich bin ein ziemlicher Dinosaurier: Ich benutze mein Handy nur im absoluten Notfall und nicht, um Nachrichten zu übermitteln.«

Dolors tauschte einen Blick mit Xavi. Ihrer Ansicht nach hatten sie alle wichtigen Fragen gestellt. Xavi nickte ihr zu. Dolors sah zurück zu Arnau Fabrega. »Vielen Dank für Ihre Zeit. Nur eine Frage noch: Wo waren Sie in der Nacht von Sonntag auf Montag?«

»Ich?« Arnau Fabrega sah sie so erstaunt an, als erschien es ihm als das Abwegigste der Welt, dass sie ihn nach einem Alibi fragte. Dann zuckte er mit den Achseln. »In meinem Bett war ich, ganz einfach. Da Sie auch das sicher interessiert: Nein, das kann niemand bestätigen. Ich lebe nämlich allein.«

»Sie müssen sich keine Sorge machen, das ist eine Routinefrage.« Dolors erhob sich, Xavi tat es ihr gleich. »Es kann sein, dass sich noch mehr Fragen ergeben und wir noch einmal auf Sie zukommen müssen.«

Arnau Fabrega erhob sich nun ebenfalls, ging zum Wohnzimmerschrank und zog eine Visitenkarte aus einer der Schubladen. Dann reichte er sie Dolors. »Hier können Sie mich erreichen. Meine Sprechstundenhilfe weiß eigentlich immer, wo ich bin.«

Dolors steckte die Karte ein und verabschiedete sich.

Als Xavi und sie kurz darauf im Wagen saßen, meinte Xavi: »Der Mann war zwar sehr kooperativ und redselig, und alles hat sich logisch angehört, aber raus aus der Reihe der möglichen Verdächtigen ist er für mich nicht.«

»Wirklich nicht?« Dolors sah ihn erstaunt an. »Auf jeden Fall wirkte er auf mich nicht wie ein Technikfreak – der Mann scheint ja nicht mal sein Handy regelmäßig zu benutzen. Wie soll er dann das mit den gehackten Kameras gedreht haben? Und welches Motiv sollte er auch haben? Offenbar lief es ja gut zwischen ihnen. Was gibt dir zu denken?«

»Sein Satz, dass Julia Männer verrückt machen konnte, hat sich irgendwie in meinem Kopf festgesetzt. Verrückte Männer machen vieles.«

»Da bist allerdings du der Spezialist.« Dolors lachte auf.

19. Kapitel

Dienstag – 17.00 Uhr

Da Dolors und Xavi schon eine Stunde früher als die Mitarbeiter des Tanz-Ensembles im Präsidium gewesen waren, hatten sie sich die Videopassagen, die Laura vorbereitet hatte, in ihrem Büro angesehen. Genau wie vermutet, waren auf dem Vorplatz des Bahnhofs im Zeitfenster des Mordes zahllose mehr oder minder schwarz gekleidete Menschen unterwegs gewesen. Und trotz der Hitze gab es auch einige, die Hoodies trugen. Als ihnen nun ein Kollege mitteilte, dass das Ballettensemble anwesend war, gingen sie in den großen Versammlungsraum. Alle Tänzer und Tänzerinnen des *Graners* saßen um den großen Tisch herum. Dolors wunderte sich, wie still es war. Die wenigen, die, als sie und Xavi eingetreten waren, überhaupt geredet hatten, hatten dies flüsternd getan; seit sie anwesend waren, sprach niemand mehr. Dolors bedankte sich bei den Erschienenen für ihr Kommen und bat sie, bei den Videopassagen auf jemanden zu achten, der ihnen im Zusammenhang mit der Toten bekannt vorkam.

»Es muss sich nicht zwingend um jemanden handeln, der einen engen Kontakt mit Julia hatte. Aber wir gehen davon aus, dass es irgendeine persönliche Beziehung zwischen ihr und ihrem Mörder gab, die Tat ist zu sehr durchgeplant, als dass Julia ein zufälliges Opfer sein kann.«

»Soll das etwa bedeuten, dass es auch jemand aus dem Kollegenkreis sein könnte?«, fragte einer der Tänzer sichtlich erschrocken.

»Möglich ist alles, und es muss nicht zwangsläufig so sein, dass Sie die Art der Beziehung zwischen Täter und Opfer kennen. Vielleicht haben wir Glück, und Sie erkennen in dem Video irgendwen wieder, den Sie zumindest aus Julias Umfeld kennen. Der- oder diejenige könnte auch, ohne es bislang zu wissen, ein wichtiger Zeuge sein. Sagen Sie uns bitte einfach alles, was Ihnen auffällt, und natürlich behandeln wir Ihre Aussagen vertraulich. Außer Ihnen werden wir die Videos auch noch anderen Personen aus Julias Umfeld vorspielen.« Dolors machte Laura Zeichen, die Videos zu starten, und setzte sich vorn an die Seite des Raums, um alle im Blick zu haben.

Eine Dreiviertelstunde Filmmaterial hatte Laura für sie zusammengestellt. Durch die späte Stunde hatte es nicht in allen Aufzeichnungen vor dem Bahnhof Passanten gegeben, sodass Laura nur die relevanten Filmteile für sie zusammengeschnitten hatte. Dolors registrierte, dass die Tänzer alle sehr konzentriert zuschauten, und hoffte, dass zumindest einem von ihnen etwas auffallen würde. Als das Video schon fast zu Ende war, bemerkte sie, wie eine der Tänzerinnen an einer Stelle des Videos stutzte, sich vorbeugte und noch intensiver auf die Aufzeichnung schaute. Dolors hielt sie für die Jüngste der Truppe, sie hatte glatte, pechschwarze Haare, wunderschöne große dunkle Mandelaugen und war ansonsten ebenso schlank und feingliedrig wie die meisten des Ensembles. Sie wirkte jetzt unruhig, aufgescheucht, sah den weiteren Verlauf des Videos noch konzentrierter an – dann bemerkte sie

Dolors' Blick. Hastig setzte sie sich zurück und schaute weiter zum Video. Von da an war und blieb ihr Gesicht völlig ausdruckslos.

Als das Video zu Ende war, fragte Xavi die Anwesenden, ob jemandem etwas aufgefallen war. Alle schüttelten unisono den Kopf, auch die Tänzerin, die Dolors beobachtet hatte. Xavi bedankte sich für die geopferte Zeit und gab jedem eine Visitenkarte, falls ihm oder ihr später etwas einfallen würde. Die Tänzer schickten sich an zu gehen.

Als die Tänzerin, die Dolors eben hatte stutzen sehen, den Raum verlassen wollte, hielt Dolors sie auf. »Haben Sie noch eine Minute für mich? Die Kollegin meinte, sie könne Ihre Daten nicht entziffern.«

Die anderen schauten zu der Tänzerin. Dolors beschwichtigte sie mit einer Geste. »Es geht nur um die Meldedaten, die Sie ja alle für uns notiert haben.« Sie wollte vermeiden, dass die anderen den Eindruck bekamen, dass die junge Frau etwas beobachtet hatte. Falls der Mörder unter ihnen war, könnte das für sie sonst gefährlich werden.

Dolors wartete, bis die anderen gegangen waren, und bat die junge Frau, sich noch einmal zu setzen. Achselzuckend kam sie Dolors' Bitte nach. »Was ist denn unleserlich?«, fragte die Frau. Obwohl sie korrektes Spanisch sprach, war ihre französische Herkunft nicht zu überhören.

»Darf ich zunächst Ihrem Namen erfahren?«

»Aina«, sagte sie. »Aina Dumont. Was wollen Sie von mir? Es geht gar nicht um die Meldedaten, oder? Aber ich kann Ihnen nicht weiterhelfen. Ich kenne niemanden aus dem Video.«

»Genau den Eindruck hatte ich eben nicht.« Dolors beugte sich zu ihr vor. »An einer Stelle des Videos sind Sie zusammengezuckt. Ich bin mir sicher, Sie haben auf jemanden reagiert, der in diesem Moment zu sehen war.«

»Das bilden Sie sich nur ein. Ich habe niemanden erkannt.« Ihre Miene wurde, soweit das überhaupt möglich war, noch eine Spur eisiger.

»Aina ... Wen schützen Sie? Es ist möglich, dass der Täter nur ein einziges Mal zugeschlagen hat, es ist aber auch möglich, dass dies nur der erste von weiteren Morden war. Je früher wir den Täter fassen, umso besser. Wenn Sie irgendetwas wissen oder auch nur den geringsten Verdacht haben, müssen Sie uns das sagen!«

»Ich habe aber keinen Verdacht.« Aina schüttelte so heftig den Kopf, dass ihre langen Haare hin und her flogen. »Ich habe niemanden erkannt.«

Sie machte Anstalten aufzustehen. Dolors legte ihr die Hand auf den Arm. »Aina, bitte. Sagen Sie mir, was Ihnen aufgefallen ist. Es kann auch für Sie selbst gefährlich werden, wenn Sie den Täter schützen.«

»Mir ist nichts aufgefallen«, erklärte die junge Frau noch einmal.

»Doch, und zwar an dieser Stelle.« Dolors ging an den Laptop und suchte den Abschnitt heraus, bei dem ihr Ainas Reaktion aufgefallen war. »Da war es. Wen haben Sie hier erkannt?«

»Niemanden«, beharrte Aina. »Überhaupt niemanden.« Sie machte eine Kunstpause, dann tippte sie sich an die Schläfe. »Ach, es könnte sein, dass ich in dem Moment gerade an etwas gedacht habe, das ich noch erledigen muss. Vielleicht haben Sie mir das angesehen? Dass ich da einen Moment lang unaufmerksam und abgelenkt war?«

»Ich glaube Ihnen kein Wort.« Dolors sah sie unverwandt an. »Noch einmal: Was ist Ihnen aufgefallen?«

»Nichts!« Aina verschränkte die Arme. »Kann ich gehen? Die anderen warten auf mich.«

»Natürlich können Sie gehen.« Dolors unterdrückte einen Fluch. »Sie sind als Zeuge hier, nicht als Angeklagte. Wenn Sie später doch noch bereit sind, mit mir zu reden, wissen Sie ja, wie Sie uns erreichen können.«

Aina hob die rechte Hand, in der sie noch immer die Visitenkarte hielt. »Ja, weiß ich.«

Als die Tür hinter ihr zufiel, sah Dolors zu Xavi auf.

»Wir können sie nicht zwingen«, meinte er. »Mir ist vorhin jedenfalls nichts an ihr aufgefallen.«

»Du hast auch nicht im richtigen Winkel gesessen. Ich bin mir völlig sicher!« Dolors spielte erneut die Stelle im Video ab, die sie eben auch mit Aina angesehen hatte. Es war ein Teil des Videos, in dem, gemessen an dem, was sie insgesamt an diesem Abend gesehen hatten, relativ viele Leute durch das Bild liefen: Dolors zählte an die zwanzig Personen, die meisten waren Männer. Immer wieder sah sich Dolors die Passage an, doch ihr fiel niemand auf, der jemandem ähnlich sah, mit dem sie es bisher zu tun gehabt hatten. Auch Xavi fand nichts Besonders.

»Trotzdem muss hier jemand sein, den Aina kennt.«

Xavi schloss kurz die Augen und atmete hörbar aus. »Vielleicht kommt sie ja in den nächsten Tagen noch zur Besinnung.«

»Ja, vielleicht«, murmelte Dolors. Wirklich glauben tat sie es nicht.

20. Kapitel

Mittwoch – 11.10 Uhr

Am nächsten Morgen verabredeten sich Dolors und Xavi in ihrem Büro, um ihre bisherigen Erkenntnisse noch einmal gemeinsam durchzugehen, was damit endete, dass Dolors entnervt einen Kuli an Wand warf. »Das darf doch nicht wahr sein«, schimpfte sie. »Wir kommen nicht voran, wir kommen einfach nicht voran!«

Xavi lehnte sich auf seinem Stuhl zur Seite und fischte den Kuli vom Boden, der schwungvoll von der Wand abgeprallt und direkt neben ihm gelandet war. »Immerhin gibt es nicht noch ein Todesopfer zu beklagen, weil der Kuli mich von hinten durchbohrt hat.« Er grinste sie an.

Dolors aber schnaubte nur. »Ich verstehe nicht, wie dir bei alldem noch der Sinn nach Witzen stehen kann.«

»Kollegen mit dem Kuli aufzuspießen, bringt jedenfalls keine neuen Lösungsansätze.«

»Was du nicht sagst!« Dolors riss ihm den Kuli aus der Hand und tupfte den Druckknopf so lange auf die Tischplatte, bis Xavi ihr den Kuli behutsam aus der Hand nahm. »Beruhige dich.«

»*Perdona,* ja, du hast ja recht. Ich … ich weiß auch nicht, was heute mit mir los ist.« Dolors stieß einen Schwall Luft aus, dann strich sie sich die Locken aus dem Gesicht und drückte die Hände noch einen Moment lang weiter an den Kopf. »Oder doch: Ich ahne es, es ist diese Aina. Die weiß etwas – und sagt nichts und blockiert damit unsere Arbeit. Würde sie reden, würden wir schon längst nicht mehr hier sitzen und uns im Kreis drehen. Außerdem habe ich in Bezug auf Aina kein gutes Gefühl.«

»In Bezug auf was genau?«

»Ich weiß nicht.« Dolors machte eine vage Handbewegung. »Die war so zugeknöpft. Es war irgendwie nicht nur, dass sie keine Lust hatte, was zu sagen ... Da muss mehr sein.«

»Dann lass uns noch mal mit ihr reden.« Xavi nickte ihr aufmunternd zu. »Lieber einmal zu viel als einmal zu wenig. Wir sollten uns auch generell noch mehr mit Julias Kollegen und Freunden beschäftigen, auch mit denen, die sie hatte, bevor sie nach Amerika gegangen ist. Irgendwo wird sie ja auch getanzt haben, ehe sie Europa verlassen hat. Vielleicht wissen die, warum sie weg ist.«

»Gern. Dann sage ich Laura, sie soll die Vorabrecherche übernehmen, und sobald sie Namen und Adressen hat, fahren wir zu den Leuten hin und knöpfen uns auch Aina noch mal vor. Den Kontakt zu Julias Kollegen in Amerika können wir uns sicher sparen, denn wenn in diesem Sommer vor zwei Jahren wirklich etwas Traumatisierendes vorgefallen ist, hat sie das denen ganz sicher nicht erklärt, so zugeknöpft wie sie bei dem Thema selbst heute noch war. Da ist es in der Tat sinnvoller, mit ihren letzten Kollegen in Barcelona zu reden.«

»Und noch etwas sollten wir tun«, fuhr Xavi fort. »Wir konzentrieren uns immer mehr auf diesen Sommer vor zwei Jahren, aber vielleicht hängt der Mord ja mit etwas aus ihrer jüngeren Vergangenheit zusammen. Auch bei ihrem letzten Engagement könnte sie sich Feinde gemacht oder einen eifersüchtigen Liebhaber zurückgelassen haben.«

Dolors rief Laura an und sagte ihr kurz, was für Kontakte sie noch für sie herausfinden sollte. Dann erhob sie sich und ging noch einmal zu der Mordtafel, die Xavi und sie in den letzten Tagen erstellt und beständig erweitert hatten. Alle Personen, die Julia auf irgendeine Art nahegestanden hatten, waren darauf vermerkt – und doch sah sie noch immer bei niemandem eine Verbindung zu ihrem Tod.

Seufzend wandte sie sich wieder zu Xavi um. »Wir könnten auch zwei Kollegen zu den Leuten schicken, die in der Mordnacht am Bahnhof waren und ihnen den Videoausschnitt zeigen, bei dem Aina zusammengezuckt ist.«

»Unbedingt!«

Wieder griff Dolors zum Telefon und übergab die Aufgabe an zwei Kollegen. Wenig später kam Laura in ihr Büro und reichte ihr zwei Adressen. »Diese beiden Tänzerinnen waren mit ihr in einem Ensemble, ehe sie nach Amerika ist, und ihr habt Glück: Sie wohnen noch immer am gleichen Ort und sind beide heute zu Hause. Ihr könnt also jederzeit mit ihnen sprechen.«

»Klasse, danke, Laura, gute Arbeit. Endlich kommt wieder etwas Bewegung in den Fall.«

Dolors schnappte sich ihren Rucksack und eilte mit Xavi zu ihrem Wagen.

Bis zum späten Nachmittag schickte Laura ihnen immer wieder neue Kontakte von alten Kollegen, Orten, an denen Julia einmal getanzt oder auch nur ausgeholfen hatte. Doch keiner der Tänzer und Tänzerinnen, mit denen sie sprachen, konnte ihnen zu einer neuen Erkenntnis verhelfen, und auch die Nachforschungen der Kollegen zu dem Videoausschnitt brachten sie nicht weiter. Als sich auch der von Laura zuletzt genannte Kontakt als Niete herausstellte, fuhren Dolors und Xavi zum *Graner* und redeten noch einmal mit Aina, doch die leugnete nach wie vor, jemanden auf dem Video erkannt zu haben. Als sie den *Graner* verließen, sank Dolors gegen die Hauswand und rieb sich die Schläfen. »Ich glaube, mir reicht es für heute.«

»Mir ehrlich gesagt auch.« Xavi wischte sich den Schweiß von der Stirn und schaute auf die Uhr. »Ich glaube, wir sollten für heute aufhören und morgen mit frischem Mut an die Sache gehen. Mit ein bisschen Glück haben wir bis dahin auch schon Antworten auf die Mails, die Laura an den Leiter von Julias letztem Engagement geschickt hat.«

Dolors nickte und zog ihren Wagenschlüssel aus der Hosentasche. »Dann steig ein, ich setze dich auf dem Heimweg an deinem Hotel ab.«

Als Dolors nach Hause kam, waren Anna und ihre Kinder noch nicht da, sodass sie sich daranmachte, endlich die Gemüsepfanne für das Abendessen vorzubereiten. Kaum war sie fertig, trudelten die anderen fast im Minutentakt ein.

»Das riecht ja fantastisch!« Freudestrahlend lief Anna zum Herd, lüpfte den Deckel des Kasserols und wedelte sich noch mehr von dem herrlichen Duft zu. »Wenn ich gewusst hätte, dass du inzwischen so gut kochen kannst, hätte ich dich schon viel früher eingeladen, bei mir zu wohnen.«

»Ob ich *so gut* koche, kannst du erst beurteilen, wenn du es probiert hast, aber ansonsten: Was denkst du denn von mir? Natürlich habe ich mit der Zeit kochen gelernt, immerhin muss ich eine Familie ernähren.«

»Und warum gehen wir beide dann immer ins Restaurant, statt bei dir zu Hause zu essen?«

»Weil du Miguel nicht leiden kannst?« Dolors lachte. »Außerdem koche ich so gern nun auch wieder nicht. Für mich hat das Restaurant immer perfekt gepasst.«

Anna deckte den Tisch und rief die Kinder. Pablo stürmte sofort in die Küche und warf sich heißhungrig auf seinen Platz. Mila aber ließ auf sich warten. Als sich alle schon bedient hatten und Mila auch nach erneutem Rufen nicht kam, ging Dolors sie holen. Sie fand sie auf ihrem Bett sitzend, verkrochen in den hintersten Winkel, das Gesicht verheult.

»Mila, um Himmels willen, was ist denn los?«

»Du bist los, Mama, du!«, schluchzte sie ihr entgegen. »Die anderen im Ballett haben es mir gesagt, sie alle haben es mir gesagt, denn alle wussten es, nur ich nicht. Wie ein Trottel habe ich vor ihnen gestanden, wie ein verdammter Trottel!«

»Was wussten alle, und du nicht? Kind, ich habe keine Ahnung, wovon du sprichst.«

»Na davon natürlich, dass du unsere Ballettlehrerin verhört hast. Mama, kannst du dir vorstellen, wie peinlich so was für mich ist? Irina ist doch keine Mörderin!«

»He, he, he!« Beschwichtigend hob Dolors die Hände. »Erstens behauptet das niemand, und zweitens habe ich sie nicht verhört, sondern als Zeugin befragt. Und wenn du gestattest: Das ist nun mal meine Arbeit.«

»Die kannst du machen, wo du willst, aber doch nicht in meiner Ballettschule bei meiner Gastlehrerin!« Wieder schluchzte Mila auf und wischte sich mit beiden Händen über das Gesicht. »Warum hat das nicht wenigstens jemand anderes gemacht?«

Dolors hob die Schultern und ließ sie wieder sinken. »Ja, sicher, Xavi hätte es übernehmen können, aber ich war sowieso gerade da und er ganz woanders …« Sie seufzte. »Tut mir leid, Keks. Ich dachte, das bekämen die Mädels gar nicht mit. Es war wirklich nur eine Befragung und kein Verhör. Vielleicht kann Irina uns helfen, einen Mörder zu finden. Das ist doch nichts Schlimmes, sondern gut.«

Dolors sah, dass Mila sich ein wenig beruhigte, trotzdem musste sie ihrer Tochter insgeheim Recht geben. Sie hätte einen Kollegen hinschicken oder Irina im Präsidium befragen sollen.

»Komm essen, ja? Ich habe das Auberginengericht gekocht, das du so gern magst. Echte Ballerinakost!«

Mila zuckte unschlüssig mit den Schultern. Noch immer schwammen ihre Augen in Tränen.

»Bitte, Liebling, komm.« Dolors streckte ihrer Tochter die Hand hin. Endlich ergriff sie sie.

»Aber du machst das nicht noch mal, Mama? Nicht in meiner Ballettschule.«

Dolors versprach es und hoffte inständig, dass sie ihr Versprechen würde halten können.

Kurz darauf saßen endlich alle um den Tisch und lobten Dolors' Essen. Die Stimmung war heiter, sie lachten, alberten, schmiedeten Pläne fürs Wochenende, an dem Dolors endlich wieder etwas mit ihren Kindern unternehmen wollte. Sie genoss jede Minute des Abends. Warum konnte es nicht öfter so sein, fragte sie sich. Einfach nur zusammensitzen, sich verstehen, eins sein?

Auf einmal schlug sich Anna gegen die Stirn. »Oh, verdammt, Lola, vor lauter gutem Essen und Herumalbern habe ich ganz vergessen, dir zu erzählen, was mir heute ein Vögelchen gezwitschert hat, und jetzt bin ich so satt, dass ich kein Wort mehr herausbringe.« Wie zum Beweis ließ sie sich matt auf ihrem Stuhl zurücksinken.

»So gut war es nun auch wieder nicht.« Dolors schüttelte den Kopf. »Na los, erzähl schon, was du entdeckt hast, sonst platzt du gleich nicht, weil du zu viel gegessen hast, sondern weil du die Nachricht nicht mehr in dir halten kannst.« Sie musste lachen; Anna stimmte ein.

»Du kennst mich einfach zu gut. Na schön. Auch wenn ich das hier gerne noch öfter essen würde und ich es hiermit zu meinem neuen Lieblingsessen ernenne und euch als meine Lieblingsgäste gern noch länger behalten würde, will ich euch nicht verheimlichen, wo es eine fantastische Wohnung zu einem unglaublich günstigen Preis gibt. Sie wäre schon zum nächsten Ersten frei.«

»Im Ernst?« Dolors ließ ihre Gabel sinken. »Wo denn? Jetzt rede endlich!«

Anna beugte sich verschwörerisch zu ihr vor. »Das ist der Oberclou: Die Wohnung ist kaum dreihundert Meter von eurer alten entfernt, die Kinder wären dort sogar noch näher an ihrer Schule. Sie ist hell, sie ist groß, voll möbliert, und sie hat sogar eine Dachterrasse.«

Dolors blieb vor Staunen fast der Mund offenstehen. »Wie lange ist die Liste derer, die sie haben wollen?«

»Das ist das andere unglaubliche Plus: Es gibt keine Liste. Du bist die Allererste, die von der Wohnung erfährt. Die Wohnung gehört einer älteren Dame, die ich schon ewig kenne. Sie ist eine Schulfreundin meines Vaters und hat von ihm gehört, dass eine Freundin von mir, die bei den Mossos arbeitet, eine Wohnung sucht, und war sofort begeistert, zumal sie ohnehin keine Lust hat, Horden von Menschen durch ihre Wohnung traben zu lassen. Du könntest sie dir deswegen ganz exklusiv morgen früh um elf ansehen.«

»Wo ist der Haken?«

»Nun ja ...« Anna wog den Kopf. »Sie ist auf der Plaça del Regomir und damit vielleicht nicht die beste Adresse, wenn man Kinder hat.«

»Placa del Regomir?« Dolors überlegte einen Moment. »Ja, genau, die ist mitten in der Ciutat Vella. Da hatten wir neulich einen Drogeneinsatz, war 'ne üble Sache. Aber andererseits«, sie seufzte, »sind die Junkies ohnehin überall. Auch vor Miguels Wohnung lungern immer wieder welche von ihnen herum.«

»Immerhin ist man von der Plaça recht schnell auf der Hauptstraße«, meinte Anna. »Außerdem wärst du ruckzuck im Kommissariat. Wenn du die Wohnung willst, musst du nur eines machen: morgen pünktlich sein. Die gute Frau hasst Unpünktlichkeit. Wenn du auch nur eine Minute zu spät kommst, brauchst du schon nicht mehr bei ihr zu klingeln.«

»Das ist eine super Chance, und eine Alternative sehe ich ohnehin nicht. Es gibt einfach keine andere Wohnung.« Dolors nickte entschlossen. »Alles klar, ich werde pünktlich sein.«

»Ich will aber nicht zu Hause ausziehen«, polterte da Pablo los. »Ich will, dass wir wieder alle zusammen mit Papa wohnen. Ich habe keine Lust, dass es mir wie Juri geht: Ständig muss er zwischen seinem Vater und seiner Mutter hin und her pendeln, und jetzt ist ihm bei der Herumpendelei auch noch die Playstation runtergefallen und kaputtgegangen.«

»Die Playstation?« Dolors sah ihn ungläubig an. »Ist die verdammte Playstation echt das Einzige, was dir zu diesem Thema einfällt? Und meinst du, das sei für irgendwen anderen auch relevant?«

»Na, für dich schon mal nicht, so wie du reagierst.« Pablo warf sein Besteck auf den Tisch und sah sie bitterböse an. »Aber hast du bei dem allen auch schon mal an uns gedacht? So schrecklich, dass wir ausziehen müssen, ist Papa nicht!«

»Ist er wohl!«, konterte seine Schwester. »Aber dich lässt er auch nicht ständig irgendwo stehen. Immer verspricht er Sachen, die er nicht hält. Ich hab genug von ihm!«

»He, he, he«, rief Dolors. »Es obliegt mitnichten euch, über euren Vater oder mich zu urteilen oder uns zu bewerten. Euer Vater ist euer Vater, und als solcher verdient er euren Respekt, und das Gleiche gilt für mich als eure Mutter. Wenn wir uns trennen, so hat das ausschließlich etwas mit unserer Beziehung zu tun, nicht mit der, die ihr zu ihm habt.«

»Ach, das fällt dir jetzt auf einmal ein?«, schimpfte Pablo weiter. »Und warum durfte ich eine ganze Woche lang nicht nach Hause gehen und bei Papa Playstation spielen?«

»Weil dein Vater mir vorgehalten hat, dass du wegen der Playstation und der guten Internetverbindung zu Hause schneller zurückkommen würdest, als man Piep sagen kann – womit er ja offenbar recht hat.« Auch Dolors warf nun ihr Besteck auf den Tisch. »Offenbar zählt für dich tatsächlich nur deine gottverdammte Playstation und sonst gar nichts.«

»Ich weiß nicht, was du von mir willst: In dieser Familie guckt doch sowieso jeder nur auf sich«, brüllte Pablo zurück. »Papa kümmert sich nur um seine Models und um seine Auftraggeber, du um deine Leichen, Mila um ihr bescheuertes Ballett. Was bleibt mir denn anderes, wenn nicht die Playstation?« Wütend sprang er auf, stürmte in sein Zimmer und knallte die Tür zu.

Mit offenem Mund starrte Dolors ihm hinterher. Anna klopfte ihr auf den Unterarm. »Atmen. Du darfst das Atmen nicht vergessen.«

Dolors fuhr zu ihr herum. »Ha-hast du denn nicht gehört, was er gesagt hat?«

»Doch, habe ich. Aber das wird nicht besser, wenn du gleich wegen Sauerstoffmangel blau vom Stuhl fällst.«

Dolors sprang auf, ging zum Wasserkanister, goss sich ein Glas ein und kippte es in einem Zug hinunter. Dann fuhr sie wieder zu Anna herum. »Das ist so ungerecht, so verdammt, verdammt ungerecht! Miguel und ich hatten den Deal, dass er mir den Rücken freihält, während ich den Unterhalt für die Familie verdiene, und nur, weil er plötzlich das große Geld verdient, werde ich nicht alles, was ich mir bis dato aufgebaut habe, ins Meer kippen. Es ist ja nicht so, als ob er sich vorher allein oder auch nur in erster Linie um die Kinder gekümmert hätte – mitnichten! Das Gros der Arbeit ist schon immer an mir hängengeblieben, aber seit es so gut bei ihm läuft, macht er gar nichts mehr. Was erwartet Pablo eigentlich von mir? Dass ich aufhöre zu arbeiten, damit er in Ruhe Playstation spielen kann? Hat er je auch nur einen einzigen Gedanken daran verloren, dass mir meine Arbeit vielleicht wichtig ist und Spaß macht? Und dass er in einem Alter ist, in dem er auch mal mitanpacken könnte? Aber da Miguel nichts mehr im Haushalt macht, macht er eben auch nichts: wie der Vater, so der Sohn. Selbst wenn ich mit Leib und Seele Polizistin bin, heißt das noch lange nicht, dass ich nur an meine Arbeit denke und die Familie hintanstelle!«

»Natürlich heißt es das nicht. Und natürlich kann der Bengel auch mal eine Pause von seiner Playstation machen und die Ärmel hochkrempeln, um ein paar Teller abzuwaschen. Das predige ich dir nicht erst seit gestern. Mensch, Lola, du kennst doch Pablo, der kommt schon wieder runter. Im Grunde seines Herzens weiß er ganz genau, dass das, was er eben gesagt hat, total ungerecht war.«

»Das Gefühl habe ich leider nicht, zumal er die ganze Zeit schon an mir herummäkelt.« Dolors merkte, wie ihr Tränen in die Augen stiegen. Dann klingelte ihr Telefon. Mila griff danach, sah auf das Display und hielt es ihr hin. Dolors schüttelte den Kopf. »Jetzt nicht.«

»Dieser Xavi ist doch dein neuer Kollege, oder Mama?«

Dolors zögerte. Sie hatte das Gefühl, wenn sie jetzt an das Telefon ginge, würde sie Pablo nur noch mehr Recht geben.

»Jetzt geh schon dran«, ermahnte Anna sie. »Du spielst hier keine Playstation, das ist dein Job. Vergiss Pablos Kindereien!«

Dolors griff nach dem Handy und nahm den Anruf an.

»Wir haben eine neue Leiche«, sagte Xavi ohne jede Vorrede. »Eine junge Frau aus Julias Tanzensemble.«

»*Merda.*« Dolors' Herz begann zu rasen. Sie sah zu Anna.

»Pablo wird sich schon wieder beruhigen«, raunte diese ihr zu.

»Wo ist die Leiche?«

»Ich hole dich ab, ich bin sowieso gerade bei dir um die Ecke. Ich habe mir gerade eine Wohnung angesehen, wunderschön, aber leider unbezahlbar, und der Vermieter erlaubt keine Untermieter. In fünf Minuten bin ich bei dir.«

»Danke, ich komm gleich runter.« Dolors legte auf und sah zu Mila.

»Noch eine Leiche?«, fragte ihre Tochter.

Dolors nickte.

»Pablo ist doof«, stieß Mila hervor. »Und gemein. Das, was er sagt, stimmt nicht. Er will dir nur wehtun.«

Dolors drückte Mila einen Kuss auf die Stirn. »Ja, natürlich will er das, aber da steckt mehr dahinter, und darüber werde ich mit ihm reden müssen. So oder so: Ich liebe euch, ich liebe euch sogar sehr.«

»Das weiß ich doch, Mama, und Pablo auch.«

Dolors lief in das Zimmer, das sie sich mit Mila teilte, holte ihre Waffe aus dem Safe, schnappte sich noch ihren Rucksack und eilte aus dem Haus.

21. Kapitel

Mittwoch – 20.35 Uhr

Als Dolors nach unten kam, parkte Xavi schon in zweiter Reihe vor dem Haus. Sie schlängelte sich zwischen den Autos hindurch und öffnete die Beifahrertür, doch bevor sie einsteigen konnte, musste Xavi ihr erst einmal Platz auf dem Sitz machen: zerdrückte McDonalds-Packungen, halb leere Wasserflaschen, haufenweise Kaugummipapier und krümelnde Bäckertüten landeten im Steilflug auf dem Rücksitz. Danach wollte sich Xavi daranmachen, auch noch den Fußbodenbereich zu klären, aber Dolors winkte ab. »Keine Sorge, da finde ich schon Platz, und es schockt mich auch nicht, das Zimmer meines Pubertisten sieht nicht besser aus.« Ohne weitere Umstände schob sie mit den Füßen Cola-Dosen, eine zerfledderte Tageszeitung und eine verbeulte Baseballkappe an die Seiten.

»Pubertist?« Xavi lachte. »Nun ja, da möchte ich zu meiner Verteidigung zumindest anmerken, dass das bei mir weniger mit einer Neuverkabelung meiner Gehirnwindungen zu tun hat als mit der Tatsache, dass ich noch immer keine neue Wohnung habe. Ich kann es mir schlicht nicht leisten, dauernd im Restaurant zu essen. Ständig an dem Rezeptionisten im Hotel mit McDonalds-Tüten vorbeizulaufen, ist allerdings auch nicht mein Ding. Also ist der Wagen derzeit für mich quasi Küche und Esszimmer zugleich. Und da wir nur am Arbeiten sind, hab ich fast keine Zeit zu suchen.« Er schaute zur Straße, setzte den Blinker und fädelte sich in den zügig dahinfließenden Verkehr ein.

»Tja«, machte Dolors, das Problem kam ihr bekannt vor. Immerhin aber würde sie sich morgen die Wohnung ansehen können, die Anna für sie ausfindig gemacht hatte. »Wo liegt die Leiche?«

»Im *Graner.*« Xavi sah sie kurz an. »Sie liegt im Umkleideraum der Frauen.«

»Was wissen wir sonst noch? Ist es eine der Tänzerinnen, mit denen wir schon gesprochen haben?«

»Ich weiß nicht, ich habe keinen Namen bekommen.« Er fluchte, weil sein Vordermann schon bei Gelb bremste und er damit ebenfalls gezwungen war, die nächste Grünphase abzuwarten.

»Warum packst du nicht das Martinshorn aufs Dach?«, fragte Dolors.

»Weil ich noch keins habe.« Er zuckte mit den Achseln.

Dolors unterdrückte ein Stöhnen. »Dann erzähl mir in der Zwischenzeit wenigstens, was du sonst noch weißt.«

»Der Kollege vor Ort meinte, jemand habe sie erstochen. Es muss eine ziemliche Sauerei sein. Auf jeden Fall klingt das nach allem, nur nicht nach einer feinsäuberlich ausgetüftelten Tat wie bei Julia. Trotzdem kann es der gleiche Täter sein. Es würde mich jedenfalls wundern, wenn die beiden Morde nicht zusammenhängen.«

Dolors nickte. »Weißt du, wann es passiert ist?«

»Scheinbar vor weniger als einer Stunde. Denn vor einer Stunde war der Hausmeister noch im Umkleideraum gewesen, um eine Glühbirne auszuwechseln. Es war der pure Zufall, dass er eben noch einmal reingegangen ist. Eine der Tänzerinnen konnte ihr Handy nicht finden und hat ihn gebeten nachzusehen, ob sie es dort liegengelassen hat. So hat er die Frau gefunden.«

»Wenn es viel Blut gibt, müssten wir Finger- und Schuhabdrücke finden können.«

»Das hoffe ich. Denn wir brauchen endlich etwas Handfestes.«

Dolors seufzte.

Zwanzig Minuten später parkte Xavi vor dem *Graner*. Kaum war Dolors aus dem Wagen gestiegen, kam einer der Polizisten, die das Gebäude absperrten, auf sie zu. Er schien sie zu kennen, denn er hob sofort das Flatterband für sie an und ließ sie und Xavi durchgehen. »Guten Abend. Soll ich Sie zum Fundort der Leiche bringen?«

»Danke, nicht nötig.« Xavi verriegelte den Wagen. »Wir kennen uns hier aus. Die Leiche liegt im Damenumkleideraum, stimmt's?«

Der Polizist bejahte. Zügig ließen Dolors und Xavi die Absperrung hinter sich. Kurz darauf erreichten sie den Umkleideraum. Da bisher weder Pep noch jemand von seinem Team da war, gab es noch keine Schutzanzüge, sodass sie im Moment nur von der Tür aus in den Raum hineinsehen konnten, um keine Spuren zu verwischen. Auf einiges an Blut war Dolors gefasst gewesen, aber nicht auf das, was sie hier erblickte. Es sah aus wie im Schlachthaus: Die tote Frau lag bäuchlings in einer riesigen Blutlache, überall auf den Fliesen und den Spiegeln waren Blutspuren und auf den hellen Bodenfliesen deutlich sichtbare blutige Fußabdrücke, die in den Flur hinausführten. Einige von denen im Raum, nahm Dolors an, waren vom Opfer selbst, es waren die schmalen Abdrücke von Frauenschuhen mit hohen Absätzen, die das Opfer auch noch trug; das andere war eine wilde Mischung von Profilabdrücken, wobei Dolors meinte, zwei verschiedene Arten von Profilen ausmachen zu können.

»Hat schon jemand verfolgt, wo die Schuhabdrücke, die hier rausgehen, hinführen?«, fragte Dolors den Polizisten, der vor dem Umkleideraum Wache stand, damit niemand Unbefugtes hineinging. Er zuckte mit den Achseln. »Soweit ich weiß, nicht, nein.«

»Dann kümmern Sie sich bitte darum.« Dolors drehte sich um und sah noch einmal zur Toten. Ihr Gesicht war nur zur Hälfte zu sehen und über und über von Blut bedeckt, aber als Dolors jetzt richtig hinsah, erkannte sie sie trotzdem. »*Déu meu*, Xavi!« Erschrocken sah sie sich nach ihm um. Er trat zu ihr.

»Was ist denn?«

»Das ist Aina!«

»Verdammt«, knurrte Xavi. »Dann hat sie sich mit ihrem Wissen wohl selbst auf Täterjagd begeben. Aber warum?«

»Wenn ich sie vorhin noch mehr gedrängt hätte zu reden, würde sie vielleicht noch leben.« Dolors stöhnte.

»Du hast es ja versucht. Mir war nicht mal aufgefallen, dass sie an einer Stelle des Videos gestutzt hat, und als wir vorhin mit ihr geredet haben, hast du ihr wirklich genug Druck gemacht. Mehr haben wir nicht tun können.«

Dolors' Blick fiel auf den Hausmeister. Er lehnte nur weniger Meter neben dem Polizisten bleich an der Wand. Sie ging zu ihm. »Sie haben Aina gefunden, richtig?«

Der Hausmeister nickte. Dolors entging nicht, wie fahrig er war. »Wie geht es Ihnen? Sie sind so weiß, als würden Sie jeden Moment umkippen.«

»Das alles macht mich fertig, aber es geht schon, danke.« Der Hausmeister rieb sich mit beiden Händen über die Wangen. »Mein Gott, was für ein Albtraum, was für ein Albtraum.«

»Da haben Sie leider Recht.« Sie zeigte auf den Umkleideraum. »Die Fußspuren – waren Sie auch im Umkleideraum?«

»Musste ich ja«, flüsterte der Hausmeister. »Ich dachte …« Er schluckte. »Nein, eigentlich habe ich sofort gesehen, dass da nichts mehr zu machen war. Aber ich bin trotzdem rein. Man hofft irgendwie doch …« Ihm brach die Stimme weg.

Dolors rieb ihm mitfühlend über den Arm. »Können Sie mir sagen, welche der Abdrücke von Ihnen sind und welche schon da waren?«

»Ich weiß nicht …« Der Hausmeister schaute in den Raum hinein und drehte sich sofort wieder um. »Es tut mir leid, ich kann das nicht. Ich kann das einfach nicht.«

»Schon gut, Sie müssen nicht reinsehen. Die Kollegen der Spurensicherung werden nachher das Profil Ihrer Schuhe nehmen und finden das dann schon selbst heraus.«

Xavi trat neben sie. »Ich gehe den Profilabdrücken mal nach.« Er sah zum Hausmeister. »Wissen Sie noch, in welche Richtung Sie gegangen sind, als Sie hier raus sind? Eine Spur führt ja nach rechts, die andere nach links.«

Der Hausmeister lehnte sich wieder an die Wand und schloss die Augen. »Ich bin nach rechts«, meinte er dann. »Ja, nach rechts. Weil mein Handy hinten im Wartungsraum lag, da war ich vorher gewesen. Ich musste ja die Polizei anrufen. Danach bin ich hierher zurück. Die Spuren, die nach links gehen, sind nicht von mir.«

»Gut.« Xavi nickte ihm zu. »Dann wissen wir doch schon mal sehr viel, und ich schaue nun, wohin die Spuren führen.« Sofort machte er sich auf den Weg.

»Haben Sie irgendetwas von dem Mord mitbekommen?«, fragte Dolors den Hausmeister weiter.

»Nein, gar nichts. Ich war nicht einmal in diesem Bereich des Gebäudes, sondern im Wartungsraum. Ich habe dort gehämmert und gebohrt. Da kann man nichts mitbekommen. Erst als mich Sina angerufen und mich gebeten hat, im Umkleideraum nach ihrem Handy zu sehen, bin ich hergekommen.«

»Wer war um diese Uhrzeit noch im Haus?«

Der Hausmeister knetete seine Finger. »Eigentlich sind die Tänzer um diese Uhrzeit schon weg, na ja, außer denen natürlich, die im Haus wohnen. Aber heute sind alle nach Valencia zu einer Aufführung gefahren, die sie sich morgen ansehen wollten. Seit Tagen haben sie von nichts anderem geredet. Ehrlich gesagt hat es mich gewundert, dass überhaupt noch Licht im Umkleideraum brannte. Bruno war heute gar nicht da, der hatte seinen freien Tag. Momo, also der Leiter, war vielleicht noch in seinem Büro, aber als ich die Tote entdeckt habe und ihn holen wollte, war sein Büro zu und er war auch sonst nirgends im Gebäude. Als ich die Tote gefunden habe, war wahrscheinlich nur ich noch im Haus.«

»Ist es normal, dass Sie um diese Uhrzeit noch arbeiten?«

»Nächste Woche ist eine Aufführung, da muss alles fertig sein. Hier fragt niemand nach Uhrzeiten.«

»Und sonst kann niemand im Haus gewesen sein? Leute, die nichts mit dem Theater zu haben?«

»Keine Ahnung.« Der Hausmeister schürzte die Lippen. »Das ist kein Hochsicherheitstrakt. Jeder, der die PIN-Nummer der Haustür kennt, kann sie öffnen.«

Dolors sah Xavi in Begleitung von Laura zurückkommen, die offenbar gerade eingetroffen war. Sie nickte Dolors zu. »Guten Abend, Xavi hat mich schon gebrieft.«

Dolors lächelte ihr zu. Sie bedankte sich beim Hausmeister und bat ihn, sich weiter zur Verfügung zu halten. »Es kann sein, dass wir noch mehr Fragen an Sie haben. Und wenn Sie mir noch die Telefonnummer des Ensembleleiters geben könnten …«

»Der müsste jeden Moment hier sein, ich habe ihn sofort angerufen.«

Dolors bedankte sich und wandte sie sich an Xavi. »Und? Wohin führen die Spuren?«

»Die Straße hinunter, aber dann verlieren sie sich. Entweder war dann kein Blut mehr an den Schuhen, oder derjenige hatte hier seinen Wagen und ist weggefahren. Vielleicht kann die Spusi da noch mehr rausholen, aber mit dem bloßen Auge kann man schon wenige Meter nach dem Ausgang keine Blutspuren mehr am Boden erkennen. Rein theoretisch könnte er auch durch den Park geflüchtet sein.«

»Das glaube ich nicht.« Dolors strich sich ihr Haar aus dem Gesicht. »Der Mörder muss auch selbst jede Menge Blut an sich gehabt haben und wollte gewiss vermeiden, so gesehen zu werden. Das Auto ist am wahrscheinlichsten.«

»Wenn er denn eines hier hatte …«, meinte Xavi. »Vielleicht wusste er vorher gar nicht, dass er jemanden töten wird? Für mich sieht das sehr nach einer spontanen, ungeplanten Tat aus.«

»Eine Videokamera im Eingangsbereich gibt es leider nicht«, warf Laura ein. »Darauf habe ich schon beim Reingehen geachtet.«

Dolors hob die Augenbrauen. »Das wäre ja auch zu schön gewesen: Der Täter spaziert blutüberströmt aus dem Gebäude und dreht sich vor der Tür extra noch einmal für die Kamera um.«

Im gleichen Moment kam Pep mit seinen Leuten auf sie zu.

»'n Abend«, brummte er.

»Guten Abend, Pep«, erwiderte Dolors. »Schau nicht so grimmig: Wir waren alle beim Abendessen.«

»Aber nicht vor einer Paella, die meine Maria gekocht hat«, knurrte er. »Weißt du, wie beschissen aufgewärmte Paella schmeckt?«

»Ich befürchte, nach dem Blutbad da drin vergeht dir sowieso der Appetit.« Dolors wies mit dem Kinn zum Umkleideraum.

Seine Praktikantin verteilte Schutzanzüge und Überzieher für die Schuhe. Auch Pep stieg in einen und verschwand mitsamt seinem großen schwarzen Koffer und allerlei unverständlichen Flüchen in dem Umkleideraum.

Eine knappe Stunde später erfuhr Dolors von Momo Gomez, wo Aina gewohnt hatte und dass sie bei allen ausgesprochen beliebt gewesen war.

»Trotzdem gab es auf alle Fälle wenigstens einen Menschen, bei dem sie nicht beliebt gewesen ist, sonst läge sie jetzt nicht hier«, meinte Xavi zu Dolors, als sie wieder allein waren.

»Ich denke, als Erstes schauen wir uns ihre Wohnung an. Der Ensembleleiter hat gesagt, sie hat nicht weit von hier mit einer anderen Tänzerin zusammengewohnt.«

»Und wer redet mit den Eltern?«, fragte Xavi.

»Wie gut ist dein Französisch?«, gab Dolors zurück.

»Wenn du mich so fragst – am liebsten würde ich gar keins können.« Er winkte ab. »Ist schon gut, ich mache es. Brauchst du mich danach noch? Ich würde mich gern in der Umgebung umhören, ob irgendjemand unseren Täter hat fliehen sehen.«

»Gern, danke«, meinte Dolors. »Also fahre ich mit Laura zu Ainas Wohnung. Wir telefonieren später.« Sie winkte Pep zu. »Melde dich bitte bei mir, sobald du erste Ergebnisse hast.«

Im gleichen Moment klingelte Dolors' Handy. Sie fischte es aus ihrer Tasche und sah auf das Display. Der Anrufer war Luisa Sanchez, ihre Chefin. Dolors unterdrückte ein Stöhnen. Einen Moment lang schwebte ihr Finger über der grünen Annahmetaste, dann entschied sie sich, den Anruf ins Leere laufen zu lassen. Was sollte sie ihrer Chefin sagen? Sie wusste noch nichts, und sie hatte keine Lust, sich schon wieder von ihr erklären zu lassen, wie viel effektiver als sie Manel gewesen war.

22. Kapitel

Mittwoch – 22.30 Uhr

»*Bon soir,* Aina, *enfin*! *Comme tu es tard aujourd'hui. J'ai déjà préparé le souper. Tu aimes bien un ragoût d'aubergines?*«, hörte Dolors eine junge Frau aus dem Inneren der Wohnung rufen. Die Wohnungstür, eine schwere Holztür, war nur angelehnt. Nachdem Dolors und Laura unten geklingelt hatten, war ohne jedes Nachfragen der Summer ertönt, woraufhin sie hochgegangen waren und jetzt vor Ainas und Nicolettes Wohnung standen.

Dolors tauschte einen unsicheren Blick mit Laura, räusperte sich und rief: »Guten Abend, Nicolette, wir sind nicht Aina. Könnten wir kurz mit Ihnen sprechen?«

Nur zwei Atemzüge später wurde die Tür von innen aufgezogen, und Ainas Mitbewohnerin erschien. Ihre Augen waren von einem so intensiven Blau, dass Dolors unwillkürlich an ihnen hängenblieb. Nicolette strahlte sie an und machte eine breite Willkommensgeste, um sie zum Eintreten zu ermuntern. »Aina hat mir gar nicht gesagt, dass wir Gäste zum Abendessen erwarten. Aber das macht nichts. Wo einer satt wird, werden auch zwei satt, hat meine Oma immer gesagt. Da ich für zwei gekocht habe, wird es also auch für uns vier reichen.«

Dolors hing noch immer an Nicolettes Augen fest, an der unglaublichen Seligkeit in ihnen. Auch sonst war Nicolette eine anziehende Frau: Schon allein ihre halblange, kupferfarbene Lockenpracht, die ihr fein geschnittenes, ebenmäßiges Gesicht umspielte, war aufsehenerregend, dazu der reizvolle Kontrast mit ihrer makellosen alabasterweißen Haut. Sie trug ein blaues bauchfreies Top und einen farblich passenden Minirock, beides zeigte sehr viel von ihrem ebenso schlanken wie durchtrainierten Körper, zweifelsohne war auch sie Tänzerin. Alles an ihr strahlte Freude und Lebenslust aus. Nach einem tiefen Seufzer holte Dolors ihren Ausweis hervor. »Leider kommen wir nicht zum Essen, und wir sind auch keine Freude von Aina, sondern von der –«

»Mo-mordkommission?«, stotterte Nicolette mit Blick auf den Ausweis. Sie strich die Locken aus dem Gesicht. »Wo ... wo ist Aina? Es geht ihr doch gut, ich meine, ich ... wir ... Wir haben doch noch vor drei Stunden miteinander telefon–« Sie brach mitten im Satz ab und sank bleich gegen die Wand.

»Wollen wir nicht reingehen, und Sie setzen sich erst einmal?«, fragte Dolors und nahm Nicolette behutsam am Arm. Willenlos ließ sie sich führen. Dolors folgte dem Licht. Es führte sie in die Küche. Auf dem Herd köchelte das Abendessen. Dolors machte Laura Zeichen, die Flamme auszumachen, und wartete, bis Nicolette sich gesetzt hatte. Danach nahm sie ihr gegenüber Platz.

»Warum?« Nicolette sah sie mit tränenüberlaufenen Augen an. »Warum?«

»Genau das versuchen wir herauszufinden.« Dolors nickte ihr zu. »Dürfen wir Ihnen ein paar Fragen stellen?«

Nicolette hob die Hände, die Handflächen zeigten nach oben. Es war, als wolle sie ihnen sagen: Nehmt alles, was ich habe.

Eine Viertelstunde später wussten Dolors und Laura, dass Aina, genau wie Nicolette, aus der Normandie stammte. Die beiden kannten sich schon seit dem Kindergarten und waren nach ihrer gemeinsamen Tanzausbildung zusammen nach Paris gekommen. Während Aina bei Agita Danza untergekommen war, hatte Nicolette es bislang nur in eine kleinere Tanzkompanie geschafft, war aber trotzdem rundum zufrieden. »Aina war schon immer die Begabtere von uns gewesen. Ich wollte auch nie so weit nach oben gekommen, es reichte mir schon, dass sie es geschafft hat. Und jetzt soll Aina …« Erneut stiegen Nicolette Tränen in die Augen. »Wer tut denn so etwas? Sie hat doch keinem Menschen etwas zuleide getan. Im Gegenteil, sie hat sich immer um alle gekümmert, ja, ein richtiger Kümmerer war sie. Im Moment hat ihr kleiner Bruder finanzielle Schwierigkeiten, und sie schickt ihm, was immer sie abzweigen kann. Sogar auf ihren Urlaub hat sie dieses Jahr verzichtet.«

»Was für Schwierigkeiten hat ihr Bruder denn?«, fragte Dolors. Im Prinzip ging sie zwar davon aus, dass der Mord etwas mit dem von Julia Toset zu tun hatte, andererseits glaubte sie nicht an Zufälle.

»Ach, er ist einfach ein dummer Junge. Anfang des Sommers hat er zusammen mit ein paar Freunden Autos von Touristen geknackt und ist nachts damit herumgeheizt. Danach haben sie die Autos eigentlich immer wieder hingestellt, aber beim letzten Mal haben sie eine Leitplanke mitgenommen, und dann sind sie aufgeflogen. Der Besitzer hat sie angezeigt, es gab eine Gerichtsverhandlung. Jetzt muss er nicht nur den Schaden, sondern auch eine gehörige Geldstrafe bezahlen, dabei sollte er eigentlich den Sommer über Geld verdienen, um im Herbst sein Studium anzufangen. Aina hat jeden Cent beiseitegelegt, um ihm zu helfen, weil sie Angst hatte, dass er sonst nicht das Studium anfängt und dann komplett auf die schiefe Bahn gerät. Die beiden sind bei ihren Großeltern groß geworden, die Mutter ist gestorben, als sie noch klein waren, und der Vater hat sich dann auch noch verdrückt. Aber mit dem ... Mord an ihr kann das ja wohl kaum etwas zu tun haben. Auch sonst sehe ich nichts, was damit zu tun haben könnte. Alle lieben Aina. Sie ist ... sie war ein so wundervoller Mensch!«

»In letzter Zeit ist Ihnen nichts Besonderes aufgefallen? War sie vielleicht nervöser als sonst? Aufgekratzter? Ängstlicher?«

Nicolette wiegte den Kopf. »Nun, wenn Sie mich so fragen ... Ein bisschen angespannt und schreckhaft war sie schon. Aber erst seit ein oder zwei Tagen. Als ich sie darauf angesprochen habe, meinte sie, das würde ich mir nur einbilden. Sie würde derzeit nur schlecht schlafen, weil es so heiß sei, das sei alles.«

»Gab es irgendwelche Veränderungen in ihrem Tagesablauf? Stress? Ärger mit Freunden? Hatte sie einen festen Partner?«

»Alles nein. Zumindest nicht, soweit ich weiß.« Plötzlich stutzte sie.

»Was ist?« fragte Dolors. »Ist Ihnen etwas eingefallen?«

»Ja, vielleicht.« Sie grub kurz ihre Hände in die Locken und ließ sie dann wieder sinken. »Gestern hat sie etwas vor mir versteckt. Das war komisch.«

»Versteckt? Was denn?« Alles in Dolors spannte sich an.

»Ich weiß nicht. Als ich in ihr Zimmer kam, hat sie mit dem Rücken zu mir auf ihrem Bett gesessen. Eigentlich dachte ich, sie würde etwas in ihr Handy tippen, und wollte sie nicht stören, aber als ich abdrehen und zurückgehen wollte, habe ich gesehen, dass ihr Handy auf ihrem Schreibtisch lag. Vielleicht hat sie das Handy ihrer verstorbenen Großmutter benutzt, das hatte sie behalten, falls ihres mal kaputtgehen sollte. Aber genau habe ich das nicht gesehen. Als ich weiter reingegangen bin und sie mich bemerkt hat, hat sie jedenfalls das, was sie da in der Hand hatte, unter ihrem Oberschenkel versteckt und ist ziemlich rot geworden. Da habe ich sie spaßhalber gefragt, ob wir seit Neustem Geheimnisse voreinander hätten, und sie wurde total unwirsch und hat gemeint, ich solle mich gefälligst um meinen eigenen Kram kümmern und mich nicht so anschleichen. Das hat mich gewundert. Sonst war sie nie so. Eigentlich wussten wir alles voneinander. Eigentlich …«

»Sie meinen, es könnte ein Handy gewesen sein? Wissen Sie, wo es jetzt ist?«

»Sicher bin ich mir nicht, aber doch, es sah schon so aus, als würde sie einen Text eintippen.« Nicolette erhob sich. »Vielleicht ist es in ihrem Nachttisch.«

Gemeinsam gingen sie zu Ainas Zimmer. Dolors bat sie, draußen zu warten, und reichte Laura ein Paar Handschuhe. Laura zog sie über und merkte gar nicht, dass Dolors sie weiter ansah. Bisher hatte Laura noch kein einziges Wort zu gar nichts gesagt, auch jetzt schien sie nicht bei der Sache zu sein. Zuerst wollte Dolors etwas sagen, dann hielt sie den Moment aber für ungeeignet, zog sich auch selbst ein Paar Handschuhe an und betrat das Zimmer. Es war ein großer heller Raum mit überwiegend weißen Möbeln, farbenfrohen Gemälden und vielen blühenden Blumen vor dem Stehbalkon, der zur Hauptstraße hin ging. Außer dem Bett gab es eine Sitzecke mit Rattanmöbeln, einen gemauerten Schrank, ein Dutzend Ikeawürfel, die zum Regal aufgebaut und mit Nippes und Erinnerungen vollgeräumt waren. Neben der Tür stand ein Korb mit Ballettschuhen, direkt daneben ein Stuhl, über dem verschiedene Trikots und rosafarbene Strumpfhosen hingen. Dolors ging zum Nachttisch und öffnete die beiden Schubladen. In beiden lagen allerlei Dokumente, in der oberen überdies ein Buch, das Aina derzeit scheinbar las, aber von einem Handy war nichts zu sehen. Dolors bat Laura, sich die rechte Zimmerseite vorzunehmen, sie suchte links, aber keine von ihnen fand das Handy.

»Kann es sein, dass sie das Handy mitgenommen hat?«, fragte Dolors Nicolette.

»Möglich wäre es. Sie hatte einen schwarzen Rucksack dabei. Vielleicht war es da drin.«

Dolors ergriff ihr Telefon und rief Pep an. »Sag mal, hast du ein oder noch besser zwei Handys bei der Toten gefunden? Vielleicht in ihrem Rucksack?«

»Schwarzes Leder«, soufflierte Nicolette. Dolors gab auch das an Pep weiter.

»Nein, tut mir leid, ein Handy habe ich nicht gefunden, gar keins.«

»Und den Rucksack?«, fragte Dolors weiter.

»Den schon, aber da ist definitiv kein Handy drin.«

»Merda«, murrte Dolors. »Wenn wir Pech haben, hat es der Täter mitgenommen. Eines der Handys könnte ein wichtiges Beweismittel sein. Hast du sonst noch etwas, das für mich interessant sein könnte?«

»Noch nicht. Die Leiche ist gerade in die Pathologie gebracht worden. Soweit ich mitbekommen habe, wollte der Pathologe sich direkt darum kümmern. Frag mich nicht nach seinem Namen, den habe ich nicht behalten. Am interessantesten dürfte die DNA werden: Hautpartikel unter den Fingernägeln und all so was. Die Tote hatte Abwehrspuren und eine Kratzwunde. Die Todesursache dagegen dürfte kaum eine Überraschung bringen. In ein bis zwei Stunden kannst du sicher anrufen, um einen ersten Überblick zu bekommen.«

»Alles klar, danke, das mache ich gern. Wenn ihr fertig seid, solltet ihr euch Ainas Wohnung ansehen. Laura schickt dir die Adresse. Mich interessiert vor allem, was auf Ainas Laptop drauf ist und ob ihr hier vielleicht mehr Glück bei der Suche nach den beiden Handys des Opfers habt als ich.«

»Mach dir keine Sorgen, wir werden gründlich nachsehen«, versprach Pep. »In einer Stunde sind wir da. Und besorge uns bitte den Durchsuchungsbeschluss.«

Dolors versprach es und legte auf. Im gleichen Moment fiel ihr Blick auf ein Plakat von New York. Sie zeigte darauf und fragte Nicolette: »Ist Aina einmal in den Staaten gewesen?«

»Ja, vor zwei Jahren, im Sommer«, erwiderte Nicolette, »da hatte sie ein paar Termine zum Vortanzen, aber es ist nichts dabei herausgekommen. Sie war ziemlich geknickt damals.«

»Kannte Aina Julia schon, bevor sie bei Agita Danza angefangen hat? Ist sie in den Staaten vielleicht mit ihr zusammengetroffen?«

Nicolette schüttelte den Kopf. »Soweit ich weiß, nicht. Sie waren zwar ein paar Wochen gleichzeitig dort, aber New York ist riesig. Über den Weg gelaufen sind sie sich dort wohl nicht. Aber sie haben sich manchmal über die Staaten unterhalten.«

»Wie war Ainas Beziehung zu Julia sonst?«

»Wie die von allen: Julia ist ja gerade erst zur Truppe dazugekommen, von daher konnte es noch nicht viele Gemeinsamkeiten geben. Auf alle Fälle hatte ich nicht das

Gefühl, dass da irgendetwas Besonderes zwischen ihnen war, weder im Guten noch im Schlechten. Aber reden Sie da besser mit den anderen Tänzerinnen, die wissen vielleicht mehr als ich. Mir gegenüber hat Aina Julia jedenfalls so gut wie nie erwähnt, und es waren immer sehr beiläufige Sachen.«

»Wie hat Aina es damals aufgenommen, dass Julia die neue Primaballerina wurde?«

»Ziemlich gleichmütig.« Nicolette wischte sich über die Augen, aus denen erneut Tränen flossen. »Im Endeffekt konnte ihr auch einerlei sein, wer die erste Tänzerin war – sie war es sowieso nicht. Als Irina und Leila ernannt worden waren, hat sie das schon ein bisschen gewurmt, da hatte sie sich nämlich noch Hoffnungen gemacht, vielleicht selbst gewählt zu werden, aber danach nicht mehr. Es war sogar ein bisschen Schadenfreude dabei, dass die beiden es dann doch nicht wurden.«

Dolors nickte. »Danke für Ihre Auskünfte. Sie haben es eben ja mitbekommen – meine Kollegen werden gleich noch herkommen. Es wäre nett, wenn Sie sich bereithielten und ihnen die Tür öffnen könnten.«

Nicolette versprach es. »Schlafen kann ich jetzt sowieso nicht. Wer ...«, sie schluchzte auf, »wer sagt es eigentlich Ainas Eltern?«

»Das machen wir, beziehungsweise mein Kollege hat es wahrscheinlich schon gemacht.« Dolors machte Laura Zeichen, dass sie gehen konnten, drehte sich dann aber noch einmal zu Nicolette um, die erneut sehr heftig weinte. Sie ging zu ihr und strich ihr über den Arm. »Wenn Sie psychologischen Beistand möchten ...«

Nicolette schüttelte den Kopf. »Nein, ich ... nein, ich schaffe das schon, ich schaffe das schon.«

Als sie im Wagen saßen, führte Dolors den Schlüssel zum Schloss, ließ ihn dann aber wieder in den Schoß sinken und sah mit einem tiefen Seufzer zu Laura. »Dich möchte ich am liebsten auch zum Psychologen schicken. Mensch, Laura, man hat das Gefühl, du wärst gar nicht da. Gibt es denn nichts, das ich für dich tun kann?« Dolors sah, wie ihre Mitarbeiterin kurz die Lippen zusammenpresste und ihre blaugrauen Augen mit Tränen vollliefen. »Laura, ehrlich …«

Laura schüttelte heftig den Kopf. »Nein, das … das wird schon. Aber danke, dass du fragst. Und ich weiß, dass du Recht hast: Besonders effektiv bin ich derzeit nicht, ich fühle mich in der Tat, als ob ich gar nicht da wäre.« Sie strich sich über die Augen. »Aber im Gegensatz zu der armen Nicolette habe ich nicht für immer meine beste und älteste Freundin verloren, sondern bin nur einem verdammten Mistkerl aufgesessen.« Sie strich ihr Haar zurück und ließ die Hände einen Moment lang am Kopf liegen. »Tut mir leid, ich bin dir heute echt keine Hilfe. Aber ich hätte dem, was du gefragt hast, auch nichts hinzufügen können.«

»Hat der *verdammte Mistkerl* noch irgendetwas zu dir gesagt?«

»Kann er nicht. Ich habe ihn blockiert.« Laura lachte freudlos auf. »Wenn man das in seinem Kopf nur auch so einfach hinbekäme.«

Dolors' Handy klingelte. Sie schielte auf den Namen des Anrufers. Als sie sah, dass es ihre Mutter war, stöhnte sie auf.

»Willst du nicht drangehen?«, fragte Laura.

»Nein.« Dolors ließ den Motor an und fädelte sich in den Verkehr, der allmählich nachließ. Es ging inzwischen auch schon auf Mitternacht zu. Das Läuten hörte auf, fing kurz darauf aber erneut an. Dolors sah, dass es wieder ihre Mutter war. »Das darf doch nicht wahr sein«, schimpfte sie. »Will sie mir den letzten Rest Gleichmut nehmen, den ich nach diesem verdammten Tag noch habe?«

Sie ließ es erneut durchläuten, aber danach kam ein dritter Anruf ihrer Mutter. Sie knurrte und nahm den Anruf über die Freisprechanlage an. »Mama?«

»Ja, deine Mutter! Immerhin. Da sollte man eigentlich schon erwarten, dass du beim ersten Läuten drangehst.«

Dolors schnaubte. »Ich habe es einfach leid, mir ständig Vorwürfe von dir machen zu lassen.«

»Und warum mache ich dir die?« Ihre Mutter lachte schrill auf. Dolors hörte, wie sie einen Schwall Luft ausstieß, und nahm an, dass sie rauchte. »Du warst schon immer im Austeilen besser als im Einstecken. Du lässt lieber andere leiden, als selbst zu leiden. Dass dir unsere letzten Gespräche nicht angenehm waren, kann ich mir denken, aber du schaffst die Fakten, nicht ich.«

»Was denn für Fakten? Es geht doch nur darum, dass ich nicht so spure, wie du es gern hättest. Aber hier gern mal zum Mitschreiben: Das ist meine Ehe, nicht deine, und darum ist es auch einzig und allein meine Angelegenheit. Also halt dich endlich da raus.«

»Deine Ehe mag mich vielleicht nichts angehen, aber das Wohl meiner Enkel durchaus.«

»Was haben die denn jetzt damit zu tun?« Neben Dolors schrie Laura »Rot!« Fluchend trat Dolors auf die Bremse und vergewisserte sich mit einem raschen Seitenblick, dass Laura die rüde Bremsaktion gut überstanden hatte. Laura hob den Daumen und keuchte: »Alles gut, alles gut!«

»Jetzt antworte gefälligst!«, schimpfte Dolors' Mutter.

»Antworte worauf? Du lenkst mich derartig ab, dass ich eben fast über die rote Ampel gefahren bin!«

»Na, dann stehst du ja jetzt und kannst mir umso besser zuhören«, erwiderte ihre Mutter ungerührt. »Euer Sohn hängt an seinem Vater. Willst du das Kind unglücklich machen?«

Dolors schlug gegen das Lenkrad. Der verdammte kleine Mistkerl. Also hatte er ihr ihre Mutter auf den Leib gehetzt.

»Du kannst es dir sparen, Pablo anzugiften, denn nicht er hat mich angerufen«, fuhr ihre Mutter da auch schon fort.

»Ach, nicht?« Dolors hob erstaunt die Augenbrauen. »Nun, wie auch immer. Auf alle Fälle kann und soll er von mir aus gern an seinem Vater hängen. Denn es geht nicht darum, *ihn* von Miguel zu trennen, sondern mich.«

»Das stimmt so ja wohl nicht. Soweit ich weiß, lässt du Pablo derzeit nämlich nicht nach Hause gehen.«

»Auch das stimmt so nicht. Es geht lediglich um seinen Playstationwahn und –« Es hupte hinter Dolors.

»Grün«, sagte Laura.

Dolors legte den ersten Gang ein und fuhr so hektisch los, dass die Reifen quietschten. »Verdammt, Mama, auch das mit Pablo geht dich nichts an. Und nebenbei bemerkt: Mila versteht sehr gut, warum ich mich von Miguel getrennt habe.«

»Aber Pablo nicht. Das Wohl deines Sohnes sollte dir einen neuen Versuch wert sein.«

»Aha, sollte es, ja? Und ich?«, konterte Dolors. »Sollte ich mir nichts wert sein?«

»Sei nicht immer so fürchterlich pathetisch.« Dolors hörte, wie sich ihre Mutter eine weitere Zigarette anzündete. »Du solltest zumindest noch einmal mit Miguel reden. Er … ist gesprächsbereit.«

»Also hat er dich anrufen?«

»Miguel macht sich große Sorgen um seine Kinder und übrigens auch um dich. Und ja, er hat mich angerufen. Er möchte, dass ihr wieder nach Hause kommt.«

»Und da muss er dich zu so später Stunde vorschicken, um mir das zu sagen?«

»Scheinbar gehst du bei ihm genauso selten ans Telefon wie bei mir, und ich hatte dich heute schon mehrfach versucht anzurufen.« Ein Schwall Rauch wurde ausgestoßen. »Mein Gott, Kind, jetzt ruinier doch nicht alles. Miguel ist ein wundervoller Ehemann und Vater. So einen Mann findest du nie wieder.«

»Versprochen?«

»Kann man denn nicht einmal vernünftig mit dir reden?« Dolors hörte, wie ihre Mutter mit dem Fuß aufstampfte.

»Sorry, ich muss auflegen, ich bekomme einen Anruf – und ich bin im Dienst.«

»Dolors, ich –«

Dolors drückte den Anruf ihrer Mutter weg und stieß mehrmals hintereinander Luft aus. Einen Anruf musste sie nicht annehmen, den hatte sie nur erfunden, und sie ärgerte sich, dass sie zu solch billigen Mitteln greifen musste und nicht auf andere Art gegen ihre Mutter ankam.

»Wenigstens ist meine Mutter auf meiner Seite«, sagte Laura nach einer Weile leise. »Und sogar seine.«

»Dann schätze dich glücklich.« Dolors sah kurz zu ihr. »Meine Mutter war noch nie auf meiner Seite. Egal worum es ging. Noch nie, nie, nie!«

23. Kapitel

Donnerstag – 9.00 Uhr

Frustriert verließ Dolors die Pathologie und starrte in den Morgenhimmel. Der Pathologe – ein Neuer, Lluis irgendwas, jedenfalls ein Netter – hatte zwar einiges an Hautpartikeln unter Ainas Fingernägeln und auch ein Büschel dunkelblonde Haare sicherstellen können, die Aina ihrem Mörder wohl in ihrem Todeskampf ausgerissen hatte, aber leider gab es dazu keinen Treffer in ihrer Datei. Also würde die DNA ihnen nur dann weiterhelfen, wenn sie den Täter fanden und einen Abgleich durchführen konnten. Leider aber hatten sie nicht die geringste Ahnung, in welche Richtung sie jetzt ermitteln mussten. Eine hilfsbereite, allseits beliebte junge Frau – warum sollte man so jemanden töten wollen? Um Raub jedenfalls war es nicht gegangen: Portemonnaie, Kreditkarten, Geld – nichts fehlte. Die Todesursache war das, was ohnehin schon offensichtlich gewesen war: Tod durch Verbluten, ursächlich bestimmt durch den tiefen Halsschnitt, den der Mörder Aina zugefügt hatte. Ainas Handys waren noch nirgends aufgetaucht. Da sie nur die Nummer ihres normal in Gebrauch befindlichen Handys hatten, hatten sie bisher nur dieses suchen, aber leider nirgends orten können. Der Mörder musste es noch beim Theater ausgeschaltet oder zerstört haben, auf jeden Fall war es dort zum letzten Mal eingeloggt gewesen. Vielleicht lag es schon längst auf dem Meeresgrund ... Andererseits machte es gerade die Tatsache, dass es nicht lokalisierbar war, nur umso wahrscheinlicher, dass Ainas Tod mindestens etwas mit einem ihrer Handys zu tun hatte und dass ihnen dies bei der Suche nach dem Mörder wichtige Hinweise geben könnte. Dolors fand, dass der Tag nicht gut anfing, überhaupt nicht gut sogar. Aber was konnte sie von einem Tag auch schon erwarten, der mit fünf Anrufen von ihrer Mutter und weiteren fünf von Miguel angefangen hatte – die sie natürlich alle nicht angenommen hatte. Am Ende hatte Miguel ihr ein WhatsApp geschickt, dass sie ihn bis zwölf Uhr zurückrufen sollte. »Sonst wirst du erleben, dass ich auch anders kann!«

Auf ihrem Weg zum Wagen überlegte Dolors, was sie als Nächstes tun sollte. Xavi hatte ihr schon vor einer halben Stunde eine Nachricht geschickt, dass er heute früh mit ihr zu Julia Tosets Vater gehen wollte. Im Moment erschien dies auch ihr als das Beste, was sie tun konnten. Also zog sie ihr Handy heraus und bat ihn, sie bei der Pathologie abzuholen. Schon wenige Minuten später hörte sie Xavi hupen.

»*Bon dia*«, rief er ihr durch das heruntergelassene Fenster so unfassbar gut gelaunt zu, dass Dolors unwillkürlich stehenblieb und sich überlegte, ob sie tatsächlich bei ihm einsteigen wollte.

Er beugte sich im Wageninneren zur Beifahrertür und sah zu ihr auf. »Du kannst beruhigt einsteigen, ich habe alles Störende weggeschafft.«

Dolors hob die Augenbrauen. Sein Unrat auf dem Fußboden hätte sie weniger gestört als diese unerträglich gute Laune. Aber das konnte sie schlecht zugeben. Wortlos stieg sie ein und zog die Tür zu.

»Oh, Madame ist mit dem linken Fuß aufgestanden?« Er feixte.

»Was versprichst du dir von dem Gespräch mit dem Vater?« Dolors hatte nicht vor, auf seine Anspielung einzugehen. »Immerhin hatte sie offenbar so gut wie keinen Kontakt zu ihm.«

»Wie oft dieses *so gut wie keinen* war, werden wir erst wissen, wenn wir mit ihm gesprochen haben. Außerdem sind Väter wichtig für ihre Kinder, sie haben einen anderen Zugang zu ihnen als ihre Mütter.«

»Was du nicht sagst«, giftete Dolors ihn an, winkte dann aber ab. »*Perdona*, das ging nicht gegen dich. Ich ... das Vater-Thema ist nur gerade ein Reizthema bei mir.«

»Alles gut.« Xavi machte eine beschwichtigende Geste und schwieg dann, was Dolors ihm hoch anrechnete. Sie machte ein paar tiefe Atemzüge, um den Brass in sich zum Abklingen zu bringen. Xavi konnte nichts für ihre Eheprobleme und auch nichts dafür, dass sie stets und ständig mit ihrer Mutter im Clinch lag. Und er konnte auch nichts dafür, dass sie mit dem Fall nicht so vorankamen, wie sie es gern gehabt hätte. Vielleicht brachte Julias Vater sie tatsächlich weiter. Auf alle Fälle half es niemandem, wenn sie Xavi auch noch mit ihrer miesen Stimmung ansteckte. Also lehnte sie den Kopf gegen die Stütze, schloss die Augen und nutzte ihren Atemfluss, um sich weiter zu beruhigen.

Eine Viertelstunde später hielt Xavi vor einem kleinen Restaurant. »Da wären wir.«

Dolors sah ihn fragend an. »Du willst ihn bei der Arbeit rausholen?«

»Nach Lauras Recherchen gehört das Lokal ihm, und am Telefon meinte er zu mir, hier sei es ihm lieber als zu Hause. Da würde er es derzeit nicht aushalten. Arbeiten sei die beste Therapie.«

»Also geht ihm der Tod von Julia näher als der Mutter?«

»Scheint so«, meinte Xavi und stieg aus. Statt direkt zum Lokal zu gehen, blieb er am Wagen stehen. Dolors sah ihn fragend an.

»Ich muss erst noch mal durchatmen.« Xavi hob verlegen die Schultern. »Ist bei dir mit den Jahren irgendeine Gewöhnung eingetreten? Mir jedenfalls reißt es nach wie vor jedes Mal den Boden unter den Füßen weg, wenn ich mit den Hinterbliebenen reden muss. Und Julias Vater wirkte am Telefon wirklich sehr betroffen.«

»Soll ich allein mit ihm reden und unser Beileid aussprechen?«

Xavi schüttelte den Kopf. »Nein, lass nur. Ich habe ja schon am Telefon mit ihm gesprochen, ich führe das zu Ende.« Er nickte Dolors zu und ging auf das Lokal zu. Sie folgte ihm.

Das Restaurant war klein und schlicht, einfache Holztische und -stühle, weiße Wände, simple Kunstdrucke mit Stadtansichten aus ganz Europa, alles wirkte sauber und gepflegt. Da es erst zehn Uhr war, war das Lokal noch so gut wie leer. Nur an der Bar saßen ein paar Kunden, drei ältere Männer, die in ein leises Gespräch vertieft waren und dabei Kaffee tranken.

»Senyor Bes?«, rief Xavi auf gut Glück in das Lokal hinein.

Fast in der Sekunde darauf trat ein mittelgroßer schlanker Mann mit grauem Bart und vielen Falten um die Augen durch die Schwingtür hinter dem Tresen. Er hatte ein

Handtuch in den Händen und sah Xavi fragend an. »Haben Sie mich vorhin angerufen?«

Xavi nickte. »Genau. Sie haben gesagt, wir sollen einfach vorbeikommen. Passt es gerade?«

Julias Vater wies auf einen Tisch am äußeren linken Ende des Lokals. Er stand ein gutes Stück vom Tresen entfernt, sodass die Männer sie wohl nicht würden hören können. Dolors ging ihnen nach und nahm neben Xavi Platz. Senyor Bes blieb stehen und fragte sie, ob sie etwas trinken wollten. Dolors und Xavi verneinten. Daraufhin setzte er sich ihnen gegenüber.

»Als Erstes möchten wir Ihnen unser aufrichtiges Beileid aussprechen«, sagte Xavi mit belegter Stimme, und Dolors spürte sein Mitgefühl so sehr, dass sich auch ihr der Hals zuschnürte. Unwillkürlich musste sie an Manel denken, der hatte es ebenfalls immer geschafft, den Angehörigen sein Mitgefühl so auszusprechen, dass sie spürten, er meinte es auch so. Sie selbst scheute oft davor zurück, verzog sich hinter Sachlichkeit, aber nicht, weil sie nicht mitfühlte, sondern weil sie Angst hatte, sonst die Beherrschung zu verlieren und womöglich in Tränen auszubrechen.

Senyor Bes schluckte und nickte so kurz und knapp, dass auf den ersten Blick klar war, wie sehr er um Fassung rang. Dolors sah, wie er seine Hände um das Handtuch krampfte, das er noch immer in den Händen hielt.

»Leider sind wir bisher bei der Suche nach dem Täter noch nicht weit gekommen«, ergriff nun Dolors das Wort. »Uns fehlen wichtige Informationen, es gibt zu viele Fragen in Bezug auf Julias Leben, die niemand beantworten zu können scheint. Über die jüngste Zeit wissen wir nur, dass sie im Spätwinter des letzten Jahres nach Barcelona zurückgekommen ist, dann sehr hart mit Marta

Bassó trainiert hat, schließlich bei Agita Danza unter Vertrag genommen und dort zur Primaballerina ernannt worden ist. Außerdem haben wir herausgefunden, dass sie während der letzten beiden Jahre in den Staaten und in Nordeuropa in einigen Tanzkompanien gearbeitet hat, aber ansonsten gibt es ziemlich viel Dunkel um diese Zeit. Wir wissen nicht einmal, warum sie überhaupt von Barcelona weggegangen ist. Soweit meine Mitarbeiterin herausgefunden hat, hat Julia damals mit einem recht erfolgreichen und aktiven Tanzensemble gearbeitet, mit dem sie in ganz Europa aufgetreten ist. Dann ist sie in ein anderes Ensemble gewechselt, mit dem sie nach den Sommerferien eine Tour durch Osteuropa machen sollte, aber ihr damaliger Arbeitgeber hat uns gesagt, dass sie ohne auch nur mit dem Proben begonnen zu haben, plötzlich von einem auf den anderen Tag gekündigt hat. Was ist in diesen Sommerferien vorgefallen? Einige haben uns gesagt, sie litte unter schweren Albträumen und Panikattacken. Niemand scheint die Ursache dafür zu kennen, aber sie haben offenbar erst nach diesem Sommer angefangen.«

Senyor Bes drückte die Fäuste vor den Mund und starrte sie aus tieftraurigen Augen an.

»Wissen Sie irgendetwas über diese Zeit?«, fragte Dolors sanft.

Senyor Bes ließ die Hände sinken und schüttelte den Kopf. »Aber es stimmt, irgendetwas muss in diesen Sommerferien vorgefallen sein. Ich habe meine Tochter leider nicht oft gesehen, ihre Mutter hat alles dafür getan, damit ich ihr nicht nahekommen konnte. Sie hat ihr gegenüber sogar behauptet, ich hätte nie Unterhalt bezahlt. Dabei habe ich das sehr wohl. Garantiert hat sie das Geld versoffen. Auf jeden Fall war meine Beziehung zu Julia dadurch sehr schwierig, auch als sie schon älter war und verstanden hat, wie ihre Mutter tickt. Echtes Vertrauen zu mir hat sie auch dann nicht gefasst. Aber vor zwei Jahren im Sommer, ja, irgendetwas muss da passiert sein. Es war das erste Mal, dass sie von sich aus zu mir gekommen ist und mich um Hilfe gebeten hat.«

»So schwierig war Ihr Verhältnis?«

»Leider ja.« Senyor Bess Miene wurde noch bekümmerter. »Geld wollte sie. Noch nie zuvor hat Julia mich um etwas gebeten, auch nicht um Geld. Nicht einmal die Tanzstunden, die sie als Teenager genommen hat, hatte sie sich von mir bezahlen lassen. Sie war unglaublich stolz. Da hat sie lieber morgens Zeitungen ausgetragen oder bis spät in die Nacht als Babysitter gejobbt. Von mir wollte sie nichts wissen und nichts haben, und von ihrer Mutter auch nicht. Sie hatte abgeschlossen mit uns, mit uns beiden. Ich kann es ihr nicht verdenken.«

»Also Geld.« Dolors sah ihn abwartend an. »Wissen Sie, wofür?«

»Nein. Sie meinte nur, sie müsse weg. Sie halte es hier nicht mehr aus. Ich habe sie nie so dünnhäutig, so angreifbar und verletzt wie an diesem Tag gesehen. Normalerweise hatte sie einen ziemlichen Panzer um sich herum. Nur niemanden hinter ihre Fassade schauen lassen, das war ihr Prinzip. Aber an dem Tag waren alle Schotten heruntergelassen. Sie hatte Tränen in den Augen, und ich glaube, wenn ich es ihr nicht sowieso und gern noch dazu gegeben hätte, wäre sie flehend auf die Knie gesunken.«

»Sie haben keine Ahnung, was mit ihr los war?«

Er seufzte. »Leider nein, aber es muss etwas Gravierendes vorgefallen sein. Julia war niemand, den man leicht umwerfen konnte. All das, was sie war, hatte sie sich allein erarbeitet. Das war hart gewesen und hatte sie hart gemacht.«

»Sie hat nicht die geringste Andeutung gemacht?« Dolors sah ihn zweifelnd an.

»Sie ist ja nicht gekommen, um sich mir anzuvertrauen. Sie wollte nur Geld. Ziemlich viel Geld übrigens.«

»Wie viel?«, fragte Xavi.

»Zehntausend Euro.« Er zuckte mit den Achseln. »Sie versprach, es mir so schnell wie möglich zurückzuzahlen, was sie gemacht hat. Sobald sie in den Staaten eine Arbeit hatte, hatte sie mir jeden Monat etwas überwiesen, bis es auf den letzten Cent abbezahlt war, und das, obwohl ich ihr mehrfach gesagt hatte, dass sie es nicht zurückzahlen muss.«

»Also war das Geld für einen Neustart in den Staaten?«

»Das vermute ich, ja.« Senyor Bes machte eine Pause. »Auf jeden Fall ist sie weggezogen, und die Überweisungen kamen aus den Staaten.«

»Sie hat überhaupt nichts dazu gesagt?« Dolors krauste die Stirn.

»So war sie eben. Immer hat sie alles mit sich allein ausgemacht. Als sie mich an diesem Tag verließ, läutete ihr Telefon. Sie hat den Anruf erst vor dem Restaurant angenommen. Es war ein heißer Tag, so wie heute, wir hatten sämtliche Fenster auf, um Durchzug zu machen, sodass ich einen Teil des Gesprächs hören konnte. Sie hat zu irgendwem gesagt, dass ihr Entschluss feststehe, dass sie von hier wegmüsse, dass sie das alles keinen weiteren Tag aushalten könne. Sie wisse um ihre Schuld, aber sie könne nichts tun, um es wiedergutzumachen. So leid ihr das auch alles täte, es gebe keinen Grund, hierzubleiben und damit alles für ihn noch schlimmer zu machen.«

»Für ihn?« fragte Dolors.

»Ja, für ihn. Aber keine Ahnung, wer damit gemeint war. Ich bin ihr nachgegangen und habe sie gefragt, aber sie hat nur mit tränennassen Augen den Kopf geschüttelt und ist weggelaufen.«

Dolors tauschte einen Blick mit Xavi. Schuld ... Immer wieder dieses Wort. Was hatte die arme Frau auf sich geladen? Warum gab es niemanden, der ihnen etwas dazu sagen konnte? Und was hatte das alles mit Aina zu tun? Es gab Momente, in denen Dolors ihre Arbeit hasste. Der jetzt war einer davon.

24. Kapitel

Donnerstag – 11.00 Uhr

Nach dem Gespräch bei Senyor Bes fuhr Dolors mit Xavi zum Kommissariat. Da sämtliche Parkmöglichkeiten in der Nähe des lang gezogenen, modernen Gebäudes für die Fahrzeuge der Mossos reserviert waren, hatten sie kein Problem, einen Parkplatz zu finden. Kaum hatte Xavi eingeparkt, sah Dolors ihre Chefin auf ihren hochhackigen schwarzen Pumps ins Hauptgebäude stolzieren. Wie meist trug sie auch heute ein knappes schwarzes Kostüm und auffälligen tiefroten Schmuck. Unwillkürlich rutschte Dolors tiefer in den Sitz von Xavis Wagen. Luisa Sanchez war die Letzte, der sie heute früh über den Weg laufen wollte.

»Fürchtest du die Chefin so sehr, dass du ihretwegen sogar auf Tauchstation gehst?« Xavi grinste von einem Ohr zum anderen.

»Blödsinn.« Hastig setzte sich Dolors wieder auf und wischte sich nicht existente Flusen vom T-Shirt. »Ich … ich habe nur halt gerade keine Lust, mit ihr zu reden.«

»Sollten wir erst mal einen Kaffee trinken gehen?« Noch immer grinsend wies Xavi mit dem Kinn zu Carmitas Bar-Cafeteria, und Dolors nickte.

Rechts neben dem Eingang der Bar-Cafeteria warben grelle, auf Touristen zugeschnittene Fotos für die Gerichte des Hauses, die allesamt Gerichte waren, die es in fast jeder Bar-Cafeteria Kataloniens zu essen gab: katalanischer Salat, Makkaroni à la Bolognese, *Tortilla*, Kroketten, *Patates braves*, Schinken mit *Pa amb Tomàquet* und dergleichen mehr. In der Regel schmeckten Carmitas Gerichte gut, auf jeden Fall besser, als die Fotos es vermuten ließen, aber es waren die gleichen Gerichte, die es schon gegeben hatte, als Dolors damals ihre Arbeit hier aufgenommen hatte. Glücklicherweise war es aber erst Vormittag und ihr noch nicht nach Essen zumute, nur nach Untertauchen, einem guten Kaffee und ein paar warmen Worten – und genau das hielt Carmita immer für ihre Gäste bereit.

Zusammen mit Xavi betrat sie das Lokal, das ebenso winzig wie hässlich war: Es bestand vor allem aus einem von der Eingangstür bis ins hintere Lokal hineinreichenden Tresen aus billigem Resopal Typ Eiche rustikal. An der rückwärtigen Wand reihten sich Regalbretter mit hochprozentigen Spirituosen übereinander, hinter ihnen zogen sich bis zur Decke fürchterlich bunte Ornamentfliesen. Ansonsten gab es in der Bar nur noch das schmale, in die bodentiefe Fensterfront eingelassenen Brett in Stehhöhe, vor dem ein paar wacklige Aluminiumhocker auf Gäste warteten, und den Durchgang zu dem kleinen hinteren Teil, in dem es ein paar Tische gab.

Als sie das Lokal betraten, blitzte in dem mondrunden Gesicht der inzwischen sicher siebzigjährigen Andalusierin ein helles Strahlen auf, das auch ihre großen braunen Augen aufstrahlen ließ. »*Madra mia*, Lola, *cariño, cuanto tiempo sin verte*! Warum bist du schon so lange nicht mehr hier gewesen? Warst du krank, oder schmeckt dir mein Essen nicht mehr?«

Carmita quetschte ihre nicht unbeträchtliche Leibesfülle durch den schmalen Gang zwischen Tresen und Lokal, wischte ihre Hände an ihrem Kittel trocken und zog Dolors in eine innige Umarmung. Unwillkürlich entspannte sich Dolors. Carmitas Umarmung war an Wärme und Herzlichkeit nicht zu überbieten.

»*Hola, Carmita, qué tal?*« Als Carmita sie wieder freigab, warf Dolors ihr einen entschuldigenden Blick zu. »In letzter Zeit war ich wenig im Kommissariat, sondern meist draußen unterwegs, und wenn ich hier war, dann in Eile.«

Carmita tätschelte begütigend Dolors Arm. »Ja, stimmt, Laura hat es ein paar Mal erwähnt. Es ist nicht einfach für dich ohne Manel, was?«

»Allerdings nicht.« Dolors biss sich von innen auf die Wangen. Wie oft hatte sie früher hier mit Manel gesessen und über ihre Fälle gegrübelt. Ihr wurde bewusst, dass sie vielleicht auch deswegen kaum noch herkam: weil Manel fehlte und es ihr hier immer besonders bewusst wurde.

»Sonst ist alles gut? Was machen die Kinder?«

»Denen geht es gut, und irgendwann wird Pablo auch mal aus der Pubertät herauskommen, oder?«

»Aber klar doch!« Carmita lachte und wies zur Bar. »Nur einen Kaffee oder auch etwas zu essen?«

»Ich nur einen Kaffee, danke.«

»Aber ich würde gern etwas essen.« Xavi warf einen raschen Blick zu Dolors. »Habe ich Zeit für eine *Tortilla*?«

Dolors nickte, dann setzten sie sich auf die Hocker an der Fensterfront, und Carmita eilte in die Küche.

Als sie an ihrem Platz saßen, merkte Dolors, wie sich allen Problemen und wehen Erinnerungen zum Trotz eine herrliche Ruhe und Entspannung in ihr breitmachte. Frei von irgendwelchen belastenden Gedanken schaute sie den

Passanten nach, die vor der Fensterfront vorbeigingen, und wurde dabei so schläfrig, dass sich ihr ein ununterdrückbares Gähnen aufdrängte. Zuerst versuchte sie trotzdem dagegen anzugehen, dann taten ihr der Hals und die Ohren dermaßen weh davon, dass sie ihren Widerstand aufgab und einfach unanständig frei gähnte. Xavi lachte auf.

»Was ist?«, fragte Dolors und sah sich zu ihm um. »Man wird doch noch mal gähnen dürfen?«

»Klar.« Xavi lachte weiter. »Ich gönne es dir auch, aber du wirkst, als bräuchtest du nicht einen Kaffee, sondern ein Bett und vierundzwanzig Stunden Schlaf.«

Dolors seufzte, sah noch einmal zu den Passanten, doch ihre Ruhe war dahin. Sie setzt sich auf und wandte sich nun komplett Xavi zu. »Was übersehen wir?«, fragte sie ihn. »Warum weiß niemand etwas über dieses Geheimnis in Julias Leben? Um welche Schuld geht es?«

Der Kellner, ein ziemlich dürrer junger Mann, der Dolors aus einer Drogenverhaftung vage bekannt vorkam, brachte ihnen ihre *cafés*. Dolors sah ihm kurz nach, dann schob sie den Gedanken an ihn beiseite. Zum einen hatte jeder eine zweite Chance verdient, und zum anderen hatte sie auch ohne ihn schon genug Probleme, die sie nicht lösen konnte. Sie kippte die beiden Zuckertüten, die ihrer Tasse beilagen, in ihren Kaffee. So war wenigstens etwas süß in ihrem Leben.

»Keine Ahnung, warum niemand etwas über ihr Geheimnis weiß.« Xavi kniff sich in den Nasenrücken und sah sie dann wieder an. »Überhaupt keine.«

Dolors' Blick ging wieder zu dem Kellner. Diese Drogensache, ja, obwohl sie es nicht wollte, kehrten ihre Gedanken wieder zu ihr zurück. Um Kokain war es damals gegangen, sogar um eine ziemlich ansehnliche Menge. Sie meinte sich zu erinnern, dass er für über ein Jahr in Haft gegangen war, obwohl er noch keine achtzehn gewesen war. Sonst hätte er dafür noch viel länger eingesessen. Sie dachte an seine Familie und die Freunde des jungen Mannes. Auch dass er aus dem Baskenland stammte, fiel ihr wieder ein. Ob die dort alle wussten, dass er gesessen hatte und warum? Und Carmita? »Vielleicht«, schoss es ihr auf einmal durch den Kopf, »weiß deswegen niemand etwas von Julias Geheimnis, weil, was sie geheim hält, gar nicht hier passiert ist.«

»Du meinst«, Xavi stellte seine Kaffeetasse ab, »das, was sie traumatisiert hat, ist nicht in Barcelona, sondern woanders passiert?«

»Zum Beispiel.«

»Ein guter Gedanke.« Er schnalzte mit der Zunge. »Dann sollten wir sämtliche Reisen Julias in dem Jahr checken, bevor sie nach Amerika gegangen ist. Länger als ein paar Monate vor ihrem Wegzug war das sicher nicht, der Schmerz wirkte ja sehr frisch, so wie der Vater das beschrieben hat. Wo war sie? Wer weiß etwas über diese Reisen? Kontoauszüge, alte Nachbarn, ehemalige Kollegen ...«

»Kannst du das übernehmen? Soll ich Laura bitten, dir zu helfen?«

»Gern. Und was hast du vor?« Er zwinkerte ihr zu. »Es steht dir ins Gesicht geschrieben, dass dir noch etwas anderes durch den Kopf geistert.«

»Das stimmt.« Dolors strich sich die Haare aus dem Gesicht. »Ich will noch einmal mit Marta reden, der Direktorin der Ballettschule meiner Tochter. Als Julia aus den Staaten zurückgekommen ist, hat sie längere Zeit bei ihr trainiert, und dabei unterhält man sich ja auch. Vielleicht weiß Marta mehr, als ihr bewusst ist.«

Dolors' Handy läutete. Sie schaute auf das Display, sah Annas Name und wunderte sich, denn normalerweise rief Anna nie an, wenn sie am Arbeiten war, sondern schickte ihr höchstens ein WhatsApp. »Was haben die Kinder angestellt?«, fragte sie sie direkt.

»Die Kinder nichts«, erwiderte Anna hörbar ärgerlich, »aber du!«

»Ich?« Dolors wurde es heiß. Sie fragte sich, ob sie am Morgen den Herd angelassen oder sonst eine Dummheit begannen hatte. »Was habe ich denn gemacht?«

»Du bist nicht zur Wohnungsbesichtigung gegangen!«

»*Merda*!« Dolors schlug sich gegen die Stirn. »Oh verdammt, verdammt, verdammt.«

»Das Fluchen bringt dir auch keinen Mietvertrag ein.«

»Und alles andere wohl auch nicht.« Dolors fragte sich, wie sie so dumm sein konnte. »Ach, Anna, es tut mir leid, auch wegen dir, weil du dich da verwendet hast.«

»Schwatz nicht herum, sondern schwing deinen Hintern her. Jetzt sofort, hörst du? Jetzt!«

»Gibt die Vermieterin mir etwa eine zweite Chance?«

»Ja, aber nur, weil ich ihr etwas von einem Mordfall erzählt habe, zu dem du vorhin gerufen worden bist. Also, sieh zu, dass nicht noch wirklich etwas passiert und dass du in spätestens einer halben Stunde hier bist. Ich erwarte dich vor dem Haus und bringe dir ein Einschreiben mit, das vorhin angekommen ist. Von einer Anwältin.«

»Ein Einschreiben von einer Anwältin?« Dolors wurde es noch heißer. Ein Einschreiben bedeuteten selten etwas Gutes, und von einer Anwältin noch viel weniger. »Mach es bitte auf und sieh rein.«

»Nein, das überlasse ich dir. Ich hasse solche Schreiben genauso wie du. Jetzt hast du übrigens nur noch neunundzwanzig Minuten.« Anna legte auf.

Dolors sah zu Xavi. Er nickte ihr zu. Offenbar hatte er das Wesentliche mitbekommen.

»Fahr nur«, meinte er. »Ich zahle und mache mich mit Laura an die Arbeit. Wenn ich Luisa Sanchez über den Weg laufe, sage ich ihr, dass du mit deinem Geliebten shoppen bist.«

Dolors gab ihm eine Kopfnuss und eilte davon.

25. Kapitel

Donnerstag – 11.30 Uhr

Da es bis zur Plaça de Regomir nicht weit war, hätte Dolors eigentlich gut zu Fuß gehen können, aber irgendwie hatte sie das Gefühl, sich ein wenig schonen und sich noch eine weitere kleine Pause gönnen zu müssen. Außerdem wollte sie Luisa Sanchez nicht über den Weg laufen. Also entschied sie sich, sich ein Taxi zu leisten. Ja, sich hinzusetzen, ans Ziel befördern zu lassen, statt selbst tätig zu werden, war genau das, was sie brauchte, um ihrer Aufregung über den Anwaltsbrief Herr werden zu können. Ärger von jemandem, den sie in der letzten Zeit verhaftet hatte, hielt sie für unwahrscheinlich, aber Miguel … In die Ecke getrieben, konnte er unberechenbar sein. Bisher hatte er zu ihrem Auszug zwar nicht allzu viel gesagt, aber genau das beinhaltete ja das Wort »unberechenbar«. Sie spürte, wie ihr Herz immer schneller und heftiger pochte, schließlich gar bis in den Hals hinauf. Sie verbat sich, auch nur eine Sekunde weiter darüber nachzudenken, und bemühte sich lieber endlich aktiv um ein Taxi.

Kurz darauf konnte Dolors ein Taxi anhalten. Sie nannte der Fahrerin, einer hübschen jungen Frau mit prächtigen lila Haaren, die Adresse, schloss die Augen und versuchte sich an Atemübungen gepaart mit Übungen, die ihr dabei helfen sollten, den verdammten Anwaltsbrief zu vergessen, was ihr zwar nicht gelang, aber immerhin beruhigte sich ihr Herzschlag dabei ein wenig.

Als sie sich ihrem Ziel näherten, bat sie die Taxifahrerin, sie schon bei der Pizzeria auf der Carrer Ample rauszulassen, die restlichen Meter wollte sie zu Fuß gehen, zumal die Straßen in der Ciutat Vella sehr eng waren, und die Carrer del Regomir, in der »ihre« Wohnung lag, besonders. Als sie an der Pizzeria ankamen, bezahlte sie mit der Karte, gab einen Euro Trinkgeld dazu, stieg aus und sah sich in dem *barrio* zum ersten Mal so um, wie sich eine Mutter von zwei halbwüchsigen Kindern umsah – und nicht wie eine Kommissarin im Einsatz. Nein, die beste Ecke des Viertels war es nicht, und je weiter ihr Weg sie zur Plaça de Regomir führte, desto weniger gut war es: Der rostige Rollladen eines längst aufgegebenen Geschäfts war mit Graffiti besprüht, vor anderen, ebenfalls dauerhaft geschlossenen Läden, waren die Gitter zugezogen und zusätzlich mit mehreren Ketten und Schlössern gesichert, ja, teilweise waren sogar die Fenster zugemauert, damit keine *okupes,* keine Hausbesetzer *einziehen* konnten. Wenn diese sich erst einmal in einem Haus eingenistet hatten, konnte man sie erst nach jahrelangem Rechtsstreit oder nach Zahlung einer saftigen *Abfindung* wieder herausbekommen, weswegen die Vorkehrungsmaßnahmen hier sie nicht wunderten.

Die Carrer de Regomir war zwar eng und aufgrund der vierstöckigen Häuser entsprechend lichtlos, aber trotzdem begegnete Dolors nicht nur Verfall und Dunkelheit. Als sie weiterlief, kam sie an gepflegteren Häusern vorbei. Im Erdgeschoss gab es kleine Geschäfte mit Dingen des täglichen Bedarfs, sicher nicht die schönsten Läden der Stadt, aber die ursprünglichsten, diejenigen, die sie seit Antritt ihrer Arbeit im Kommissariat kannte und schätzen gelernt hatte, Läden, in die die Leute morgens noch im Bademantel hereinkamen, wo man die Eier einzeln kaufen konnte und sich noch kannte, zusammenstand, redete und sich tröstete, wenn es darauf ankam. Auf den Balkonen der oberen Stockwerke wuchsen bisweilen Geranien, nicht alle üppig, aber auf alle Fälle trotzig, auch mannshohe Zimmerpalmen streckten sich auf den Balkonen dem Licht entgegen. Ein Dreijähriger raste auf seinem Rad an Dolors vorbei, die Mutter rannte ihm hinterher und versuchte zugleich, ihren Hidschab an Ort und Stelle zu halten. Im Eifer des Gefechts hatte er sich wohl gelöst. Immer wieder rief sie, er solle anhalten, doch der Junge lachte nur. Mit puterrotem Gesicht rannte sie an Dolors vorbei und fing ihn endlich. Eine arabische Schimpfsalve füllte die Gasse, der Junge plärrte, die Machtverhältnisse hatten sich verschoben.

Schließlich erreichte Dolors die Plaça. Sie war nicht besonders groß, wie die Gasse eingerahmt von vierstöckigen Häusern und hatte nur direkt zur Mittagszeit ein Stündchen direktes Sonnenlicht, aber trotzdem gab es insgesamt mehr Licht als in den düsteren Gassen drumherum, und Hoffnung, ja, anders konnte Dolors es nicht nennen: Der Platz strahlte eine eigenartige Zuversicht auf sie aus. Mitten darauf wuchsen zwei stattliche Ficus-Bäume, deren genauer Name ihr nicht einfiel, dazwischen sprossen zwei Palmen aus großen flachen Eisenschalen, und es gab Bänke, die dem Ort ebenfalls etwas Freundliches und Vertrauenswürdiges schenkten. Dolors schaute hoch zum Haus Nummer 1, ihrem möglichen neuen Zuhause. Die beiden oberen Stockwerke hatten gerade Sonne auf den Balkonen, würden hell und offen sein …

Dolors sah sich um. Im gleichen Moment kam Anna aus der Gasse neben dem Haus und eilte auf sie zu. Sofort fiel Dolors der Brief ein.

»Also gut, ich bin pünktlich«, sagte Dolors leise und streckte ihrer Freundin die Hand hin. »Und jetzt bitte den Brief.«

»Später, *guapa*, später.« Anna begrüßte sie mit zwei Wangenküssen. »Ich kann durchaus nachvollziehen, dass du dir Sorgen machst, was da drinsteht, nur wird das dein Wohnungsproblem nicht lösen. Es ist sogar das Gegenteil der Fall, denn wenn du dich jetzt damit beschäftigst, wird es uns aufhalten, und am Ende kommen wir zu spät, und die Wohnung ist endgültig weg. Also gehen wir zuerst hoch, und dies gut gelaunt, optimistisch und supersympathisch, damit Senyora Sala dich trotz deiner Unzuverlässigkeit sofort in ihr gutes Herz schließen kann.«

Dolors unterdrückte ein Schnauben. »Sag mir wenigstens, welche Anwältin den Brief geschrieben hat.«

Statt ihr zu antworten, wandte sich Anna der Haustür zu und drückte auf den Klingelknopf. Beinahe augenblicklich ertönte der Summer. Anna zog Dolors ins Haus und schob sie auf den Aufzug zu. »Wir müssen in den dritten Stock. Denk dran: Du kommst gerade von einem Mordfall. Und entschuldige dich, um Himmels willen, dass du nicht pünktlich warst. Die alte Dame ist supersüß und nett und hilfsbereit in allen Lebenslagen, nur bei Unzuverlässigkeit sieht sie rot.«

Seufzend hob Dolors den Daumen.

Als sie im dritten Stock aus dem Aufzug stiegen, lud sie eine weit geöffnete Wohnungstür zum Eintreten ein. Auf der anderen Seite gab eine weitere, geschlossene Tür. Anna zog Dolors zur offenen Tür und beugte sich in die Wohnung, ohne den Flur zu betreten. »Senyora Sala?«

»Ja, hier, *cariño*, im Wohnzimmer.« Die Stimme war ein bisschen zittrig, ansonsten aber klar und kräftig und glockenhell. »Immer geradeaus.«

Als Dolors das Wohnzimmer betrat, ging ihr unwillkürlich das Herz auf: Genau wie sie es schon unten gehofft hatte, hüllte die Sonne den Raum in ein samtiges Licht, und auch sonst wirkte er dank der beiden doppelflügeligen Türen vor den Balkonen und den hohen, stuckverzierten Decken hell und einladend. Auch die Einrichtung gefiel ihr: gemütlich wirkende, sandfarbene Polstermöbel, verschiedene weiße Ikearegale, eine dazu passende Kommode nebst Fernsehtisch und eine Essecke im gleichen Stil. Die Wände waren schlicht weiß, der Boden mit dem mahagonifarbenen Parkett der einzige Farbtupfer.

»Wow, hier fühlt man sich auf den ersten Blick wohl«, rief Dolors und konnte ihr Glück kaum fassen.

Ihr Blick ging zu Senyora Sala. Die alte Dame war fast einen Kopf kleiner als sie, sehr dünn und blass und – ein anderes Wort fiel Dolors dafür nicht ein – unglaublich fein. Ja, fein wirkte sie, elegant und voller Liebreiz, ihr pastellfarbenes rosa Chanelkostüm und die weißen, sorgsam toupierten Locken unterstrichen dies noch.

Sie ging auf Dolors zu und reichte ihr die Hand. Dolors ergriff sie behutsam und voller Sorge, zu fest zuzudrücken, denn ihre Hand war leicht und zart wie ein Vögelchen. »Senyora Sala, Sie müssen entschuldigen, dass ich zu spät komme, aber ich –« Angesichts der großen blauen warmen Augen fiel es ihr schwer, die Lüge über die Lippen zu bringen, aber sie wusste, dass es ihre einzige Chance war. »Aber ich wurde zu einem neuen Fall gerufen, und der hat leider keinen Aufschub erlaubt.«

»Ihre Freundin hat es mir schon erzählt. Ein neuer Mord in unserer Stadt, wie schrecklich! Ich kann Ihnen versichern, dass es mir eine große Beruhigung wäre, in Zeiten wie diesen jemanden von der Polizei im Haus zu haben. Meine Wohnung ist dirckt unter dieser. Wegen der Kinder müssen sie keine Sorgen haben – wenn es mir zu laut werden sollte, ziehe ich einfach mein Hörgerät raus.« Sie tippte an ihr rechtes Ohr und grinste verschmitzt.

Dolors verstand, warum Anna in diese Frau verliebt war, ihr ging es nicht anders. Sie war in der Tat unglaublich süß. »Ich hoffe, Sie mögen die Möbel, die sollten eigentlich in der Wohnung bleiben.«

Dolors nickte schnell. »Ja, natürlich, sehr gern, ich weiß nicht, ob Anna es Ihnen gesagt hat, aber ich habe mich gerade von meinem Mann getrennt und bin heilfroh, wenn die Wohnung möbliert ist, und dann auch noch so geschmackvoll wie diese.«

»Dann kommen Sie.« Senyora Sala hängte sich bei Dolors ein. »Ich zeige Ihnen die anderen Räume.«

Sie führte Dolors in die Schlafzimmer, alle verfügten über geräumige gemauerte Wandschränke mit hellen Holztüren, in den Kinderzimmern gab es ein normales Neunziger-Bett, weitere weiße Regale, schmale Schreibtische, in Dolors' Schlafzimmer ein französisches Doppelbett. Auch die Schlafzimmer waren angenehm hell. Dolors' Zimmer ging zur Straße hinaus und hatte einen Balkon, die der Kinder gingen zur Nebenstraße hinaus, waren aber auch ohne direkte Sonneneinstrahlung noch hell und angenehm. Die Vorstellung, morgens in diesem Zimmer aufzuwachen, gefiel Dolors. Die Küche und die beiden Badezimmer lagen auf der anderen Seite; ihre Fenster gingen zum Innenhof. Alles war schlicht und einfach, aber zweckmäßig, die Wohnung wirkte, als sei sie erst vor Kurzem renoviert worden. Dolors' Herz klopfte vor Aufregung. »Ich finde die Wohnung ganz wunderbar und würde sie sehr gern mieten. Sie brauchen keine Angst haben, meine beiden Kinder sind aus dem Alter heraus, in dem sie alles zerstören.« Sie dachte an Pablo und seine Angewohnheit, Türen zu knallen, und schwor sich, ihn eigenhändig zu erwürgen, wenn er jemals wieder eine Tür zuwerfen sollte.

Sie sah, wie Senyora Sala zu Anna schaute und ihr zufrieden zunickte. »Sie haben nicht zu viel versprochen, Ihre Freundin passt in diese Wohnung, wie Sie gesagt haben.« Ihr Blick ging zurück zu Dolors. »Ja, wenn Sie wollen, können Sie die Wohnung mieten.«

»Gern, so, so gern!« Eine Welle der Erleichterung durchströmte Dolors. »Wie geht es jetzt weiter? Wie hoch ist die Kaution? Wohin soll ich sie Ihnen überweisen? Und stimmt es, dass wir schon am Ersten einziehen können?«

»Das könnten Sie, alles andere steht im Mietvertrag. Wenn Sie mir alles bis morgen unterschrieben zurückgeben, gehört die Wohnung Ihnen.«

Senyora Sala ging zurück ins Wohnzimmer und nahm einen kleinen Stapel Papiere vom Couchtisch. Lächelnd drückte sie Dolors zwei Vertragsausfertigungen in die Hand. »Ein Vertrag ist für mich, einer für Sie. Ich habe schon unterschrieben. Werfen Sie den Vertrag morgen in meinen Briefkasten, dann ist alles perfekt.«

»Ich danke Ihnen, ich danke Ihnen so sehr. Sie werden Ihre Entscheidung nicht bereuen!« Dolors hoffte, dass sie dieser wundervollen Frau wirklich nie Anlass zur Verärgerung geben würde – und ihre Kinder ebenso wenig.

Kurz darauf gingen Anna und sie wieder nach unten. »Ich hoffe, du hast einen Moment zum Feiern?«

»Das habe ich zwar eigentlich nicht«, meinte Dolors, »aber manchmal im Leben muss man sich die Zeit auch für solche Sachen einfach nehmen.« Strahlend umarmte sie Anna. »Was würde ich bloß ohne dich machen!«

Dolors und Anna liefen die Straße weiter, bis sie auf die Plaça de Sant Jaume stießen, einen riesigen, sonnenbeschienenen Platz, auf dem sich sowohl der *Palau de la Generalitat*, der Sitz der katalanischen Autonomieregierung, als auch das Rathaus von Barcelona befanden – und wohin Dolors und ihre Kollegen oft zu Einsätzen bei Demonstrationen gerufen wurden. Dolors liebte den Platz, wenn er sich so friedlich wie heute präsentierte, und hatte sich schon oft vorgenommen, dass sie, wenn sie irgendwann in ihrem Leben einmal mit dem Zeichnen anfinge, genau hier beginnen würde, wo es so viele Stilrichtungen auf einmal gab: zum einen die überwiegend gotischen Wohnhäuser, zum anderen das Renaissancegebäude des Regierungssitzes und dann das Rathaus mit seiner klassizistischen Fassade auf der einen und seiner gotischen auf der anderen Seite. Nun, wenn sie fortan in direkter Nähe des Platzes wohnen würde, gab es vielleicht wirklich einmal die Gelegenheit dazu. Urban Sketching – Träumen immerhin war erlaubt ...

Anna und sie steuerten das Café rechts des Regierungsgebäudes an und fanden allen Touristen zum Trotz einen freien Tisch unter einem der riesigen Sonnenschirme. Dolors warf einen Blick zurück in Richtung der Straße, die zu ihrer neuen Wohnung führte, und konnte ihr Glück kaum fassen: Schon bald würde sie jeden Morgen auf diesem Platz einen *café solo* und ein Croissant zu sich nehmen können. Sie bestellte sich ein Glas frisch gepressten Orangensaft, Anna wollte eine *Horchata*. Kaum hatte die

Kellnerin ihnen ihre Getränke gebracht, stießen sie miteinander an.

»Ich werde dich vermissen, Anna, aber trotzdem freue ich mich total auf die Wohnung. Sie ist wunderbar. Ich kann kaum fassen, dass ich sie zu diesem günstigen Preis bekomme.«

»Lade mich einfach ab und zu zum Essen ein, dann sehen wir uns weiter öfter. Da ich nicht mehr auf Miguel treffen muss und inzwischen weiß, wie gut du kochen kannst, profitiere ich sehr gern von deinen Kochkünsten.«

Dolors versprach es und streckte ihr die geöffnete Hand hin. »Und jetzt bitte den Brief.«

»Erst der Mietvertrag!« Anna lachte. »Ich weiß doch, wie das bei dir geht: Gleich kommt der nächste dringende Anruf, und schon bist du wieder weg und der Vertrag ist vergessen.«

»Wo du Recht hast ...« Dolors fischte einen Kugelschreiber aus ihrem Rucksack, füllte den Vertrag aus und schob ihn Anna zu, die ihr im Austausch den Brief reichte. Der Name der Anwältin, die den Brief geschickt hatte, sagte Dolors nichts. Sie bohrte den Finger unter die Lasche und riss den Umschlag auf. In dem Brief steckte ein zweiseitiges Schreiben. Dolors überflog es, und von Absatz zu Absatz wurde ihr kälter.

»Was steht denn drin?«, fragte Anna besorgt. »Du wirst ja weiß wie die Wand. Nun red doch schon, was ist los?«

Dolors ließ den Brief sinken und sah Anna fassungslos an. »Miguel ist los. Er ... er will das alleinige Sorgerecht erstreiten und droht mir, mich des Kindesentzugs anzuzeigen, weil ich die Kinder in den ersten Tagen nach dem Auszug nicht zu ihm gelassen habe.«

»Das ist nicht sein Ernst, oder?« Anna starrte sie ungläubig an.

»Scheinbar doch.« Dolors sank auf ihren Stuhl zurück. »Ich fasse es nicht. Jetzt habe ich endlich eine Wohnung, in der ich mit den Kindern unterkommen kann, und nun das. Wer weiß denn, ob ich demnächst überhaupt noch Kinder habe, die bei mir wohnen dürfen?«

»He, he, he, mal langsam und atmen. Atmen! Sonst reagierst du doch auch nicht so kopflos.« Anna strich ihr beruhigend über den Arm. »Ich kann mir nicht vorstellen, dass sich Miguel tatsächlich rund um die Uhr um die Kinder kümmern will, und wie auch? Er hat doch sowieso nie Zeit. Das ist nur eine Retourkutsche, ein Machtspiel, um dir zu sagen, dass du nicht machen kannst, was du willst. Das ist Rache, sonst nichts. Wann habt ihr zum letzten Mal miteinander geredet?«

»Keine Ahnung.« Dolors zuckte mit den Achseln. »Doch, neulich, als er Pablo und Mila abholen wollte, es dann aber doch nicht getan hat. Ich weiß überhaupt nicht, was er will. An dem Tag hätte er die Kinder doch sehen können – und dann hat er einfach vergessen, sie abzuholen. Aber solche fest terminierten Rendezvous verlangen eben Zuverlässigkeit, und genau daran hapert es bei ihm. Er will die Kinder sehen, wenn er nach Hause kommt, ohne dass es ihm Umstände bereitet und er deswegen etwas planen muss. Der bringt es fertig und ersetzt mich einfach durch ein Au-pair, das er sich im Gegensatz zu mir problemlos von seinen Einnahmen leisten kann.«

»Gemach, gemach, und ein Thema nach dem nächsten. Ich kenne mich mit Sorgerechtsstreitereien nicht aus, aber ich befürchte, aus der Tatsache, dass du einfach mit den Kindern ausgezogen bist, könnte er dir vielleicht tatsächlich einen Strick drehen, und das hatte ich dir auch von Anfang an gesagt.«

»Ich weiß. Ich weiß«, stöhnte Dolors. »Und der Fakt, dass ich zunächst keinen seiner Anrufe angenommen habe und die Kinder auch nicht, macht es sicher nicht besser.«

»Nun, dann suchen wir dir eine gute Anwältin.« Anna hob die Augenbrauen. »So leicht wird er das Sorgerecht nicht bekommen, eure Kinder sind ja kleine Kleinkinder mehr. In dem Alter fragt man sie, bei wem sie leben möchten. Aber als ersten Schritt würde ich den Dialog suchen. Eine freundschaftliche Einigung ist immer die beste – und die kostengünstigste. Gerade jetzt, da du die Miete und die Kaution zahlen musst, brauchst du nicht auch noch eine horrende Anwaltsrechnung.«

»Freundschaftliche Einigung ...« Dolors strich sich über die Stirn. »*Déu meu*, ich ... Mit so einem Angriff von Miguel hätte ich nie gerechnet. Ich dachte ... ach, weiß der Himmel, was ich gedacht habe, aber jedenfalls nicht, dass er um die Kinder kämpfen würde.«

»Rede mit ihm, dann weißt du mehr. Auch, was tatsächlich hinter dem Anwaltsschreiben steckt. Vielleicht geht es ihm in Wahrheit um ganz was anderes. Angst vor Kontrollverlust oder so.«

Dolors nickte und griff nach ihrem Handy. Kurz darauf hatte sie den WhatsApp-Chat von Miguel gefunden und schrieb: »Was hältst du von einem Mittagessen?«

Er antwortete schon in der Sekunde darauf: »Ach nee, auf einmal kennst du meine Nummer wieder und willst reden?«

Dolors biss die Zähne zusammen und schrieb: »Miguel, bitte, ich ...« Sie hielt inne, löschte alles wieder und schrieb dann: »Wollen wir unser Geld unbedingt Anwälten in den Rachen werfen? Lass uns reden. Wann hast du Zeit?«

»Rede mit meiner Anwältin.«

»Miguel, bitte!«

Dann tat sich lange gar nichts. Als Dolors schon weiterschreiben wollte, kam auf einmal: »Um eins bei Paco. Ich reserviere einen Tisch. Aber sei gewiss, dass du mir viel bieten musst, damit ich meine Anwältin zurückpfeife, sehr viel!«

Dolors zeigte es Anna. Ihre Freundin hob die Augenbrauen. »Einen Versuch ist es wert. Du weißt, dass ich Miguel nicht mag, nie mochte, aber egal für wie selbstverliebt ich ihn halte – er ist trotzdem kein schlechter Kerl. Auch keiner, der Krieg sucht, nur um seine Macht zu beweisen. Er ist nur etwas chaotisch. Wer weiß, vielleicht ist das nur seine verquere Art zu sagen, dass er dich und seine Kinder liebt und vermisst?«

»Wenn, dann wäre es sehr verquer!« Dolors massierte sich den Nacken. »Auf alle Fälle habe ich nicht das Gefühl, dass das mit einem Essen und ein paar warmen Worten zu lösen ist. Nicht bei den großen Geschützen, die Miguel aufgefahren hat. Der fühlt sich verdammt sicher, dass er am Ende gewinnen wird. Das merkt man doch.«

»Lass dich nicht ins Bockshorn jagen. Du bist eine kluge Verhandlerin, zumindest dann, wenn du einen kühlen Kopf behältst.« Anna drückte ihre Hand. »Sieh also zu, dass du den hast!«

»Einen kühlen Kopf bei dem Thema?« Dolors lachte auf, um nicht loszuweinen, und hoffte, dass Xavi noch ein paar Stunden ohne sie auskommen konnte.

26. Kapitel

Donnerstag – 12.15 Uhr

»Was glaubst du, wann du fertig sein wirst?«, fragte Xavi.

»In ...« Dolors schloss die Augen und spürte, wie sich ihre Hand fester um das Handy an ihrem Ohr schloss. Wie lange dauerte es, seinem Noch-Ehemann auszureden, einem das Sorgerecht zu entziehen und einen wegen Kindesentzug anzeigen? »Ich rufe dich an, wenn ich fertig bin. Aber rechne mal, dass ich sicher mehr als eine Stunde brauche.«

»Du klingst bedrückt«, gab Xavi behutsam zurück. »Kann ich irgendwie helfen?«

»Ich ... nein, nein, danke, es geht schon.« Dolors spürte Annas prüfenden Blick auf sich und winkte ärgerlich in deren Richtung. Anna krauste die Stirn und lehnte sich mit ihrer *Horchata* und einer Miene im Stuhl zurück, als wolle sie sagen: Ich höre und sehe nichts. Dolors fuhr zu Xavi gewandt fort: »Ich melde mich, sobald ich kann. Kommst du so lange allein zurecht?«

»Das Problem bin weniger ich als ...« Xavi seufzte.

»Sag mir nicht, es gibt noch eine tote Tänzerin!«

»Nein, nein, aber unsere Chefin hat mich angerufen, und noch bin ich nicht so dreist wie du, einfach nicht dranzugehen.« Er lachte auf, es klang unfroh. »Kurz und gut: Sie ist ziemlich sauer, weil sie dich wohl schon etliche Male angerufen hat und du nie ans Telefon gehst. Ich soll dir ausrichten, dass du umgehend bei ihr auftauchen sollst und dass du nicht zu versuchen brauchst, bei ihr anzurufen, denn jetzt würde sie bei dir auch nicht mehr ans Telefon gehen.«

»Oha.« Dolors fragte sich, wer sich heute noch alles gegen sie verschwören wollte. »Nun denn, trotzdem muss ich das hier zuerst erledigen. Aber mach dir keine Gedanken: Danach fahre ich direkt zu ihr. Wenn sie dich noch mal fragt, sag einfach, du hättest mich nicht erreicht, dann bleibt es nicht an dir hängen.«

»Je nachdem wo du bist, kann ich dich abholen. Laura hat einiges wegen Julias Reisen ausgegraben, ich auch, wir sollten uns austauschen.«

Dolors nannte ihm die Adresse von Miguels Lieblingsrestaurant. »Aber du musst nicht wegen mir durch die halbe Stadt fahren.«

»Keine Sorge, das passt schon. Das ist nicht besonders weit weg. Dann können wir uns auf der Fahrt weiter über die Fälle austauschen.«

Dolors bedankte sich und legte auf. Anschließend sah sie auf ihre Uhr und dann zu Anna. »So, und jetzt in die Höhle des Löwen.«

»Wie gesagt: Einfach einen kühlen Kopf behalten, dann läuft das schon mit Miguel. Sei dir sicher: Der blufft nur! Der will sich nie und nimmer tagein, tagaus um zwei Teenager kümmern mitsamt Einkaufen gehen, Essen kochen, Wäsche waschen, Taxifahrten, Hausaufgaben kontrollieren, Liebeskummer und was sonst noch alles anfällt. Und du weißt genau, dass ein Au-pair dich nicht ersetzen würde.«

»Ich schon, aber er vielleicht nicht. So oder so will er es bequem haben: die Kinder jederzeit zur freien Verfügung.

Das habe ich unterschätzt. Für alles andere kann er jemanden einstellen. Verdienen tut er genug.«

»Aber auch so jemand muss erst einmal gefunden und dann alles organisiert werden. Eine Haushälterin ist nicht rund um die Uhr verfügbar. Irgendetwas würde auch an ihm hängenbleiben. Er müsste genau das werden, weswegen du dich von ihm trennst: zuverlässig und teamfähig.«

»Warten wir es ab.« Dolors erhob sich. Anna hielt sie an der Hand fest und sah zu ihr auf. »Meine Mutter hat immer gesagt, Wut begegnet man am besten mit Freundlichkeit.« Sie zwinkerte Dolors zu.

Dolors seufzte, nahm ihre Sachen auf und winkte Anna zum Abschied zu.

Pünktlich um dreizehn Uhr betrat Dolors Pacos Restaurant. Es war ein tiefes Kellerlokal, angenehm kühl, wie immer um diese Tageszeit brechend voll, aber sie wusste, dass sie nicht hier vorn im »Pulk«, wie Miquel es nannte, würden sitzen müssen, sondern in einem der beiden Nebenräume, die man links und rechts durch breite Torbögen erreichte. Ein Kellner kam auf sie zu, aber Paco machte ihm Zeichen, dass Dolors von ihm persönlich begrüßt würde. Paco war ein großer Mittvierziger mit dicken, dunklen Locken, vielen Aknenarben und strahlenden blauen Augen, die sofort von ihnen ablenkten.

»Lola, *reina meva, com vas*? Auf jeden Fall bist du schön wie immer!« Er begrüßte sie mit Wangenküssen und einer herzlichen Umarmung. Dolors erwiderte beides und brachte auch ein Lächeln in ihr Gesicht. »Danke, Paco, und ja, alles bestens. Und du, alter Charmeur, wie geht es dir?«

»Solange meine Gäste so zahlreich und zufrieden wie heute sind, wunderbar.« Er machte eine weite Geste über den gut gefüllten Hauptraum. »Komm, ich führe dich nach hinten. Miguel hat für euch reserviert.«

Dolors folgte ihm. Kaum hatten sie den Torbogen hinter sich gelassen, sank der Geräuschpegel, aus unsichtbaren Lautsprecherboxen rieselte sanfte Klaviermusik in den Raum. Der Nebenraum war sehr viel kleiner als der vordere Saal, und ebenso geschmackvoll wie hochwertig eingerichtet. Statt Papier- gab es schwere Stoffservietten, statt einfacher Drucke hingen exquisite Ölgemälde an den Wänden. Jeder Essplatz war eine kleine, von mannshohen Grünpflanzen beschützte Oase und so weit von den anderen Tischen entfernt, dass man keine Angst haben musste, dass jemand mithören konnte. Paco zog Dolors einen Stuhl zurück und zündete die Kerze auf ihrem Tisch an.

»Kann ich dir einen Aperitif bringen?«

Dolors verneinte. »Ich bin im Dienst. Aber ein Wasser hätte ich gern. Und ...« Zu ihrem Erstaunen merkte sie, dass sie Hunger hatte. »Ein paar Oliven mit Anchoas und etwas zum Knabbern wäre schön.«

»Kommt sofort.« Mit einer angedeuteten Verbeugung zog er sich zurück. Kurz darauf brachte der Kellner die Oliven und dazu kleine *Tortilla*-Häppchen mit aufgespießten Cherrytomaten, gefüllte Lachsröllchen und ein paar Stücke unglaublich leckeren *Fuet.* Diese Wurst bezog Paco von einem Bauern, dessen Namen er niemandem verriet. Während Dolors auf Miguels Erscheinen wartete, aß sie Stück um Stück, doch auch als sie alles aufgegessen hatte, war noch nichts von ihm zu sehen. Sie sah auf die Uhr. Nach halb zwei. Sie fragte sich, ob sie sich ärgern und gehen oder es unter »was hast du sonst erwartet« abhaken sollte, und beschloss, noch zehn Minuten zu warten. Als die neunte Minute vergangen war, kam Miguel. Er wirkte kein bisschen abgehetzt, eher so ruhig und entschleunigt, als hätte er gerade Yoga samt einer langen Meditation gemacht. Mit keiner Silbe entschuldigte er sich für sein Zuspätkommen. Dolors schluckte die Bemerkung herunter, die ihr auf der Zunge lag. Er kam zum Tisch, schien zu überlegen, ob er sie zur Begrüßung küssen sollte – was er sonst immer in der Öffentlichkeit tat, selbst wenn sie am Tag davor heftig gestritten hatten – und tat es dann tatsächlich nicht. Er hängte sein feines Leinenjackett über die Rücklehne seines Stuhls, setzte sich ihr gegenüber und bestellte ein Glas Rosé. Erst dann sah er Dolors richtig an. Der Blick war weder freundlich noch unfreundlich, allerdings sichtlich gekränkt. Dolors musste sich eingestehen, dass es sie berührte. Mit seiner Wut hätte sie besser umgehen können. Und noch etwas merkte sie: Dass sie sich immer noch von ihm angezogen fühlte, von seinem markanten und trotzdem fein geschnittenen Gesicht, den breiten Schultern, den warmen, tiefbraunen Augen mitsamt der sie umgebenden Lachfältchen, den fast schwarzen, dicken Haaren, in die man so wunderbar seine Hände vergraben konnte. Sie räusperte sich. »Schön, dass du es einrichten konntest, dass wir uns sehen.«

Er nickte, erwiderte aber nichts. Dolors wunderte sich. Schweigen war eigentlich nicht seins; sie fragte sich, ob seine Anwältin ihm einen Maulkorb verpasst hatte.

»Hattest du viel Arbeit heute?«, fragte sie schließlich, um die Stille nicht zu bedeutend werden zu lassen.

»Nein, ich bin von zu Hause gekommen.«

Dolors unterdrückte ein Knurren. Wollte er damit andeuten, dass er bewusst zu spät gekommen war? Und warum? Um ihr zu beweisen, dass er tun und lassen konnte, was er wollte? »Miguel, ich …«

»Das hättest du nicht tun dürfen«, unterbrach er sie. »Einfach weggehen mit den Kindern.«

»Sollten wir lieber ewig weiterstreiten?«

»Wir haben ja nicht nur gestritten«, gab er zurück. Dolors wusste, dass es stimmte. Mehr als einmal hatten ihre Auseinandersetzungen auch im Bett geendet – mit nicht eben wenig Leidenschaft. Aber auch das wollte sie nicht mehr: dass es Sex nur noch in diesem Kontext gab. Weil auch das ihr zeigte, dass er sie nicht mehr ernst nahm. – *Du erregst mich so, wenn du so wütend bist!* – Nein, das reichte ihr nicht, das wollte sie nicht mehr hören. Sie glaubte auch schon lange nicht mehr daran, dass diese »Liebesstunden« irgendetwas für ihn bedeuteten. Sonst würde er sich danach ja ändern ... oder es zumindest versuchen. Sie wollte einen Mann, der zu ihr stand, der sie ernst nahm, dem sie etwas wert war – den Mann, der er früher war. Dass er es nicht mehr war, tat weh. Sie schluckte ihre Gefühle herunter. »Bitte, Miguel, ich brauche Ruhe und Frieden in meinem Leben. Und Planungssicherheit. Die Kinder auch. Es gibt kaum noch gute Momente in unserem Leben. Nur Streit und ab und zu ein bisschen Sex – das reicht nicht für eine Ehe. Du lebst nur noch in deinen eigenen Sphären und hast uns irgendwo auf dem Weg dahin verloren.«

»Was für Sphären?«, fragte er ärgerlich. »Das Studio, die Aufnahmen, die Reisen ... Das sind keine Sphären, sondern das, womit ich unser Geld verdiene.«

»Ja, sicher, und da bist du der große Miguel. Aber du findest immer weniger zurück ins Private, zurück zu uns, zu dir. Privat, das ist der Bereich, wo Kinder nicht irgendwann, sondern pünktlich abgeholt werden müssen, wo man den Müll runtertragen und Englischvokabeln abfragen muss.«

»Reden wir jetzt echt übers Müllruntertragen?« Sein Lachen klang wie ein Bellen.

»Nein, wir reden darüber, dass du nicht alltagstauglich bist, oder zumindest nicht mehr. Auch die Tatsache, dass du eben einfach so eine halbe Stunde zu spät gekommen bist, ohne dass es einen Termin gab, der dich aufgehalten hat, ohne dich auch nur mit einer Silbe zu entschuldigen. Du merkst doch gar nicht mehr, wie du mit uns umgehst. Wir sind Statuen, die gefälligst an Ort und Stelle zu stehen haben, bis es dir einfällt, mal wieder deinen Glanz auf sie herabstrahlen zu lassen.«

»Ich … ich bin nicht nur so zu spät gekommen. Ich habe nur überlegt, ob ich überhaupt zu diesem Treffen kommen soll.« Sein Blick wurde eindringlich. »Lola, das, was du da tust – das kannst du nicht bringen. Komm zurück. Das geht so nicht. Du … du bist meine Frau. Es sind unsere Kinder. Du kannst nicht einen großen Radiergummi in die Hand nehmen und euch einfach so aus meinem Leben entfernen.«

»Du hast dich selbst aus unserem Leben entfernt, Miguel. Ich ziehe nur die Konsequenzen daraus.«

Er sah von ihr weg, zu einem Gemälde. Schien sie darüber zu vergessen. Dann wandte er sich plötzlich wieder zu ihr um und sagte: »So geht das nicht.«

Dolors atmete tief durch. »Miguel, lass es uns so versuchen. Ich habe eine Wohnung gefunden, sie liegt nicht weit von deiner. Gib uns Zeit und Raum. Lerne wieder, dass Menschen nicht allzeit verfügbar sind, weil du der große Miguel bist, sondern dass sie geliebt und ein Stück weit auch umworben werden wollen. Dass man zuverlässig und verbindlich für sie da sein muss. Dann können wir immer noch sehen, ob das nur eine zeitliche begrenzte

Auszeit ist oder ob es ein Dauerzustand wird. Wir brauchen eine Veränderung, wir alle.«

»Das ist Bullshit«, knurrte er sie an. »Bullshit!«

»Nein, ist es nicht. Lass uns ausprobieren, was das getrennte Leben mit uns macht, und dann weitersehen. Das ist alles, was ich dir anbieten kann.«

»Die Kinder wollen nach Hause!«

»Mila nicht. Sie ist genauso wütend und verletzt wie ich. Und Pablo ... Er will heile Welt. Aber die gibt und gab es sowieso nicht mehr.«

»Pablo will zu mir!«

»Pablo will zu einer superschnellen Glasfaser-Internetverbindung. Reicht es dir, dass dein Sohn zu dir will, weil du die bessere Internetverbindung hast?«

»Du weißt genau, dass das nicht alles ist!« Miguel nahm seine Serviette auf und warf sie auf den Tisch. »Pablo und ich haben ein gutes Verhältnis, und Mila und ich auch.«

»Ihr *hattet* ein gutes Verhältnis.« Dolors sah ihn eindringlich an. »Aber sie haben den Glauben an dich verloren, an dich als Institution, die immer für sie da ist, die immer ein offenes Ohr für sie hat – denn du bist schlicht und ergreifend nicht da, und selbst wenn du da bist, bist du nur mit dir beschäftigt.«

»Dann ... dann ändere ich das eben wieder«, presste Miguel hervor. »Komm zurück, und alles wird wie früher.«

Dolors schüttelte den Kopf. »Ich will es auf diesem Weg versuchen. Eine Wohnung kann man kündigen. Wenn ich merke, dass es wieder besser läuft, komme ich zurück.«

»Wozu dieser Umweg? Nur um es mir heimzuzahlen?« Er ergriff ihre Hand. »Kannst du dir eigentlich vorstellen, wie schrecklich es war, als ich nach Hause gekommen bin und feststellen musste, dass ihr alle drei weg wart? Weg, weg, weg – ohne ein Wort. Alles hätte passiert sein können. Du hast ja nicht mal ein Abschiedswort zurückgelassen. Keiner von euch dreien ging ans Telefon. Lola, das war scheiße von dir, megascheiße!«

Dolors schluckte. Es war das erste Mal, dass sie Miguels Perspektive ihres Auszugs sah, und seine Version ihres Auszugs hörte sich durchaus anders an als ihre. *Ich musste da einfach raus, in eben diesem Moment, sonst wäre ich durchgedreht*, hatte sie Anna gesagt. Aber es hatten sich auch Zweifel in ihr eingeschlichen, schon gleich nach ihrer *Aktion*. Sie musste sich eingestehen, dass sie sich nie ernsthaft überlegt hatte, wie dieser ebenso wortlose wie unvermittelte Auszug auf ihn gewirkt haben mochte. Oder hatte sie es nicht sehen wollen und all die Wut, die sie auf ihn hatte, dazu benutzt, diese Gedanken zu unterdrücken? Sie sah ihn an. Sein Blick tat ihr noch mehr weh als zuvor. Der Schmerz darin war nicht gespielt, er war echt, und er trug ihn nicht erst seit heute mit sich herum. Etwas in ihr drängte sie, sich zu entschuldigen, aber die Worte wollten nicht über ihre Lippen kommen. Zu oft hatte er sie verletzt, ihr das Gefühl gegeben, ein Nichts, ein Niemand zu sein. Schließlich warf sie ihm ein »Vielleicht« hin. »Ja, vielleicht war es scheiße. Aber frag dich mal, wie lange und oft ich geflucht, geheult und gelitten habe, um das dann durchzuziehen. Und sag mir nicht, ich hätte dich nicht gewarnt, dass es mir reicht und dass dein Verhalten Folgen haben würde!«

Er ließ ihre Hand los. Starrte sie nur an. Dann stand er auf und ging.

Auch als Miguel gegangen war, blieb Dolors noch sitzen. Sie würgte an ihren Tränen, versuchte, sie mit Wasser herunterzuspülen, aber selbst das Wasser wollte nicht runterrinnen. Als der Druck auf ihrer Lunge ein kleines bisschen nachließ, rief sie Xavi an. »Du kannst mich abholen«, war alles, was sie sagte. Mehr hätte sie auch nicht sagen können.

»Ich stehe schon vor der Tür«, erwiderte Xavi.

»Ich komme.« Dolors legte auf, nahm einen tiefen Atemzug und erhob sich. Beim Hinausgehen versuchte sie, nichts und niemanden zu sehen. Bezahlen musste sie nicht, Miguel hatte ein Konto bei Paco. Trotzdem war sie froh, Paco nicht über den Weg zu laufen. Bloß mit niemandem reden müssen. Als sie auf die Straße trat, hatte sie das Gefühl, gegen eine heiße Wand zu rennen. Nach der Kühle da drinnen kam es ihr hier draußen erstickend heiß vor. Dann sah sie Xavi. Er lehnte wenige Meter von ihr entfernt an seinem Wagen und hatte dabei etwas von James Dean, jung, unschuldig, und zugleich herrlich herausfordernd und flegelhaft. Als er sie sah, legte er den Kopf schief, schien zu spüren, wie schlecht es ihr ging. Sie spürte seinen Impuls, dass er jeden Moment auf sie zuzugehen und sie umarmen würde. Hastig hob sie die Hand, schuf Abstand. Der Kloß in ihrem Hals wurde wieder dicker. Sie presste die Lippen aufeinander. Lief weiter auf ihn zu, und jetzt trat Xavi trotzdem auf sie zu. Seine Arme öffneten sich leicht, es war keine Umarmung, nur das Angebot dazu, und schließlich sank sie einfach hinein und drückte sich an seine Brust. Als er seine Arme um sie schloss, fing sie an zu weinen. Er küsste sie auf die Stirn und brummte, wie leid es ihm für sie täte. Dolors presste sich noch fester an ihn, dann endlich ließ der innere

Druck nach, die Tränen ebenso. Sie richtete sich auf und nickte ihm zu. »Fahren wir.«

Ohne ein weiteres Wort zu wechseln, stiegen sie ins Auto. Als Dolors die Beifahrertür schloss, kreuzte sich ihr Blick mit dem von Miguel. Er stand neben dem Lokal und starrte sie fassungslos an.

27. Kapitel

Donnerstag – 15.15 Uhr

»Ah, Dolors, welch große Ehre, dass Sie auch mal auftauchen! Ich weiß nicht, wie viele Nachrichten ich Ihnen inzwischen auf dem AB hinterlassen habe. Fünfzehn? Oder doch schon zwanzig?«

Einer der wenigen Namen im Kommissariat, die sich Dolors nie merken konnte, war der von Luisa Sanchez' Sekretärin. Sie nahm an, dass der Grund dafür in ihrer tiefen Abneigung gegen diese Frau lag – und dass diese auf Gegenseitigkeit beruhte. Zumindest schob die Frau ihre merkwürdige Louis-Vuitton-Brille auch heute wieder einmal höher auf ihre Nase, als sie Dolors sah, und blickte sie dabei so missbilligend an, als hätte sie ihr mit voller Absicht eine Tasse Kaffee über ihre ebenso feinsäuberlichen wie akkurat ausgerichteten Unterlagen gekippt. »Ich melde Sie bei der Chefin an. Machen Sie sich darauf gefasst, dass sie nicht eben gut auf Sie zu sprechen ist. Und bitte nicht hier, sondern im Flur warten.« Sie wedelte mit der Hand in die entsprechende Richtung.

Dolors verkniff sich jede Erwiderung, ging wieder nach draußen und setzte sich neben Xavi, der dort ausharrte.

»Bist du sicher, dass du da mit reinwillst?«, fragte sie ihn. »Immerhin hat sie nur mich zu sich zitiert.«

»Wir arbeiten zusammen an dem Fall. Wenn sie dir was vorzuwerfen hat, wirft sie es auch mir vor.«

Sie sah zu ihm. »Aber ich bin die Leiterin unseres Teams, also trage ich auch die Verantwortung für alles, was schiefläuft.«

»Das will ich dir gar nicht absprechen, aber zu zweit hat man eine andere Präsenz. Nimm eine Unterstützung doch auch mal an, wenn sie sich dir bietet.«

Dolors sah ihn an, dachte über seine Worte nach und nickte. Kurz darauf kam Luisa Sanchez' Sekretärin und winkte sie herein. »Kommen Sie, na los!«

Dolors sah, wie Xavi die Augenbrauen zusammenzog. Auch sie wurde nicht gern wie ein verloren gegangenes Schaf angebellt und vorangetrieben, aber das war schon immer Luisa Sanchez' Stil gewesen und von deren Sekretärin übernommen worden. Der Einzige im Kommissariat, mit dem die beiden das nie wagten, war Manel.

Kaum betraten sie Luisa Sanchez' Büro, schoss diese auch schon von ihrem Stuhl hoch. »Unglaublich, dass Sie sich auch mal einfinden«, zischte sie Dolors an.

Dolors biss die Zähne zusammen.

Luisa Sanchez nahm die *Vanguardia* vom Schreibtisch und hielt Dolors das Titelbild hin. *Wann wird der Tänzerinnen-Mörder wieder zuschlagen? Schon die zweite tote Tänzerin in drei Tagen. Die Polizei tappt noch immer im Dunkeln!*, war dort zu lesen. »Können Sie mir mal verraten, was ich den Journalisten nachher auf der Pressekonferenz sagen soll? Ganz gewiss nicht, dass Sie tatsächlich im Dunkeln tappen. Dem ist nicht so, oder?«

Dolors verspürte den dringenden Wunsch, zu Xavi zu schauen und ihn antworten zu lassen. Sie überlegte nicht zum ersten Mal, ob sie für diese Vertretung ihres Chefs die geeignete Besetzung war. Manel, verdammt, Manel!

Unter ihm zu arbeiten war so viel einfacher gewesen, als selbst in der Schusslinie zu stehen.

»Ich höre!« Luisa Sanchez sah sie ungeduldig an.

Dolors räusperte sich. »Nein, im Dunkeln ...«, sie musste sich ein weiteres Mal räuspern, »im Dunkeln tappen wir allerdings nicht. Wir haben verschieden Spuren und die Täter-DNA.«

»Was spricht dann gegen eine Verhaftung? Es muss Ihnen doch klar sein, welche Wellen, welche Panik solche Schlagzeilen auslösen! Das Nächste wird sein, dass sie von einem Serienkiller reden, der die Stadt unsicher macht und das mitten im Sommer, wenn sie voller Touristen ist. Also, wer ist der Täter, und wann können Sie ihn verhaften?«

»Ich habe nicht gesagt, dass wir wissen, wer der Täter ist. Wir haben nur seine DNA.« Dolors bemühte sich, Luisa Sanchez' Blick standzuhalten. »Und wir sind dran.«

»Sie sind *dran*?« Luisa Sanchez betonte das Wort »dran«, als wäre es das Ekligste, was sie seit Langem gehört hatte.

Xavi setzte zum Reden an, Dolors ahnte, dass er sie verteidigen wollte, aber diese Blöße wollte sie sich nicht auch noch geben. »Dran heißt, dass wir mit allen Betroffenen gesprochen haben«, sagte sie schnell. »Es gibt Verdächtige und Verdachtsmomente, aber Sie wissen selbst am besten, dass ich niemanden verhaften kann, ehe ich handfeste Beweise habe.«

»Namen?«

Dolors sah sie verständnislos an.

»Wer die Verdächtigen sind! Wie heißen sie?«

»Wir haben eher einen Täterkreis. Am wahrscheinlichsten ist, dass der Täter aus dem Kreis der Ballettgruppe beziehungsweise damit nahestehenden Personen kommt. Außerdem gibt es eine zweite Spur, die in die Vergangenheit führt.« Dolors ärgerte sich, dass sie sich nicht vor dem Gespräch mit ihrer Chefin mit Laura über deren Erkenntnisse ausgetauscht hatte, und auch mit Xavi hatte sie im Wagen nicht über den Fall geredet, es hatte ihr nicht der Kopf danach gestanden – womit sie Luisa Sanchez in einem Punkt Recht geben musste: Sie, Dolors, war zumindest am heutigen Tag alles andere als eine ideale Besetzung für eine Mordermittlung, weil sie gerade mehr mit ihren eigenen Problemen als mit dem Fall beschäftigt war.

»Ja, und, ich höre?« Luisa Sanchez machte eine unwirsch flatternde Handbewegung durch die Luft.

»Bevor Julia vor zwei Jahren aus Spanien weggegangen ist, muss etwas passiert sein, das sie zutiefst erschüttert hat. Leider weiß niemand etwas Genaueres darüber, und inzwischen wissen wir auch, warum: Das, was sie so traumatisiert hat, kann nicht hier passiert sein. Xavi und Laura haben gerade alle Unterlagen von Julia auf den Kopf gestellt, wir durchsuchen das Netz und natürlich auch ihren Computer.«

»Und in welche Richtung geht das alles?«

»Die Spuren führen nach Afrika«, erklärte Xavi. »Julia hatte in Südafrika einen schweren Autounfall, bisher wissen wir nur, dass sie den Wagen nicht selbst gefahren hat, und versuchen gerade herauszufinden, wer am Steuer saß. Das sollte uns weitere Erkenntnisse bringen und hoffentlich auch jemanden, den wir zu den Vorfällen befragen können. Ich denke, bis zum Abend müssten wir da alles Relevante herausgefunden haben.«

Dolors versuchte sich ihre Erleichterung nicht anmerken zu lassen. Also waren sie in den Unterlagen tatsächlich fündig geworden, ihr Instinkt hatte sie nicht getrogen.

»Und im anderen Mordfall?« Luisa Sanchez wirkte eine Spur zufriedener, auch ihr Tonfall war nicht mehr ganz so aggressiv wie zuvor. »Den dieser Aina?«

»Da suchen wir nach wie vor ihr zweites Handy«, übernahm Dolors wieder den Bericht. »Die Spusi hat die Wohnung des zweiten Mordopfers zwar schon durchsucht, aber wir werden sie uns heute erneut vornehmen. Vielleicht taucht es doch irgendwo auf. Ehe wir nicht einmal die Nummer dieses Handys haben, kommen wir da nicht weiter.«

»Wieso haben Sie die Nummer nicht?«

»Weil es, nach Aussage ihrer Mitbewohnerin, das Handy von deren verstorbener Großmutter ist, das sie behalten hat, nur gibt es keine Unterlagen mehr, weil die Wohnung nach dem Tod der Großmutter geräumt wurde – und es muss ein Payback-Handy sein, denn es gab keine laufenden Abbuchungen auf Ainas Konto«, erklärte Xavi. Offenbar hatten er und Laura während ihres Mittagessens auch in dieser Sache weiterrecherchiert.

»Na ja«, machte Luisa Sanchez. »Das ist immerhin etwas. Dann suchen Sie weiter. Ich erwarte noch heute Ihren Bericht – und am besten eine Verhaftung!«

Damit waren sie entlassen.

28. Kapitel

Donnerstag – 15.45 Uhr

Kaum hatte Dolors ihre Bürotür hinter sich geschlossen, begann sie auch schon, Luisa Sanchez nachzuäffen: »Ich höre! – Und in welche Richtung geht das alles? – Und im zweiten Mordfall?«

Xavi begann zu lachen.

»Witzig finde ich das nicht!«, herrschte Dolors ihn an und knallte ihren Rucksack auf ihren Schreibtisch. »*Déu meu*, wenn meine Kinder nicht so an diesem verdammten *barrio* hängen würden, würde ich mich echt ans andere Ende der Erdkugel versetzen lassen. Das geht nicht gut aus mit der und mir. Das geht nicht gut aus!«

»Gib dir Zeit«, meinte Xavi. »Gib dir Zeit.«

»Wieso MIR?«, fragte Dolors verwirrt. »Und hör endlich mit dem dämlichen Gelache auf!«

»Ich kann nicht.« Xavi versuchte sichtlich, seinen Lachanfall zu unterdrücken, musste daraufhin aber nur noch mehr lachen – bis Dolors schließlich mitlachen musste und ihm gegen den Arm boxte. »Du bist ein echter Idiot, weißt du das? Nicht mal in Ruhe wütend sein kann man mit dir.«

Er wischte sich Lachtränen vom Gesicht. »Aber mal im Ernst.« Er schnappte nach Luft und schaffte es endlich, ruhig zu werden. »Du musst dir echt Zeit geben. Zeit, um zu lernen, wie man diese Position, die du jetzt hast, ausfüllt – und wie man mit so einer Vorgesetzten umgeht. Ich kenne Manel ja nicht, aber sicher hatte der, als er anfing, auch seine Querelen mit seinem Vorgesetzten. Da muss man reinwachsen, sich behaupten lernen.«

Dolors ließ sich auf ihren Bürostuhl plumpsen. »Tja, wahrscheinlich.« Sie strubbelte sich durch ihr Haar.

Es klopfte.

»Ja?«, rief Dolors.

Kurz darauf erschien Lauras Blondschopf im Türspalt. Dolors bat sie herein und sich zu setzen. Xavi und Laura nahmen ihr gegenüber auf den Besucherstühlen Platz. Das Büro war nach wie vor im gleichen Zustand, wie Dolors es von Manel übernommen hatte – und auch das Chaos war das Gleiche: Die Regale an den Wänden waren noch ebenso vollgestopft wie zuvor, der Schreibtisch ebenso überladen, und ansonsten gab es nur ihren und die beiden Besucherstühle und zwei mickrige Kakteen auf der Fensterbank. Bilder von ihren Kindern hatte Dolors noch nie auf ihrem Schreibtisch stehen gehabt, auch wenig anderes Privates – hier aber wirklich gar nichts. Irgendwie war es für sie noch immer Manels Büro, das sie, sobald er durch die Tür käme, wieder räumen würde.

»Ich war gerade dabei, Dolors zu erklären, dass sie lernen muss, sich gegenüber unserer Chefin zu behaupten«, erklärte Xavi Laura. »Sag du ihr doch auch mal, dass sie einen Superjob macht und sich von ihr nicht kleinmachen lassen muss.«

»Na, aber so was von!« Laura nickte heftig. »Luisa Sanchez kann es doch sowieso keiner Recht machen.«

»Manel schon«, widersprach Dolors.

Laura schüttelte den Kopf. »Bei dem hat sie sich nur nicht getraut, etwas zu sagen. Der hätte sich niemals von ihr runterputzen lassen. Mit seiner ruhigen stillen Art war er wie ein Fels. Wir anderen waren nur Brandung, auch Luisa Sanchez. Das wusste sie.«

»Also muss ich ein Fels werden.« Dolors seufzte. »Ruhig und still.« Sie seufzte noch einmal. »Ich und ruhig und still. Das ist genauso aussichtslos, als wolltest du in der Sahara Frösche züchten.«

Xavi und Laura lachten. Dolors machte eine wegwischende Handbewegung. »Sei es, wie es sei. Wir müssen im Fall weiterkommen. Laura, was hast du herausgefunden?«

Laura begann zu berichten. Leider war es kaum mehr, als Xavi eben schon Luisa Sanchez gesagt hatte: Vor zwei Jahren gab es einen Autounfall in Südafrika, bei dem Julia Beifahrer gewesen war, und vier Wochen nach ihrer Rückkehr nach Barcelona verließ sie offenbar mehr oder minder fluchtartig das Land – so zumindest ließ sich das, was ihnen Julias Vater gesagt hatte, interpretieren.

»Natürlich wissen wir nicht, ob ihr Weggehen in die USA tatsächlich etwas mit dem Unfall zu tun gehabt hat, aber so wenig, wie wir aus der Zeit vor ihrem Verschwinden haben, müssen wir uns an jeden Strohhalm halten«, meinte Dolors. Dann erhob sie sich und ließ das Rollo herunter; die Sonne kam gerade um die Ecke und drohte, ihr Büro in einen Brutkasten zu verwandeln. »Laura, hast du schon bei der Polizei in Kapstadt angefragt, wer am Steuer saß? Vielleicht kann derjenige uns mehr über den Unfall sagen. War es ein Taxifahrer, ein Führer – oder ein Freund oder Freundin, mit dem oder der sie unterwegs war? *Mare meva*, das muss doch herauszufinden sein!«

»Ich haben sie angeschrieben und angerufen«, erwiderte Laura erschrocken. »Da ihre Zeitzone nur eine Stunde vor unserer liegt, funktioniert die Kommunikation auch sehr gut, aber bisher haben sie nichts herausfinden können. Ich hoffe, dass sie mir im Lauf des Tages Auskunft geben können. Ich habe es auf alle Fälle dringend gemacht und kann gern auch gleich noch mal anrufen. Außerdem habe ich das Krankenhaus angeschrieben, in das sie kam, und gefragt, ob jemand mit ihr zusammen eingeliefert worden ist, aber die berufen sich auf ihre ärztliche Schweigepflicht. Ich hoffe, dass uns auch da die dortige Polizei weiterhelfen kann.«

»Prima Arbeit, danke, Laura, und es tut mir leid, ich wollte dich nicht anfahren.« Dolors strich sich mit beiden Händen die Haare aus dem Gesicht. »Heute ist nicht mein bester Tag.«

»Schon gut.« Laura winkte ab.

»Parallel dazu habe ich mit der Fluggesellschaft geredet«, meinte Xavi. »Ich wollte wissen, wer auf dem Flug neben ihr gesessen hat. Da habe ich leider noch keine Antwort.«

»Die Idee ist gut.« Dolors rieb sich über die Stirn. »Ich muss noch einmal mit Leila und Irina reden. Vielleicht wissen sie etwas über diese Reise. Laura, finde bitte heraus, wo die beiden gerade sind, dann fahren wir da hin, Xavi.«

Eine halbe Stunde später betraten Dolors und Xavi Irinas Wohnung. Zunächst hatte Laura keine der beiden Tänzerinnen telefonisch erreichen können, aber dann hatte die Sekretärin des Instituts ihr gesagt, dass Irina wahrscheinlich zu Hause sei, weil ihre Tochter krank war – und so hatte Dolors beschlossen, mit ihr anzufangen, und Xavi und sie waren auf gut Glück hingefahren.

»Was noch wollen?«, fragte Irina sie gereizt, kaum dass sie ihnen die Wohnungstür geöffnet hatte. »Meine Tochter heute nicht gut. Braucht Ruhe, viel Ruhe.«

»Es tut mir leid«, sagte Dolors, »aber es ist wichtig, und wir stören Sie nur ganz kurz.«

Irina machte eine unwillige Geste in die Wohnung hinein. »Aber leise sein. Endlich sie schläft.«

Sie wies Dolors und Xavi den Weg ins Wohnzimmer, sah kurz bei ihrer Tochter herein und kam ihnen nach.

»Ich nicht weiß, was Sie wollen von mir.« Irina lehnte sorgsam die Tür an. »Julia und ich – wir nicht waren Freundinnen, wir nicht kannten gut. Ich nichts sagen kann!«

»Und Aina?«, fragte Dolors. »Wie war Ihr Verhältnis zu ihr?«

»Gut. Gut!« Irina zog einen Haargummi von ihrem Handgelenk und fasste ihre langen Haare zu einem Zopf zusammen. »Aber auch zu Aina ich nichts kann sagen. Ich nicht weiß, wer sie umgebracht hat. Wir haben getanzt zusammen, sonst nichts. Nicht zusammen ausgegangen oder so, will ich sagen. Ich habe Kind, krankes Kind. Ich habe keine Zeit für Plausch mit anderen, so sagt man doch, oder? Plausch? Also ich nicht mehr weiß. Was also Sie wollen von mir?«

Dolors sah sich um. Ihr Blick blieb am Bücherregal hängen. Sie ging näher und wies auf die Bildbände über Afrika. »Waren Sie schon einmal dort?«

»Was ist das für eine Frage? Sie wollen über Urlaub reden?« Irina sah sie ärgerlich an. »Ich nie Urlaub. Ich habe krankes Kind. Ich habe immer krankes Kind. Ich nie fahre in Urlaub!«

»Und warum haben Sie diese Bücher?«

»Weil meinem Freund gefallen. Das Brunos Bücher sind.«

Dolors hatte das Gefühl, dass Irina nicht nur ärgerlich war, sondern auch zunehmend nervös wurde. »Also reist er gern?«

Irina sah sie einen Moment lang an, schien zu überlegen, wie sie reagieren sollte, erst dann nickte sie. »Ja, er gern reist. Peru. Kanada. China. Neuseeland.« Sie ließ ihre Hand über die Bildbände gleiten. »In Schlafzimmer wir haben noch mehr, viele Länder.«

»War er schon in all diesen Ländern?«

Sie zuckte mit den Achseln. »Natürlich nicht. So viel reisen niemand kann. Ist teuer.«

»Und in Südafrika?«

»Keine Ahnung.« Irina hielt Dolors' Blick stand. »Seit er mit mir zusammen ist, er nicht mehr viel reist.«

»Sie leben also mit dem Techniker des *Graners* zusammen«, sagte Xavi mehr zu sich selbst als zu ihr.

Irina nickte. »Ja. Na und? Verboten ist, Freund im *Graner* zu haben?«

»Wo war Ihr Freund am elften Juni ab Mitternacht?«

»Mit mir im Bett!« Irinas verschränkte die Arme vor der Brust. »Wir schlafen um diese Uhrzeit, und ich weiß genau, dass er hat geschlafen, weil meine Tochter hatte schlechtes Nacht. Musste ich mehrmals aufstehen, um nach ihr zu sehen, ich habe kaum schlafen können, darum ich genau weiß, dass Bruno in unserem Bett war.«

»Und am vierzehnten Juni ab achtzehn Uhr?«

»Sie nicht meinen, es reicht? Bruno hat niemanden umgeb–«

»Wo war er?«, unterbrach Dolors sie harsch.

»Auch zu Hause. Bei mir und meiner Tochter. Abendessen.« Irinas Blick wurde noch härter. »Bruno ist ein guter Mann. Ein sanfter Mann. Bester Mann in meinem Leben. Bruno würde niemals jemandem wehtun und schon gar nicht töten!«

»Das behaupte ich auch gar nicht, im Moment stelle ich nur Fragen. Wo ist er jetzt?«

»Er arbeitet. Im *Graner.*«

»Dann werden wir uns mal mit ihm unterhalten«, erklärte Xavi lakonisch.

Sofort schoss Irina auf ihn zu. »Lassen Sie Bruno in Ruhe, er nichts getan hat!«

»Im Moment geht es nur darum, ihm ein paar Fragen zu stellen«, beruhigte Dolors sie.

»Sie wissen, dass ich gebe Tanzunterricht Ihrer Tochter?« Irina sah sie wütend an. »Sie heißt Mila, stimmt's?«

Dolors verspürte einen Stich. »Ich kann Ihnen nur raten, meine Tochter nicht ihren Ärger darüber spüren zu lassen, dass ich in dem Mordfall Ihrer Kollegin ermittele!«

»Sonst?« Irina hob die Augenbrauen und sah sie eisig an. Dann öffnete sie die Wohnzimmertür »Gehen Sie! Ich nicht muss mit Ihnen reden. Oder Sie haben Befehl von Staatsanwalt? Dann zeigen.«

Dolors nahm an, dass sie einen Durchsuchungsbeschluss meinte, aber es war auch gleich, worauf sie anspielte – sie hatte sowieso keine Fragen mehr und auch keine Lust, weiter mit ihr über Mila zu streiten. Sie tauschte einen Blick mit Xavi. Er sah sie irritiert an. Dolors eilte ihm voran. Er würde ihr schon folgen. Kaum standen sie unten auf der Straße, hielt Xavi sie kurz am Arm fest. »Was war das eben? Was ist das mit Irina und deiner Tochter?«

Dolors stieß einen Schwall Luft aus. »Irina hält doch den Sommerkurs in Milas Ballettschule ab. Ich hatte gehofft, sie würde nicht merken, dass Mila meine Tochter ist. Aber natürlich war unter den Schülerinnen schnell rum, dass ich ihre Lehrerin befragt habe, und irgendwann wusste sie es dann auch.«

»Ist das ein Problem?«

»Sag du es mir.« Dolors sah ihn an und wünschte sich Manel an ihre Seite. Der würde es ihr sagen können. Und ihm hätte sie geglaubt.

»Wenn du dir Sorgen machst, dann lass sie im Moment woanders einen Kurs machen, es gibt in der Stadt sicher genug gute Ballettschulen, die solche Kurse im Sommer anbieten.«

»Man merkt, dass du keine Kinder hast.« Dolors hob die Augenbrauen. »Mila hat dort ihre Freundinnen – alle ihre Freundinnen! Es würde ihr den ganzen Sommer verderben, wenn ich sie da rausnehme. Das würde sie mir nie verzeihen. Und außerdem ...« Sie atmete heftig aus. »Außerdem wäre das Wasser auf Miguels Mühlen. Er ... er droht mir, mich wegen Kindesentzugs anzuzeigen, und will das alleinige Sorgerecht beantragen. Wenn er davon erfahren würde, würde er dazu noch behaupten, dass ich die Kinder mit meiner Arbeit gefährde.«

»Oh.« Xavi schnappte nach Luft. »So verhärtet sind die Fronten zwischen euch?«

Dolors dachte an den hasserfüllten Blick, den Miguel ihr zugeworfen hatte, als er sie in Xavis Armen gesehen hatte. »Verhärtet ist wahrscheinlich noch untertrieben.« Sie schluckte. »Lass uns Bruno suchen.«

Xavi nickte und öffnete mit der Fernbedienung den Wagen. Im gleichen Moment läutete Dolors Handy. Es war Laura. Sie nahm den Anruf an.

»Wir haben gerade eine Einbruchsmeldung weitergeleitet bekommen. Jemand ist letzte Nacht in die Wohnung unseres zweiten Mordopfers eingedrungen und hat dort alles gehörig auf den Kopf gestellt.«

»Verdammt.« Dolors schnippte, damit Xavi zu ihr sah. »Wir müssen zu Ainas Wohnung. Sofort!« Sie stieg ein und stellte die Freisprechanlage an. »Und ihre Mitbewohnerin? Ist der etwas passiert?«

»Die hat es gar nicht mitbekommen, weil sie nicht zu Hause war. Ihr war es unheimlich in der Wohnung, mit den Sachen einer Ermordeten. Sie hat bei einer Freundin übernachtet und den Einbruch eben erst bemerkt.«

»Gott sei Dank ist ihr nicht auch noch was passiert. Wir sind schon unterwegs.«

Xavi setzte das Martinshorn aufs Dach, dann fuhren sie los.

29. Kapitel

Donnerstag – 17.15 Uhr

In der Wohnung von Aina und Nicolette sah es aus, als wäre ein Hurrican hindurchfegt: Jede einzelne Schublade war ausgeleert, jeder Schrank ausgeräumt, die Betten umgeworfen, selbst die Gardinen hatten der oder die Einbrecher heruntergerissen. Und nicht nur das – viele der Dinge, die aus dem Schränken geworfen waren, waren sinnlos zerstört worden: zerrissene Bücher, kaputt getretene Bilderrahmen, zertrümmerte Stühle.

»Da war aber jemand verdammt wütend«, brummte Xavi.

Dolors nickte. »Und aus der Wut schließe ich, dass –«

»... der Einbrecher nicht fündig geworden ist«, beendete Xavi ihren Satz. »Sehe ich genauso.«

Dolors wandte sich um und ging zu Pep. Die Spurensicherung hatte ihre Arbeit schon vor ihrem Eintreffen aufgenommen. »Sucht weiter nach dem Handy. Ich wette meinen Kopf darauf, dass der Kerl, der das alles verwüstet hat, es noch nicht gefunden hat. Wenn es hier ist, müssen wir es finden. Wenn derjenige extra noch mal hergekommen ist, ist er ein ziemliches Risiko eingegangen, also muss es wichtig sein.«

»Es fragt sich nur, warum derjenige nicht schon früher aufgetaucht ist.«

Dolors zuckte mit den Achseln. »Vielleicht wusste er nicht, wo Aina wohnte?«

»Und woher wusste er es jetzt?«

»Oder er hatte Angst, gesehen zu werden – und wollte nicht noch eine Leiche zurücklassen? Letzte Nacht hat er gesehen, dass die Wohnung leer war, und hat die Gunst der Stunde genutzt?«

»Wir werden es herausfinden.«

»Aber hätte er denn tatsächlich vor noch einem Mord zurückgeschreckt?«, fragte Núria.

Dolors zuckte die Achseln. »Gewiss ist nur eines: Morden ist nicht einfach, schon gar nicht für jemanden, der eigentlich *normal* ist.« Beim Wort normal machte sie Anführungszeichen in die Luft. »Ein normaler Mensch muss immens unter Druck geraten, um zu morden. Das häufigste Mordmotiv ist immer noch Kränkung und Verletzung des Selbstwertgefühls – gefolgt von Rache, sexuellen Mordmotiven, Eifersucht, Hass und Liebe oder Gier. Wenn wir nur einen Mörder für die beiden Tänzerinnen haben, und davon gehe ich aus, hatte er den ersten Mord zwar von langer Hand und damit kalt geplant, aber beim zweiten Mal kurz entschlossen gehandelt. Das lässt den Schluss zu, dass er spontan unter Druck geraten ist. Nicolette hatte wahrscheinlich nichts mit dem zu tun, wofür die beiden anderen gestorben sind, da ist es viel schwieriger, jemanden zu töten. Überdies wäre er natürlich auch Gefahr gelaufen, gesehen und erwischt zu werden.«

»Selbst wenn er wusste, wo Aina wohnt, hätte er nicht einfach reinspazieren können«, warf nun Xavi ein. »Zunächst waren wir vor Ort, und er konnte nicht wissen, ob wir das Handy nicht schon längst gefunden haben. Auf alle Fälle hatte er nach unserer Durchsuchung keine Eile mehr, und es dürfte ihm oder ihr deshalb sinnvoll erschienen sein, erst mal abzuwarten, bis die Wohnung leer war.«

»Also los, Leute.« Dolors klatschte in die Hände. »Wenn der Mörder das Handy immer noch nicht hat, haben wir noch alle Chancen oder finden vielleicht wenigstens einen Hinweis auf einen anderen Ort, wo es sein könnte.«

Dolors ging in die Küche, auch dort herrschte ein heilloses Durcheinander. Nicolette saß tränenüberströmt in der hintersten Ecke auf dem einzigen nicht zertrümmerten Küchenstuhl und zeigte auf den Akt der Zerstörung vor ihr. »In der Wohnung kann ich doch nie wieder eine ruhige Minute verbringen.« Sie schluchzte. »Wissen Sie, wie lange Aina und ich gebraucht haben, um sie zu finden?«

Nach ihren eigenen Erfahrungen konnte Dolors es sich nur zu gut vorstellen. »Beruhigen Sie sich.« Sie strich Nicolette über die Schulter. »Wir werden den Täter fassen, und danach werden Sie keine Angst mehr haben müssen. Aber die nächsten Tage würde ich in der Tat eher bei einer Freundin schlafen, wenn Sie die Möglichkeit dazu haben.«

»Ja, das kann ich.« Nicolette bückte sich und fischte nach der Küchenpapierrolle, die halterlos auf dem Boden herumkullerte und vormals wahrscheinlich auf dem Küchentisch gestanden hatte. Jetzt lag der Tisch auf dem Kopf. Sie riss sich ein Papier ab und trocknete sich das Gesicht. »Meine Freundin holt mich gleich ab. Ich packe nur ein paar Sachen zusammen.«

»Das bitte nicht«, sagte Xavi. Er war nachgekommen. »Zuerst müssen wir unsere Arbeit machen und die Spuren sichern. Wenn Sie wollen, suchen wir Ihnen später etwas heraus, und Sie können es sich dann auf dem Kommissariat abholen. Am besten machen Sie uns eine Liste der Sachen, die Sie möchten, und geben sie Núria. Sie steht gleich da vorn.«

Er bückte sich und reichte ihr einen der zahllosen Zettel, die auf dem Boden herumflogen. Dolors nahm an, dass sie ursprünglich einmal in der Zettelbox gesteckt hatten, die unter Nicolettes Stuhl lag. Mit einem schwachen Lächeln bedankte sich die junge Frau und zog einen Kuli aus ihrer Handtasche. Dolors machte Xavi Zeichen, dass auch sie anfangen wollte zu suchen. »Viele Augen sehen mehr«, meinte sie zu ihm. »Ohne dieses verdammte Handy oder einen Hinweis auf seinen Verbleib gehe ich jedenfalls nicht nach Hause.«

Sie zogen sich Schutzanzüge über und gingen in Ainas Zimmer. Dolors sah sich um. »Wo würdest du ein Handy verstecken, das absolut niemand finden darf, an das du aber trotzdem jederzeit drankommen musst?«

Genau wie in der übrigen Wohnung war auch in diesem Zimmer der ganze Inhalt der Schubladen und Schränke auf den Boden geschleudert, ein halbhohes Regal und der Schreibtisch waren auf den Boden geworfen und vom Einbrecher sicher von allen Seiten untersucht worden. Auch das Bett war demontiert, der Nachttisch in viele Einzelteile zerlegt. Dolors ging zu dem Berg aus Kleidern, Büchern und Stofftieren und durchsuchte sie, während Xavi den gemauerten Kleiderschrank auf lose Stellen untersuchte, jedoch nicht fündig wurde. Dolors tastete derweil jedes Kleidungsstück ab, jede Jackentasche, jede Kapuze, jedes der überaus zahlreichen Stofftiere, die Aina besaß. Offenbar war sie ein Freund von Winnie the Pooh, denn sie hatte alle Tiere aus dieser Reihe, allerdings waren es nicht die, die man in den Läden fand, sondern selbst gemachte: Sie waren viel detaillierter als die in den Geschäften und hatten aufwendig gearbeitete Kleider.

Zwei von ihnen hatte der Einbrecher aufgeschnitten, die anderen waren gut abtastbar. Dolors überließ sie der Spurensicherung, damit sie auch diese noch einmal untersuchten. Doch nirgends war ein Handy. Sie biss sich auf die Lippen. Dann kam ihr ein Gedanke, und sie schlug sich gegen die Stirn. »Wir suchen dauernd ein Handy und damit etwas entsprechend Großes. Aber vielleicht war das gar kein normal großes Handy, sondern eines von diesen ganz winzigen, die man viel besser verstecken kann.«

»Winzige Handys? Keine Ahnung, die habe ich noch nie gesehen.« Xavi hielt inne. »Aber bitte, gern, suchen wir auch an Stellen, in die etwas Kleineres hineinpasst.« Er drehte sich einmal im Kreis. Auch Dolors drehte sich um die eigene Achse, wobei sie absolut nichts ausmachen konnte, was sie nicht schon in der Hand gehabt hatten. Dann ging ihr Blick zur Decke. Dort hing in einem Lampenschirm aus fingerdicken Eisenverstrebungen eine dieser derzeit modernen, übergroßen Glückbirnen mit dekorativem Glühdraht. Sie war mit einer fast handbreiten Aufhängung an die Decke geschraubt. Dolors rief nach Pep und bat ihn, einen Stuhl oder eine Leiter mitzubringen und sich die Aufhängung anzusehen. Kurz darauf hielt er die Lampe in der Hand und fischte aus dem Inneren der Aufhängung ein winziges Handy heraus. »Wow, Lola, Volltreffer, ich bin beeindruckt. Die kannte ich bisher nur aus dem Knast, da haben die Gefangenen sie auch, natürlich nur inoffiziell und gut versteckt. Ich wäre nicht auf die Idee gekommen, hier nach so einem Miniteil zu suchen.« Er nickte Dolors anerkennend zu. »Wenn ich je in Clydes Fußstapfen treten will, nehme ich mir dich als meine Bonnie mit ins Boot.«

Dolors lachte. »Ruf mich an, wenn ihr die Daten ausgewertet habt.« Ihr Blick ging zu Xavi. »Na komm, fahren wir endlich zu Bruno.«

30. Kapitel

Donnerstag – 18.30 Uhr

Dolors und Xavi fanden Bruno in dem kleinsten der Tanzsäle des *Graners*, wo er gerade in ein Gespräch mit einer Tänzerin vertieft war. Er war ein gutes Stück größer als sie und erklärte ihr mit elegant fließenden Gesten, wie er die letzte Sequenz getanzt haben wollte. Durch seine Bewegungen konnte sich Dolors genau vorstellen, was er von der Tänzerin erwartete, sah die Passage regelrecht vor sich, jede seiner Gesten war Musik. Sie wünschte sich, Mila könnte dies sehen. Aber leider war sie nicht des Tanzes wegen hier. Sie räusperte sich. »Senyor Pacreu?«

Bruno wandte sich um. In seinen großen dunklen Augen brannte die Leidenschaft seiner Ausführungen; ihn umwehte eine Woge von Musik, Spannung und fleischgewordener Lebendigkeit. Unwillkürlich schluckte Dolors und verstand wie vielleicht nie zuvor, was wahre Leidenschaft für den Tanz bedeutete. Auf jeden Fall wirkte er in dem Ballettsaal in seinem Element, ganz anders als bei ihrer ersten Begegnung vor dem Haus, als er ihnen absichtlich die Tür vor der Nase hatte zufallen lassen und sie nichts als seinen rebellischen Blick und die wilden dunkelblonden Haare wahrgenommen hatte.

»Womit kann ich Ihnen helfen?«

»Mein …« Sie räusperte sich, fasste sich. »Mein Name ist Dolors Canovas, das ist mein Kollege Xavi Martinez.« Sie zeigte ihm ihren Ausweis. »Wir ermitteln in den Mordfällen von Julia und Aina und haben ein paar Fragen an Sie.«

Er deutete eine Verbeugung an und lächelte sie freundlich an. »Aber natürlich, sehr gern.« Dann nickte er der Tänzerin zu. »Du weißt, worauf du achten musst. Übe es ein paar Mal allein, gleich schaue ich es mir noch einmal an.« Dann an Dolors gewandt: »Wollen wir in mein Arbeitszimmer gehen? Es ist nicht besonders gemütlich, aber da sind wir ungestört.«

Kurz darauf saßen sie in Brunos Büro, einem Raum, der außer dem vollgepackten Schreibtisch und drei Stühlen vor allem aus Magnettafeln bestand, die Wände waren regelrecht zutapeziert mit ihnen. An ihnen hingen unzählige Notizen und Bilder von Aufführungen. Bruno zeigte auf seine Kaffeemaschine und bot ihnen eine Tasse an. Dolors lehnte ab, auch Xavi schüttelte dankend den Kopf.

»Sie sind im *Graner* für die Technik zuständig und der Repetitor des Ensembles, richtig?«

»Ja, korrekt.« Er stellte eine Tasse unter den Ausfluss, legte ein Kaffeepad ein und machte sich einen *café solo*. Knatternd setzte sich der Automat in Gang; der Geruch war so verführerisch, dass Dolors bereute, sein Angebot abgelehnt zu haben. Anschließend nahm er hinter seinem Schreibtisch Platz und blies in seine Tasse. Dampf stieg auf. Dolors sah ihn an. »Wir haben gehört, Sie reisen gern.«

»Äh, ja.« Er lachte auf und fuhr sich durch sein dickes Haar, woraufhin es noch strubbeliger als vorher aussah. »Was aber hat das mit Ihren Ermittlungen zu tun? Viele Menschen reisen gern.«

»Sicher, aber nicht alle nach Südafrika.« Dolors musterte ihn.

»Auch da gibt es reichlich Touristen.« Er wurde ernst. »Warum wollen Sie mich wirklich sprechen?«

»Sie waren also in Südafrika?«

Er zuckte mit den Achseln. »Ja, wieso?«

»Es geht darum, dass auch Julia in Südafrika gewesen ist und dort einen Unfall hatte. Wir haben den Verdacht, dass sie irgendetwas im Zusammenhang mit dieser Reise schwer traumatisiert hat – vielleicht war es auch nur der Unfall an sich, den sie dort gehabt hat, aber wir wüssten es gern genauer und hoffen, Sie können ein wenig Licht ins Dunkel bringen.«

»Ich soll da Licht reinbringen?« Er schüttelte den Kopf. »Keine Ahnung, was Julia in Südafrika getrieben hat. Ich wusste bis eben nicht einmal, dass sie dort gewesen ist.«

»Julia war vor ziemlich genau zwei Jahren in Südafrika, Anfang Juni, zuerst in Kapstadt, dann in Johannesburg, um genau zu sein. Ihr Unfall war am 23. Juni. Wo waren Sie in diesem Sommer?«

»Im Juni vor zwei Jahren war ich …« Er fuhr mit seinem Finger über den Rand der Kaffeetasse, hielt dann inne und sah wieder zu Dolors. »Keine Ahnung, wo ich da war, ich bin früher sehr viel herumgereist, sowohl privat als auch beruflich. Wann ich wo war – da müsste ich nachsehen. Aber ich war nicht in Südafrika, wenn Ihnen das im Moment schon mal weiterhilft. Da war ich vor drei Jahren. Und vor sieben oder acht Jahren. Aber definitiv nicht vor zwei Jahren.«

»Das eine Datum haben Sie sofort im Kopf, aber ansonsten keine?« Dolors sah ihn prüfend an.

»Ja, habe ich, das war nämlich mein Geschenk an mich zu meinem dreißigsten Geburtstag, und jetzt bin ich dreiunddreißig.« Er lächelte und stellte die Kaffeetasse ab. »So was vergisst man nicht so schnell.«

Dolors beschloss, die Antwort unkommentiert zu lassen. »Wie war Ihr Verhältnis zu Julia und Aina?«

»Das zu Aina war sehr gut. Wie kennen ... kannten uns seit einem Jahr und mochten uns sehr. Und zu Julia ...« Er zuckte mit den Achseln. »Ich glaube, mit ihr hatten wir alle unsere Probleme.«

»Könnten Sie *Probleme* genauer definieren?«, fragte Xavi.

»Das ging nicht von mir aus. Es lag an ihr. Sie war unglaublich distanziert. Gegenüber allen. Ein bisschen viel Diva für meinen Geschmack.« Er nahm seine Kaffeetasse wieder auf und leerte sie mit einem einzigen Schluck. »Außerdem bin ich derjenige im Ensemble, der am wenigsten von ihr mitbekommen hat. Von ihrer Einstellung habe ich erst erfahren, als ich aus Tokio zurückgekommen bin. Dort habe ich mit einem Ensemble, bei dem ich ab und an aushelfe, eine kleine Tour gemacht. Und am Tag nach meiner Rückkehr wurde sie als neue Primaballerina nominiert.«

»Sie sind mit Irina liiert.« Dolors setzte sich auf. »Das wird bei Ihrem Verhältnis zu Julia sicher eine Rolle gespielt haben. Immerhin hat sie Ihrer Freundin die Stellung weggeschnappt.«

»Na ja, sympathischer hat sie mir das nicht gemacht. Mir kam dabei die Rolle des Tröstenden zu, die ich natürlich auch übernommen habe. Aber solche Dinge passieren in einem Ensemble, mal ist der eine, mal ist der andere dran. Und Julia war schon sehr, sehr gut.«

Dolors tauschte einen kurzen Blick mit Xavi. Sie sah ihm an, dass auch er keine Fragen mehr hatte, und erhob sich. »Danke. Das war es für den Moment. Ach, eines vielleicht noch: Wo waren Sie am elften Juni um Mitternacht und am vierzehnten Juni?«

»Als Julia starb, war ich zu Hause und habe tief und fest geschlafen, Irina kann Ihnen das bestätigen. Ich weiß noch, dass ihre Tochter in der Nacht sehr unruhig war, sie musste mehrfach aufstehen, das hat sie mir am nächsten Morgen gesagt. Von daher kann sie sicher zweifelsfrei bezeugen, dass ich da war. Und als Aina starb ...« Er rieb sich die Stirn, schien zu überlegen. »Auch zu Hause. Vermutlich haben wir gerade zu Abend gegessen. Wenn Sie wollen, können wir meine Freundin anrufen, sie hat bei solchen Sachen ein besseres Gedächtnis als ich.« Er griff in seine Hosentasche und zog sein Handy heraus.

»Nicht nötig, danke«, sagte Dolors. »Wir haben schon mit Irina gesprochen, und wir werden uns gewiss auch noch einmal sprechen.«

Dolors war sich sicher, dass Bruno der drohende Unterton in ihrer Stimme nicht entging. Jemand wie er war feinfühlig genug, jede Unterstimmung, jede Schwingung in einem Raum zu spüren. Und das war gut so. Sie erhob sich, Xavi tat es ihr gleich. Sie hatten die Tür von Brunos Büro kaum hinter sich geschlossen, als Dolors' Handy klingelte. Sie sah auf das Display und nahm den Anruf an. »Ja, Pep?«

Sie spürte Xavis fragenden Blick, wollte aber hier im Foyer des *Graners* nicht den Lautsprecher anstellen. Sie hob die Hand, bat ihn um Geduld und lauschte Peps Ausführungen.

»Super, das klingt hervorragend. Danke! Schickst du mir die Nummer bitte auf mein Handy?«

Pep versprach es.

»Welche Nummer?«, fragte Xavi, kaum dass sie aufgelegt hatte. »Sag nicht, die Telefongesellschaft hat schon die Telefonkontakte von Ainas Handy geschickt?«

»Doch.« Im gleichen Moment poppte eine Nachricht von Pep auf, eine Handynummer erschien. Dolors hielt sie Xavi triumphierend entgegen. »In den letzten vier Wochen hat sie nur mit dieser einzigen Nummer telefoniert.«

»Das klingt interessant.« Er strahlte. »Haben sie auch schon die Nachrichten, die von der Nummer verschickt worden sind?«

»Nein, aber bis wir zurück ins Kommissariat kommen, haben sie sie sicher. Peps Spezialist ist dran.«

»In der Zwischenzeit können wir schon mal bei der Nummer anrufen«, drängte Xavi.

Dolors klickte auf die Nummer, danach auf *anrufen*. Kurz darauf ertönte das Freizeichen – und in der nächsten Sekunde ein Handyklingelton aus Brunos Büro, der dann aber sofort unterbrochen wurde. Erstaunt sah Dolors zu Xavi, und er nicht minder erstaunt zu ihr.

»Ich glaube, da hat uns jemand was zu erklären«, meinte Xavi, klopfte kurz an die Tür und ging umstandslos hinein.

»Ja?« Hastig steckte Bruno sein Handy in die Hosentasche. »Haben Sie etwas vergessen?«

»Ich habe Ihnen ja gleich gesagt, dass wir uns nicht zum letzten Mal gesprochen haben«, erwiderte Dolors. »Ansonsten habe ich eher den Eindruck, dass Sie etwas vergessen haben, nämlich uns zu erklären, warum Aina Sie und nur Sie von einer Handynummer aus angerufen hat, die sie mehr als sorgsam versteckt hat. Und sagen Sie nicht, Sie habe Sie angerufen, um Tanzstunden mit Ihnen zu vereinbaren, denn das glauben wir Ihnen ohnehin nicht.«

»Ich weiß nicht, von welcher versteckten Handynummer Sie reden, und meine einzige Handykommunikation mit Aina erstreckte sich tatsächlich nur auf diesen einen Punkt: unsere Zusammenarbeit und Trainingsstunden«, konterte Bruno. »Sie hat in der letzten Zeit einige private Stunden bei mir genommen, das können die anderen im Ensemble bestätigen.« Er straffte sich.

»Und Sie haben diese Stunden über die Nummer vereinbart, die Sie gerade eben angerufen hat?«

»Ich ...« Bruno rieb sich hektisch über das Kinn. »Nun, nein. Die Nummer, die mich eben angerufen hat – ich habe keine Ahnung, wem die gehört.«

Xavi trat vor und streckte ihm die geöffnete Hand entgegen. »Haben Sie etwas dagegen, wenn ich mir kurz Ihre Handykorrespondenz mit Aina ansehe?«

»Aina? Wieso Aina? Das eben war doch nicht Ainas Nummer?« Bruno wirkte ehrlich verwirrt.

»Die Fragen stellen wir«, konterte Xavi knapp. »Also, Ihr Handy bitte. Wenn Sie nichts zu verbergen haben, sollte das kein Problem sein.«

»Natürlich, gern.« Bruno gab es ihm. Auf Dolors wirkte er eher verärgert als beunruhigt. Sie trat neben Xavi und sah zu, wie er flüchtig Brunos WhatsApp-Nachrichten durchsuchte, bis er auf die von Aina traf. Darin ging es in der Tat nur um zusätzliche Probestunden, allerdings stammten sie von ihrem normalen Handy.

»Wo sind die Nachrichten, die sie Ihnen von ihrem anderen Handy geschickt hat?« Xavi hielt Bruno sein Handy hin.

»Ich habe keine anderen Nachrichten von Aina.« Er öffnete die Hände, als könnte die Geste seine Unschuld belegen.

»Warum hat Aina Sie von ihrer zweiten Handynummer aus kontaktiert, wenn sie eigentlich eine ganz andere Nummer für Ihre Kommunikation miteinander nutzte? Und warum hat sie diese zweite Simkarte so sorgfältig versteckt?«

»Woher soll ich das wissen? Es ist ja nicht verboten, zwei Handys oder Handynummern zu haben, oder? Sicher hat sie auch andere Kollegen von diesem Handy angerufen.«

»Nein, das hat sie eben nicht«, erklärte Dolors. »Wie schon gesagt: Die einzige Nummer, die Aina von diesem Handy kontaktiert hat, war Ihre. Also, noch einmal: Warum sollte sie dafür ein Handy benutzen, das sie so sorgsam versteckt hat?«

»Das weiß ich nicht. Auf alle Fälle hat das rein gar nichts mit mir und unserem Verhältnis zu tun und ist kein Beweis für gar nichts.« In Brunos Augen trat wieder dieser rebellische Ausdruck, den er auch damals gehabt hatte, als er ihnen die Tür vor der Nase zugeworfen hatte.

»Noch nicht, aber wir sammeln weiter.« Dolors nickte ihm zu, auf den Lippen ein, wie sie hoffte, überlegenes Lächeln. »Unsere KTU wird jede einzelne Nachricht herausfischen, die je von dieser Nummer versandt worden ist, egal ob gelöscht oder nicht. Fürs Erste fordere ich Sie auf, die Stadt bis auf Weiteres nicht zu verlassen.«

Dann gingen sie. Als die Tür diesmal hinter ihnen zufiel, hatte Dolors ein weit besseres Gefühl als zuvor. Sie waren auf der richtigen Spur, ja, so musste es einfach sein.

31. Kapitel

Freitag – 13.20 Uhr

Den ganzen Vormittag hatten Dolors und Xavi zusammengetragen, was sie an Informationen in den Mordfällen hatten. Hatten nach Verbindungen von Aina und Julia gefahndet, aber keine der anderen Tänzerinnen, die sie anriefen, war irgendetwas Besonderes aufgefallen. Da öffnete sich die Tür, und Pep schaute ins Büro.

»Und?«, fragte Dolors. »Hast du die Nachrichten von Ainas Handy?«

Er winkte ihr zu mitzukommen. Mit selbstzufriedenem Lächeln führte er sie in sein Büro, ging zu seinem Schreibtisch und fischte einen Ausdruck von seiner Ablage. Dolors riss ihm die Seite regelrecht aus der Hand. Hastig überflog sie die Zeilen. »Auf Ainas Handy war nur das? Nichts weiter?«

»Dazu noch ein paar uralte Nachrichten, die sicher von ihrer Großmutter stammten, wenn es früher deren Handy gewesen sein soll. Aber in den letzten Wochen ist nur das darauf ein- beziehungsweise ausgegangen.«

Dolors las die Zeilen noch einmal und hielt die Seite so, dass auch Xavi es lesen konnte.

***Aina:** Ich kann 1+1 zusammenzählen.*

***Bruno:** Wer bist du?*

***Aina:** Eine, die Augen im Kopf hat – und rechnen kann.*

Bruno: *Worum verdammt geht es?*

Aina: *Um ALLES. Schau in deinem Büro nach. Unter der Tür liegt ein Brief. Du hast Zeit bis heute Abend. Ich texte dir dann noch wann und wo.*

Und später kamen dann weitere Anweisungen – die wieder auf Briefe hinwiesen, die Aina irgendwo für ihn hinterlegt hatte – und die sie ihr mittels ihrer DNA vielleicht hätten zuordnen können, aber garantiert hatte Bruno sie längst alle vernichtet. Insgesamt gab es kaum ein Dutzend Nachrichten. Die letzte war:

Aina: *Heute Abend um 18 h am vereinbarten Treffpunkt. Und keine Tricks!*

Dolors sah zu Xavi. »Damit ist uns zwar klar, dass sie ihn mit an Sicherheit grenzender Wahrscheinlichkeit erpresst hat, aber beweisen können wir es so nicht.«

Xavi blies die Backen auf und ließ die Luft wieder entweichen. »Wenn ich Bruno wäre, würde ich behaupten, sie hätte ein Verhältnis mit ihr gehabt, und es ginge um Sexspiele. Ein bisschen Kitzel aufbauen ...«

»Wie gut, dass ich nicht gegen dich ermitteln muss«, knurrte Dolors und faltete den Zettel entschlossen zusammen. »Aber warten wir erst mal, ob er in seinen Antworten auch so kreativ ist wie du.«

»Du willst direkt zu ihm fahren?«

»Wir müssen ihn in die Enge treiben. Und brauchen seine DNA.« Im gleichen Moment klingelte ihr Telefon. Annas Name stand auf dem Display. Dolors zögerte, ging dann aber doch ran, zumal Anna sie auf dem Diensthandy nie »nur so« anrief. »Ich rufe dich gleich zurück, okay?«, rief sie ihrer Freundin zu. »Es geht gerade nicht.«

Sie wollte den Anruf wegdrücken, hörte dann aber noch Annas drängendes: »Nein, warte, Lola, warte!« Der Ton, in dem sie dies rief, alarmierte Dolors noch mehr als ihre Worte. Sie presste das Handy wieder ans Ohr. »Ist was passiert?«

»Ich hoffe nicht, aber es ist ... seltsam«, erwiderte Anna. Sie klang ungewohnt kurzatmig.

»Was ist los, Anna?«

»Ich ... ich soll doch Mila vom Ballett abholen, aber sie ... Oh Lola, ich war nur ein paar Minuten zu spät, nicht einmal fünf. So ein verdammter Lieferwagen hatte einen Platten und damit den ganzen Verkehr blockiert, und als ich endlich an der Ballettschule ankam, stand Mila nicht wie vereinbart vor der Tür. Also bin ich rein und ... und drin haben sie mir gesagt, sie sei schon weggegangen. Aber wo ist sie jetzt? Sie würde doch nie einfach die Metro nehmen, oder? Ich war wirklich nur wenige Minuten zu spät, und sie hat auch gar kein Portemonnaie dabei, das liegt zu Hause auf dem Küchentisch. Wofür sollte sie es auch mitnehmen ...«

»Mila ist – Mila ist nicht da?« Dolors rieb sich über die Stirn.

»Nein, ist sie nicht. Ich habe jeden da drin gefragt, alle haben nur gesagt, dass sie schon rausgegangen ist – und jetzt ist sie wie vom Erdboden verschluckt. Ihr Telefon ist ausgeschaltet.«

»Bist du sicher, dass sie nicht noch drin ist? Vielleicht ist sie zurückgegangen, weil sie etwas vergessen hat und hat sich mit einer Freundin festgeredet? Oder sie ist in einem der Tanzsäle? Oder mit einer Freundin mitgefahren?«

»Nein, das habe ich schon überprüft – ihre Freundinnen sind alle noch drin, nur Mila nicht, auch in keinem der Tanzsäle. Sie ist definitiv raus. Marta selbst hat sie nach draußen laufen sehen, und die Rezeptionistin auch.«

Dolors versuchte, tief durchzuatmen, was ihr jedoch nicht gelang. »Aber wo soll Mila denn hin sein? Und dazu das verdammte Handy. Drei Mal habe ich Pablo schon gesagt, ihr endlich einen neuen Akku zu besorgen!«

»Trotzdem: Sie wusste, dass sie von mir abgeholt wird. Das haben mir auch ihre Freundinnen bestätigt, und dass sie sich deswegen beeilt hat. Wo kann sie nur sein?«

Dolors musste an Bruno denken, wie sehr sie ihn in die Ecke gedrängt hatten, und daran, dass Irina genau wusste, dass Mila ihre Tochter war und dass Irina heute eine seltsame Andeutung gemacht hatte. Auf einmal schwirrte ihr der Kopf, ein Surren ging durch sie hindurch, das ihren ganzen Kopf ausfüllte und immer schriller und heißer wurde. Das Nächste, was sie wahrnahm, war Xavis Hand. Er hatte sie am Arm gepackt und sah sie besorgt an. Erst da begriff sie, dass sie wohl geschwankt hatte.

»Alles gut?«, fragte er sie.

Sie sah ihn nur an und wusste nicht, was sie erwidern sollte. Erneut begann ihr der Kopf zu schwirren. Sie wandte sich ab. »Wo ...« Sie drückte das Handy noch fester an den Kopf, als könnte sie so das Gedankenkarussell abstellen. »Wo bist du?«

»Vor der Ballettschule. Was soll ich machen?« Annas Stimme bekam etwas Raues. »Ich ... ich weiß einfach nicht, was ich machen soll. Das passt doch gar nicht zu Mila.«

»Ich komme«, erwiderte sie. »Sofort.« Sie legte auf, brauchte einen Moment, um sich zu fassen. Dann fiel ihr Miguel ein. Vielleicht hatte er Mila abgeholt. Sie wählte seine Nummer, hörte das Freizeichen – dann sprang der Anrufbeantworter an. »Miguel, ich bin es. Ich ... Hast du Mila vom Ballett abgeholt? Kannst du mich bitte schnell zurückrufen, damit ich Bescheid weiß?« Sie zögerte einen Moment, dann sagte sie noch: »Bitte, Miguel, ruf mich wirklich gleich zurück, egal wie sauer du gerade auf mich bist.«

Dann legte sie auf.

»Was ist mit Mila?«, fragte Pep.

Dolors sah ihn und Xavi an und merkte, wie das Schwirren erneut einsetzte. Sie zwang sich, ruhig ein- und auszuatmen. Es gab tausend Möglichkeiten, was passiert sein könnte, die völlig harmlos waren. Miguel könnte sie abgeholt haben oder ihre Eltern, auch wenn sie das am wenigsten glaubte, wobei ihr dann einfiel, dass die derzeit in Madrid waren, aber sie könnte in den Wagen einer Ballettfreundin gestiegen sein, die Anna nicht kannte ... auch wenn ihr kein Grund dafür einfiel. Zugleich pochte in ihrem Kopf immer wieder dieser andere Gedanke: Bruno ... Bruno ... Bruno!

Er wusste, dass sie wiederkommen würden, sie selbst hatte es ihm angedroht, und er wusste, dass Aina ihm diese Nachrichten geschickt hatte und dass sie es herausfinden würden. Wenn er mit Irina gesprochen hatte und die ihm von Mila erzählt hatte ... Oder er und Irina machten sowieso gemeinsame Sache. Was, wenn Bruno die Frauen auf dem Gewissen hatte und jetzt keinen anderen Weg mehr sah, als ... Diesmal wurde es Dolors richtig schwarz vor Augen. Dann fing sie sich und rief Mila an. Das Handy war nicht in Betrieb, genau wie Anna gesagt hatte. Auch dafür könnte es unzählige harmlose Erklärungen geben, vom Akku angefangen. Hätte sie doch Pablo nur mehr gedrängt, den neuen Akku kaufen zu gehen, aber so etwas hatte auch niemand ahnen können. Sie spürte Peps Hand auf ihrem Arm, realisierte, dass er wohl schon eine Weile mit ihr redete.

»Lola, was ist mit Mila?«

»Ich weiß es nicht.« Ihre Stimme klang ungewohnt rau. »Anna sagt, jemand habe Mila vom Ballett abgeholt, aber es passt nicht zu ihr, dass sie in einen anderen Wagen steigt als den, in den sie steigen soll. Sie bringt nie etwas durcheinander. Nie!«

»Miguel?«, fragte Pep.

»Geht nicht ans Telefon.« Dolors schüttelte den Kopf. Aber das Sirren ließ sich nicht abschütteln. »Und Milas Handy ist aus.«

»Du denkst aber nicht …« Xavi sah sie nur an, aber er musste den Satz nicht beenden. Auch so war ihr klar, dass er das Gleiche befürchtete wie sie.

»Ich denke erst mal gar nichts«, versuchte sie sich selbst Mut zuzusprechen. »Aber was, wenn doch?«

»Komm.« Xavi wies mit dem Kinn zur Tür. »Wir fahren zurück zum *Graner.* Auf dem Weg dorthin rufst du alle Ballettfreundinnen von Mila an.«

»Die werden mich für total überspannt halten, wenn Mila in einer Stunde kaugummikauend bei Anna zu Hause auftaucht.«

»Besser das, als dass wir einen Fehler machen«, meinte Xavi – und sie liefen los.

Kaum saßen sie im Wagen, rief Dolors Anna an und sagte ihr, dass sie nicht mehr in der Schule bleiben, sondern besser nach Hause gehen solle. So wüssten sie gleich, wenn Mila nach Hause käme. Sie würde später gegebenenfalls selbst zur Ballettschule fahren, aber vorher wollte sie noch einer anderen Spur nachgehen.

»Mach dir keine Gedanken, Anna, in ein oder zwei Stunden hat sich das alles garantiert in Wohlgefallen aufgelöst«, versuchte sie ihre Freundin zu beruhigen. »Das ist bestimmt irgendein Freundinnen-Ding, ein Überraschungsfest oder so, bestimmt hat sie nur vergessen, uns davon zu erzählen.«

»Ja, das wird es sein«, erwiderte Anna, und Dolors hörte ihr an, dass sie genauso wenig daran glaubte wie sie selbst. Pablo war der Wirrkopf, nicht Mila. Die vergaß nie etwas und brachte auch nichts durcheinander. Sie war so zuverlässig und kalkulierbar wie der Sonnenaufgang am Morgen und damit das komplette Gegenteil ihres Vaters. Der Gedanke an Miguel brachte sie dazu, erneut zu versuchen, ihn zu erreichen, aber er hob noch immer nicht ab. Trotzdem wollte Dolors keine zweite Nachricht hinterlassen. Wenn Mila nicht bei ihm war, wäre ihre Sorge, dass jemand – Bruno – sie vielleicht mitgenommen haben konnte, Wasser auf seine Mühlen, das alleinige Sorgerecht für die Kinder zu beantragen. Und noch weigerte sie sich strikt, daran zu glauben, dass Bruno tatsächlich etwas mit ihrem Verschwinden zu tun haben könnte. Danach rief sie in der Ballettschule an. Weder Senyora Conchita noch Marta hatten irgendetwas beobachtet, was ihr weiterhalf.

»Es ist sicher alles in Ordnung«, versuchte Marta ihr Mut zu machen. »Du weißt doch, wie die Mädels sind. Du bist nur nervös, weil du ständig siehst, was alles passieren kann. Aber Mila ist so vernünftig, sie würde nie zu jemandem in den Wagen steigen, zu dem sie kein Vertrauen hat.«

Genau das betete sich Dolors auch selbst vor, es beruhigte sie jedoch keineswegs. Schließlich rief sie alle Ballettfreundinnen an, von denen sie die Nummer hatte … und fand auch da nichts heraus. *Ich bin heute vor ihr weg. Ich war heute gar nicht im Ballett. Ich weiß nicht, ich habe nicht darauf geachtet …* Es war zum Haareraufen.

Auf einmal klingelte Dolors' Handy. Es war Laura.

»Ja?«, fragte sie und merkte selbst, wie atemlos sie klang.

»Ich habe was für euch«, haspelte Laura aufgeregt hervor. »Bruno war der Fahrer bei Julias Autounfall in Afrika! Aber nicht er hat den Unfall verursacht, sondern Julia. Sie war wütend auf ihn und hat ihm ins Lenkrad gegriffen, dann kam der Wagen von der Straße ab und hat sich überschlagen.«

»Das allein soll sie so traumatisiert haben?«, fragte Dolors irritiert zurück.

»Nun warte doch mal ab, es geht weiter: Während sie damals nur ein paar Schrammen abbekommen hat, ging es bei Bruno um Leben und Tod. Er hatte eine schwere Kopfverletzung, musste ins künstliche Koma versetzt werden und hatte mehrere komplizierte Beinbrüche. Damals war er noch Tänzer, das steht auch als Berufsbezeichnung in seinen Unterlagen in dem afrikanischen Krankenhaus. Seine Ärztin konnte sich noch bestens an ihn erinnern. Als sie ihm sagen musste, dass er aufgrund der Beinbrüche wohl nie wieder als Tänzer auf der Bühne stehen würde, sei er total verzweifelt gewesen. Anfangs dachte sie sogar, er würde sich das Leben nehmen.«

Alle Informationen, die sie über Bruno gesammelt hatten, fielen vor Dolors' innerem Auge wie Puzzlestücke zusammen und ergaben plötzlich ein klares Bild: Das also verband Bruno und Julia! Sie hatte seine Karriere und seinen Lebenstraum zerstört, woraufhin sie – gewiss aus schlechtem Gewissen – vor allem geflohen war, was mit ihm zu tun hatte. Aber offenbar hatte sie die Geister auch in der Ferne nicht abschütteln können und vielleicht gedacht, dass die Heimat ihr mehr helfen könnte als die Flucht in andere Länder. Also war sie nach Barcelona zurückgekommen. Vielleicht hatte jemand oder etwas ihr klargemacht, dass es besser war, sich zu Hause mit den Dingen auseinanderzusetzen, vor denen sie weggelaufen war, als ein Leben lang auf der Flucht zu sein. Dass sie dann ausgerechnet in dem Ensemble landete, in dem Bruno inzwischen als Techniker und Repetitor angestellt war, war Ironie des Schicksals, doch das musste sie, als sie den Vertrag unterschrieben hatte, nicht einmal gewusst haben. Bruno selbst hatte ihnen ja erzählt, dass er zu diesem Zeitpunkt in Tokio gewesen war. Die Tatsache, dass sie dort als Primaballerina anfangen konnte, war natürlich eine unglaublich gute Chance für sie gewesen, und nachdem sie die Stelle erst einmal hatte, hatte daran wohl auch Brunos Gegenwart nichts mehr ändern können. Außerdem waren seit damals immerhin zwei Jahre vergangen, und Bruno hatte trotz allem ein Auskommen gefunden, mit dem er gut leben konnte, und war in einer glücklichen Beziehung. Dass sie durch ihre Ernennung zur Primaballerina ausgerechnet Brunos Freundin vom Podest stieß, dafür konnte sie nichts, aber für Bruno musste dies das Fass zum Überlaufen gebracht haben. Damit hatte Julia schon zwei Mal alles für ihn zerstört. Ja, so musste es gewesen sein.

Ihr Blick ging zu Xavi. »Wir haben Bruno.« Sie setzte ihm kurz alles auseinander, was Laura ihr gesagt hatte und ihr daraufhin durch den Kopf gegangen war. Xavi nickte und setzte das Martinshorn auf das Wagendach.

»Dann hoffen wir mal, dass er im *Graner* ist«, erwiderte er, und beide sprachen nicht aus, was sie noch dachten: und dass Mila *nicht* bei ihm war.

32. Kapitel

Freitag – 14.00 Uhr

Dolors' und Xavis Hoffnung ging nicht auf, Bruno war nicht im Theater. Sie suchten den Hausmeister, der es ihnen bestätigte: Er hatte Bruno seit gestern nicht mehr gesehen. Regelrecht aus dem Haus gestürmt sei er gestern. So, wie der Hausmeister es schilderte, musste Bruno das *Graner* kurz nach ihnen verlassen haben und seither nicht wiedergekommen sein – was den Hausmeister wunderte. Sonst fehlte Bruno nie. Dolors' Panik wurde noch größer. Sie biss sich auf die Lippen und sah zu Xavi.

»Das muss gar nichts bedeuten.« Er nickte ihr aufmunternd zu. »Wir geben ihn zur Fahndung raus, dann haben wir ihn in wenigen Stunden, wirst sehen.«

Dolors pflichtete ihm bei, zumal sie nicht wusste, was sie sonst sagen sollte, und weil sie auch nichts anderes zu denken wagte. Sie ließ Xavi die nötigen Anrufe erledigen. Laura suchte Brunos Autokennzeichen heraus und kümmerte sich um alles Weitere.

»Wir fahren erst einmal zu ihm nach Hause«, meinte Xavi anschließend. »Vielleicht ist er dort. Er könnte auch einfach krank sein.«

Sie stiegen wieder in den Wagen und erreichten zehn Minuten später die Rambla de Badal. Xavi parkte direkt quer auf dem Bürgersteig, ließ das Martinshorn weiter blinken und stieg gleichzeitig mit Dolors aus. Als sie an Irinas und Brunos Haustür klingelten, reagierte niemand. Dolors trat zurück und sah, dass die Wohnzimmergardine auf den Balkon hinauswehte. Die Tür stand also offen, aber das musste nicht bedeuten, dass auch jemand zu Hause war. Auch Anna ließ oft die Balkontür offen, damit sich die Wohnung nicht so aufheizte. Kein Mensch brach am helllichten Tag von der Straßenseite her in eine Wohnung in den oberen Stockwerken ein. Dolors wollte gerade auf die Klingel drücken, die sie Irinas *Babuschka* zuordnete, als plötzlich die Haustür aufging. Ein kleiner, alter Mann mit einer Mülltüte trat aus dem Haus. Sofort drängten sich Dolors und Xavi an ihm vorbei hinein. Der Mann brüllte ihnen etwas hinterher. Ohne ihn zu beachten, rannten sie die Stufen hoch. Auch als sie oben an Irinas Tür klopften, öffnete niemand.

»Hier ist die Polizei, Senyor Pacreu«, brüllte Xavi gegen die Tür. »Öffnen Sie, oder wir brechen das Schloss auf!«

Die Tür der gegenüberliegenden Wohnung wurde aufgerissen. Juana Rodriguez, Irinas *Babuschka*, trat heraus und sah sie mit schreckgeweiteten Augen an. »Was ist denn los?«, rief sie mit bebender Stimme. »Meinen Sie nicht, Sie übertreiben? Wir sind doch keine Verbrecher!«

»Sie haben einen Schlüssel, oder?«, knurrte Xavi sie ohne ein Wort der Erklärung an. »Holen Sie ihn, jetzt!«

»Aber ich …«

»Jetzt, verdammt! Oder wollen Sie, dass wir Irinas Kind damit erschrecken, dass wir die Tür mit Gewalt aufbrechen.«

Hastig eilte die Frau in ihre Wohnung und kam sogleich mit dem Schlüssel wieder. Xavi nahm ihn ihr ab und schickte sie zurück in die Wohnung. Dann schloss er auf. Sowohl er als auch Dolors zogen ihre Waffen.

»Senyor Pacreu?«, rief er.

»Irina?« Dolors lauschte. Niemand antwortete. Systematisch und mit vorgehaltener Waffe arbeiteten sie sich von einem Zimmer zum nächsten vor, doch die Wohnung war leer.

»Sicher ist Irina mit dem Kind zur Notaufnahme gefahren«, hörte sie da Juana Rodriguez hinter sich sagen. »Dem Kind geht es seit gestern sehr schlecht. Irina ist ein feiner Mensch, und ihr Freund auch, ich weiß nicht, was Sie von ihnen wollen.«

»Haben Sie Bruno Pacreu heute schon gesehen?«, fragte Dolors. »Oder wissen Sie, wo er sein könnte?«

Juana Rodriguez strich sich eine Haarsträhne aus dem Gesicht. »Ist er denn nicht im *Graner*?«

Dolors steckte ihre Waffe weg, Xavi tat es ihr gleich.

»In welches Krankenhaus geht Irina immer mit dem Kind?«

»Ins *Vall d'Hebron*«, erwiderte die Frau. »Da haben sie alle Unterlagen über ihre Tochter, und da ist ihr Spezialist.«

»Könnte es sein, dass Bruno sich dort mit ihr getroffen hat?«

»Das weiß ich nicht, möglich wäre es.« Die alte Frau sah sie verzweifelt an. »Aber worum geht es denn? Was wollen Sie? Das alles muss ein riesiges Missverständnis sein!«

Ohne zu antworten, eilten Dolors und Xavi an ihr vorbei, rannten wieder nach unten, sprangen ins Auto und fuhren zum Krankenhaus. Trotz des Martinshorns brauchten sie fast zwanzig Minuten. Dolors nutzte die Zeit, um wieder bei Miguel und Mila anzurufen, hatte aber erneut keinen Erfolg: Miguel hob nicht ab, Milas Handy war nach wie vor aus. Sie fanden Irina tatsächlich in der Notaufnahme. Der lange, kahle, fensterlose Warteraum war bis auf den letzten Platz besetzt. Als sie ihn betraten, wurde Irina gerade aufgerufen. Sie nahm ihr Kind an die Hand, erhob sich und ging zur Krankenschwester.

»Nein, Irina, warten Sie« Dolors lief ihr nach. »Wir suchen Ihren Lebenspartner, Bruno Pacreu. Ist er auch hier?«

»Nicht mal vor krankes Kind Sie haben Respekt?« Irina drehte sich zu ihnen um und drückte zugleich ihr Kind an sich. Es war weiß wie die Wand und blickte sie aus riesigen verängstigten Augen an.

»Irina, bitte, geben Sie mir einfach nur eine Antwort.«

»Dann bitte schön: Nein, Bruno nicht hier. Das Ihre Schuld ist. Sie ihn ganz nervös –«

»Weiß er, dass Mila meine Tochter ist?«, fiel Dolors ihr ins Wort.

»Bruno nichts gemacht hat.« In Irinas Augen traten Tränen. »Bruno guter Mann, Bruno bester Mann in mein Leben! Warum Sie nicht lassen uns in Ruhe?«

Wütend schoss die Krankenschwester auf Dolors zu. »Ich weiß nicht, was zwischen Ihnen abläuft, aber diesem Kind geht es schlecht. Da Sie mit ihm offensichtlich nichts zu tun haben, verlassen unverzüglich die Notaufnahme. Das ist ein Krankenhaus!«

Dolors zeigte ihren Ausweis. Die Krankenschwester machte ein zischendes Geräusch. »Das Kind ist krank, das ist alles, was ich wissen muss. Lassen Sie uns gefälligst unsere Arbeit machen, machen Sie die Ihre – aber nicht in der Notaufnahme!«

»Warten Sie!« Dolors griff nach Irinas Arm. »Zuerst bekomme ich eine Antwort. Weiß Bruno, dass Mila meine Tochter ist und welche Ballettschule sie besucht?«

Irina starrte sie durch ihre Tränen hindurch hasserfüllt an.

»Verdammt, Irina, meine Tochter ist verschwunden. Sie müssen doch am besten verstehen können, wie es einer Mutter dann geht. Vielleicht hat Ihr Freund tatsächlich nichts mit ihrem Verschwinden zu tun, aber um das herausfinden zu können, muss ich ihn sprechen. Also bitte: Weiß er, dass Mila meine Tochter ist und wo sie Ballettunterricht hat?«

Irina nickte. Dolors fluchte.

»Aber er nichts gemacht hat!« Irina weinte noch mehr. »Nicht Bruno, schon gar nicht mit Kind, niemals Bruno Kind etwas tut!«

»Das reicht jetzt.« Die Krankenschwester schob Irina mit ihrem Kind durch die Tür des angrenzenden Behandlungsbereichs und drückte sie nachdrücklich hinter sich ins Schloss.

Dolors sah zu Xavi und merkte, dass nun auch ihr Tränen in die Augen traten. *Mila, mein Gott, wo bist du?*

»He, he, wir verlieren doch nicht die Nerven!« Xavi zog sie in eine Umarmung. »Mach dir keine Gedanken, die Kollegen werden Bruno finden, jeder Streifenwagen der Stadt sucht nach ihm, jeder Polizist. Dolors, du weißt, wie effektiv sie arbeiten, auch sein Handy werden sie früher oder später orten.« Er drückte ihre Hand. »Beruhige dich, alles Nötige wird getan. Und wir beide fahren zur Ballettschule.«

Dolors nickte.

Xavi hielt inne. »Was ist eigentlich mit deinem Sohn? Könnte er nicht etwas wissen?«

Dolors schüttelte den Kopf. »Pablo ist bis Montag mit seinem Freund und dessen Familie weggefahren. Er ist nicht mal in der Stadt, und er und Mila reden derzeit ohnehin nur das dringend Nötige miteinander.« Dolors dachte daran, wie sie Pläne für das Wochenende geschmiedet hatten, aber Pablo hatte sich nach all den Querelen entzogen.

»Ruf ihn trotzdem an, vielleicht hat er etwas aufgeschnappt. Manchmal sagen Geschwister einander mehr als den Eltern.«

Ohne große Hoffnung wählte Dolors Pablos Nummer. Sofort sprang der Anrufbeantworter an, aber das wunderte sie nicht. Er machte mit seinem Freund bei irgendeinem der Wettkämpfe dieses leidigen *Call-of-duty-Spiels* mit. Wenn er damit beschäftigt war, ging er nie ans Handy. Trotzdem war sie in einem Punkt froh: Zumindest war er da, wo er war, in Sicherheit. Wenigstens er.

Ihr Blick ging zu Xavi. »Wir brauchen einen Durchsuchungsbeschluss. Wenn Bruno Julia vor die Metro gestoßen hat, und davon müssen wir ausgehen, muss er derjenige sein, der von seinem Computer in den der Sicherheitsfirma eingedrungen ist. Wahrscheinlich hat er seinen Computer danach nach allen Regeln der Kunst gesäubert, aber wir könnten auch Glück haben und vielleicht doch etwas finden.«

Xavi nickte. »Ich kümmere mich um den Durchsuchungsbefehl.«

»Danke. In der Zwischenzeit versuche ich es wieder bei Mila und meinem Mann. Irgendwann muss doch einer von ihnen ans Telefon gehen.«

Dolors tat es, hatte jedoch erneut keinen Erfolg. Inzwischen war auch Miguels Handy ausgeschaltet oder zumindest ohne Empfang. Sie hörte, wie Xavi über die Freisprechanlage mit dem Staatsanwalt und Pep sprach. Der Durchsuchungsbefehl für Bruno Pacreus Büro und Wohnung war damit in Arbeit, Pep konnte sich gleich auf den Weg machen.

»Immerhin etwas«, murmelte Dolors.

Wenig später erreichten sie Milas Ballettschule.

»Du kannst im Wagen warten«, meinte Dolors. Sie sprang heraus und lief in das Foyer. Als Senyora Conchita sie sah, eilte sie aufgeregt auf sie zu. »Dolors, um Himmels willen, ist Mila wieder aufgetaucht?«

Dolors kämpfte gegen ihre Tränen an. »Nein, noch nicht, aber sie wird sich sicher bald melden.« Sie versuchte so munter und entspannt wie möglich zu wirken. »Trotzdem mache ich mir ein bisschen Sorgen, zumal ihr Handy wieder einmal nicht geht. Meine Freundin Anna sagt, Sie hätten Mila rausgehen sehen?«

»Ja, sie hat mir zugewunken und gerufen, dass sie abgeholt wird. Das stimmt doch auch, oder?«

Dolors nickte. Nur dass Mila nicht in das Auto gestiegen war, das sie eigentlich abholen sollte, sagte sie nicht. Aber in wessen Wagen war sie sonst eingestiegen? Steckte tatsächlich Bruno hinter Milas Verschwinden? Aber selbst wenn Anna ein paar Minuten zu spät gekommen war ... Wie sollte es Bruno in der kurzen Zeit gelungen sein, Mila in seinen Wagen zu locken? Immerhin kannte sie ihn nicht. Was könnte er ihr erzählt haben? Und eigentlich kannte auch er Mila nicht. Wenn er nach ihr herumgefragt hätte, hätte ihr das längst jemand erzählt. Dann fiel ihr ein, dass Irina und Marta bei den Ballettstunden ständig Fotos und Videoaufnahmen für die WhatsApp-Gruppe der Familienangehörigen machten, damit alle sahen, wie schön die Kinder sich entwickelten, wie viel sie lernten. Damit hatte sie reichlich Fotomaterial gehabt, um Bruno Mila zu zeigen. Trotzdem verstand sie nicht, wie Bruno sie in seinen Wagen bekommen haben sollte. Mila wäre doch nie und nimmer freiwillig mit einem Unbekannten mitgefahren. Und wenn er sie gepackt hätte, hätte sie geschrien, um sich geschlagen, sich gewehrt ...

»Dolors, ist alles gut?«

Dolors registrierte Senyora Conchitas besorgten Blick. »Ja, ja, natürlich.« Sie rieb sich das Ohr, schloss einen winzigen Moment die Augen, gerade genug, um sich zu sammeln. »Kann ich kurz mit Marta sprechen?«

»Natürlich, kein Problem. Ich muss sie nur eben aus dem Tanzsaal holen. Sie gibt eine Privatstunde.« Senyora Conchita lief zu dem Tanzsaal links neben dem Eingang. Kurz darauf kam Marta heraus und machte Dolors Zeichen, mit ihr in ihr Büro zu gehen.

»Was ist denn das mit Mila? Ist sie wieder aufgetaucht?«

Dolors schüttelte den Kopf. »Hast du gar nichts beobachtet? War jemand hier, der nach ihr gefragt hat? Jemand, den du hier normalerweise nicht siehst?«

»Nein, nein, bestimmt nicht.« Marta hob verzweifelt die Hände. »Um die Mittagszeit tröpfelt ein Kind nach dem anderen aus dem Gebäude, da bekommen wir eigentlich alles sehr gut mit, und da heute einige der Kleinen ebenfalls länger da gewesen sind, haben um die Uhrzeit sowohl Conchita als auch ich einige der Kinder den Eltern übergeben. Es wäre uns aufgefallen, wenn sich im Foyer ein Fremder herumgetrieben hätte. Aber wenn die Mädels erst einmal draußen sind, haben wir sie natürlich nicht mehr im Blick. Ich erinnere mich übrigens, dass Mila als eine der Ersten rausgelaufen ist.«

»Gut, danke, und wenn dir noch was einfallen sollte ...«

»Rufe ich dich sofort an!« Marta umarmte sie. »Das klärt sich sicher in den nächsten Stunden auf. Vielleicht ist sie sogar schon zu Hause.«

»Ja, vielleicht, vielleicht«, murmelte Dolors, auch wenn sie es nicht glaubte, denn sonst hätte Anna sie längst angerufen. Aber sie wollte Marta nicht weiter beunruhigen. Es reichte schon, dass sie vor Angst kaum noch Luft bekam.

Dolors ging zurück zum Wagen, stieg ein und sank in den Sitz, als würden sie tausend Tonnen Blei nach unten drücken.

»Das sieht nicht so aus, als ob du Erfolg gehabt hättest.« Xavi drückte ihre Hand. »Soll ich dich nach Hause fahren?«

»Nein, nein, wir ... wir müssen ...« Die Stimme versagte ihr. Erst nach einem Räuspern konnte sie weiterreden. »Wir brauchen eine groß angelegte Suche.« Dolors sah Xavi an und spürte, wie ihre Augen nun endgültig überliefen. »Wir müssen sie suchen lassen!«

»Scht, scht«, machte Xavi und drückte ihre Hand noch einmal. »Das habe ich gerade sowieso schon veranlasst. Vor dem Hintergrund von Brunos Verschwinden versteht jeder, dass du dir besondere Sorgen machst und dass wir Gewissheit brauchen, dass sie nicht bei ihm ist. Ab sofort suchen sämtliche Kollegen nicht nur nach Bruno, sondern auch nach Mila.«

Während Dolors Tränen immer mehr flossen, wiegte er sie sanft hin und her. Als sie sich beruhigte, küsste er sie aufs Haar und hob ihren Kopf an. »Wir finden sie, unversehrt!«

Dolors schluckte. »Du weißt so gut wie ich, dass solche Versprechungen keinen Schuss Pulver wert sind.«

33. Kapitel

Samstag – 5.00 Uhr

Rastlos lief Dolors im Licht der Morgendämmerung in Annas Wohnzimmer auf und ab und hatte dabei das Gefühl, dass das Einzige, was sie derzeit in ihrem Leben noch kontrollieren konnte, die Richtung ihrer Schritte war. Auch ihre Gedanken liefen, wohin sie wollten, und spielten ihr ein grauenhaftes Szenario nach dem anderen vor: Mila geknebelt und gefesselt in einem modrigen Verließ, Mila ohnmächtig in einem Kofferraum, Mila zugedröhnt mit Barbituraten in der Kajüte einer Jacht, Mila blutüberströmt in einem einsamen Waldstück, Mila mit toten, weit aufgerissenen Augen unter einer Brücke weit draußen im *Alt Empordà* ... Ein ersticktes Stöhnen riss sie aus ihren Albträumen. Anna. Auch sie hatte sich geweigert, ins Bett zu gehen, sich hier im Wohnzimmer in einen Sessel zusammengerollt und war irgendwann weggedämmert. So, wie Anna sie ansah, war sie von einem Albtraum aus dem Schlaf gerissen worden. Sie hielten einander fest, mit Blicken, wenn sie es schon nicht physisch tun konnten. Dazu fehlte ihnen die Kraft, der Mut. Trost geben konnte nur, wer Hoffnung hatte, wer einen Ausweg sah, wer nicht gefressen wurde von seinen Ängsten, und ihre Angst hielt sie beide fest im Griff. Anna sank wieder zurück in ihre alte Position, starrte noch einen Moment vor sich hin, dann dämmerte sie wieder weg.

Auch Xavi war bei ihnen. Er hatte Dolors in dieser Situation nicht allein lassen wollen. Er saß im zweiten Sessel, war erst vor Kurzem eingedöst und wirkte auf eine sie eigenartig berührende Art schutzlos und angreifbar in seinem Schlaf. Dolors war froh, dass er geblieben war. Auch wenn sie wusste, dass er ebenso wenig tun konnte wie sie, gab ihr seine Nähe doch genau den Hauch von Sicherheit und Rückhalt, den sie brauchte, um nicht vollends durchzudrehen. Sie war nicht allein. Das war das Wichtigste. Sie waren ein Team. Und sie würden Mila finden. Sie würden sie finden. Sie würden sie finden! Nichts als das durfte sie jetzt denken.

Miguel hatte sie inzwischen mehrfach angerufen, aber er ging nicht dran und meldete sich auch nicht zurück. Gegen dreiundzwanzig Uhr war Laura vorbeigekommen und hatte ihnen berichtet, dass sämtliche einsatzbereiten Kollegen und Sicherheitsbeamten auf allen Bahnhöfen und an allen Flughäfen in der Umgebung nach Bruno und Mila Ausschau hielten. Auch Straßensperren waren errichtet worden. Auf der anderen Seite war Dolors klar, dass Bruno schon längst über alle Berge sein konnte. Und mit ihm Mila. Ebenso klar war ihr, dass er, wenn er angehalten werden sollte, Mila als Schutzschild nutzen konnte. Auch eine andere Angst pochte in ihr: Was würde er mit Mila machen, wenn er sie nicht mehr brauchte, wenn er weit genug von der Stadt weg und Mila nur noch Ballast für ihn war? Mila würde auf keinen Fall wissen dürfen, wo er sie freiließ – weswegen er sie eigentlich nicht freilassen durfte. Würde es ihm nach zwei toten jungen Frauen noch auf eine weitere Leiche ankommen, auch wenn es nur ein Kind war, das nichts, aber auch wirklich rein gar nichts mit dieser verdammten Geschichte zu tun hatte?

Laura hatte ihnen auch Nachrichten von Pep gebracht: Zunächst hatten sie auf Brunos Laptop zwar nichts Belastendes finden können, aber als dann einer der jüngeren Kollegen noch einmal neu in den Tiefen von Brunos virtuellem Papierkorb gestöbert hatte, kam schließlich doch noch etwas zum Vorschein, was als zweifelsfreier Beweis dafür diente, dass Bruno in der Tatnacht tatsächlich die Videoaufnahmen der Sicherheitsfirma und die Schleusen im Bahnhof manipuliert hatte. Damit hatten sie ihn endgültig am Haken. Nur brachte das Mila nicht zurück ...

Dolors sah auf die Zeitanzeige ihres Handys. Inzwischen ging es auf sechs Uhr zu. Es wunderte sie nicht, denn allmählich war es richtig hell im Zimmer. Sie ging ans Fenster, sah auf die Straße. Der Verkehr erwachte, die Ersten mussten zur Arbeit. *Mila, oh Mila, wo bist du?*

Mit einem Mal spürte sie einen warmen Körper hinter ihrem, Arme, die sie sanft umfassten, ein Gesicht, das sich an ihren Kopf drückte.

»Hast du überhaupt eine Minute geschlafen?«, fragte Xavi.

Dolors schüttelte stumm den Kopf. Er drehte sie zu sich herum, schloss sie nun ganz in seine Arme. »Ich würde dir so gern etwas abnehmen.«

»Das tust du, schon allein, weil du da bist.« Sie sah zu ihm auf, versank in seinen guten brauen Augen und spürte die Woge von Stärke und Wärme, die er ihr sendete. »Du bist ein verdammt feiner Mensch«, sagte sie leise.

Er drückte sie erneut an sich. Ganz fest. So fest. Und es tat so gut, dass ihr die Tränen kamen.

Zwei Stunden später verließ Xavi das Haus. Er wollte frische Croissants besorgen, obwohl sowohl Anna als auch Dolors meinten, sie würden ohnehin keinen Bissen herunterbringen. Als er zurückkam, machte er Kaffee und rief sie in die Küche. Auf dem Tisch stand ein Teller mit Croissants und den Rosinenschnecken, die Dolors so mochte. Ihr Vater hatte sie ihr früher manchmal gekauft, wenn er sie – was leider nur sehr selten der Fall gewesen war – in die Schule gebracht hatte.

»Damit du beim Essen an mich denkst«, hatte er ihr mit einem verschmitzten Grinsen gesagt, wenn er ihr die Tüte in die Hand drückte. Dann hatte er sie auf die Stirn geküsst und war zum Gericht gefahren. Er wusste, wie sehr sie die Schnecken liebte – und dass ihre Mutter sie ihr so gut wie nie kaufte. Zu viel Zucker. Zu viel Weißmehl. *Kind, verdirb dir nicht schon in dem Alter die Figur!*

»Na los«, brummelte Xavi und nickte Dolors und Anna aufmunternd zu. »Wenigstens ein paar Bissen. Wir brauchen heute alle Energie, derer wir habhaft werden können.«

Anna ging zunächst ins Bad, aber Dolors setzte sich, trank einen Schluck Kaffee, biss brav in die Schnecke – und merkte, wie gut sie ihr tat. Das Bild ihres Vaters schob sich erneut vor ihr inneres Auge, sie sah seinen verschwörerischen Blick und die Komplizenschaft in seinen Augen. Warum nur waren diese Momente so selten gewesen? Warum nur hatte er immer nur für seine Arbeit gelebt? Auch heute, da er schon längst in Pension war, ging er weiter nur seinen eigenen Beschäftigungen nach, statt sich einmal Zeit für sie oder seine Enkel zu nehmen. Golf spielen, in aller Welt Vorträge halten, an entlegene Orte reisen. Zu gern hätte sie ihn gestern angerufen, um ihm von Milas Verschwinden zu erzählen, um ihn um Rat zu fragen. Aber er war ohnehin nicht in Sitges, sondern in

Madrid auf einem Symposium über weiß der Himmel was für ein wichtiges Thema. Was hätte er von dort aus bewirken sollen? Nur belastet hätte sie ihn. Ihre Mutter hatte sie ebenfalls nicht angerufen. Die hätte sie nur vollends wahnsinnig gemacht und ihr wieder einmal ihren Beruf vorgeworfen. *Da siehst du, was du davon hast!*

Dolors zog ihr Handy herbei, tippte routinemäßig Miguels Nummer an, landete erneut nur auf der Mailbox. Sie bekam Lust, jemanden anzuschreien.

»Na siehst du, jetzt hast du die Schnecke doch gegessen«, erklärte Xavi zufrieden.

Dolors schaute auf ihren Teller, und ja, tatsächlich, kaum ein Krümel war noch da, und sie musste zugeben, dass sie sich – aller Wut auf Miguel und Angst um Mila zum Trotz – tatsächlich besser als vor dem Frühstück fühlte. Auf einmal klingelte ihr Handy. Auf ihrem Display erschien das Wort Zentrale. Sofort nahm sie den Anruf an und riss das Handy ans Ohr.

»Ja?«, rief sie atemlos.

»Wir haben Brunos Wagen«, rief ihr eine Kollegin aufgeregt entgegen. Dolors erkannte die Stimme sofort: Es war Anita. Sie hatte einen Sohn in Milas Alter, sie gingen sogar in die gleiche Klasse. »Der Wagen steht in der Carrer del Comerç 36, direkt gegenüber dem Schokoladenmuseum. Der Kollege hat sich schon bei den Anwohnern umgehört, und einer hat Bruno wahrscheinlich auch gesehen. Er meinte, unsere Zielperson sei in Hausnummer 36 gegangen.«

Das Handy weiter ans Ohr gepresst, sprang Dolors auf. »Wir fahren sofort los. Die Kollegen sollen nichts machen, ehe wir nicht vor Ort sind. Wenn er Mila bei sich hat, müssen wir vorsichtig sein. Die Situation darf unter keinen Umständen eskalieren.«

»Alles klar, gebe ich weiter.« Anita holte Luft. »Sollen wir ein Sondereinsatzkommando aktivieren?«

Dolors versuchte die Panik in sich zurückzudrängen, zwang sich, ruhig nachzudenken. »Auf Abruf«, entschied sie dann. »Nicht vor Ort. Wenn er ein großes Polizeiaufgebot sieht und Mila hat, kann das nach hinten losgehen. Bitte schick ein paar zivile Beamte, mit denen ich notfalls Türen öffnen kann und falls wir Verstärkung brauchen.«

»Viel Glück!«

Dolors drückte den Anruf weg und sah Xavi und Anna an. »Wir haben Brunos Wagen und vielleicht auch ihn«, erklärte sie den beiden, schnappte sich ihren Rucksack und den Wagenschlüssel und rannte zur Wohnungstür.

»Gib mir Bescheid, sobald du kannst«, rief Anna ihr mit bebender Stimme hinterher.

Dolors hastete mit Xavi die Treppe nach unten. Auf den Aufzug zu warten, hätte sie nicht ertragen.

34. Kapitel

Samstag – 8.10 Uhr

Die Carrer del Comerç lag in der Ciutat Vella, rund zehn Minuten vom Kommissariat der Mossos entfernt, in dem Dolors arbeitete. Sie kannte die Straße: Das Bild wurde von nahtlos aneinanderklebenden vierstöckigen Altbauten beherrscht, in den unteren Etagen gab es Geschäfte, die Wohnungen im ersten Stock hatten durchlaufende Balkone, die in den oberen Stockwerken Stehbalkone. Dolors raste so schnell wie noch nie durch die Stadt. Immer wieder flog sie der Gedanke an, dass Bruno die ganze Nacht in der Stadt gewesen war, und ebenso die Wut darüber, dass sie ihn trotz der Alarmbereitschaft der Kollegen nirgends hatten aufstöbern können, aber Manel hatte ihr beigebracht, dass Gefühle einen in solchen Situationen nur ablenkten, und so schob sie sie immer wieder vehement von sich. Leer musste sie jetzt sein, klar, ruhig. Fokussiert.

Endlich erreichte sie die Carrer del Comerç. Dolors stellte das Martinshorn ab, damit sie Bruno nicht ans Fenster lockte und warnte, holte es dann mit einem schnellen Griff vom Dach und parkte in zweiter Reihe ein paar Häuser von der Nummer 36 entfernt. Seit sie unterwegs waren, hatte Xavi über die Freisprechanlage ständigen Kontakt mit den Kollegen, die die Anwohner befragt hatten. Sie versicherten ihnen, dass, wenn es wirklich

Bruno war, den jemand ins Haus hatte gehen sehen, er, seit sie vor Ort waren, noch nicht wieder herausgekommen war. Einer der Kollegen, den sie gegenüber dem Haus positioniert hatten, meinte, ihn vor wenigen Minuten in der rechten Wohnung im ersten Stock am Fenster gesehen zu haben.

Dolors stellte den Motor ab, zog den Schlüssel und nickte Xavi zu. Sie hatten vereinbart, erst einmal ganz schlicht zu klingeln und zu behaupten, dass sie von der Versicherung waren und wegen eines Wasserschadens in der Wohnung darunter kämen. Die simpelsten Maßnahmen waren oft die effektivsten. Hauptsache, sie kamen ohne großes Gerangel in die Wohnung und gaben Bruno keine Chance, Mila als Schutzschild zu benutzen.

Als sie ausstiegen, wechselte Dolors einen kurzen Blick mit dem Kollegen auf der gegenüberliegenden Straßenseite. Er hieß Arturo, sie kannte ihn schon lange. Er war nur wenig älter als sie, ein ruhiger, besonnener Mann mit zwei kleinen Kindern. Er nickte ihr kaum merklich zu.

Xavi und Dolors gingen auf das Haus Nummer 36 zu. Sie hatten Glück: Die Haustür stand offen. Dolors trat ein, zog ihre Waffe und registrierte aus dem Augenwinkel, dass Xavi es ihr gleichtat. Fast lautlos huschten sie hoch in den ersten Stock, positionierten sich zu beiden Seiten der Wohnungstür, hinter der sie Bruno vermuteten. Dolors sah, dass auf dem direkt darüberliegenden Treppenabsatz zwei weitere Kollegen in Position waren: Der Ältere von ihnen hielt eine Türramme bereit. Bei den alten Türen, die es in diesem Haus gab, sollte sie ausreichen, um die Tür mit einem Schlag aufzubrechen, aber noch hoffte Dolors, Bruno – wenn er es denn war – würde ihnen einfach selbst öffnen.

Erneut sah sie zu Xavi. Als er nickte, drückte sie auf die Klingel. Sie lauschte, doch es tat sich nichts. Dolors zwang sich, bis zwanzig zu zählen, ehe sie erneut auf die Klingel drückte. Als sich auch jetzt nichts tat, klopfte Xavi gegen die Tür und rief: »Machen Sie bitte auf? Wir kommen von der Hausratversicherung. In der Wohnung unter Ihnen gibt es einen Wasserschaden. Wir müssen dringend bei Ihnen rein, um uns das anzusehen und entsprechende Maßnahmen zu treffen.«

»Wir haben keinen Wasserschaden, und wir hatten auch keinen«, brummte jemand von innen gegen die Tür. Die Stimme könnte die von Bruno sein, ganz sicher aber war sich Dolors nicht, vielleicht war sie auch eine Spur zu hell, die Worte länger gezogen, als Bruno es tat.

»Es kann durchaus sein, dass Sie den Wasserschaden gar nicht bemerkt haben«, fuhr Xavi fort. »Die Ursache kann ein undichtes Rohr in der Wand sein, und das Wasser zieht durch das Mauerwerk vor allem in die Wohnung unter ihnen. Könnten Sie uns bitte kurz nachsehen lassen? Ich würde ungern unseren Generalschlüssel benutzen.«

Dolors war klar, dass sein *Generalschlüssel* die Ramme war. Sie hörten, wie eine Kette abgezogen und die Tür entriegelt wurde. Dolors ging zur Seite und nahm die Waffe in Anschlag. Dann endlich öffnete sich die Tür einen ersten Spalt. Sofort drückte Xavi sie mit voller Wucht auf und knallte sie damit auf die dahinterstehende Person. Derjenige fluchte, geriet ins Trudeln – Xavi sprang hinter die Tür und packte die Person am Arm. Dolors' Kollegen ließen die Ramme fallen und stürmten fast zeitgleich mit ihr in die Wohnung. Dolors sah, dass Xavi dem Mann den Arm auf den Rücken gedreht hatte und ihn in sicherem Gewahrsam hatte – und dass der Mann nicht Bruno war.

»Wo ist Bruno Pacreu?«, herrschte Dolors ihn an.

Der Mann presste die Lippen zusammen, und in der gleichen Sekunde hörte Dolors ein Schabgeräusch aus dem Raum rechts vor ihnen. Sie sprintete los. Kam in die Küche. Bruno stand auf dem Balkon. Er war gerade dabei, über das Geländer zu steigen, um auf die Straße zu springen.

»Unten schnappen die Kollegen Sie sowieso, also lohnt es sich kaum, sich beim Sprung das Bein zu brechen«, zischte Dolors ihn an. »Ihre Beine haben bei dem Unfall in Afrika auch schon genug gelitten, oder?«

Er fuhr zu ihr herum und wirkte überrascht.

»Zurück in die Küche«, zischte Dolors, »sonst schieße ich Ihnen ins Knie!«

Zögerlich ließ Bruno seinen Fuß wieder sinken und ging mit erhobenen Händen einen Schritt zurück in die Küche. Einer der Kollegen packte ihn und legte ihm auf dem Rücken Handschellen an.

»Hiermit nehme ich Sie wegen Mordes an Julia Toset und Aina Dumont fest«, sagte Dolors. »Ihre Rechte verlesen wir Ihnen nachher. Jetzt wollen wir wissen, wo Sie Mila hingeschafft haben.«

»Mila?« Bruno sah ihn verständnislos an. »Was für eine Mila?«

»Meine Tochter Mila«, brüllte Dolors ihn an. »Das elfjährige Mädchen, das Sie gestern vom Ballett abgeholt und entführt haben!«

»Das mit Julia und Aina, das ... das ... Mit Kindesentführung habe ich nichts zu tun!«

»Sagen Sie mir sofort, wo Sie meine Tochter hingeschafft haben!«, schrie Dolors noch lauter.

»Ich habe sie nicht, ich habe sie wirklich nicht«, schrie Bruno zurück. Hektisch sah sich Dolors in dem Raum um, entdeckte dort nichts, wo man ein immerhin einen Meter fünfunddreißig großes Kind verstecken konnte, überließ Bruno dem Kollegen und durchsuchte alle Zimmer und das Bad. »Mila? Mila, bist du hier?«

Die anderen halfen ihr bei der Suche, doch Mila war nirgends in der Wohnung, und auch im Keller war sie nicht.

Dolors stürmte zurück in die Küche. »Wo haben Sie meine Tochter? Wer sonst soll sie gestern vom Ballett abgefangen haben, wenn nicht Sie? Denn Irina hat ein Alibi, die war im Krankenhaus. Die kann Mila nicht abgeholt haben.«

»Ich habe keine Ahnung, wo Ihre Tochter ist, aber ich habe sie nicht. Ich war auch bei keiner Ballettschule«, beharrte Bruno. »Ich bin vorgestern vom *Graner* direkt hierhergefahren und habe mich seither nicht vom Fleck gerührt. Fragen Sie doch meinen Freund!«

Panisch sah Dolors zu Xavi. Der ließ einen großen Schwall Luft entweichen. »Wenn er sie nicht hat, fangen wir bei unserer Suche nach ihr noch mal von vorn an, aber wir finden sie, wir finden sie!«

Dolors rannte zurück in den Flur. Die Kollegen hatten Brunos Freund inzwischen Handschellen angelegt und seine Daten aufgenommen. Er hieß Mirco Salazar, war fünfunddreißig, Lehrer. Er war ein kleines Stück größer sie, hatte einen dunkelbraunen Wuschelkopf und große, rehbraune Augen, die sie verschreckt ansahen. Es war offensichtlich, dass er nichts von dem verstand, was hier vor sich ging. Dolors zog ihn ins Wohnzimmer und fragte ihn, wann Bruno gekommen sei. »Bruno kam vorgestern Abend gegen acht«, sagte er. »Das weiß ich genau, weil um die Uhrzeit gerade meine Nachhilfestunde mit Susanna zu Ende war.«

»Hat auch diese Susanna Bruno kommen sehen?«

Brunos Freund nickte. »Und deren Mutter. Sie hat Susanna abgeholt. Ich wollte gerade die Tür hinter ihnen zumachen, da stürmte Bruno die Treppe hoch. Er hat sie fast umgerannt, sie können sich bestimmt noch an ihn erinnern. Mir hat er nur gesagt, er habe Krach mit Irina und ob er bei mir übernachten könne. Seither hat Bruno das Haus nicht wieder verlassen. Worum geht es eigentlich? Was soll Bruno denn gemacht haben? Wir kennen uns schon seit der Schule. Er … er ist ein wirklich feiner Kerl.«

Definieren Sie fein, lag Dolors auf den Lippen, und die Frage, ob zwei Morde für ihn in diese Kategorie hineinpassten, aber Bruno war ihr im Moment egal. Mila, sie musste Mila finden!

Xavi legte Dolors die Hand auf die Schultern. »Wir lassen die Kollegen das Alibi überprüfen und reden mit der Mutter von dieser Susanna«, meinte er zu ihr. »Wir fahren zu Milas Ballettschule und befragen dort noch mal alle neu. Wenn wir uns beeilen, kommen wir gerade noch rechtzeitig, wenn die Kinder zum Unterricht gebracht werden oder selbst eintrudeln. Wenn wir Glück haben, finden wir da jemanden, mit dem wir gestern noch nicht geredet haben, und der etwas beobachtet hat.«

Dolors kämpfte gegen ihre Tränen, nickte dann aber, zumal sie ohnehin keine bessere Idee hatte. »Bringen Sie die beiden ins Präsidium«, sagte sie zu den beiden Kollegen. »Bruno Pacreu verhören wir dort weiter, und jemand soll die Aussage seines Freundes aufnehmen, dann können wir hier wieder gehen.«

Anschließend lief sie zurück zum Wagen. Als sie auf der Fahrerseite einsteigen wollte, hielt Xavi sie zurück.

»Den Wagenschlüssel gibst du lieber mir«, sagte er leise und streckte ihr die Hand hin. »Du bist nicht in der Verfassung, um zu fahren. Bitte, sei vernünftig.«

Dolors zögerte, drückte ihn ihm dann aber doch in die Hand und stieg auf der Beifahrerseite ein.

35. Kapitel

Samstag – 9.55 Uhr

Xavi hatte den Wagen kaum vor der Ballettschule geparkt, als Dolors auch schon heraussprang und in die Schule eilte. Die Ersten, die sie ansprach, waren Senyora Conchita und Marta, doch beide hatten nach wie vor nichts von Mila gesehen oder gehört.

»Es tut mir so leid, dass ich dir nichts anderes sagen kann.« Marta traten Tränen in die Augen. »Mein Gott, wo ist das Kind denn bloß? Wenn es irgendetwas gibt, was ich tun kann, musst du es nur sagen!«

»Danke, nein, da ist im Moment nichts außer dem, was du sowieso schon gemacht hast, und danke auch, dass du gestern in den WhatsApp-Gruppen der Schule herumgefragt hast.« Dolors musste sich räuspern. »Ich ... ich gehe raus zu meinem Kollegen und helfe ihm, die Eltern zu befragen, die die Kinder draußen absetzen. Vielleicht erinnert sich beim direkten Befragen ja doch noch jemand an etwas.«

»Ja, natürlich, ich drücke die Daumen«, meinte Marta. »Im Unterricht frage ich gleich auch noch mal alle.«

Dolors versuchte tief durchzuatmen, was ihr jedoch nicht gelang. Sie hob zum Dank die Hand, reden konnte sie gerade nicht, und wandte sich um. Sie musste raus, an die Luft. Mila suchen. Mila. Mila!

Als Dolors nach draußen kam, lief gerade die flachsblonde Xenia auf sie zu. Sie war zwei Jahre älter als Mila, kannte sie aber trotzdem gut, da Dolors mit ihrer Mutter befreundet war und die Mädchen schon so manchen Tanz zusammen gemacht hatten. Dolors ging auf sie zu und fragte sie, ob sie gestern etwas beobachtet hatte.

»Tut mir leid, meine Mutter hat mir schon gesagt, dass Mila verschwunden ist, aber ich habe nichts beobachtet, ich habe sie nicht mal weggehen sehen.« Ihre Augen schimmerten feucht. »Haben Sie denn noch immer nichts herausfinden können?«

»Leider nicht, aber wenn dir doch noch etwas einfällt, weißt du ja, wie du mich erreichen kannst.«

»Ja, ja, natürlich!«

Dolors hielt sich nicht weiter mit Xenia auf, sondern sprach gleich das nächste Mädchen an. In ihrem Rücken hörte sie, wie Xavi das Gleiche mit anderen Ankömmlingen tat. Er hatte Milas Foto auf seinem Handy, sodass er nicht darauf angewiesen war, dass die Angesprochenen Mila auch mit Namen kannten, und Dolors tat es ihm nun gleich, doch sowohl sie als auch Xavi stießen nur auf Kopfschütteln, hilflose, mitfühlende Blicke und tränenfeuchte Augen. Immer wieder flog Dolors auch der Satz »sie wird bestimmt im Laufe des Tages wieder auftauchen« entgegen, er kam fast immer von Eltern, und sie war sich gewiss, dass auch die diesen dämlichen Spruch von ihr nicht hätten hören wollen, wenn sie ihrer Situation gewesen wären. Sie jedenfalls war sich sicher, dass sie diesen Satz nie wieder zu einem Elternteil sagen würde, das sein Kind suchte. Sie erspähte Belinda. Das dunkelhaarige Mädchen mit den großen mandelförmigen Augen war einer der Stars der Ballettschule, groß, feingliedrig, federleicht und unendlich biegsam. Dolors hielt sie auf. »Belinda, einen Moment bitte. Ich suche Mila. Hast du gestern, als du die Ballettschule verlassen hast, vielleicht gesehen, in wessen Auto Mila eingestiegen ist oder mit wem sie weggegangen ist?«

Das Mädchen schaute sie irritiert an. »Nein, tut mir leid, habe ich nicht, aber warum fragen Sie sie das nicht selbst?«

Dolors stutzte, woraufhin Belinda hinter sie zeigte. Irritiert drehte sie sich herum und sah, wie Mila putzmunter aus dem Wagen ihres Vaters stieg.

»Xa-xavi«, röchelte Dolors.

Xavi fuhr herum. Sein Blick folgte ihrem Fingerzeig. »Ich fass es nicht.«

Als hätte er ihr mit seinen Worten einen Stoß verpasst, schoss Dolors auf Miguels Wagen zu und erreichte das Auto, ehe Mila die Tür schließen konnte. »Habt ihr den Arsch offen?«, brüllte sie die beiden an.

»Mama!«, fuhr Mila entsetzt auf, und Miguel zischte: »Dein Benehmen erinnert täglich mehr an die Leute, die du einbuchtest.«

»Kindesentführung«, schrie sie ihn weiter an. »Das erfüllt den Tatbestand der Kindesentführung!« – und zu Mila: »Und dass du da mitmachst!«

Mila wurde knallrot, aus ihren Augen schossen Tränen. Ob aus Scham oder aus Verlegenheit wusste Dolors nicht. Xavi griff sie sanft am Arm. »Wollt ihr das nicht in Ruhe woanders besprechen?«

Dolors fuhr wütend zu ihm herum, sah dann aber, was Xavi meinte: Rund um sie herum standen Leute, eine wahre Traube von Menschen hatte sich schon um sie versammelt. Sie schob Mila zu Xavi. »Du bleibst bei ihm« – dann sprang sie in Miguels Wagen und knallte die Tür hinter sich zu. »Na los, fahr, nun fahr schon!«

»Und wohin?«

»Um die Ecke oder sonst wohin, aber tritt endlich aufs Gas!«

Miguel fuhr los und bog an der nächsten Kreuzung nach rechts ab. Dolors sah einen Parkplatz.

»Da, halt an«, zischte sie. »Du sollst da parken, habe ich gesagt!«

Miguel sagte nichts, fuhr aber an den Rand, drehte den Schlüssel herum und sah sie wütend an. »Ich weiß echt nicht, was du von mir willst. Ich habe nichts anderes getan als das, was du auch gemacht hast.«

»Bist du bescheuert?« Dolors ballte ihre Hände zu Fäusten und brauchte ihre ganze Selbstbeherrschung, um sie Miguel nicht ins Gesicht zu donnern. »Ich bin am helllichten Tag mit zwei Kindern und einem großen Stapel Koffern ausgezogen, das ist ja wohl nicht dasselbe, wie wenn ein Mädchen nach dem Ballettunterricht spurlos vom Erdboden verschwindet und auch ihr Handy nicht mehr eingeschaltet ist.«

»Was kann ich dafür, dass der Akku von Milas Handy kaputt ist?«

»Hörst du mir nicht zu? Es geht hier um ein Mädchen, das seit vierundzwanzig Stunden von der ganzen Polizei Barcelonas gesucht wird! Vor zwei Stunden gab es sogar einen SEK-Einsatz, bei dem ich den Mann, von dem ich dachte, dass er sie entführt hat, ohne zu zögern erschossen hätte, wenn ich davon überzeugt gewesen wäre, dass das sie mir zurückbringt. Also noch mal: BIST DU BESCHEUERT?«

Miguel wurde blass.

»Wie kannst du mir so etwas antun?« Voller Wut klatschte Dolors auf das Armaturenbrett, wieder und wieder. »Wie kannst du mir so etwas antun? Ich dachte, Mila sei tot. Tot!«

»Aber ich … Ich wollte doch nur …« Miguel strich sich die Haare über die Stirn zurück. »Ich war doch nur so wütend auf dich, weil ich dich in den Armen dieses Schönlings gesehen habe, und wollte mit Mila etwas unternehmen und … Oh Scheiße, Scheiße. Ich dachte, dir sei klar, dass sie nur bei mir sein kann.«

»Wie, verdammt, sollte mir das klar sein? Ich bearbeite einen Mordfall im Ballettbereich, die Freundin des Täters ist Milas Ballettlehrerin, der Täter weiß also, wo er meine Tochter finden kann. Ich dachte, er hätte Mila entführt, um sich damit seine Flucht zu ermöglichen!«

»*Déu meu.*« Miguel sank auf seinem Sitz zurück. »Ich … Das tut mir so leid, das tut mir so so leid!«

Dolors wischte sich über ihr Gesicht. Erst jetzt merkte sie, dass es tränenüberströmt war.

»Ich verstehe es nicht.« Miguel stöhnte. »Wie weit haben wir es kommen lassen? Wie konnte uns das alles nur so aus den Händen gleiten?«

»Ich jedenfalls bin fertig mit dir. Komplett fertig! Du und dein gottverdammter Egotrip. Nichts hast du kapiert, gar nichts!«

Miguel hob die Hände und ließ sie hilflos wieder sinken. »Ich dachte ehrlich nicht, dass das solche Ausmaße annehmen könnte, und noch weniger, dass du so was glauben würdest. Ich wollte nur tun, was du auch getan hast … und einfach mal einen Tag mit Mila verbringen.«

»Das hättest du gekonnt, über Jahre. Stattdessen hast du dich lieber mit deinen Shootingstars bei exklusiven Diners vergnügt oder bist nachts mit ihnen durch die angesagtesten Discos gezogen und hast den nächsten Tag verschlafen.«

»Du weißt, dass das nicht fair ist. Die Essen und das Nachtleben – das gehört zu meinem Job dazu.«

»Und zum Leben als Familienvater gehört etwas anderes dazu, aber das hast du nie kapiert. Nie! Und du wirst es auch nie mehr kapieren. Das zumindest habe ICH jetzt kapiert.«

»Und du schwebst wieder mal wie ein Engel über allem, oder was?« Auch in Miguels Augen war nun wieder Wut zu sehen. »Denn du hast an dem ganzen Dilemma natürlich überhaupt keine Schuld. Was meinst du eigentlich, wie ich mich gefühlt habe, als du auf einmal mit den Kindern weg warst? Als hätte man mir Arme und Beine abgeschnitten. Verdammt, das hat wehgetan, weh, weh, weh!«

Wieder schlug Dolors auf das Armaturenbrett, aber diesmal war das weit weniger gegen Miguel als gegen die Situation an sich gerichtet. Ja, natürlich hatte auch sie ihren Teil zu allem beigetragen. Und in einem Punkt musste sie Miguel Recht geben: Wie hatten sie es nur so weit kommen lassen können? Wie hatte das alles nur so ein Eigenleben bekommen können?

»Mach einen Termin bei der Anwältin«, sagte sie dann um einiges ruhiger zu Miguel. »Wir brauchen Regelungen, klare Regelungen, eindeutige Absprachen. Das darf nie wieder passieren. Und offensichtlich sind wir nicht in der Lage, das allein hinzubekommen.«

»Aber ich will keine Scheidung.« Miguel sah sie flehend an. »Ich will, dass ihr zurückkommt!«

»Das hättest du dir früher überlegen sollen.« Dolors stieg aus und knallte die Wagentür zu.

36. Kapitel

Samstag – 11.20 Uhr

Dolors lief nicht direkt zur Ballettschule zurück, sondern zunächst in die entgegengesetzte Richtung. Sie musste sich abreagieren, ehe sie zu Xavi zurückging, und sie zweifelte nicht dran, dass er alles Nötige veranlasste: Marta und Senyora Conchita über Milas glückliche Rückkehr informieren, Anna anrufen, die Kollegen im Präsidium. Blieb Mila … Natürlich wusste Dolors ihre Tochter nun in Sicherheit, aber andererseits hatte sich seit ihrem und Miguels Anblick ein solcher Wutberg in ihr aufgestaut, dass sie kaum noch klar denken konnte. Natürlich war Milas Akkus nicht mehr der beste, aber es gab ja so etwas wie ein Ladekabel, mit dem man nachladen konnte. Wenn Miguel oder sie an ihr Handy gegangen wären, wäre die ganze Situation nie so hochgekocht. Trotzdem war dies alles nicht Milas Schuld. Mit Sicherheit war sie davon ausgegangen, dass Miguel den »Ausflug« mit ihr abgesprochen hatte. Was konnte Mila dafür, dass ihre Eltern ein derart massives Kommunikationsproblem hatten? Nichts. Einfach gar nichts.

Als Dolors das Gefühl hatte, sich einigermaßen beruhigt zu haben, machte sie sich auf den Rückweg. Der Eingangsbereich vor der Ballettschule war leer, die Schülerinnen längst am Tanzen, die Eltern wieder zu Hause. Allerdings konnte sie auch Xavi und seinen Wagen nirgends entdecken. Erst als sie näherkam, sah sie ihn. Er lehnte an einer der Pappeln.

»Und, hast du dich wieder eingekriegt?«, fragte Xavi und grinste so unverschämt breit, dass Dolors am liebsten wieder umgedreht wäre.

»Wer den Schaden hat, braucht für den Spott nicht zu sorgen«, knurrte Dolors ihn an.

»Na komm.« Er stieß sich vom Baum ab, trat zu ihr und rieb ihr über den Arm. »Ende gut, alles gut.«

»Das hier ist nicht das Ende, beziehungsweise in gewisser Weise doch. Es ist das endgültige Aus meiner Ehe. Die Zeit der Zweifel ist vorbei. Aber Mila wird kapieren müssen, dass man sein Handy aufgeladen bei sich zu tragen hat oder wenigstens ein Ladekabel dabei hat, und Miguel und ich, wie man sich zuverlässig mit- und nicht gegeneinander organisiert.« Sie stieß einen Schwall Luft aus. »Ich glaube, in meinem nächsten Leben als Kripobeamtin habe ich keine Familie mehr.«

»Hoffentlich bin ich wieder dabei und kann miterleben, dass genau das nicht der Fall sein wird. Du bist ein Familienmensch, du kannst nicht ohne.«

»Da bin ich mir gerade nicht mehr so sicher.« Dolors zuckte mit den Achseln und schaute zur Ballettschule. »Mila ist drin? Und alle beruhigt?«

»Ja, sind sie. Da alle sie umarmt und an sich gerissen haben, als sei sie das verlorene Kind – was sie ja streng genommen auch war – hat sie natürlich mitbekommen, was ihr Verschwinden ausgelöst hat und geheult wie ein Schlosshund, aber ich habe ihr versichert, dass du kein bisschen sauer auf sie bist. Sie weiß, dass du sie nachher abholen wirst.«

»Na ja, das war zumindest eine halbe Lüge: Sauer auf sie bin ich sehr wohl. Und dass ich sie nachher abholen komme ... Weiß das unser Fall auch?« Dolors rieb sich über das Gesicht. Auf einmal fühlte sie sich unendlich müde, als habe jemand die Luft aus ihr herausgelassen. Sie hatte das Gefühl, dass sie sich augenblicklich irgendwo hinsetzen musste, wenn sie nicht umsinken wollte.

»Alles okay?« Xavi sah sie besorgt an. »Du bist auf einmal käseweiß.«

Dolors zuckte mit den Achseln. »Weiß nicht ...«

Xavi schlang den Arm um ihre Schultern und zog sie an sich. »Komm, da vorn ist ein Café. Da setzen wir uns erst einmal und legen ein zweites Frühstück ein. Und ja, unser Fall weiß das. Laura hat mir eben eine Nachricht geschickt: Bruno ist geständig, er redet wie ein Wasserfall, wir müssen nachher nur noch das Protokoll mit ihm aufsetzen. Die DNA-Analyse ist auch schon in Arbeit.« Er zog sie noch fester an sich. »Und alles andere – das wird wieder, wirst sehen!«

Dolors nickte und war selten in ihrem Leben so froh gewesen, von jemandem so in den Arm gezogen zu werden wie in diesem Moment – und das lag nicht nur an ihren wackligen Beinen.

Eine Stunde später waren Dolors und Xavi wieder im Kommissariat. Sämtliche Kollegen strahlten Dolors breit an, manche umarmten sie auch voller Herzlichkeit, nicht nur Laura hatte dabei dicke Freudentränen in den Augen. Die Nachricht, dass Dolors ihre Tochter wohlbehalten wiederhatte, hatte sich im Kommissariat wie ein Lauffeuer verbreitet. Auch dass ihr doppelter Mordfall gelöst und der Täter gefasst war, wussten alle schon. Kaum war Dolors mit Xavi in ihr Büro gegangen, kam Luisa Sanchez zu ihnen herein. Selbst in ihrem Gesicht spiegelten sich ausnahmsweise einmal Zufriedenheit und sogar ein Lächeln. Sie ergriff Dolors' Hand mit ihren beiden und schüttelte sie. »Wunderbar, ganz wunderbar, werte Dolors. Ich wusste doch, dass ich mich auf Sie verlassen kann! Für Ihre Tochter freue ich mich natürlich auch. Das war eine unglaublich belastende Situation für Sie. Umso beeindruckender, dass Sie trotz allem zugleich den Fall lösen konnten.«

Dolors nickte nur. Was hätte sie auch sagen sollen? Sie wusste, dass sie diese Frau auch damit nicht für sich eingenommen hatte. Mit dem nächsten Fall würden deren Zweifel an ihr aufs Neue aufkeimen. So war ihr Verhältnis nun einmal.

Als Nächstes stand das Verhör mit Bruno an. Die Fakten lagen schnell auf dem Tisch, zumal die Beweislage erdrückend war und Bruno geständig. Bruno hatte Julia nie verziehen, dass sie damals diesen Unfall verursacht hatte, der ihn seine Tänzerkarriere gekostet hatte. Dass sie dann zwei Jahre, nachdem sie sein Leben ruiniert hatte, wieder in seines trat und das seiner neuen Freundin torpedierte, war mehr, als er ertragen konnte. Er hackte die Überwachungsanlage des Bahnhofs, lockte Julia in der Nacht dorthin und stieß sie vor den Zug. Dann aber hatte Aina Bruno aufgrund seines minimalen Gehfehlers auf dem Video, das Dolors den Tänzerinnen vorgeführt hatten, erkannt und ihn erpresst. Die Bewegungen einer Tänzerin waren höchste Präzision, sie war darauf geeicht, winzige Abweichungen wahrzunehmen, weil sie sie ja auch ausführen können musste. Von daher hatte sie diesen minimalen Gehdefekt an einem Passanten auf dem Video bemerken und ihn Bruno zuordnen können. Zunächst hatte Bruno keine Ahnung gehabt, wer ihn erpresste, und das

Lösegeld in dem Versteck deponiert, das ihm wenige Stunden nach dem ersten Erpresserschreiben per SMS mitgeteilt worden war. Der Betrag war auch nicht so groß gewesen, als dass er ihn in Schwierigkeiten gebracht hätte. Doch danach schien Aina auf den Geschmack gekommen zu sein, denn schon am Abend darauf folgte das zweite Erpresserschreiben: Als Aina es unter der Tür von Brunos Arbeitszimmer durchschob, konnte sie sich sicher fühlen: Die Tanzkollegen waren alle in Valencia, Bruno hatte seinen freien Tag, der Hausmeister war woanders beschäftigt ... Doch zu ihrem Unglück war Bruno sehr wohl in seinem Büro gewesen. Er hatte ein paar Unterlagen gebraucht und war deswegen kurz gekommen. Als er sah, wie der Brief unter der Tür durchgeschoben wurde, verharrte er und wartete, bis er hörte, dass sich Schritte entfernten. Dann öffnete er leise die Tür und folgte Aina. Auch er wusste, dass die anderen Tänzerinnen alle nach Valencia gefahren waren und dass der Hausmeister nicht in Hörweite war. Er folgte Aina in die Küche, wo sie ein Glas Wasser trank. Bruno versuchte, mit ihr zu reden, aber sie wurde sofort hysterisch, schrie – und Bruno wollte vermeiden, am Ende doch noch die Aufmerksamkeit des Hausmeisters zu erregen. Da fiel sein Blick auf ein Küchenmesser. Er wollte nur, dass Aina still war. Als er danach griff, schrie sie noch mehr und stürzte davon. Bruno erwischte sie kurz vor dem Umkleideraum und stieß sie hinein. Aina verpasste ihm einen Schlag ins Gesicht, und da stach Bruno zu – und nach dem ersten Messerstich noch einmal und noch einmal ... Auf einmal hatte ihn eine unbändigen Wut gepackt, dass es wieder und wieder jemanden gab, der alles, was er sich aufbaute, zerstörte. Im Prinzip, erklärte Bruno Dolors, hätte er schon in dem Moment, in dem er auf Aina eingestochen hatte, gewusst, dass sein »perfekter Mord« ab sofort keiner mehr war. Schließlich würde seine DNA überall im Umkleideraum und auf der Toten sein, und so war es nur noch eine Frage der Zeit, wann sie ihm auf die Schliche kommen würden. Als Dolors ihn dann von Ainas zweitem Handy, dem Erpresserhandy, anrief, wusste er, dass es endgültig aus war. Irina aber habe nichts von alldem gewusst.

»Sie ist das Beste, was mir je im Leben passiert ist. Auch das hat Julia mir jetzt genommen«, sagte er abschließend zu Dolors.

»Nein«, gab Dolors zurück. »Ihre Beziehung mit Irina hätte auch deren Rückstufung ins normale Tanzensemble überstanden, die hing niemals davon ab, ob Irina nun Primaballerina war oder nicht – der Beweis ist, dass Sie nach wie vor zusammen sind. Erst die Morde haben Ihr gemeinsames Leben zerstört. Aber es ist immer einfacher, anderen die Schuld für alles zu geben.«

Bruno zuckte zusammen, aber auch Dolors spürte einen Widerhall ihrer Worte in sich. Sie musste an Miguel und sich denken. Ja, es war immer einfacher, anderen die Schuld zu geben. Auch sich selbst musste sie das vorhalten.

Anschließend schrieb Dolors ihren Abschlussbericht, dann kam Xavi zu ihr ins Büro und fragte sie, ob sie zusammen Mittag essen wollten.

»Die Kollegen haben gerade davon geschwärmt, dass Carmita heute frisch gemachte *Escalivada* habe, und ihre *Tortilla* sei noch besser als sonst. Was ist? Du siehst aus, als könntest du eine gute Mahlzeit vertragen. Komm, ich lade dich ein.«

»Gib mir eine Minute, dann bin ich fertig.« Dolors tippte noch den letzten Satz unter ihren Bericht, dann schickte sie ihn per Mail an Luisa Sanchez und erhob sich.

Die *Escalivada* war tatsächlich unglaublich gut, die Tortilla ebenso, und Xavis Gesellschaft tat das ihre, damit sich Dolors immer mehr entspannte. Nicht zum ersten Mal in ihrem Leben wunderte sie sich, wie schnell sie sich immer wieder erholte. Und noch etwas wunderte sie: Wie sehr ihr Xavi in den wenigen Tagen ihrer Zusammenarbeit ans Herz gewachsen war. Sie wollte es gerade sagen, als auf einmal ihr Telefon läutete. Der Anrufer war Laura. Dolors nahm den Anruf an. »Ja bitte?«

»Es tut mir leid, aber euch bleibt keine Zeit für eine Atempause. Wir haben einen neuen Mord. Ich schicke dir den Tatort auf dein Handy.«

Danksagung

Wohl kaum ein Roman entsteht, ohne dass auch andere als der Autor oder die Autorin damit auf die eine oder andere Art und Weise zu tun haben. Mein Megadanke geht in diesem Fall an Rober, einen guten Freund und Tänzer (und was für einen!), der mit mir zuerst geistig und dann auch auf seinem Motorrad sämtliche Tanzzentren in Barcelona abgeklappert hat, die als Handlungsort für meinen Roman infrage kamen. Irgendwo mussten meine Tänzer ja proben – und es sollte ein realer Ort sein. Als Erstes kam ich dabei zu einer sehr interessanten und lehrreichen Privatführung durch das *Instituto de Teatro*, in dem ich den Roman eigentlich spielen lassen wollte, doch es erwies sich als völlig ungeeignet, denn es war viel zu groß für meine Pläne. Das aber konnte ich erst merken, als ich hinter die eigentlich verschlossenen Türen sehen durfte. Außerdem proben dort gar keine externen Ensembles, zumindest nicht in dem Umfang, den ich vorgesehen hatte. In erster Linie dient das *Instituto de Teatro* der Ausbildung von Tänzern. Also mussten wir ein passenderes und überschaubareres Zentrum finden und kamen so nach weiteren Irrungen und Wirrungen auf *El Graner*. Und das passte perfekt!

Auch alle Fragen, die ich zum Ballett und der Arbeit und dem Leben als Tänzer hatte, hat Rober mir beantwortet, und das waren nicht wenige. Nie vergessen werde ich unsere Fahrten durch Barcelona, denn das war wirklich das allererste Mal in meinem Leben, dass ich Motorrad gefahren bin! Als Robert den Vorschlag machte, die Wege mit dem Motorrad abzufahren, weil wir so viel schneller ans Ziel kommen würden, habe ich geschluckt und war felsenfest davon überzeugt, dass ich unterwegs irgendwo runterfallen werde. Anfangs habe ich echt die Augen zugekniffen, aber dann bin ich gar nicht runtergefallen, und mit der Zeit fing ich an, die Fahrten total zu genießen. Danke auch für diese Erfahrung!

Außerdem danke ich Adalberto, der mir in seiner Funktion als »Mosso« alle meine Fragen zur katalanischen Polizeiarbeit beantwortet hat – *muchísimas gracias!* –, und Dieter. Er hat mir mit vielen Fotos haarklein erklärt, wie die Videoüberwachung in Bahnhöfen funktioniert. Auch von euch beiden haben ich viel gelernt. Danke!

Natürlich waren für mich auch Rückmeldungen zu dem, was ich geschrieben hatte, wichtig. Mein besonderer Dank dafür gilt Christel Hinrichsen, Ella Marcs und Anna Buchwinkel, die den Roman schon vor dem Lektorat gelesen und kluge Anmerkungen gemacht haben.

Auch bei meiner Lektorin Ulla Mothes möchte ich mich bedanken: Wie gewohnt hat sie einen scharfen Blick bewiesen und im Lektorat auch noch einen echten »Schnitzer« entdeckt, denn da hatte ich hopplahopp die Geschlechter von Bonnie und Clyde vertauscht.

Ein besonderes Danke auch an meine wundervolle Familie: vier Kinder, drei Enkel und ein Schwiegersohn, die alle zurückstecken mussten, wenn ich wieder mal in Barcelona untergetaucht bin, um zu recherchieren – oder um mich einfach nur inspirieren zu lassen. Ihr seid die Besten!

Und last but not least ein herzliches Danke an euch Leser, die ihr diesen Krimi gelesen habt – und ohne die mein

Schreiben keinen Sinn machen würde. Über meine Website www.sylviafloquet.com könnt ihr jederzeit mit mir in Kontakt treten. Ich freue mich auf eure Mails – und natürlich auf eure Rezensionen. ☺